アンディ・タケシの東京大空襲

石田衣良

毎日文庫

目次

不死鳥少年　アンディ・タケシの東京大空襲

はじめに

これが最後の海外旅行になるだろう。

入国審査を終えて、シアトル・タコマ国際空港の手荷物受けとりで出迎えを待ちながら、時田登美子はしみじみと考えた。四角いターンテーブルでは、たくさんのスーツケースが回転している。あちこちからきこえるのは英語とにぎやかな中国語だった。最後の旅の目的地が、あの不思議な少年が生まれた土地であるのは、あらかじめ運命で定められていた気がする。それなら思い残すこともないだろう。世界は広いけれど、あとの土地は寝そべってテレビで見ればいい。

赤いパスポートをもった自分の手を見て、あらためて驚いた。あの夜は白魚のようにみずみずしく、透明にさえ見えた手の甲が、しわくちゃで染みだらけだ。爪も黄色く干からびている。無理もない。年をとるというのは、身体《からだ》中が乾いていくことなのだ。

登美子はもう八十六歳になる。

あの夜、ひと晩中駆けてもへこたれなかった足は、長い距離を歩くのさえむずかしくなった。関節にとがった小石がはさまったように両ひざが鋭く痛むのだ。できるならシアトル市内にいくまえに、すこし休んでおきたい。

「トミコさん？」

顔をあげると、背の高い少年が立っていた。

「タケシくん……」

あの少年の凜《りん》とした顔立ちによく似た男の子が、シアトル・マリナーズの野球帽をかぶって立っている。その横に明るい栗色《くりいろ》の髪をした欧米人にしか見えない老婦人の笑顔があった。腰を同色の布ベルトで絞った秋のロングコートは、髪によく馴染《なじ》む枯葉色だ。

タケシの姉のエリーである。こちらでは長く日本語教師をしていた。

「違うわよ。うちの曽孫《ひまご》のエドワード。エド、わたしのいとこに会うのは初めてでしょう。日本語で挨拶《あいさつ》してごらんなさい」

少年はそばかすの散った顔を赤らめて口を開いた。何度も練習したのだろうか。たどたどしい口調でいった。

「初めまして、エドワード・和生《かずお》・時田・モリソンです。ぼくに似ているおじいさんの話をきけると、た、楽しみにしてきました。どうぞ、よろしく。荷物をこちらへ」

　手を伸ばし、大型のスーツケースを預かってくれる。若者のみずみずしい手を見て、登美子は胸がどきりとした。

「エド、よくできました。あらためて登美子さん、遥々《はるばる》シアトルへ、ようこそ」

　登美子は自分よりも頭半分背の高いエリーが広げた腕のなかへゆっくりすすみ、しっかりとハグをした。二歳年上だから八十八歳のはずだが、エリーの力はまだまだ強かった。タケシには一度だけ、こんなふうに抱き締められたことがあった。運河沿いの不発弾が落ちていた道。北風と炎。思いだしただけで、今も胸が締めつけられるようだ。

「どうしましょう。すぐタクシーに乗ってもいいけれど」

　登美子は疲れた顔を見せずに笑った。

「エリーさん、ちょっと休みたいんだけど。入国審査に一時間以上もかかってしまって」

　審査はひどく厳しかった。八十過ぎの日本人のおばあちゃんがテロリストのはずはないのだけれど。ひざが痛いことは口に出さなかった。エリーが笑顔でいう。

「じゃあ、空港のなかのスターバックスにでもいってのんびりしましょう。日本のお店みたいに混んでいないわよ」

シアトル発祥で有名なカフェは、カウンターにはそこそこの行列ができていたが、エリーのいう通り店内は空席が目立った。ソファ席で足を伸ばし、ようやくひと息ついた。

登美子は緑色の人魚が描かれたコーヒーカップを眺めた。あの夜から数年間、アメリカのものはすべてが憎らしかった。学校でも鬼畜米英で育てられたのである。ほんの七十年ばかり昔アメリカ人は鬼だった。思い出がたくさんあった東京下町はなにもない黒焦げの平地にされ、登美子のクラスの女子半分近くが亡くなっている。家族が全員焼死した家も数知れない。通りも川も橋の上も、死体だらけだった。ものが炭化する酸っぱいにおいが、何日も鼻の奥に残って消えなかった。

けれど十年も経《た》つと、身の回りにアメリカ製品があふれ、誰も気にもしなくなった。どんな憎しみも時の流れには勝てないのだ。

人間の心も記憶も弱かった。

悔しさも塩の山が朝露に溶かされるようにいつの間にか流され消えてしまう。

登美子の心など知らずに、エリーが明るい茶色の目を細めていった。

「もうタケシのことを話せる相手は、世界中で登美子さんだけになってしまった」

胸をつかれて、そこだけはタケシに似ている明るい瞳を見つめ返した。

「ほんとうにねえ。みんな死んでしまって、誰も残っていない。ふたりでいる間くらいは、ずっとタケシくんの話をしましょう。あの子はほんとうに不思議な男の子だった」

　登美子は自分でも困ったなと思った。一度話を始めると止められなくなる。これが老人特有の自制心の欠如だろうか。だが、心のなかに今も生きているタケシが、暴れだし外にでたがっているようにも感じた。

「3・10の夜はたいへんだったのよね。わたしも手に入る限りの資料は読んだわ」

　エリーは日系人とはいえ、アメリカ人にはめずらしくあの空襲に関心を払ってくれる。登美子はエリーの隣に座り、キャラメル・フラペチーノを飲んでいる少年を見た。この子にどれほど伝わるだろうか。ゆっくりと嚙《か》み締めるようにいう。

「大人たちが道に迷い、おかしくなってつぎつぎ煙に巻かれて死んでいくのに、タケシくんは炎のなかに確かな道が見えるように、わたしたち家族を導いてくれた」

　想像など決してできないだろう。あの大火災はただの火事とは違うのだ。炎と煙が嵐のように吹き荒れ、一本の通りの向こうさえ見通せなくなる。どの道をいけば生き延びられるか。この道を渡った先に、なにが待つか。誰にもわからなかった。人々が口にしたのはどこにもない希望や適当な噂《うわさ》ばかりだった。

　あの夜は誰もが命がけで阿弥陀《あみだ》くじを引いていたのだ。はずれればマネキンのように手足をおかしな形に固定して、黒焦げの死体になる阿弥陀くじ。空からは豪雨に似た音とともに焼夷弾《しょういだん》が降ってくる。街は炎そのものと化して燃えていた。

それでもあの夜、タケシは絶対の自信をもって炎のなかへすすんでいった。あの勇気と神様のような知恵はどこからきたのか。ただの十四歳の男の子が見せたあの力は、いったいなんだったのだろう。それは今でも登美子がありがたく不思議に思う奇跡に等しい出来事だった。タケシのおかげで登美子はこうして生き残り、十四人の孫をもち、人生最後の海外旅行にシアトルにきている。

エリーの顔のしわは深くあたたかかった。やはりこの人はタケシの姉だ。

「登美子さんもタケシの幼い頃のあだ名は知っているでしょう。アルバートのアルではなく、アンディ。UNDYING不死身のアンディと呼ばれていたのよ」

登美子がうなずくと、低く口笛を吹いてタケシの面影を残す少年が口をはさんだ。

「それカッコいいな、なんだかギャングスターのラッパーみたいだ」

ラッパーか、あの頃はラッパといえば兵隊喇叭《らっぱ》だった。死んでもラッパを手離さなかった木口小平の話は、日本中の小中学生のお馴染みだったものだ。「ドラえもん」ののび太や「ポケモン」のサトシのように。

エリーが真剣な顔でいう。

「あの炎の夜にいったいなにがあったの、登美子さん」

胸を強く押されたように、一瞬息がとまった。登美子は窓の外に目をやった。北国の秋の日がすこし傾きかけている。アメリカに到着したばかりで、まだ早い気もするけれど、話を始めるのもいいかもしれない。この数十年でこれほど胸が高鳴ることはなかった。やはりタケシは特別だったのだ。

ならば、話してあげよう。

誰も二度とあの子を忘れないように。

あの男の子が、どれほど勇気があって、どれほど家族思いで、どれほど父の国アメリカと母の国日本を愛していたか。

愛する父の国に爆撃され、母の国の都で命がけでひと晩中逃げたのだ。そして、あの炎の夜を越えて、わたしたち家族を守ってくれた。

登美子は語りだした。この声が時間を越えますように。目の前にいるアメリカの少年だけでなく、日本の子どもたちにも届きますように。

「昔、昔、時田武という ひどく勇敢で凜々《りり》しい男の子が東京の下町で暮らしていました」

力が入り過ぎて、思わず笑ってしまう。大切なことはリラックスして始めなければいけないのだ。登美子はエドにうなずきかけた。

「今だったら、絶対にイケメンと騒がれていたわね。エドワードくん、あなたみたいに。トキタ・タケシはそれは素敵《すてき》な男の子だった」

コーヒーをすする。疲れてはいるけれど、気分はよかった。あの夜に比べたら、十時間のフライトだろうが、時差ボケだろうが問題ない。わたしは一九四五年の3・10を生き延びたのだ。

登美子は手足の先が冷たくなってくるのを感じた。あの日は朝から強い北西の風が吹く、寒い春の日だった。そうだ確か金曜日の真夜中だった。もうすこしで久しぶりに勤労奉仕のない日がやってくる。東京中の子どもたちが、休日を夢見て眠る空に、あの銀の砦《とりで》は無数にやってきた。

三月七日

時田武は目を覚ました。

タケシにはふたつの名前がある。

ひとつは日本名のトキタ・タケシ。もうひとつは英語名のアルバート・モリソンだった。タケシはこの英名を、誰にも決していわないようにしていた。

時刻はぴたり六時十分前。

なぜかわからないが、目覚まし時計をかけなくても、タケシは望む時間に起きることができた。特技といってもいいだろう。時計を見なくとも、今が何時なのかもほぼわかる。なんとなくの勘働きなのだが、五分と間違うことはめったになかった。

最初に感じたのは、空腹だった。

胃が空っぽだと、自分の胃の形が身体のなかに線で描いたようによくわかった。それは今、握り拳ほどに縮んで胡桃《くるみ》のように固まっている。最後に腹一杯食事をしたのがいつのことか、タケシはもう覚えていなかった。米英との戦争が始まったばかりの頃はまだよかった。だが、この二年ほどすべての食糧は配給制になり、いつでも量が足りなくなっている。東京で暮らしている中学生で、腹を空《す》かせていない者など、ほぼいないだろう。

窓には分厚い黒布が掛けられていた。室内は朝でも薄暗い。子どもの頃住んでいたシアトル郊外の父の家の、窓辺にあったレースと生成《きな》りの綿のカーテンを思いだした。たっぷりとドレープをたたんだ柔らかく手ざわりのいいカーテン。風に優しく揺れている。あれが本物のカーテンだとすると、この布はカーテンではなかった。ひと筋の光も外に漏らさないようにするための黒い防壁だ。

敷布団も綿入りの掛布団も薄く、手足の先が冷たかった。三月に入っても真冬のような天気が続いている。タケシは文句をいうつもりはなかった。この時間にも戦場では、たくさんの皇軍の兵隊さんが命をかけて戦っているのだ。新聞に書いてある通り、きっとたいへんな戦果をあげているはずだ。

さあ、起きなければならない。

起きて、今日も工場にいき、一日働くのだ。

大日本帝国の中学生なら、それが当たり前だった。もう都立中学では授業などのんきにやっているところはない。生徒は近くの軍需工場に勤労奉仕にいく。それが勉強の代わりである。戦争に負けないようにするには、中学生も働かなければいけないのだ。

男の働き手はみな戦場にいってしまった。タケシが寝ているこの部屋も、今は南洋のどこかの島で戦う住み込みの工員マサルさんが暮らしていた部屋だ。以前はこの町工場にも若い工員が三人もいたのである。

起きだして、遮光のための窓掛を引いた。ガラスの格子窓の向こうに、本所区江東橋の朝の景色が広がっていた。三輪トラックの運送会社、生糸の問屋、ちいさな印刷工場、建築資材の会社、水道屋に、ほとんど売り物がなくがらんとした金物屋。もう店先を掃除して、打ち水を済ませている店も何軒か目につく。

路地の両側には一階が工場や商店、二階が住居になった木造の日本家屋が軒をそろえていた。裕福な店は屋根や路地に面した前面だけ錆《さ》びて見事な緑色になった銅板で葺《ふ》いている。背の高さもほぼ同じ建物ばかりで、タケシがシアトルから初めてこの路地にきたときは、ミニチュアのようにかわいいダウンタウンのお洒落《しゃれ》な商店街だと感心したものだ。波のように続く瓦屋根がエキゾチックで、それは見事な下町の風景だった。

あちこちの煙突から煙があがっている。首都東京だから、ガスもあるのだが一日に数時間しかこないことが多かったし、冬でもまったく使えない日もめずらしくなかった。資源はすべて戦争に回さなければいけないのだ。欲しがりません、勝つまでは。

やせた雀《すずめ》がさかんに鳴きながら、道端に落ちたもみ殻でも突《つつ》いている。

空は東京の鈍く光る明るい曇り空だった。窓ガラスの一枚一枚には井桁の形に、和紙の帯が貼られていた。以前は英国旗のような米印だったのだが、ガラス片の飛散防止には井桁のほうがいいとき、几帳面《きちょうめん》なタケシが貼り直したものだ。慣れてしまうと、井の字の和紙を完全に無視して、外の景色だけを眺めることができるようになった。

「タケシ、朝ごはんできたよ」

母・君代の声が階下から届いた。

「はいっ」

親にはきちんと返事をする。タケシは大急ぎで学生服のズボンをはき、紺のセーターをかぶった。サイズのあうセーターは、これ一枚しかないから大切に着なければならない。忘れていた。メリヤス編みの棒のようにまっすぐな軍足を冷たい足にはく。

有限会社時田メリヤスがタケシが暮らしている江東橋の町工場の名前だった。

二階の廊下の両側には、左右に四つずつ八枚の引き戸が続いていた。伯父の義雄はいつか工場をたたんだら、ここを貸し部屋にするつもりだったらしい。ひとり息子の直邦が跡を継いでもいいし、アパートにしてもいい。下町の個人営業主らしい利発さだ。この路地には同じような造りの家が多かった。この辺りなら、急げば十分とすこしで省線の錦糸町駅にいける。

朝の廊下は冷えこんでいた。軍足をはいたつま先も冷たい。タケシが丁寧な雑巾がけで黒光りする廊下を歩いていくと、階段をばたばたとのぼってくる足音が鳴った。

「タケシ兄ちゃん、早く、早く」

登美子の弟の直邦だった。本来なら長野・佐久に学童疎開にいっているはずなのだが、熱を出したという便りが届き、伯母の千寿子が数日前に無理やり連れもどしてきたのだ。無理もなかった。ふっくらとしていた直邦の頬はこけ、身体もやせて、八歳の男の子にはとても見えない。疎開先の食事は東京にも負けないほどひどいものだったらしい。

「ナオくん、おはよう」

廊下を駆けてきた男の子は急停止して、きちんと頭をさげた。

「タケシ兄ちゃん、おはようございます。もう待ち切れないよ。早く朝ごはんにしよう」

子どもはみな素直で礼儀正しかった。考えてみるとタケシも年長者には同じことをしている。もっとも戦況が厳しくなってから、そっけない態度で目をそらしたり、挨拶を無視する大人も少なくなかった。直邦がタケシの手を引いて、階段をおりていく。

一階の奥には六畳二間続きの部屋があって、そこが時田メリヤスの中心だった。食事をするときは折り畳みの座卓を並べて食堂になり、来客のときは応接間になり、帳簿つけや会議用の事務所にもなる。今は広々とした座卓のうえに、淋《さび》しい朝食がぽつりぽつりとおいてあった。タケシは和室の手前で立ちどまり、頭をさげて挨拶した。

「おはようございます」

「タケシくん、おはよう」

元気に朝の挨拶を返してきたのは、いとこの登美子だった。同じ十四歳で、都立第二十三高等女学校の二年生だ。もっとも学校にはめったにいかなかった。毎日歩いて通っているのは、同じ区内にある極光通信という電機会社である。

そこでタケシと登美子は戦闘機や軍艦に乗せる通信機用の真空管をつくっていた。といっても自分たちでは製造は無理なので、傷やヒビがないか、ピンの位置にずれはないか検査するのが仕事だった。毎日数千本のガラス製の真空管を目視で検査するのだ。

「また今日もサツマイモばかりかあ。お米がぜんぜん見えないな」

がっかりした様子でそういうのは登美子である。タケシには同じ年のいとこの素直さ、大胆さがまぶしかった。髪はほとんどの女子と同じおかっぱ頭だ。男子はみな坊主である。鬼畜米英の鬼を父にもつ引け目が、十四歳にしてタケシをひどく控えめにしていた。食卓につくと、もう全員がそろっている。

この家を伯父からまかされた千寿子、その長女の登美子、長男の直邦、タケシの母の君代、それにお手伝いのとよちゃんと工員のよっさんだ。よっさんはただひとり残った男性の働き手だが、もう六十歳を過ぎている。千寿子が冷たい目でタケシを見ていった。

「昨日も遅くまで起きていたの？　タケシくん、電気代もただじゃないのよ」

考える前にタケシは謝っていた。

「すみません」

「お母さん、いいじゃない。タケシくんは勉強がしたいんだよ。毎日軍需工場で大人と同じように働いているんだからさ。おおきくなったら、建築家になりたいんだもんね」

無言で視線をさげた。直邦がダダをこねた。

「早く早く。たべようよ」

千寿子も自分の幼い子どもはかわいいようだ。目を細めて両手をあわせた。

「はいはい、それじゃ、いただきます」

いただきますの声がそろって、一家七人の朝ごはんが始まった。サツマイモごはん、おかずはサツマイモを代用醬油《しょうゆ》で甘辛く味つけた煮物と大根葉のおしんこだった。

味噌《みそ》汁は大根の千六本切り。油揚げなど入っていない。味噌がすくないせいで透明な澄まし汁のような色をしている。

「またイモと大根かあ」

直邦は文句をいいつつ、元気にたべている。

それでも温かいだけよかった。文句はいえない。主食の配給はただでさえ量が足りないうえに、米は半分以下であとは代用食の粟《あわ》、大豆、トウモロコシといった雑穀なのだ。とくに大豆の搾りかすはたべられたものではなかった。もともとは飼料や肥料である。

タケシはゆっくりとかみ締めながら、ほとんどがサツマイモのごはんをたべた。ごろごろとしたイモの欠片《かけら》に米がぱらぱらとまとわりついている。これが銀シャリなら、同じサツマイモの煮つけだって、どれほどおいしいだろう。それでも量だけはあるので、ずいぶんとましだった。

タケシは以前、錦糸町駅を歩いている大人がいきなり倒れたのを見たことがあった。つぎの当たった国民服を着た背の高い男だ。病気だったのではない。ひどい空腹だったのだ。倒れたまましばらく起きあがってこなかった。

人はあまりにお腹《なか》が空くと突然倒れてしまう生きものなのだ。自分だって例外ではない。この半年ほどで肋骨《ろっこつ》が浮きだしてきたのが、風呂に入るたびにわかる。けれど、たべものがなくてどれほど空腹でも、この聖戦だけは戦い抜かなければならない。たくさんの若い兵隊さんたちが雄々しく死んでいったのだ。

「ねえ、タケシくんはどうするの。今日は工場早上がりだよね。夜は正臣おじさんがくるよ」

大学院生になる伯母の年の離れた弟だが、妙にタケシを気に入り、かわいがってくれた。いつも読み終えた本を貸してくれたりする。なかには禁じられた欧米の本もあった。顔を見て話をするのが楽しみだ。

「ぼくは工場の帰りに、足を延ばして日比谷へいこうと思ってる」

千寿子が冷たくいった。

「こんな戦時中に、またお絵描きかい。誰に似たんだか」

兄嫁の厳しいものいいにも、君代はいい返さなかった。かんでいたサツマイモのほんのりとした甘さが、急に腹立たしくなる。こんなものおやつで主食じゃないだろう。

「すみません。でも、この戦争が終わって生きていられたら……」

やけになったように千寿子が吐き捨てた。

「なにいってるの。みんな、この戦争は百年戦争だっていってるよ。いつまでたっても終わらないいさ。みんなが死ぬまで続くんだ」

直邦がきょとんとした顔で、口の端にごはん粒をつけていった。

「百年も戦い続けるんだね、さすが大日本帝国だなあ。百年たったら勝てるんだ」

　黙っていたお手伝いのとよちゃんがいう。

「そうですよ、坊ちゃん。いつか我がもの顔で、アメリカだって歩けるようになります」

　古参従業員のよっさんが苦虫をかんだような顔で黙々と食事をしていた。タケシと目があうと伏せてしまう。登美子が質問した。

「すごいな、タケシ兄ちゃんといきたいな」

「ねえ、よっさんはどう思う」

　須田芳次郎は先代から時田メリヤスで働く還暦過ぎの小柄な独身男だった。新聞をこまめに読みこみ、ラジオのニュースも欠かさずきいている。休日にはいつもおしゃれをして有楽町や浅草に映画を観にいくのを楽しみにしていた。

　よっさんはタケシとふたりだけのときには、こっそりと本音を話してくれた。総司令官が戦死して、首都に何度も爆撃を受けるようじゃ、この戦争も先は長くない。最初から勝てるはずのないイクサだったんじゃねえですか。

　よっさんはゆっくりといった。

「さあ、あたしにはむずかしいことはよくわかりませんが、なんですかね、若い人は戦争が終わった後のことを考えていいんじゃねえですか。未来ってもんがありますから」

この人は話をする速ささえ、相手によって使い分けているんだ。タケシと話すときは、もっと早口だし遠慮もない。戦時下の日本で混血の自分が生きていくには、よくよく見習ったほうがいいだろう。登美子が目を輝かせた。

「そうだよね。よっさんいいことという。日本の男の人が全員軍人になる訳じゃないものね」

それからタケシの目を見て意を決したようにいった。

「わたし、軍人さんは偉いと思うし、尊敬もするけど、あまり好きじゃない」

母親の千寿子があわてて叱った。

「なにいってるの、そんなこと憲兵さんや警防団にきかれたら、登美子だけでなく家族までえらい目にあうんだよ。めったなことはいうもんじゃない」

タケシは登美子が具体的に誰のことをいっているのか気づいた。生徒たちの勤労奉仕を監督するために派遣された配属将校だ。早川中尉はとにかく厳しい軍人だった。女学生でも容赦なく全力で頬を張る。あの人が誰かを殴らずに一日を終えるなど、タケシには想像もできなかった。千寿子が不機嫌にいった。

「そんなことはどうでもいいよ。さっさと朝を済ませて、お国のために働いておいで」

学生の本分は勉強ではなく、戦争継続のための武器を造ることだった。それは父の国アメリカの兵士を殺すための武器である。

朝食をたべたばかりなのに、お腹が空いているのは、なぜなんだろう。まるで空気でもたべたみたいだった。前回ほんとうに腹一杯になったのは、闇で高いお米を奮発したという正月が最後だったかもしれない。もう二カ月以上いつも空腹を抱えているのだ。

タケシは一階の和室の端に腰かけて、足にしっかりとゲートルを巻いた。締めが甘いと、だんだんゆるんできてみっともないことになる。ゲートルは国防色の包帯のような布切れである。大人は皆ひざからしたに巻いているし、子どもたちのあいだではあこがれの格好だった。ズボンの裾さばきが楽になるし、いざ空襲というときには火の粉を防いで、ズボンに穴が開くのを防いでもくれる。

一階はコンクリートのたたきにメリヤスの編み機が並び、今はよっさんが操業前の点検をしていた。あとでこの戦争のゆくえについていてきいてみるのもいいかもしれない。肩を突かれて顔をあげると、登美子の笑顔がひどく近くにあった。

「タケシくん、いいこと教えてあげようか」

思わせぶりににやにやしている。登美子はなにかを自慢するとき鼻の穴をふくらませる癖があった。お転婆《てんば》のいとこのいうことだ。どうせたいした話ではないだろう。

「別にいいよ」

「なによ、大人の振りして。ちょっとは若者らしくなさい。そのままおじいさんになっちゃうよ。目の色が明るいね。きれいだなあ」

タケシの瞳は父譲りで、森のしたばえに落ちている日の当たったドングリのような明るい茶色だった。顔立ちは母親似で髪も黒に近く日本風なのだが、そこだけはタケシの嫌いな欧米人風だった。この目のせいで、日本に帰ってきたときはひどくいじめられたものだ。

「はいはい、きかせてもらいます」

登美子がさらに鼻の穴を広げた。

「うちの組の吉永桜さんが、タケシくんのこと素敵だっていってた。確かによく見ると、鼻筋も高くとおって、彫りが深いなあ」

同じ年の少女がじろじろと人の顔を観察してくる。気恥ずかしくて面倒だ。

「わたしは鼻が低いし、眉のしたに影なんかできないよ。なんだかずるい」

意味不明のことをいういとこも、ふくよかだった頬が鋭くこけて、顔がしぼんでいた。

工場の曇りガラスの引き戸に人影がふたつ映った。ここにも井桁に和紙が貼ってあ

る。ふたつの影はくっついたり離れたりせわしない。女子の声がそろった。

「時田さーん、おはよう」

登美子が再びタケシの肩を突く。声をひそめていった。

「ほら、噂をすればなんとやら。吉永さんがお迎えにきたよ。タケシくんの顔が見たいんじゃないかな」

タケシは自分の顔が赤くなるのがわかった。

「もうやめてよ」

登美子が声を張った。

「はーい、今いきまーす」

たたきにおりて運動靴をはく。登美子もこの工場で編んだ軍足だった。女子用のかわいい靴下などどこを探しても売ってはいない。

「右側の子が、吉永さんだよ。成績もいいし美人だから、よく見ておいて」

登美子がばたばたと機械油で黒くなったコンクリートを駆けていく。油と綿糸のにおいがする。よっさんが背中越しにいった。

「お嬢さん、いってらっしゃい」

急停止して登美子はきちんと頭をさげた。

「よっさん、いってまいります」

それから工場の引き戸に手をかけて、一気に開いた。どうよという顔をして、タケシを振り返る。セーラー服のしたにモンペをはいた女学生がふたり、接着剤で貼りあわせたように立っていた。おさげの子は確かに姿がいいようだ。色白で目鼻がはっきりしている。一瞬でそれだけ見てとると、タケシは目を伏せた。中学生になってから、いとこ以外の女子とは口をきく機会がなかったのだ。

「今度、うちで勉強会するから、タケシくん桜ちゃんに数学教えてあげてね」

おさげの女学生がぺこりと勢いよく頭をさげた。ゴムでとめた毛先が揺れる。三人は奇妙に高い声でなにか楽し気に話しながらいってしまった。よっさんが目を細めていった。

「タケシ坊ちゃん、悪いことはいわねえ。この子はいいなと思ったら、きちんと相手に気もちをつうじておかなきゃいけないよ。あたしみたいに一生独り者なんて駄目だ」

「よっさんも思う人はいたの」

噴くように笑って老工員がいった。

「それは二人や三人はいましたさ。もうずいぶん昔のことになりましたがね」

ゲートルを巻き終えると国民服を着て、肩掛けカバンをななめにさげた。母の手づくりのカバンは丈夫な帆布製で、なかにはスケッチ帳と鉛筆、消しゴム、それに防空頭巾をたたんでいれてある。万が一出先で空襲にでもあったときのために、タケシの名前と連絡先を記した厚紙も一枚、底に忍ばせていた。

坊主刈りの頭に上着と同じ国防色の国民帽をかぶれば、外出準備は出来あがりだった。下が学生ズボンであることをのぞけば、なんのことはない戦地にいる若い兵隊とほぼ同じ格好だ。日本では銃後で暮らす男たちは、子どもまでみな兵隊と似た姿をしていた。

「いってまいります」

タケシが工場の引き戸に手をかけ、挨拶の声をあげると、母の君代がやってきた。

「工場のあとで日比谷にいくんだったわね。なにか行列ができていたら、これで買ってきて。たべるものでも金物でも布でも、なんでもいいから」

丸めた紙幣を渡された。東京では極端に物資がすくなくなっていた。行列があればまず並び、それから前にいる人になにを売っているのかきくのが当たり前となっている。

「はい、お母さん」

タケシは母の顔を見て目をそらした。まだ四十歳手前だが、ひどくやつれたように見える。厳しい食糧事情のせいか、肌がしなびてしまったようだ。それもこの半月ほどでさらにひどくなった気がする。空襲警報で眠れぬ夜が続いているのでは無理もなかった。唇だけふっくらときれいなのは、薄く紅を塗っているのだろう。母は声をひそめた。

「あなたはなにかと人目を引くから、気をつけて。危ない場所には近づいたら駄目よ」

　さっとうしろを振り向いて、母は兄嫁の千寿子がいないのを確かめた。

「こんな戦争なんか、早く終わってしまえばいいのに」

　タケシのなかにはそう簡単にはいい切れない強い気もちがあった。最初に心に浮かんだ反応は、この人は非国民だという非難だ。

「ぼくはお国のために兵隊になって、立派に戦地に向かいます」

　中学の友人の父親はもう何人も亡くなっていた。親類の誰かを亡くしていない人も、組にはいないだろう。東京の街もずいぶん空襲の被害を受けている。死ぬのは一般の都民ばかりだ。

　なによりこれほど腹ペコなのに、毎日学校にもいけずに工場で働かされているのは、資源をもたないちいさな日本の国を、豊かな鬼畜米英がかさにかかっていじめてくるからではないか。母は悲し気な目をしていった。

「あなたが軍隊にとられる前に、戦争が終わればいいんだけど」

タケシはちいさく叫んでいた。

「戦争が終わるときは、どっちが勝っていうの、お母さん」

もうこの戦争の先は長くない、しかも勝てはしないだろうよというよっさんの言葉を思いだした。腹の底が熱くなる。誰もがこんなに無理をしてがんばっているのにひどい。母は首をちいさく横に振るだけで返事をしなかった。あなたもわかっているでしょう。タケシにはそんな声がきこえた気がした。

「お母さんがそんなふうだから、みんなからスパイ容疑をかけられるんだ。ぼくは軍隊にいって、うちの家族にかけられた嫌疑を晴らすつもりです。いってきます」

タケシはうしろ手にガラスの引き戸をぴしゃりと閉めた。どうせこのひどい戦争だ。大人になるまで生きていることはないだろう。建築家など夢のまた夢である。自分は結婚できないし、子どもをもつこともないだろう。ならば空襲でやられる前に先に軍に入って、せいぜい立派に戦うまでだ。タケシは白い息を吐きながら、町工場の並ぶ江東橋の路地に出た。

三月になってもひどく寒い日が続いている。このところ強い北風が吹く曇り空が多かった。就業前の準備で忙しそうな下町の人々は、よっさんのような中高年の男性が少々で、あとはほとんどが女性だった。今では日本中の工場を動かしているのは女性なのだ。

「あら、タケシくん、おはよう」

売る品がほとんど置かれていない荒木金物店のおばあちゃんが声をかけてきた。小柄な身体で竹ぼうきを使っている。孫をふたり南洋で亡くしたそうだ。片方は輸送船が米軍の魚雷でやられ、もうひとりはマラリアにかかって戦病死したという。会釈をして返した。

「おはようございます、荒木さんのおばあちゃん」

年長者への礼儀は欠かせなかった。風に乗って、ぷんと淀《よど》んだにおいが流れてくる。油と薬品の刺激臭も混ざっている。タケシにはこれが自分の住んでいる街のにおいだった。

路地の両側はどぶが切ってあり、底には黒いへどろが分厚く溜《た》まり、濁った水がゆっくりと流れていた。もみ殻や魚の骨が沈んでいることもある。

気をつけているのだが、下町の子どもは一年に一度か二度は足を踏み外し、どぶに落ちることがあった。深いところではひざ近くまで沈んでしまう。へどろを踏み抜いたときの足の裏の感触は、なんともいえない気味悪さだった。一度へどろまみれになると靴も靴下も自分の足さえ、水道でいくら洗ってもなかなかにおいが消えないのだ。

タケシはつま先を見た。ゲートルのしたの黒い革靴はアメリカからもってきた最後の一足だった。革底を何枚も張り増しして頑丈に補強してある。この靴にへどろのにおいが染みついたら、泣きたくなるほどがっかりするだろう。物資不足のおり、つぎにいつ靴が手にはいるのかもわからない。しかも日本ではこれほど良質な牛革をつかった一足は、お目にかかることさえむずかしかった。軍隊では足のおおきさにあった軍靴が配られるのではなく、兵隊が靴のおおきさに足をあわせろと教えられるという。

もう日本にきて五年になる。九つまで過ごしたアメリカ・ワシントン州のシアトル郊外の思い出は、ずいぶんと薄れてしまった。子ども心に思い出さないほうがいいと、決心したのだ。姉の恵理子とは手紙のやりとりをしているが、父からは一通の便りもない。

タケシは心のなかでも父親の名前を呼ばなかった。母といっしょに自分は見捨てられてしまったのだ。下町の曇り空に父の笑顔が重なりそうになって、意志の力で記憶を抑えこむ。もう自分に父はいない。一生この国で生きていくのだ。父の国アメリカは母の国日本をいじめる敵国だった。

町工場と小店が並んだ路地の四つ辻《つじ》にやってきた。空腹で睡眠不足のうえ中学校で勉強もできないのに、声が自然に跳ねあがるのはなぜだろう。タケシは手を振った。

「おはよう、テツ、ミヤさん」

大人並みに背が高い弘井鐵治《てつじ》がななめに国民帽をかぶっていう。

「なんでおれがテツって呼び捨てで、ミヤはさんづけなんだよ」

タケシはテツの肩に手をのせて笑った。

「だってテツはテツって雰囲気だし、ミヤさんはミヤさんだろ。細かいことは気にするな」

小柄な宮西幸作が手を伸ばし、テツの国民帽を正しく直そうとした。

「ほら、憲兵がきたぞ。後ろだ」

テツがその場でぴょんと跳びはねた。ミヤの手を払い、あわてて帽子をかぶり直す。

「なーんて、嘘《うそ》だよ」

ミヤがそういうと、タケシは大笑いした。

「気をつけろよ、テツ。ほんとに憲兵がいたら、引っぱたかれてるぞ。きっとこっちまでとばっちりをくらってた。ぼくの名だって呼び捨てだろ。テツはテツでいいんだよ」

テツは汗をぬぐう振りをした。なにごとにつけおおげさで、涙もろい熱血漢なのがテツのいいところだ。

「ふう、驚かせやがって。じゃあ、ミヤさんもミヤにしろよ。ちょっとくらい勉強ができるからって、人を差別するのはよくないぞ」

三人は地元の国民学校からの友人だった。義務教育である国民学校初等科を卒業すると、男子は中学校か国民学校の高等科へすすむ。中学へいけるのは、豊かな家庭の子どもが多かった。ミヤの家は父が工員で、子どもが六人もいた。卒業式で総代に選ばれるくらいの成績を惜しんで、担任の先生がなんとか中学へやるように親を説得してくれたのだ。ミヤのだぶだぶの国民服には、無数のつぎが当たっている。

同じ本所区にある軍需工場めざして、三人はぶらぶらと歩き始めた。海の近くの工場までは十五分とかからない。テツが頭のうしろで手を組んでのんびりという。

「今日は早上がりだな。帰りはどうすんだよ」

ミヤが手にした数学の教科書をあげて見せた。びっしりとしおりがはさんである。

「おれは帰って勉強する。絶対試験に合格して、少年飛行兵になるんだ。戦闘機に乗れば、給料もたくさんもらえるし、女にだってもてる。ニッポン各地で美人を選び放題だ」

テツが感にたえないようにいう。

「そいつは……贅沢《ぜいたく》だなあ」

タケシはくすりと笑った。こんなふうに本音をいえるのは、この三人のあいだだけだった。同じ組の友人のあいだでも危ない。教師や配属将校に対するとき、ミヤの態度は勇猛果敢な愛国少年に豹変《ひょうへん》する。

「うちのくい扶持《ぶち》がひとり分減るし、仕送りもできるだろ。妹や弟たちには楽をさせてやりたいんだ。弟は頭がいいから、中学へもいかせてやりたいしね」

宮西の家では中学校へあがったのは、これまでのところミヤひとりきりだった。

「おまえ、勉強ができる割にはいいとこあるじゃないか。ガリ勉はだいたい偉そうに八紘一宇《はっこういちう》がどうだの、大東亜共栄圏がこうだのってうるせえんだよな。欲しがりません、カツまではか。トンカツなんていわないから、せめてキャベツの千切りと白飯を腹一杯くわせてもらいてえよ」

タケシとミヤの淋しい笑い声が続いた。組でも主流派を握るのは、いつも声高に帝国の未来や戦局を語る少年たちだった。ミヤは成績はいいが貧しいため、テツは人はいいが単細胞なため、タケシは茶色い目をした混血児であるため、その集団からは無視されている。

「ぼくも仕事帰りは、街にいって建築の勉強をしてくる」

ミヤが横目で町内会の掲示板を見ていた。二枚続きで少年飛行兵募集のポスターが貼ってある。いちばんおおきな写真は見事な流線型のゼロ戦だ。残念そうにいう。

「タケシとはいっしょに飛行機乗りになれると思ったんだけどな」

タケシは顔をこわばらせていった。

「ごめん、うちは無理なんだ」

戦時下でも未成年の飛行兵への応募は親の承諾がなければできなかった。母の君代は絶対に許してくれないだろう。テツがのんびりといった。

「おれはちょっと重すぎて、飛行兵には向いてないな。だいたい高いところが嫌いだし」

「ゼロ戦は一千馬力もあるんだぞ。最高速度だって五百キロを軽く超える。テツの体重が何貫だって関係ないよ」

ミヤはあらゆる戦闘機が大好きだった。日本軍の飛行機だけでなく、敵軍アメリカの戦闘機の細部まで実によく知っていた。スーパーフォートレスＢ29の尾翼の高さや翼面積、最大離陸重量といったことまで、きけばすぐにこたえてくれる。

「おれには戦争があってよかったよ。こんな時局でなければ、奉公にだされて終わってた。飛行機乗りになれれば、十代でも大人並みに稼げるから」

ミヤにとっては飛行兵も暮らしを立てるための仕事なのだ。同じ年の少年を尊敬してしまう。タケシには命がけの仕事を選ぶような勇気などまだ到底なかった。

「飛行機乗りもいいけど、建築家もいいじゃないか」

テツがおおきな手でタケシの背中をたたいた。こいつはぼんやりとしている癖に、人にはひどく敏感なところがある。ちょっとした心模様の変化にすぐ気づいてくれるのだ。

「あっちこっちでアメ公がどかんどかん爆弾落としてくるから、東京はそのうち建物が足りなくなるだろ。タケシの仕事も戦争のおかげで将来有望だな」

なんでも冗談にしてしまう明るさは、戦局が悪化しても変わらなかった。テツがにやりとしていった。

「なんでも立派な大先生がいるんだろ。ロイド眼鏡のライト兄弟とかいう」

タケシもつい笑ってしまった。工場での勤労奉仕が始まれば、私語も笑顔も禁止だった。往復のあいだ友達と話す短いひとときが、唯一腹の底から笑える時間だ。タケシは周囲に人影が見えないのを確かめ小声でいった。

「フランク・ロイド・ライト先生だよ」

アメリカ人の名前をおおきな声で口にだすのははばかられた。テツがなんでもないという調子でいう。

「その偉い先生、もう死んでるのか」

「御存命だ。今は七十八歳かな」

タケシには先生と呼ぶのも困難だった。現代建築の巨匠であるというだけでなく、アメリカに生まれたのに、遥か東洋の日本文化を愛し、熱烈な浮世絵のコレクターでもあるという人間性がまぶしくてたまらない。理想の自分でもあるかのようにあこがれてしまう。

これほどの空襲が続く戦時下なのにおかしいけれど、タケシは誰にもいわず内心で考えていた。建築で日本とアメリカのかけ橋になれたら、きっと文句なしの人生になるだろう。

「そのライト先生が帝国ホテルを設計したんだよね。あの建物、おれは映画の帰りに前をとおっただけだけど、すごいものだった。どこか平等院鳳凰《ほうおう》堂に似た感じがしたな」

ミヤが秀才らしい感想を漏らした。

「ぼくもそう思う」

心がきしむように動いて、その後はなにもいえなかった。あの建物が東洋と西洋の美しい折衷で、まるで自分自身のように感じられるのだ。あの建築には何枚スケッチを描いても、すこしも満足することはなかった。ひどく特別で、心に近い建築だ。

「おまえたちは目標があっていいな。おれなんかなにもないや。どうせ兵隊になって、お国のために死ぬんだから、あまり将来のことなんて考えてもしかたない」

のんきなテツがそんなことを明るい調子で口にすると、いっそう胸を切るような淋しさが感じられた。冷たい北風が吹いて、タケシは震えあがった。

「そいつはぼくだっておんなじだ。建築家なんて夢のまた夢で、そのまえにテツと同じ道をいくことになる」

お国のために戦って死ぬ。それ以外の選択肢など考えられなかった。戦争はまだまだ続くだろう。ミヤがさばさばという。

「ああ、おれだってそうだ。こっちは空で死ぬけど、そっちは陸で死ぬ。それくらいの違いしかないだろ。まあ、おれのほうが俸給はちょっとばかりいいけどな」

「ずるいな、ミヤ」

テツが真剣にそういったので、三人はつい笑ってしまった。だが給料の心配などする必要はなかった。死んでしまえば金をつかうことはできない。大学生の多くが学徒出陣で戦場にいき、二度と帰ってこなかった。明日はわが身の思いを日本の中学生男子なら、誰でも胸の奥に抱えている。

極光通信のかまぼこ型の屋根が見えてきた。三人は笑顔を引っこめ、行進するように手を振り足を高くあげた。正門のところで配属将校の早川中尉が日本刀を杖《つえ》がわりに、仁王のように立っている。今朝もひげの先が鋭かった。頭の天辺《てっぺん》が丸く禿《は》げあがった副工場長の富永もいた。極光通信でもっとも激烈な愛国派のお偉いさんだ。江東橋中学の生徒たちが一礼して門をくぐっていく。

三人も立ちどまった。ミヤが腹から響く声をだした。挨拶はミヤの得意技だ。

「おはようございます。早川中尉、富永副工場長。今日もお国のためにがんばって働きます」

三人はそろって深々と頭をさげた。早川中尉はちらりとタケシに目をやった。

「いい気合だ、宮西。だが、少年飛行兵になるのなら、友達は選ばなければならんぞ」

富永副工場長が軍人の尻馬に乗った。

「だいたいなんだ、こいつらは。父親がアメリカ人の混血児に、大飯ぐらいのでくの坊か」

タケシは感情を殺して、目の色が揺れないように気をつけた。

すこしでも反抗的な態度や感情をのぞかせれば、精神がたるんでいるといわれ、顔を思い切り張られるか、数日は座るのさえつらくなるほど、尻を精神注入棒やスコップでたたかれることになる。ミヤが直立不動でいった。

「自分がこいつらに大和魂を教えてやっているのであります。今日もここにくるまで、どこに志願するのがいいか話しあってきました」

早川中尉の顔に感心したような表情が浮かんだ。ひげの先をねじりながら質問した。

「ほう、宮西が飛行兵なら、あとのふたりはどこだ」

間髪をいれずにミヤが叫んだ。

「時田が少年通信兵、弘井が少年戦車兵と少年砲兵で思案中であります」

富永副工場長がテツにきいた。

「ほんとうか、弘井」

テツが目を白黒させながら叫んだ。

「はい、ほんとうであります。自分はあまり長い距離を歩くのが得意ではありませんので、戦車兵がいいかと考えています」

工場へくる道すがら、そんなことはひと言も話したことはなかった。町内会の掲示板に「愛国の熱血少年、求む」といったポスターが貼られていたのは確かだけれど。早川中尉がいった。

「よし、いっていいぞ。今日もお国のために励むように」

三人はまた深々と一礼して、工場の敷地にはいった。テツがミヤの肩をこづいて小声でいった。

「急になんだよ、驚かせんな。戦車兵なんて考えてもなかったぞ」

「悪いわるい。だけど、嘘も方便だ。朝から尻をたたかれるなんて嫌だろ」

タケシはすこし不服だった。口をとがらせていった。

「どうして、ミヤさんが飛行兵、テツが戦車兵で、ぼくだけ通信兵なんだよ」

ミヤの顔が気の毒そうになった。

「だってさ、タケシのおとうさんの親戚とか、子どものころの友達とか、敵軍のなかにいたら困るだろ。おまえはあんまり大砲撃ったり、機銃掃射なんかしないほうがいいと思ったんだ。悪く思うな」

黙ってうなずくしかなかった。タケシの口数はすくなくなった。工場の建物にはいり、三人は真空管の検査室にむかった。朝八時から仕事が始まる。残りあと十五分だ。

通信機は最新型の武器の数々に比べると一見地味に見えるけれど、戦争遂行のためにはなくてはならない装備だった。日本軍のあらゆる飛行機、艦艇に搭載されていたし、陸軍も部隊間の連絡用に持参していた。電源がないところでも使用できるように、手回しの発電機がついたものもある。

アジアに広がる戦線だけでなく、国内の基地にも必ず通信機は設置されていた。作戦展開の速度が飛躍的にあがった現代戦では、欠かすことのできない装備である。何万台の通信機がこの戦争で活躍しているのか、日々極光通信で勤労奉仕をしているタケシにもわからなかった。

その通信機の中核部品が真空管だ。内部を高度に真空にした管のなかに電極があり、電子の流れを制御することで整流、増幅、発振、検波をすることができる。

タケシが働く検査室は体育館の半分ほどの広さがある板敷きの大部屋だった。部屋は半分に仕切られて、入口近くが目視検査、奥が検査機を使用した精密検査の部署に分けられている。そこで百二十人ほどの江東橋中学校の生徒が立ち働いていた。

力の強いテツは真空管の搬入と搬出を担当する運搬係、ミヤは検査機で規定の仕様を満たしているか調べる最終検査係、タケシは目視検査の担当だった。最初はタケシも最終検査に回されたのだが、なぜかタケシが操作すると真空管検査機が異常な反応を示して、仕事がうまく運ばなかったのだ。

大部屋のなかにはちいさな石炭ストーブがひとつあるきりだった。三月の初めでは室内は真冬と変わらない。そのなかで数百本単位で運びこまれてくる真空管をひたすら検査するのがタケシの仕事だった。灯をとおした真空管の熱で指先を温められる最終検査係はまだよかった。

目視検査では電気を節約するため、天窓の光をつかうしかない。管に歪《ゆが》みはないか、電極は破断していないか、間隔は適当か、足の形は正常か。検査箇所はたくさんあり、一日中天窓を見あげては不良品をはねていく。

指を切り落とした軍手をはめた指先は凍えて縮まり、いくつもあかぎれができていた。私語は厳禁、笑顔も禁止、ここで働く間は戦場で今も戦う兵隊さんの気もちになれと、教えられていた。不平など誰にも許されない。

その日最初の騒ぎが起きたのは、午前中の早い時間のことだった。早川中尉の巡回は一日に何度もあった。中尉の軍靴がカッカッと床を打つ音がきこえると、働く中学生の背筋は鉄の棒でも無理やり刺されたように芯がとおった。手の動きが早くなり、咳払《せきばら》いをする者さえいなくなる。

最終検査担当の隣の組の生徒が、早川中尉が背後を通過したとき、緊張のあまり真空管を手から滑らせてしまった。ミヤの隣に座る少年で、たまに話をすることがある気のいいやつだ。広い検査場にガラスの割れる音が雷鳴のように響く。

「貴様、なにをしている」

配属将校の怒声がとどろいた。百二十人の生徒の背中に鳥肌が立つ。

「はい、申し訳ありません」

手を滑らせた生徒は跳ね飛ぶように立つと、直立不動で震えている。

「真空管一本は兵士一名の命と等しいといっておいたはずだ。貴様は兵隊さんを一人殺したも同じだ」

タケシは目の端で隣の組の生徒と早川中尉をとらえていた。怖くて正面から見ることはできなかった。ぱんぱんぱんぱん、往復ビンタの破裂音が四回連続した。これで済むかと肩から力をすこし抜いたところで、早川中尉が拳を固めた。いけない、やられる。今日の中尉は機嫌が悪い。最悪だ。

ごつんと骨が鳴る音がして、生徒は後方に倒れこんだ。そのまま寝ているとさらにやられる。生徒は顔を赤く腫らして身体を起こすと立ちあがって叫んだ。

「申し訳ありませんでした。ご指導ありがとうございます」

男子生徒の目から恐れか悔しさか理由のしれない涙がこぼれた。しかたがない。あいつは真空管を一本割ったのだ。タケシのなかには諦めがあった。真空管一本が兵士ひとりと同じなら、中学生など真空管以下であるのは間違いない。

タケシはこんなときにいつもそうするように、頭のなかにフランク・ロイド・ライトの作品を思い浮かべた。そのときはなぜか豊島区にある自由学園明日館《みょうにちかん》があざやかによみがえった。大谷石《おおやいし》をつかったやはり左右対称の建物だ。戦争がこれほど激しくなる前に見学にいったことがある。

明日館は中央の三角屋根の棟を貫く列柱と繊細なガラス窓の細工が素晴らしかった記憶が残っていた。ほんの二年ほど前なのに、これほど遠く感じるのはなぜだろうか。そういえば、あのころは現在ほど、大人は子どもを殴らなかった気もする。軍人だけでなく、大人たちも戦争に追いつめられ、気が立っているのか。

早川中尉が廊下を去っていく足音がきこえた。紙箱にいれた真空管の段ボール箱をもって、テツがやってきた。腰をかがめタケシに耳打ちする。

「轟沈《ごうちん》第一号だな。中尉のげんこつで今日は何隻沈むかなあ」

怖がっていない振りをするためタケシも平気な振りをして応じた。

「昨日は何隻だよ」

へへっとテツが笑っていった。

「午前と午後に各二隻。四隻轟沈だ」

その割合では一カ月に一度は早川中尉に殴られることになる。自分はアメリカ人を父にもつので、さらに確率は高くなるかもしれなかった。よし決めた。殴られるのはしかたない。けれど、さっきの男子生徒のように涙を落とすことだけは絶対に避けよう。

タケシは手のなかの真空管を見た。こんなガラスの管よりも、日本の未来を担う中学生のほうが無価値だという大人に、決して弱みを見せたくはなかった。どんな鉄拳にも耐えてやる。

その日の昼食は麦飯と、ジャガイモと油揚げの煮つけ、それに小松菜の味噌汁だった。食堂の長テーブルに三人は並んで腰かけた。

「昼飯だけは天国だな」

ミヤが麦飯をかきこんでいた。配給は極端に量が削られていたが、軍需工場には比較的豊かに物資が届けられていた。昼食は出してくれるのだ。麦飯もお代わりはできないが、丼一杯はたっぷりと盛られている。テツがジャガイモを口に押しこんでいう。

「まったくだ。まともな昼飯がなければ、勤労奉仕なんてやってらんない。こんな寒くて、厳しいとこでさ。午後はなにもないといいよな。おまえらも気をつけろよ」

テツとミヤがそろって、タケシの顔を見ていた。薄い味噌汁をのんでいった。

「なんだよ、顔になにかついてるか」

ミヤが声を潜めた。

「いや、でもタケシは照準つけられてるぞ」

照準をつけるとは、軍隊用語でいじめの対象として狙いを定めることである。ひとりの兵の間違いで部隊が丸ごと全滅するかもしれない。軍隊は標準より劣る者、足並みをそろえられない者には死活的に厳しかった。いじめは学校などより遥かに過酷で、自ら死を選ぶ者もすくなくない。

「誰がぼくに狙いをつけてるんだ」

タケシの声も自然にちいさくなった。甘辛い醤油が染みたジャガイモから、急に味が消えてしまう。ミヤが正面を向いたままいう。

「早川中尉と富永副工場長。それにうちの組にいる中尉のPだ」

Pはペットの略語である。力の強い者にすり寄り、気に入られることで、いい立場や力を得ようという人間もまたどこにでも存在した。人がつくる組織という意味では、中学校も軍隊も変わらなかった。

「あーあいつらか、熱血愛国少年団だな。細川、前岡、岸田。小金もちの坊ちゃんが」

長テーブルふたつ離れたところから、その細川たちがこちらをにらんでいた。みな体格がよく、運動も得意で、勉強もできる、組でも花形の生徒だった。軍事教練で習う銃剣術でも、タケシたちのようなデコボコ三人組とは比較にならなかった。早川中尉に手本を示せと命じられるのは、いつもあの三人の誰かだ。

タケシは水で湿らせた巻きワラ人形に、銃剣をつけた木製の模擬銃で突撃したときの手応えをありありと思いだした。湿ったワラは弾力があって手ごわく、こちらの体重を押し返してくるような重い抵抗があった。なかなか銃剣が刺さらないのだ。そのワラ人形を貫きとおせるなら、米兵の腹もぶち抜けると、早川中尉には教えられた。

ミヤがいう。

「とにかくなにもかも注意して、やつらにつけこまれるようなことはするな。おれとテツで守るけど、あいつらずる賢いからな」

テツが麦飯をかきこんでいる。

「うまいけど、もう一杯くいてえな。このままじゃ腹が背中にくっついちまうよ」

太っている生徒など勤労奉仕の百二十人にはひとりもいなかった。かつては丸々していたテツも、頬が削《そ》げ落ちている。

「まあ、いざとなったら玉砕覚悟であいつらと決戦だ。勝てはしないけど、くらいついていれば負けはしないだろ。大和魂でいくぞ」

それが中学生の、ごく当たり前の戦争観だったのかもしれない。父や母や故郷は大好きだ。日本の国は素晴らしい。東洋一の文明国である。けれど敵なる米英の戦力は圧倒的だ。それでもくらいつき、粘り強く抵抗するなら、敵だって人間だ。いつか戦争に倦《う》んで匙《さじ》を投げるかもしれない。命をかけた根比べである。

タケシは味のしなくなった昼食を片づけながらいった。

「わかった。気をつけるよ。ぼくもコレの」

ひげの先をねじる真似《まね》をする。早川中尉の癖だ。タケシは無理やり笑った。

「鉄拳をくらいたくはないし、あんなPどもと関わりになりたくもないからね」

こちらの声がきこえるはずもないのに、細川が前歯をむきだして笑いかけてきた。狩猟犬のような笑顔だ。タケシは目をそらし、手のなかの半分に減った丼を見つめた。

今日はここでちゃんとたべておかなければ、夜はどんな食事かわからなかった。

道端の雑草やイモのつるを刻んだお好み焼きや、野菜くずしか具がない薄いすいとんんかもしれない。タケシは空腹から逃げるため、何度もよくかんで硬い麦飯を腹に収めた。

午後の勤労奉仕が始まった。中学生は文句ひとついわずに、ひとつの機械のように精密によく働いた。作業が突然停止したのは、製造機械のどこかで不具合があったらしい。

厳しい寒さでストーブの周りには、三重四重になって生徒が群がっていた。なにもおやつなどないけれど、石炭ストーブのうえにはお湯がたくさん沸いて、熱い白湯《さゆ》ならのみ放題だった。タケシも熱い湯呑《ゆのみ》を湯たんぽ代わりに、あかぎれができた指を温めていた。テツがしみじみという。

「ストーブがあるだけで極楽だな」

そのとき検査場のガラスの引き戸ががらりと音を立てて開いた。

「貴様ら、なにをたるんどる」

大音声の主は早川中尉だった。その後ろには細川、前岡、岸田の三人組がいる。やつらがご注進にいったのか。

「日本男児たる者、寒さになど負けるな。極寒の満州で戦っている兵士もいるんだ。もう三月、春だぞ。年寄りのようにストーブなんかに集合するな」

中尉はストーブを囲む金網の戸を開けて、火かき棒をとった。真っ赤に腹の焼けたストーブの口を叩《たた》くように開けると、なかの石炭を勢いよく掻《か》きだしてしまう。

ストーブの足元にあるトタンの防火板に、燃える石炭が広がった。火の粉が飛び散り、一瞬あたりを放熱が満たす。タケシは友人の顔を見た。テツとミヤが啞然《あぜん》と見つめ返してくる。引きつった顔に石炭の赤光《しゃっこう》が反射して、やせた小鬼のようだ。顔が熱い。

「まったくけしからん」

早川中尉がおおきな薬缶《やかん》をとりあげると、沸騰する湯を石炭にぶちまけた。鼻の奥につんと石炭の火が消える酸っぱいにおいがして、あたりは蒸気で真っ白になり、なにも見えなくなった。蒸気をそっと吸いこんでみる。酸っぱいだけでなく、どこか香ばしい土のにおいがした。石炭は地中数百メートルの深度から掘りだされても、大地の一部であることを忘れないのだ。

「おまえたちにはストーブなどいらん。贅沢だ。石炭は今後、戦争遂行のために召しあげる。よいな、命がけで働き抜け」

早川中尉がタケシをひとにらみして帰っていった。その後をお気に入り三人組が忠犬のように追っていく。テツがおおきな背中を丸めて、まだ蒸気があがる石炭に手をかざした。

「ひでえことしやがる。おい、まだ暖かいから今のうちに暖をとっとけよ。冷えるぞ」

ストーブを囲んでいた生徒の半分は残り、半分は早川中尉のいいつけを守りストーブから離れていく。タケシは残念だった。この検査場でただひとつのささやかな贅沢が消えてしまった。一杯の白湯も戦争の役に立たない中学生には贅沢すぎるのだろう。気がつけば口から砂のように言葉がこぼれていた。

「欲しがりません、勝つまでは……か」

いつか早春でもストーブを使える日がくるのか。いつか黒い布で包まずに電球をつけられる日がくるのか。いつかフランク・ロイド・ライト先生の写真集を学校で開ける日がくるのか。そして、いつか父の国を口汚くののしったり、憎まなくてもいい日がやってくるのか。

消えかかる石炭のまえにしゃがみこむタケシの目に涙がにじんだ。友に涙など見せることはできない。ごしごしと目をこする。

「煙が目にしみるな」

ミヤがタケシの肩に手を置いた。

「おれは飛行兵になっても、子どものストーブなんか絶対に消さない軍人になるからな。帝国軍人があんなのばかりのはずがない。くそっ、恥を知りやがれ」

テツがあわてていった。

「やめとけよ、ミヤ。誰かにきかれて、また中尉にご注進されたら、顔が倍になるくらいやられるぞ」

押し殺すようにミヤがこたえた。

「わかってる」

中学の生徒しかいなくとも、めったなことはいえなかった。細川たちほどあからさまではなくても、日米混血児であるタケシの存在をおもしろく思わない者もいる。家族や親戚を戦争で亡くしていない生徒など、ほとんどここにはいないのだ。毎晩のように空襲警報で叩き起こされるし、いつこの東京下町をB29が襲うかもわからなかった。今夜だ、明日だという流言飛語は、毎日のように飛び交っている。タケシたち三人は、ほかの生徒に混じって火が消えていくストーブに集まり、凍えた手を暖め続けた。

午後は二時に仕事が終了し、各自のもち場を清掃するように命じられた。掃き掃除で床の埃《ほこり》を集めたあとは、生徒総出で雑巾がけである。三月初めの水は冷たく、あかぎれのできた指に沁《し》みたが、誰も顔には出さなかった。

午後は資材不足による操業停止で製造機械の整備に充てるという。中学生にはなにより勤労奉仕を早上がりできるのがうれしかった。朝八時から夕五時まで、日曜日も休みなく軍需工場で働いているのだ。早上がりは抜き打ちで生まれた新しい祝日のような新鮮な喜びである。

極光通信の正門が曇り空を背に開いていた。テツがのんびりいった。

「おまえら、これからどうすんだ」

ミヤは理科の参考書をもっている。

「飛行兵の試験勉強だ。軍で出世するには成績がものをいうからな。勤務地だって万事成績順なんだぞ。おれは空母に乗りたいしな」

テツがのんびりいった。

「じゃあ、予科練の成績が一生ついて回るのか。そいつはたまんないな」

ミヤがにっと前歯をむきだして笑った。

「たとえ大将になっても、予科練時代の成績で同期には馬鹿にされたりするんだ。偉くなるには勉強しかない」

それがおおきな組織というものなのだろう。数字で人に順番をつけるのだ。中学では勉強ができなくとも、足が速いとか、冗談がおもしろいとか、相撲が強いとか、いくらでも挽回《ばんかい》する道がある。テツが悲しそうにいった。

「それじゃあ、おれなんて、軍隊にいったらしんどいな。でも軍隊いくしか道はないし。あーあ、ほんとにしょうもない」

その動きに最初に気づいたのはミヤだった。工場正門の脇にあるヒマラヤ杉の陰から、あの忠犬三人組がこちらにやってきた。先頭は細川だ。身体は一番小柄だが、気が強くて弁が立つのでリーダー格に収まっている。三人ともぎりぎりにきつくゲートルを巻き、ひざ下がカモシカのように細かった。江東橋中学の生徒の間で流行《はや》っているお洒落な巻きかただ。

「おい、時田、貴様のところに鬼畜アメリカから手紙がくるんだってな」

細川の顔を見て考えた。なぜこいつはいつもこんな偉そうな口を利くのだろう。早川中尉そっくりだ。ただのチビの中学生で、将校でもないのに。

「当たり前だろ。むこうには姉がいる」

細川の隣で岸田が小躍りするようにはやした。こいつは忠犬のさらに忠犬だ。

「貴様アメリカ人の姉がいるのか。そいつらが東京に爆弾落としてるんだぞ。おまえも亡くなった人に申し訳ないと思わないのか」

タケシは唇を嚙み締めるしかなかった。細川が顔を真っ赤にしている。いつもと様子が違っていた。つかみかかるように叫んだ。

「だいたい、貴様は日本とアメリカどっちの味方なんだ。どっちのために死ぬ」

三人のなかで一番気が弱い前岡が目配せをしてきた。気をつけろとでもいうのだろうか。

岸田も顔色を変えている。

「細川の親父《おやじ》さんが亡くなった。南洋の守備隊で斬りこみ攻撃して、敵の機銃手三名を倒して玉砕したんだ」

その場の空気が変わった。タケシたち三人も直立不動になる。銃で武装した敵兵を刀で三人も倒せるのだろうか。タケシは一瞬疑問に思ったが、黙っていた。ミヤが叫んだ。

「お国のために立派な最期でした。帝国軍人の誉れであります」

タケシは国民学校の運動会にきていた細川の父を見かけた記憶があった。息子に似て小柄だけれど、厳しい顔をした人だった。同級生の父親が亡くなるのが戦争だ。

「そんなことはいい。貴様はどっちの国のために死ぬ気なんだ」

返事には気をつけなくてはいけない。けれどタケシも自分を曲げるのは嫌だった。

「ぼくは日本人だ。日本のために戦う。アメリカに姉はいるし手紙も届くけど、スパイなんかじゃない」

細川の目が血走っていた。これはやられる。タケシは覚悟した。一発ならいい。亡くなった親父さんのために我慢する。さらに手を出してくるようなら、やってやる。

「ふざけるな。おまえは日本人なんかじゃない。アメリカのやつなんかこうだ」

顎《あご》に力を入れて準備した。細川の拳がひどくゆっくりと飛んでくるように見えた。だが、拳がごつんとあたると左の頬が火を押しつけられたように熱くなった。

タケシは後ろに倒れないように、足を一歩引いた。自分の拳も握り締める。細川をにらみつけた。目が真っ赤なのは怒りだけではなかった。周囲の誰からも軍人の誉れだ、お国のために見事に散ったと賞賛されて、同級生は誰にも父の死への不満はいえなかったのだ。目に薄《う》っすらと赤く悲しみが張っている。殴ったほうが泣いている。

タケシもたまらなくなって、拳をほどいた。ミヤがいう。

「もういいだろ。おれたちはいく。正門で喧嘩《けんか》なんて副工場長にばれたら、罰で夜まで草むしりだ。前岡、岸田、細川を頼んだぞ」

細川は肩で息をして、その場に立ち尽くしていた。もうタケシとは目をあわせようとしない。前岡がいった。

「わかったから、早くいけ」

タケシは熱をもった頬を押さえていった。

「細川、親父さんのこと残念だったな」

肩が震えだした。細川が顔をごしごしとこすって、振り向かずに叫んだ。

「うるさい、敵の子どもに親父のことをいわれたくない。早くいけ。いってくれ」

気の強い細川が震えながら涙をこらえていた。タケシたち三人は粛然と肩を丸めて、極光通信の正門を出た。見あげると春の空には、ぼんやりと形のはっきりしない雲が蓋《ふた》をするように浮かんでいる。テツがいった。

「タケシ、だいじょうぶか」

頬はまだ熱い。全身が訳のわからない感情で燃えるようだった。もしシアトルが日本の爆撃機で空襲され父が死んだら、自分も誰かを殴りたくなるのだろうか。

「あれぐらい、だいじょうぶ。ぼくはむこうの通りにいくから、ここでサヨナラだ」

　タケシは早春の曇り空の下、白い息を吐きながら速足で歩いた。省線の錦糸町から有楽町までなら、秋葉原で乗り替えて駅六つ分だが、直線距離は五キロほどだった。電車代を浮かせるために一時間半ほど歩くのは、まったく苦にならない。省線や地下鉄など贅沢である。普通の都民は実によく歩く。

葛西橋通りをまっすぐ脇目も振らずに進み、永代橋を渡った。日本初の鉄製の道路橋だ。ゆるやかに半円の曲線を描く鋼鉄の橋桁が見事で、タケシのお気に入りの鉄橋だった。いき帰りは必ずここを渡っている。永代橋は路面電車がゆっくりと通り過ぎ、震える手すり越しにのぞくと川面は鈍く春の空を映していた。

隅田川を越えると、やはり都会にきたという気がして胸がすく思いだった。同じ東京三十五区でも隅田川の内と外では大違いだ。本所区はしょせん川向こうである。茅場町、兜町と問屋や証券会社の立派なビルが増えて、経済の中心地にやってきた印象である。自分もこの戦争を生き延びることができたら、こんなビルディングで働けるのだろうか。この街にはまだ空襲の傷跡は見あたらなかった。

日本橋の交差点で中央通りに折れた。大好きな銀座の目抜き通りである。今は柳の並木もすっかり葉を落とし、細い枝が凍えるような北風に巻きあげられるばかりだ。街ゆく人も多くはなかったが、さすがに銀座で国民服やモンペでなく、背広や和装でおしゃれをした男女があちこちで目についた。

太平洋戦争が始まったばかりの頃は東京の街にもまだ余裕があり、この道を通って日比谷の興行街によく映画を観にいったものだ。今では戦意高揚の戦争映画しか上映していないが、まだ喜劇や青春もの、恋愛ものも劇場にはかかっていた。どの劇場の前にも行列ができて、冬は焼き栗を売る露店が繁盛していた。あの栗の香ばしいにおいは忘れられない。

タケシにとって銀座はいつでも特別な街だった。好みの映画を観ては、フルーツパーラーでパフェやケーキに舌つづみを打ち、天ぷらや寿司《すし》やステーキのご馳走《ちそう》を平らげる。画材屋や書店もたくさんあって、銀座にいくというだけで日曜日が特別なものになった。

東京の華・銀座も淋しいことに、今は商売をたたんだ店が多かった。なかには意地で開いているところもあるけれど、往年のように豪勢に商品を並べることができるのは、ごくわずかな大店《おおだな》だけだ。

銀座四丁目の交差点までくると、タケシの足は鉛のように重くなった。街のあちこちが崩れ落ち、焼け焦げている。道路にはおおきな穴が開いていた。一月二十七日の空襲のせいだ。五十機とも七十機ともいわれるB29が皇居のすぐ近く、東京の中心の中心に爆弾を落としていったのだ。

銀座四丁目にあるパンの木村屋の隣のビルは表側だけ残して、内部がすっかり焼け落ちていた。歩道にも道路にも爆撃の痕が残っている。途中で幹の折れた黒焦げの柳の木がある。敷石が吹き飛び、舗装の下の土が丸くのぞいているところもある。

四丁目の交差点を右折して、有楽町方面に向かった。五丁目の鳩居堂《きゅうきょどう》の前には巨大なすり鉢のような穴が開き、底には虹色に光る泥水が溜まっていた。外堀通りの交差点を過ぎると、朝日新聞社の無数の窓が爆風で吹き飛んでいた。鉄製の窓枠がひしゃげるほどの爆風とは、どんな威力なのだろうか。

タケシは作家の誰かが書いていた文章を思いだした。一日に百軒の家を焼いても、東京には何十万軒という家屋がある。B29が東京を灰燼《かいじん》に帰せしめるまで、何百年もかかるに違いない。作家はそう豪語していた。

確かに計算上はそうかもしれない。だが有楽町駅のガード脇の道を、目的地の帝国ホテルに向かう途中でタケシは見た。木造の家や商店が何軒も続いて破壊され、おおきく開いた断面から部屋のなかがのぞいていた。布団が、机が、簞笥《たんす》が、子ども服が見える。あそこにいた人たちはどうなったのだろう。

百軒しか壊せないとしても、その一軒がもし時田メリヤスだったら、自分の家族はどうなってしまうのか。新聞では一月二十七日の空襲の被害は軽微であると書いてあったが、街の噂は違っていた。有楽町駅の近くに集まっていた通行人のなかに重さ数百キロもある爆弾が落ちて、ガード下は遺体で埋め尽くされたという。死者は五百人を超えるという噂が流れていた。

前だけ見て歩いているのだが、視界には街の様子が映りこんでしまう。タケシの胸は凍りつきそうだった。この破壊と黒焦げの数々を目撃した後では、二度と自分の好きな銀座は戻らない気がした。いつか戦争が終わり、この街で映画を観て、画材を選んで、甘いアイスクリームをたべようとも、今目にしている景色は二度と心を離れないだろう。

（ごめんなさい、ごめんなさい）

死者に手をあわせることもできず速足で通り過ぎながら、タケシはひたすら心のなかで謝っていた。自分だけ生き残っていることが申し訳なかった。B29を造り、空から爆弾を落としたのは、細川がいう通りアメリカ人だった。自分はその敵国の血を引いている。それなのにタケシの命は、今ものうのうとここにあった。亡くなった人に何度心のなかで謝ってもとり返しがつかない。

日比谷の映画街の通りに出た。泰明国民学校にも爆弾が落ちたようだ。軍需工場や軍の施設だけでなく学校が壊されるのが戦争だった。もう悲惨な光景は見たくない。タケシは目を向けないように努力して、通りを右に曲がった。ようやく帝国ホテルの側面が見えてくる。ここは変わっていない。胸が躍り、ゲートルを巻いた足も自然に速くなった。

煉瓦《れんが》と大谷石でできた客室棟は三階建ての高さで、周囲をとり巻く建物よりも背は低かった。向かいの東京宝塚劇場のビルのほうがずっと高層だ。けれど建造物が放つ気品という点では比較にならなかった。細かに繰り返される窓は規則正しく並び、心地よいリズムを生んでいる。空中に静止した音楽のようだ。

色は基本的に三色である。銅板葺きの屋根の青緑色、大谷石の乳白色、それに煉瓦の渋い臙脂《えんじ》色だ。とてもモダンで、どこか幼い頃アメリカで見たクリスマスの記憶とも重なり、タケシはこの建物を見るたびにひどく懐かしさを覚えた。しかも全体としては西洋的というより、とてもアジア風なのだ。石工の手によって立体的な装飾が施された国産の大谷石のざらりとした素材感のせいかもしれない。こんな風に見事に西洋と東洋を調和させることができるのだ。自分にはまだ不可能だけれど、いつかこんな仕事に関わることができたら、敵の血を引く人として生まれた運命さえ受けいれられるかもしれない。

建物に沿って惚《ほ》れぼれと歩き、帝国ホテルの正面に向かった。H形の建造物の左右両翼は客室棟で、中央にはちいさな池の奥にロビーやメインダイニング、プロムナードを擁する中央棟が建っている。タケシの夢は自分で働くようになったら、フランク・ロイド・ライト先生が設計したホテルで食事をして、客室に泊まることだった。

帝国ホテルは外観だけでなく、建物内部の隅々まで先生の手が入っていた。ロビー、ラウンジ、談話室、メインダイニングまで、先生が設計したのである。タケシは一度だけ母に連れられて、ホテルに足を踏みいれたことがあった。アメリカからきた友人に会うという母につきあったのである。

中の造りも大谷石と煉瓦が主な素材で、豪華絢爛《けんらん》という訳ではなかった。金メッキやシャンデリアは見あたらない。しかし複雑な幾何学模様の大谷石の彫刻が見事で、柱や手すりを見ているだけで飽きることがなかった。カフェの隅に置いてある木箱を重ねたようなスタンドや背もたれが六角形の特徴的な椅子も先生のデザインだという。

タケシは人の流れを避けて帝国ホテルの正面の歩道に腰をおろし、肩掛けカバンからスケッチ帳をとりだすと、手早くホテルの正面全景を描き始めた。手慣らしはいつもこの一枚から始めるのだ。その日の調子は最初の一枚でわかった。今日は池に立つ立像と入口正面にある球形の壺《つぼ》を描くつもりだ。夕食までには帰らないといけないので、時間はあまりなかった。

一枚目はまあまあの仕上がりで満足してページをめくった。立像はやはり大谷石と煉瓦でできているのだが、立ちあがった龍を思わせるおもしろい造りだった。4Bの鉛筆でさくさくと線を引いていると、頭上から声が降ってきた。

「貴様、こんなところでなにをしている」

スケッチ帳の脇にぴかぴかに磨かれた軍靴が見える。タケシは顔をあげ、即座に立ちあがりながら返事をした。

「はい、この建物を写生していました」

腕に憲兵の腕章を巻いた二人組だった。タケシよりも頭ひとつ背が高かった。背後にはすこし年長の憲兵が、こちらを細目でにらんで立っている。

「だから、なんのために帝国ホテルなどを描いている。貴様、学生か」

直立不動でタケシは叫んだ。

「はい、本所区江東橋中学の生徒であります」

後方の憲兵が静かにいった。

「その帳面を見せてみろ」

自分のスケッチ帳を憲兵に見せるのは気がすすまなかった。帝国ホテルだけではない。辰野金吾先生が設計した東京駅丸の内駅舎や第一相互館なども描かれている。

憲兵がスケッチ帳をぱらぱらとめくっていく。二人組がページをのぞきこんでいた。タケシが休日のたびに描いた大好きな建物のデッサンがつぎつぎと流れていく。どれも東京都心に建つ名建築家の作品だった。若いほうがタケシを半眼で見つめた。瞳がひどく冷たい。お昼に見た火の消えた石炭を思いだした。

「貴様はなんのために、こんなものを描いているんだ。スパイではないな。中学の課題か」

一瞬嘘をつこうか迷った。美術の宿題だというのはたやすいが、もし中学校に照会され、嘘であることがばれたら、ひどい目に遭うことだろう。

「いいえ、自分の趣味と勉強のためであります。自分は将来、建築家を目指していま

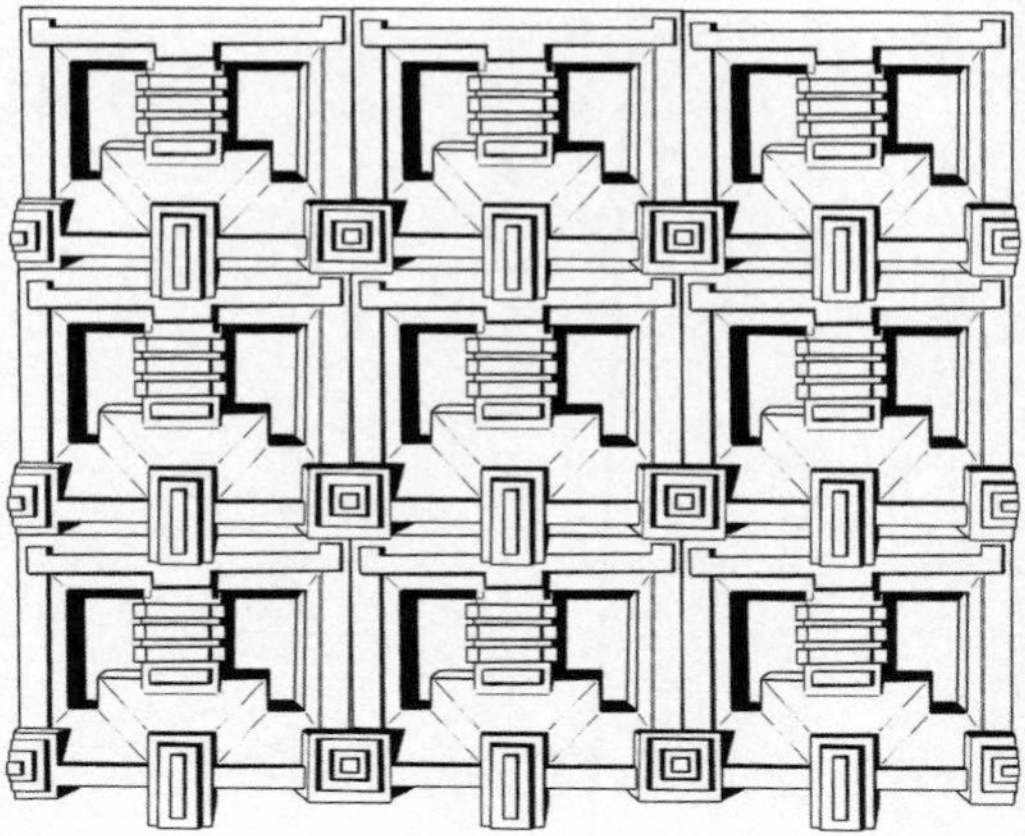

す。そのためこうして素描をしているのであります。本日は勤労奉仕が早上がりだったため、勉強をしにきました」

若いほうの憲兵がねめつけるようにタケシの顔を見た。猛犬に吠《ほ》えつかれてもこれほど恐ろしくはないだろう。

「なんだ、建築家だと。ニッポン男子が兵隊さんではなく、建築家になりたいだと」

これは殴られる。タケシは覚悟して奥歯を噛み締めた。男子はみな兵隊になり、お国のため勇猛果敢に戦うことに決まっているのだ。

「ちょっと待て」

若い憲兵が振りあげた手を止めた。振りむくと叫ぶ。

「なぜ、止めるのでありますか」

年長の憲兵が薄く笑っている。

「君、この帝国ホテルを設計した建築家の名前はなんという」

タケシの肝が冷えた。この憲兵は先生を知っている。声は自然にききとれないほど低くなった。

「……フランク・ロイド・ライト先生です」

知らないといえばよかった。せめて先生をつけなければよかった。返事をした瞬間に気づいたが手遅れだった。心のなかで何百回も呼んだ名前だ。年長の憲兵が静かにいった。

「鬼畜米英の建築家を、我らの前で先生と呼ぶか、貴様。大前、やれ」

若い憲兵が左右に手を振るった。往復ビンタが四発。四度頬に炎を置いたようだ。

「足を踏ん張れ」

まだ終わらないのだ。タケシは即座に足に力を入れた。若い憲兵のげんこつが左の頬に飛んでくる。

殴り慣れた憲兵の拳は、極光通信の正門でくらった細川のそれの比ではない衝撃だった。全力で下半身を踏ん張っても、後方によろめき、二、三歩後退してしまう。夕刻の繁華街、日比谷の目抜き通りだった。中学生が憲兵に何度殴られても、めかしこんだ通行人は誰も気にしようとも、足を止めようともしなかった。憲兵が人を殴る光景に慣れてしまっているのだ。

悔しさと怒り、それに恥ずかしさでタケシの顔は真っ赤になった。だが、絶対に涙を見せないという昼間の決意は生きていた。こんなことで心を挫《くじ》かれてたまるか。

頭を下げて叫んだ。

「ご指導ありがとうございました。自分も以後気をつけるのであります」

なんに気をつけるのかなど、問題ではなかった。この場をなんとか切り抜けなくてはいけない。敬愛するアメリカ人の建築家に尊称をつけないようにすること、憲兵がいるときは帝国ホテルのスケッチを遠慮すること、それくらいの対策しか浮かばない。

「いいだろう。だが、こいつは没収だ」

年長の憲兵が帝国ホテルを描いたページだけ、スケッチ帳から破りとっていく。心をちぎられるようだった。過去の分をあわせて十数枚もある。往復ビンタをくらっても平気だったタケシの目に薄く涙がにじんだ。

年長の憲兵が十数枚の素描をまとめて、びりびりと引き裂いた。歩道に投げ捨てる。

「いってよし。ただし歩道のゴミは片づけてからいけ」

反抗心を見せるとまた殴られる。タケシは九十度に腰を折って叫んだ。

「了解しました。お仕事ご苦労さまでした」

憲兵の軍靴の音がきこえなくなるまで、タケシはそのままの格好でいた。足元では北風に自分の描いたスケッチが舞っている。ちぎれた紙を四つん這《ば》いで拾い集めた。

「ほら、お兄さん、災難だったね。なかなか上手《うま》いじゃないか」

何枚かの紙切れを拾って渡してくれたのは、かすりを仕立て直したモンペ姿のおばあちゃんだった。チリ紙にくるんだものをくれる。

「孫にやったお菓子の余りだよ。気を落とさないように。みんな空襲で気が立ってるんだ」

チリ紙を開くと潰《つぶ》れた柏餅《かしわもち》だった。

貴重な甘味である。タケシは日比谷の歩道に座りこみ、口のなかの菓子の甘さについひと粒だけ涙を落とした。

時田メリヤスに帰り着いた頃には、とうに日が暮れていた。都心のほうの空は夕焼けの燃え残りでかすかに赤黒いが、東の空はもう夜の色だった。灯火管制ですべての灯は消され、街は漆黒に沈んでいる。

「ただいま帰りました」

ガラス戸を引き、腫れた左頬を隠して階段をあがった。二階の洗面所で指が切れそうなほど冷たい水で顔を洗う。すこしでも腫れを引かせておきたかった。八歳の直邦が階段を駆けあがってくる。

「ねえ、正《まさ》おじさんがきてるよ。早くきて、もう待ち切れないよ」

タケシも大学院生の正臣が好きだった。妙にウマがあうし、中学生でも子ども扱いはしない人だ。一階奥の続き間では夕食の準備が済んでいた。家族全員の顔がそろっている。この一年間で目にしたこともないようなびっくりするほどのご馳走だ。鯛《たい》の刺身に鯛のあらの潮《うしお》汁、野菜の煮しめ、玉子焼き、蕪《かぶ》の漬物。なんといっても他を圧倒しているのは、湯気のあがる輝くばかりの銀シャリだった。豆や芋やトウモロコシなど混ぜものをしていない白米をたべるのは、いつ以来だろうか。スケッチを破られた屈辱で忘れていた空腹が、しぼんだ胃の形になって腹の真ん中に浮きあがった。

母の君代がタケシの顔に気づいていった。

「どうしたの、頬が腫れてるよ」

「ちょっと憲兵さんにやられた。建物のスケッチをしてたら文句をいわれて。たいしたことないよ」

戦時中なのだ。軍人が怖いのも、子どもが大人に殴られるのも当たり前だった。

「そうか、ひどい軍人もいるな」

やわらかな声でいったのは、眼鏡をかけた正臣だった。

「すみません、せっかくの正おじさんの出征祝いの席なのに」

タケシは頭をさげて、自分の席に正座した。正臣は理系の大学院生なのだが、週明けには静岡の陸軍部隊に出向かなければならなかった。何弾目かの学徒出陣に当たったのである。新兵器の研究者の数が足らず、理系の学生まで赤紙が届いたのだ。学徒出陣では学生は申し訳程度の短い訓練を経て、南洋か中国大陸の前線などに送られる。この町工場が並ぶ通りでも、大学生の戦死者を何人か指を折ることができた。年の離れた弟を出征させる伯母が気丈に振る舞った。

「さあ、たべましょう。ご馳走が冷めちゃう。軍隊の話はしばらく止《や》めにしてくださいね」

タケシは真っ先に茶碗《ちゃわん》をとりあげて、箸のあいだからこぼれるほどの銀シャリをすくって、ひと口頬張った。炊き立ての白米のかおりが鼻に抜け、かむほどに甘さが口中に広がる。銀シャリとはこんなにうまいものだったのか。我を忘れて感動してしまった。

ついで鯛の刺身をかおりのしない代用醤油につけてたべた。ねっとりした身の甘みとこりこりと歯に跳ね返る弾力が抜群だ。ひと切れで茶碗一杯たべられそうだ。

「ん、ん、んまーい」

直邦が歓声をあげて炊き立てのごはんをかきこんでいた。いとこの登美子も、お手伝いのとよちゃんも、従業員のよっさんも、みな興奮に頬を染めて無言でご馳走をたべている。戦争が始まる前は、こんな景色が普通だったのだ。ずいぶん遠くまできてしまった。もうソロモン諸島も、グアム島も、サイパン島も陥落した。それどころか本土の南端、沖縄さえ危ないという。サイパンの空軍基地からは毎日のようにB29が空襲にきて爆弾を落としていく。この先、日本は東京はどうなるのだろう。

タケシは正臣の箸が止まっているのに気づいた。

「正おじさん、たべないの」

疲れたように笑って、正臣は箸の先にさして里芋をひとつ口に放りこんだ。

「胸がいっぱいでね。気にしないで、タケシくんはたんとおたべ」

いわれなくても、食物に飢えた身体が止まらなかった。白米があれば、どんなおかずでもうまいものだ。

「そういえば、どうして憲兵に殴られたのかな。どの建物をスケッチしてたんだい」

タケシはしかたなくこたえた。

「帝国ホテル。嫌味な憲兵がいて、この建物を設計したのは誰だって」

正臣がははは っと乾いた笑い声をあげた。

「そいつはなかなか教養のあるやつじゃないか。フランク・ロイド・ライトを知っていたんだね」

おかげで手ひどく殴られたが、少々の痛みなど銀シャリのうまさが吹き飛ばしてくれた。

「あとで、タケシくんの部屋で話をしよう。ちょっとおもしろいことを考えついたんだ」

正臣は物理学専攻で、いつも突拍子もないアイディアをきかせてくれる。直邦が口一杯に白米を詰めこんで、うれしそうにいった。

「だけど正おじさん軍隊にいってどうするの。こんなにやせっぽちで、眼鏡もかけてるのに」

背は高いがやせぎすの正臣が銃を抱えているところなど想像もつかなかった。中学入試は今では筆記試験がなくなって、口頭試問と体力検定が主になっている。懸垂や短距離走で決まるのだ。今では正おじさんは中学にさえ受からないかもしれない。

　千寿子が息子を叱った。

「こら、そんなこといったらいけないよ」

「いいんだよ。うちの大学でもいろいろと噂が飛んでいて、物理学科の院生は新型兵器の開発部門に回されるという話だ。いってみるまでわからないし、兵隊かもしれないけど」

　タケシは少年誌によく載っているような画期的な新型兵器を想像した。一発で戦争を終わらせることができる桁はずれの高性能爆弾、エンジンを六発乗せた大陸間爆撃機、あとはB29でさえ簡単に落とせる殺人光線といった夢の兵器だ。一瞬で日本が勝ち、この戦争が終われればどんなにいいだろう。

　そうしたら学生も戦争にいくことはないし、どの家にも父親が帰ってくるだろう。子どもだって毎日好きなだけ白米がたべられる。誰に気兼ねすることもなく帝国ホテルのスケッチも描けるだろう。もしかしたらアメリカに渡って、ライト先生の他の建築も見学できるかもしれない。夢のようだ。

「正おじさん、アメリカをやっつけられる決戦兵器って、ほんとうにできるの」

「そう簡単にはいかないんじゃないかな。新型爆弾といっても、核の力を解放するのはひと筋縄じゃいかない」

直邦が悔しそうにいった。

「なんだ一発でアメ公をやっつける夢の決戦兵器はないんだ」

正臣は笑って、八歳の男の子の頭をなでた。

「ぼくの分の玉子焼きもおたべ」

千寿子が席を立ち、台所にいく。戻ってきた手には、久しく見たことのないものがさげられていた。茶色いビールの中ビンが二本である。よっさんが驚きの声をあげた。

「どうなさったんですか。ビールなんて何カ月ぶりに見たことか」

にこりと笑って、タケシの母がいった。

「もちろん闇よ。うちの軍足をもっていって換えてきたの。今夜のご馳走も全部ね」

やはり配給だけではこれほどの贅沢はできないのか。鯛の刺身や銀シャリの並ぶ座卓を眺めて、タケシは複雑な気持ちになった。中学の先生も闇物資はよくないといっていた。配給では手に入らない物資さえ、闇なら大枚をはたけばなんとかなる。

「さあ、正臣さん、それによっさんも、遠慮せずに一杯どうぞ」

うれしそうにビールを注ぐ母に、タケシはいった。

「闇で手に入れたというけど、その元になったのは軍足でしょう。日本軍の品を横流ししたんじゃないか。ばれたら監獄だ」

登美子が横から口をはさんだ。

「そんなこといいじゃない。こんなにおいしいんだからさ、闇はみんなやってるよ。タケシくんは真面目すぎるんだよ」

千寿子が口をとがらせた。伯母は年の離れた優秀な弟を、幼い頃からかわいがっていたという。父親を早く亡くして苦労したそうだ。

「そういう生意気は自分で稼ぐようになってからいいなさい。今夜のご馳走は正臣の出征祝いのためなんだよ。特別なんだ。嫌なら、あんたはたべなくてもいいからね」

千寿子は厳しい人だった。家業のメリヤス工場を手伝っていたけれど、母とタケシは居候に近い身だった。ふたりとは気性もあわない。君代が気をつかっていった。

「いいから、あなたはさっさとごはん済ませちゃいなさい。あとで正臣さんと話があるんでしょう」

悔しかったが、タケシはさっと頭を下げた。

「いらないこといって、すみません」

鯛の潮汁をごはんにかけ、さくさくとかきこんだ。こんな気分でも出汁《だし》の利いた銀シャリは、何カ月かで口にした一番おいしいものだった。海の豊かさが身体に沁みてくる。

「いいかい、正臣」

姉がまっすぐに弟を見ている。

「あなたは昔から身体が強くないんだから、もし兵隊になったら、決して人の先に立ったらいけないよ。自分の身の安全を一番に考えるんだからね。だいたいおかしいんだよ。大学院までいって、物理の勉強をしてるんだろ。軍隊なんかいったってなんの役にも立たないじゃないか」

「わかってるよ。姉さんのいう通りにする」

正臣は眼鏡の奥の目を細め静かに笑うだけだった。

ノックの音がして、正臣の声がした。

「いいかな、タケシくん」

同時に引き戸が開いて、皿をもった正臣の姿が見えた。皿のうえにはウサギの形に切ったりんごが載っている。

「君代さんが切ってくれた。安心していい。これは闇でなく配給品だそうだ」

タケシの部屋は薄暗かった。電灯には黒い布がかけてあるし、窓は黒い遮光布で覆ってある。電気は節約するように口うるさくいわれていた。隣組がメーターを毎週のように検査しにくる。

「ああ、ベッドか。いいなあ」

幼い頃、どうしても布団が苦手で日本で買ったものだった。正臣はベッドに腰かけ、壁に背をもたせかけた。タケシは学習用の机についた椅子に座る。りんごは硬くて酸っぱくて、あまりおいしくはなかった。

「数学の勉強はすすんでいるかな」

建築学部は理系なので数学が必修だった。タケシは頭をかいた。

「あまり計算は得意じゃなくて」

「計算には頭はいらない。公式さえ身についていれば、あとはひたすら反復練習だ」

タケシは妙に淋しそうな正臣の表情をうかがっていた。週明けの月曜日に入営するというのは、どんな気分なのだろうか。

「大学院のほかの人は、どうしてるんですか」

「今回はどっさりと軍に呼ばれたよ。うちの研究室からは、今まで登戸研究所にいったのがひとりいただけなんだけどね」

中学での勉強をやめて、自分は極光通信で真空管の検査をしている。大学院の研究者は軍で新兵器の開発をするのか。

「面接でアインシュタイン先生の論文について質問された。核力を解放すれば、通常の火薬とは比較にならない爆発力が得られる。きみはどう思うか。どうやら新型爆弾の開発要員にさせられるようだ」

タケシは正臣からきいた公式をひとつ思いだした。意味はよくわからない。

「$E = mc^2$ っていうんだよね」

正臣の大学院には理論物理学では日本を代表する研究室があった。

「そうだよ。エネルギーは質量かける光速の二乗に等しい。この世界にあるものはすべて、物質という形に結晶化されたものすごい高レベルのエネルギーなんだ。先生の特殊相対性理論だって、もう四十年も昔の論文だからね」

タケシは正臣が興奮して話してくれたことを頭のなかから引っ張りだした。

「光速が秒速三十万キロメートルで一定で、時間と空間のほうが歪むんだよね」

「そうだ。速く動くと時間はゆっくり流れる。もしB29が光速に近い速さで飛べるなら、一度の爆撃から帰ってくると、飛行場では何年もたっていることになる」

今、生きているこの場所は絶対ではないのだろうか。戦争も空襲も空腹も現実だった。

「時間と空間が歪むって、よくわからないよ」

正臣はにこりと笑っていう。

「この世界はアインシュタイン先生ではなく、ニュートンの物理法則が当てはまるからね。でも相対性理論では、速度が速いほど、重力が強いほど、時間はゆっくりと流れるんだ。重力のほうは一般相対性理論になるけど」

タケシはりんごをもうひとかじりした。光速の宇宙船のなかでは、りんごはどんな味がするのだろうか。正臣の笑いが魔術師のように広がった。

「先生がノーベル物理学賞を獲《と》ってから、もう二十年以上になる。物理学の先端はさらに進歩して量子論になった」

「ああ、光は波でも粒子でもあるって、いってたやつ」

同時に波でも粒子でもあるという状態は、とても想像しにくかった。だが、正おじさんはなにか新しいアイディアが浮かんでいるのだろう。ここは邪魔をしないほうがいい。夢中になって誰かに話すことで、考えをまとめる癖があるのだ。

「一九二七年にはハイゼンベルクが不確定性原理を発表した。量子の位置と速度、両者を同時に明らかにすることは不可能だ。実際観測するたびに量子の位置は異なっている」

「ただ動いているんじゃなくて」

「違う。要するに量子はひとつの物体なのに、無数の共存する状態の重ねあわせでできているんだよ」

時間と空間が曲がり、すべてのものを構成する量子はふわふわと蒸しパンのような状態であちらにもこちらにも存在するというのか。正臣は興奮でベッドから立ちあがると、狭い部屋のなかをうろうろと歩きだした。

「さて、ここからがぼくの新しい学説だ。世界を大東亜戦争なんかから見ずに、量子の世界から見直してみるとさあ不思議！」

そのとき警戒警報が鳴り響いた。


三分間サイレンが鳴り続け、すぐに近くの火の見やぐらからカン、カンカンという一点と二点の連打が繰り返された。電灯の明かりが外に漏れることはないが、正臣がいった。

「ちょっと電気は消しておこう」

廊下をばたばたと駆けてくる足音がした。直邦が引き戸を開けて叫んだ。

「敵機相模湾から入り、東京上空を通過中。B29は二機だって」

もう警報にはすっかり慣れていた。たった二機では逃げる気もしない。正臣が直邦にウサギの形に切ったりんごを渡していった。

「最新ニュースありがとな、直くん」

ラジオの東部軍情報だろう。直邦は口に押しこむと、母が待つ階下に帰っていく。ラジオは贅沢品で、そこに一台あるきりだった。

「さっきの話だけど、量子がさまざまな場所に存在するというのは、量子の側から見たら別々な世界が同時に存在するのに等しいんじゃないかな。ぼくはあるとき、気がついた。ということは観測するたびに世界は別々に分かれ、異なる位置に量子が存在する無数の世界が誕生することになる」

明かりを落とした部屋のなかで正臣がやせた幽霊のように歩き回っていた。ぶつぶつと口のなかでつぶやいている。

「……量子論の考えを微細な原子の世界だけでなく、宇宙全体に適用すれば、そういうことになる……アインシュタイン先生も光速度不変の法則を時間と空間に厳格に適用して、相対性理論をつくりあげた」

無数の世界が同時に存在する？　いったいどこにそんなにたくさんの世界があるというのだろう。だが、なにかを猛烈に考えている人の姿は胸を打った。これほどの集中力で、自分は勉強したことがあっただろうか。

「どうして正おじさんは、そんなことを思いついたの」

タケシがいることを急に思いだしたように、正臣が振りむいた。ぽつりという。

「戦争だよ、タケシくん」

正臣は窓辺にいき、黒いカーテンを引いた。井桁に和紙で補強したガラス戸を開く。冷たい夜風が吹きこんで、タケシは震えた。

「ほら見てごらん」

正臣が指さす北の夜空に、ゆったりとB29が浮かんでいた。高射砲の弾が花火のように破裂すると、遠く銀の翼がきらめいた。

「ぼくは戦争のない世界というのを考えてみたんだ。B29が東京上空にいない世界を」

正臣は酔ったように続けた。

「無限の宇宙と比べたら、量子ひとつもB29もたいして変わらない。B29が爆弾を積んで東京の空にいるのでなく、空荷でハワイやニューヨークの空にいてもいいはずだ。観測通り量子があちこちに存在するならね」

タケシと正臣は窓辺で肩を寄せて、北の空をゆくB29を眺めていた。高射砲の届かぬ高空を悠々と飛んでいる。タケシは墜落したあの空の砦を見学にいったことがあった。尾翼の高さは二階建ての家の屋根よりも高かった。タケシも興奮してきた。

「だったら、戦争がない世界もどこかにあるんだね」

「ああ、ぼくの量子論の解釈が正しければ。この戦争を無事に生き延びたら、世界が無数に存在する多世界の論文を書くつもりだ」

高射砲の腹に響く破裂音をききながら、魅せられたように爆撃機を見つめていた。目を離せない力があの飛行機には確かにある。昼間に見た有楽町駅前の空襲跡を思いだした。

「B29がいない世界、戦争がない世界、人が死なない世界。そんな世界が今もあるな

らほんとにいいなあ」

正臣が笑っていった。

「だけど、核磁気の力が弱くてすべての量子がばらばらのまま飛び回るだけの空っぽの死の世界になる可能性もある」

戦争がない世界もあるなら、空襲で東京に住む人たちがすべて死んでしまう世界もあるのかもしれない。夜空を見あげながら、タケシは暗い気もちになった。死というと真っ先に思いだすことがある。


ワシントン州シアトル郊外に住んでいた頃、近くのアジア系の子どもたちとよく遊んでいた。タケシは六歳で、みんなと小川に出かけた。季節は初夏で川の水が冷たく、裸足の足に気もちよかったことはよく覚えている。

仲よしの上海からきた少年、デニス・コウと深みにはまり、ふたりは流されてしまった。手をつないだまま あっという間に姿を消したと、あとで友人からきいた。デニスの遺体は翌日一・五マイル下流の淀みに沈んでいるのが見つかった。

タケシはデニスの手を強く握っていたはずだが、当日の夜には川原で意識を失っているところを発見された。怪我《けが》はなく、不思議なことに衣服もまったく濡《ぬ》れていなかったという。周囲の子どもたちが、タケシをUNDYING不死身のアンディと呼ぶようになったのは、その後のことである。

　不思議なのは、タケシには夢のなかの出来事のようにかすかな記憶が残っていたことだ。デニスの手を握ったまま、水中から夕焼けの迫る空を見あげていた映像。水の揺らぎをとおして太陽が輝いていた。息の苦しさも水の冷たさも、デニスの手から力が抜けていったのも、肉体的な感覚として覚えている。

（ああ、自分は死ぬんだ……もう助からない……まだ六歳なのに……お母さん……まだ死にたくない）

　切れぎれにそんなふうに考えたのは確かなはずなのに、タケシは川原で捜索隊に発見された。いっしょに川に流されたデニスは命を落とし、なぜか自分は助かった。しかも半袖のボタンダウンシャツは濡れてさえいなかった。

　あの体験はいったいなんだったのだろう。誰にも口にできない奇跡のような出来事である。

　タケシは正臣といっしょに開け放たれた窓から東京の夜空を見あげ、ぼんやりと思いをめぐらしていた。もしかしたらぼくは自分が六歳で死なない別な世界に飛んでしまったのかもしれない。どうしても生きていたくて、自分でもわからない力が発揮されたのではないだろうか。量子があちこちに同時に存在するというのなら、ひとりの人間が別な世界に飛んでしまっても、不思議はないのかもしれない。

「ねえ、正おじさん、さっきひとつの量子もB29も宇宙と比べたら、たいして変わらないといったけど、人間も同じなのかな」

窓から身を乗りだしていた正臣が振り返った。背景の夜空にはB29が飛んでいる。高射砲は音もなく破裂して、だいぶたってから腹に響く轟音《ごうおん》が届いた。遠くの戦争は恐ろしくも魅力的なマンガのようだ。

「ああ、人間なんてほんとにちいさなものだ。でもこの世界を観測することで、世界の在りかたさえ変えることができる。そういう意味では、量子やB29なんかよりも、人間はずっとすごい力をもっているのかもしれないね」

タケシは遠く東京の北の空を飛ぶB29を必死の力をこめて凝視してみた。観測することで世界が変わるなら、もしかしたら腹に何トンもの爆弾を積んだ巨大な飛行機さえアメリカ本土に送り返せるかもしれない。

タケシの願いは空《むな》しかった。二機の爆撃機はなにごともなく東の空に去っていく。偵察飛行かもしれない。銀の機影が甍《いらか》の波に消えるまでふたりは、真っ暗な早春の空を見つめていた。

三月八日

朝焼けの残る空の下、タケシは猿江神社に向かっていた。手足の先がじんじんとしびれるくらい寒い朝だった。目覚まし時計を午前五時にあわせて飛び起きたのだ。

「ほんとに寒いなあ、これでも三月かよ」

白い息を伸ばしながらテツが朝からぼやいていた。太めの癖に寒さにはからっきし弱いのだ。

「おい、そんな泣き言を大人にきかれたら一発くらうぞ。今日が何の日かわかってるだろ」

ミヤは模範的な中学生らしく、そう指摘した。テツは不服そうだ。

「ああ、わかってるよ。大詔奉戴日《たいしょうほうたいび》だろ」

大東亜戦争が十二月八日に開戦されたことにちなんで、毎月八日は記念日とされていた。

早起きして、宮城《きゅうじょう》方向を遥拝《ようはい》し、日の丸を揚げては、近くの神社へ戦勝祈願にいく。これらは国民の義務で、不参加という訳にはいかなかった。

「早起きはまだいいけど、めしがつらいよな。勤労奉仕は変わらないのにさ」

テツはぼやき続けている。外地で戦う兵隊さんの苦労を分かちあうという理由で、この日大人たちは禁酒禁煙である。酒や煙草《たばこ》をやらない中学生でも、三食はすべて一汁一菜だった。弁当もおかずは梅干一個の日の丸弁当と定められていた。もっともこの頃では白米だけの日の丸弁当はたいへんなご馳走で、雑穀や野菜を炊きこんだめしに梅干がほとんどだった。ミヤが周囲に大人がいないか確かめていった。

「せめて工場の昼めしくらい、なにかおかずがあるといいんだけど」

まだ早朝だが開戦記念日なので、下町の街並みもにぎわっていた。あちこちで親子連れが、この先にある神社の方向に歩いている。タケシは声を低くした。

「今日はいいものをもってきたんだ」

いつもよりふくらんだ肩掛けカバンを、タケシは大切そうに抱えていた。テツがいう。

「なんだよ、いいもんって」

タケシは軍事機密でも漏らすように声を下げた。

「昨日うちのおじさんの出征祝いがあって、ご馳走が出たんだ。それであまった銀シャリをお母さんがお握りにしてくれた。テツとミヤさんの分もあるよ。戦勝祈願したら、どこかでこっそりたべよう」

「うわー、やったな」

テツがゲートルを巻いた足で飛び跳ね、大喜びしている。

「銀シャ……」

さすがのテツも途中で声を殺した。通りの向こうでおかっぱ頭の幼い女の子が、不思議そうに見ていた。頬はこけて、ひもじそうだ。目がぎらぎらと光っている。銀シャリのひと言で空腹を抑えられなくなったのかもしれない。高価な闇の米などとても手が出せない都民も街には多かった。

そういえば、戦争が始まってから男子はみな坊主刈りで、女子はみなおかっぱと決まっていた。こちらは規則ではないのだが、おしゃれな髪型などしていれば非国民と見ず知らずの人にまで罵《ののし》られることになる。声を潜めたままテツがいった。

「銀シャリなんて何カ月ぶりか、わからん。うまかったか、タケシ」

優等生のミヤまでぽかりと口を開けて、タケシを見つめている。この一年ほど朝起きて最初に感じるのは、今日はなにをして遊ぼうかという子どもらしい期待感ではなかった。お腹が空いたという切実な欠乏感なのだ。東京中の子どもが空腹と寒さで、毎朝切ない思いを抱えて布団から起きだしてくる。それが当たり前の日常だった。タケシも昨夜の食卓を思いだして夢見心地になった。

「銀シャリだけじゃなく、玉子焼きも、鯛の刺身もあったんだ。なによりうまかったのは、鯛のあらで出汁をとった潮汁を、銀シャリにかけたごはんだな。お代わり三杯もしちゃった。あれは、おいしかったなあ。あんなにおいしいもの、向こうにいたときもたべたことないよ」

テツがごくりと唾をのみこんだ。ミヤはなんとか開いていた口を閉じて、冷静な振りをしている。

「アメリカのめしより、潮汁をかけた銀シャリのがうまいのか」

タケシは胸を張っていった。

「ああ、あれが生まれてからたべた、一番おいしいものだった」

テツが国民服の腹に手を当てていった。

「あーくそっ、もう戦争なんてどうでもいい。うまいめしを腹一杯くいたいな」

ミヤはタケシの肩に手をおいていう。

「日本人に生まれてよかったな、タケシ。銀シャリのうまさがわかるなんて一人前だ」

道端の植えこみからツツジやアジサイは刈りとられ、食糧増産推進のため畑に変えられていた。歩道の脇や家々の軒下の猫の額のような土地さえ地元住民の手が入れられている。たいていはイモやカボチャや夏野菜のたぐいだが、下町の土はやせていて、た。

専業農家のような技術もないので、収穫できる野菜の量はすくなく、出来も貧弱だった。

「おはようございます」

「開戦おめでとうございます」

猿江神社が近づくと、挨拶の声が高らかになった。神社の参道には大日本婦人会のたすきをかけた主婦が並んでいる。タケシの苦手な同じ町内の松浦のおばさんがいる。その横には隣組組長の石坂老人が木刀を杖のように突いて立っていた。これは気を引き締めてかからないといけない。

鳥居の手前で三人は立ちどまり、右端に寄って深々と頭を下げた。

「おはようございます。よろしくお願いします」

モンペ姿の婦人会の女性たちが頭を下げた。

松浦さんは五十代で鷲《わし》のようにとがった鼻と一文字に結んだ厳しい唇をしている。三人の息子のうちふたりが南方で戦死したという。

「なんだ、あんた時田さんとこのアメリカ帰りか。キリスト教徒じゃないのか」

男勝りの口を利いた。以前は錦糸町駅北口のガード下で露店の下駄屋をやっていたが、物資不足で店を閉じたそうだ。元々婦人会の仕事には真面目だったけれど、息子の戦死からこちらは危ういほど熱烈な活動をするようになった。タケシは直立不動で、目をあわさずに返事をした。

「ぼくはキリスト教徒ではありません」

同時に仏教も神道も信じてはいなかった。タケシはまだ若く、人の死に宗教や物語の支えが必要なほど近づいていない。戦勝祈願はいいだろう。けれど神様は自分の頭上を飛び回るB29さえ追い払ってはくれなかった。

「あんた、本気で大日本帝国が勝つようにお祈りできるのか」

どこにいってもついてくる質問だった。おまえはどっちの味方だ。どっちの国が勝てばいいと思っている。ほんとはアメリカに帰りたいんじゃないのか。

タケシは内心うんざりしていたが、腹に力を入れて叫んだ。

「今日は開戦記念日です。わが日本国の戦勝を祈願しにまいりました。本気であります」

隣組の石坂組長が横目でタケシをにらんでいた。野良犬でも見るような軽蔑をふくんだ視線だ。こちらも錦糸町駅で定年まで赤帽の仕事を勤めあげた、小柄だが筋骨隆々とした老人だった。

「貴様は昨晩、警戒警報のさなか、防空壕《ごう》に避難もせずに、窓を開けて呆《ほう》けたようにB29を眺めていたな」

タケシの身体のなかで血液が滝のように足元に落ちていった。貧血になりそうだ。

隣組の組長に見られていたのだ。

「……はい」

「なにかむしゃむしゃくっていたな。わしは見たぞ。防空のために夜まわりをしておった」

窓を開けて、爆撃機など観察しなければよかった。りんごをたべながらのんきに量子論の多世界解釈を語るのと、寒空のした万一の空襲に備えて夜歩きをするのでは、どちらが愛国的か考えるまでもない。小声でいう。

「配給のりんごであります」

大音声で一喝された。

「たるんでおる」

ああ、また殴られるのか。タケシは覚悟を固めた。暴力に遭うのは目上の人間の機嫌次第だった。大人は、とくに厳しい戦況に鬱屈を抱えた大人は、子どもの敵だった。

組長は意外なことをきいた。

「いっしょにいた若造は誰だ」

正臣の名前をあげるのは、吐き気がするほど気がすすまなかった。だが、隠しごとをすれば罰は倍になる。頰を張られるのはまだいい。だが木刀で尻を叩かれると痛くて椅子に座れず、工場での勤労奉仕に支障が起きる。しかたなくタケシはいった。

「大学院に通う伯母の弟であります。赤紙がきたので、昨夜は出征祝いをしておりました」

ふっと表情がやわらいだのは、婦人会の松浦さんのほうが先だった。

「……赤紙かい……そうかい」

石坂老人を見て、松浦のおばさんがいった。

「出征祝いなら、少々はめをはずすのもやむを得ないでしょう。石坂さん、どうですか」

杖代わりの木刀でとんと境内の敷石を突いて、石坂組長がいった。

「うむ、そういうことなら大目に見よう。だがつぎからは気をつけなさい。地上から光が漏れたら、この本所区に焼夷弾の雨が降る。住民の責任は重大だぞ」

「はい、気をつけるであります」

タケシは直立不動で喉から血が流れるほど全力で叫んだ。一生懸命であること、命がけの覚悟をもっていること、なにかにつけて、その態度を表明しなければならない。なにせ今の日本は神武以来かつてなかった大戦争の最中で、深刻な国体の危機を迎えているのだ。

三人は隣組の石坂老人と婦人会の松浦さんに一礼して鳥居をくぐり社殿に向かった。テツがタケシのわき腹を突いていった。

「よく助かったな。おれ、配給のりんごでありますってきいたとき、噴きだしそうになったぞ。ああいうのやめてくれよ。おれまで殴られるかと思った」

タケシは口をとがらせた。こちらは必死だったのだ。

「冗談でいったんじゃない。ぼくだって往復ビンタは覚悟してたよ」

猿江神社のお社はコンクリート製の立派なもので、とてもモダンな造りだった。なによりコンクリの白さに清潔感があっていい。建築好きのタケシには、日本の神社様式と新しい素材の組みあわせが好もしかった。

社の前の石畳には、ひざをついて戦勝祈願をしている女性や老人が目についた。タケシたちは賽銭《さいせん》箱の前にすすみでて、無意識のうちに二礼二拍一礼の参拝をおこなった。子どものころから身体に叩きこまれているので、自然に正式な作法に則《のっと》ってしまう。

「どうかこの戦争に日本が勝ちますように」

タケシの隣でテツがおおきな声で願いを述べた。憲兵も勤労奉仕の配属将校も嫌いで、ひたすら恐ろしかった。たべるものも、着るものも不足している。学校にさえいけず、中学生なのに働かされているのも、どうかと思う。机に向かって勉強さえできないのだ。

あれもこれもすべて戦争のせいだった。けれどタケシは日本人すべてと同じように、心の底からこの戦争に日本が勝てばいいと願っていた。負けてもいいから早く戦争が終わってくれなどとは、これっぽっちも思わない。三人は愛国という点では、他のもっと熱狂的な同級生に後れをとっていたかもしれない。だが、戦勝への願いは本物だった。

四年前の十二月八日朝七時の臨時ニュースは今も記憶に鮮やかだ。時報を打ったばかりのラジオから突然チャイムが鳴り始めた。アナウンサーの声もひどく興奮していた。

「臨時ニュースを申しあげます、臨時……」

アナウンサーは二度繰り返した。

「大本営陸海軍部、十二月八日午前六時発表。帝国陸海軍は本八日未明、西太平洋においてアメリカ、イギリス軍と戦闘状態に入れり」

短い本文も二度繰り返された。それが日本国民に米英との戦争の開始を告げる初めての報道だった。その後は「軍艦マーチ」や「愛国行進曲」といった軍歌が立て続けに流れ、街は号外が乱れ飛ぶ朝となった。

世のなかの空気もタケシは覚えている。なにももたない貧しい国・日本に、世界の二大強国アメリカとイギリスが無理難題を押しつけ、かさにかかっていじめてくる。

これでついに憎き米英に正義の鉄槌《てっつい》を下せるのだ。興奮と熱狂に満ちた声がほとんどだった。

ラジオも新聞も、国民学校の先生も、街をゆく大人たちさえ、戦争の始まりに感動を隠せないようだった。アジアの先陣を切る日本が、世界を支配する米英に一矢を報いるのだ。目にもの見せてくれる。学校にいくためタケシが街に出ると、興奮して演説をする大人や号外を手に議論する大人の姿が、あちこちで目についた。なかには号泣している老人もいる。

戦争開始の感動が頂点に達したのは、その夜九時のことだった。ラジオが告げたのは初戦の大勝利だった。

「帝国海軍航空部隊により決行せられたるハワイ空襲において、現在までに判明せる戦果次の如《ごと》し。戦艦二隻撃沈、戦艦四隻大破、大型巡洋艦約四隻大破、以上確実。他に敵飛行機多数を撃墜撃破せり」

時田の家でもその夜は昼の間に買い求めた紅白の饅頭《まんじゅう》を、戦勝を祝ってみんなでたべている。素直に喜べないのはタケシと君代だけだった。ふたりは日系人排斥が激しくなったシアトルから前年、東京に帰っていた。

アメリカの豊かさ、国土の広大さ、科学技術の進歩を身に沁みて理解している。あれほどの国を相手に、中国を攻め獲るほど強盛とはいえ極東の島国に過ぎない日本が、まともに戦い続けることができるのか。両国の事情を身をもって知るふたりは、その夜不安な気もちを失くすことはできなかった。

あの日から三年と三カ月、今では日本の首都東京にアメリカのB29が空襲にこない日はめったになかった。真夜中の空襲警報にも、被害家屋や被害者の報道にも慣れ、すっかり心は冷えてしまった。タケシと母の不安は残念なことに的中してしまったのだ。

三人は戦勝祈願を済ませると、鳥居で振り返り一礼して猿江神社を出た。朝は早かった。工場の始業時間まではたっぷりとある。息を白く伸ばして、テツがのんきにいった。

「いやあ、助かったたな。大詔奉戴日はいつも腹が減ってたまらないんだ。記念日なのにおかずもないしな。工場で毎日働かされて月月火水木金金だもんな」

決戦に休みなしということで、祭日も工場への出勤が続いていた。曜日など関係ない。休日は十日、二十日、月の最終日と一カ月に三日だけである。ミヤがいった。

「確かに日曜日がどんな感じか、おれたち忘れてるな。週に六日も学校にいってたなんて信じられないや。最近じゃ、中学には農園の手いれか教練で顔を出すくらいだ」

校庭はイモ畑になり、体育の授業の代わりに銃剣の教練だった。当然、開戦記念日でも勤労奉仕は変わらない。朝から銀シャリのお握りというのは、終日空腹を覚悟しなければならない中学生には、たいへんなご馳走である。

「どこでたべる?」

テツが周囲をきょろきょろ見回している。闇で買った白飯のお握りなど、人前ではとてもたべられなかった。

「こっち、こっち」

榊《さかき》の生垣が切れて、空き地がのぞいていた。早春の雑草が寒々と生えている。見あげるとここ何日かと変わらない雲の多い寒空だった。三人は通りに背を向けてしゃがみこんだ。タケシは肩掛けカバンから、新聞紙に包んだずしりと手応えのあるお握りをとりだした。まだほのかに温かい気がする。

開くと大人の拳よりもおおきなお握りが三つ並んでいた。茶碗に大盛り一杯では足りない分量だ。テツがごくりと唾をのんだ。

「すげえ、ほんものの銀シャリだ」

新聞紙の脇には沢庵《たくあん》が添えられている。タケシはいった。

「具はないけど我慢してくれ」

テツがばんっと強めに背中を叩いてくる。

「なに贅沢いってんだよ。欲しがりません、勝つまではだろ。白飯さえあれば大ご馳走だ」

　ミヤまでお握りに感動しているようだった。

「おれ、この前夢に見たんだ。丼に山盛りの炊き立てのご飯の夢だ。これからたべる直前に目が覚めて、悔しくて続きを見たくて二度寝した。ダメだったけどさ」

　三人はおおきなお握りを両手でつかんで、空き地にしゃがみこんだままかぶりついた。塩味がたまらない。仲のいい友達がそろっているのも実によかった。涙が出そうだ。

「なんなんだ、このうまさ」

ひと口ごとに塩結びを腹に収めるテツが、頰を銀シャリでふくらませていう。タケシは同級生の手を見た。あかぎれだらけで、血がにじんでいる。荒れた手はミヤもタケシも同じだった。この寒さで栄養が足りないなか、ずっと働かされ続けていた。

　握り飯をひとつたべるだけで、人から難癖をつけられないかびくびくしている。こんな空き地にしゃがんで、盗んだものでも分けるようにたべるのだ。そのときタケシは、この戦争の行方がぼんやりと見えた気がした。

　中学生がこんなに飢えて、学校にもいけずに働かされているようでは、戦争に勝ち目はない。だがタケシは母の国を愛しているので、敗戦という言葉は頭のなかでさえつかうことはできなかった。勝てはしないと思うだけだ。

「おい、あれ」

榊の常緑の陰から、ちいさな兄弟がこちらを見ていた。膝につぎのあたったズボンとぶかぶかの国民服を着た国民学校低学年の兄が、幼い弟の手を引いている。垢《あか》だか泥だかで顔が薄汚れていた。痛々しいのはふたりの手で、手首は水道管のように細い。幼い兄弟はなにもいわずにくいいるように、タケシたちの手元を見つめていた。半分になったお握りである。兄は気づかれて恥ずかしそうな顔をしたが、就学前の弟にはただ空腹があるきりのようだった。兄が手を引いても、その場を動こうとしない。

タケシは自分の手のなかの握り飯を見て、やせ細った兄弟を見た。半分に割って二人のところにいく。ちいさなお握りの欠片を差しだしていった。

「さあ、たべな。ぼくらにもらったことは内緒にしてくれよ」

兄は一瞬迷ったが、弟の手は素早かった。鳶《とんび》のようにタケシの手からお握りをさらい、気がつけば口のなかに押しこんでいる。

「おまえ偉いな。おれは無理だわ」

最後の銀シャリを口に押しこんで、テツが淋し気に笑っていた。ミヤは手のなかの握り飯を真剣に見おろしている。

「おれは半分、家にもって帰る。弟や妹たちにもひと口くわせてやりたいからさ」

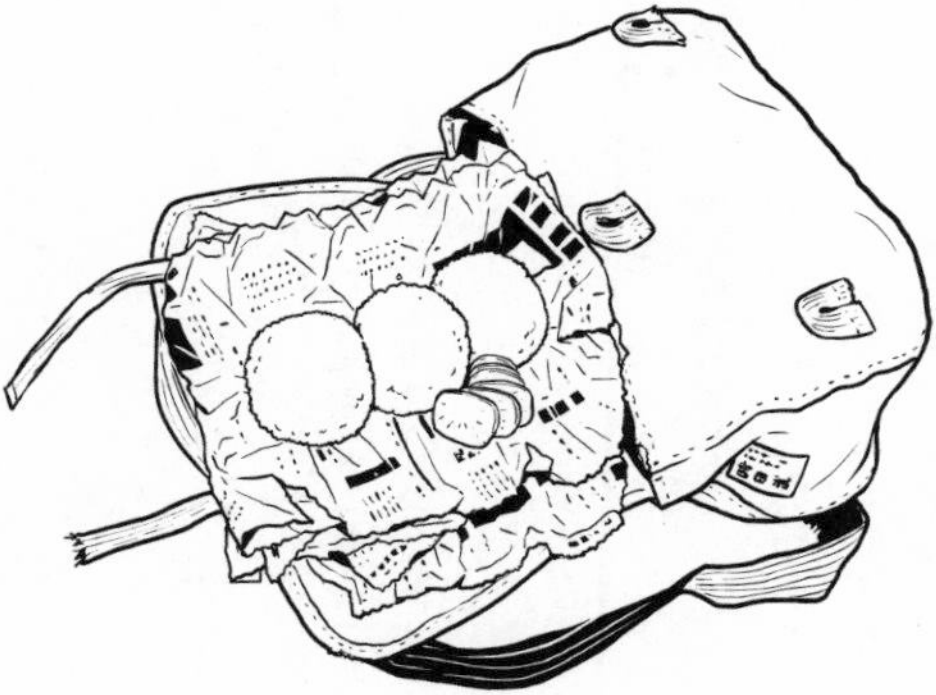

せっかくの開戦記念日に銀シャリのお握りまでたべたのだが、極光通信に向かう三人の足どりは重く、口数もすくなかった。

「あの兄貴、弟に自分の分もやってたな」

テツがぼそりという。

「おれってくい意地張ってるよな。あの兄貴も、おまえらも偉いよ。おれは自分の飯を人にはやれないや。情けない」

タケシは開戦から何キロもテツが体重を落としたことを知っていた。育ち盛りの中学生がやせ細っていくのだ。苦しくないはずがない。今度はタケシが背中を強く叩き返した。

「しかたないだろ。丸々してたテツが今じゃすこしぽっちゃりくらいなんだから。戦争が終わったら、腹一杯たべられるさ」

ミヤが顔をあげて、春の曇り空を見あげた。

「ああ、おれが新型の戦闘機で大活躍して、いつかこの戦争を終わらせてやる。飛行機乗りは給料もいいから、テツにもタケシにも好きなものなんでも腹がはち切れるほどおごってやるよ。なにがいい、テツ」

テツの顔にちいさな灯がともったようだ。指を折って数え始める。

「そうだな、まずはかつ丼だろ、揚げたての天ぷらだろ、カレーライスもいいな。寿司もくいたい。タイにマグロにヒラメを三回転。玉子焼きは焼き立てを一皿だ。シナそば二杯に焼きぶた追加で。寒いからおでんもいいよな。ちくわぶ、大根、厚揚げにがんもどき、玉子はやっぱり二個いきたいな」

タケシは笑っていった。

「テツの胃袋、どれだけはいるんだよ。それくらいにしないとほんとに腹が破れるぞ」

「いいから、最後までいわせてくれ。想像だけじゃぜんぜん腹がふくれない。焼き鳥もいいよな。塩とたれで、鳥もも、つくね、鳥皮。おれ、砂肝嫌いなんだよ」

ミヤが笑った。

「そんなの知らねえよ」

「あとはともかく炊き立ての白い飯だ。茶碗一杯に玉子をひとつの贅沢な玉子ご飯をくいたい。あれはほんとにうまいよな。何杯でもいける。十杯たべたら、誰かとめてくれ」

タケシも笑った。だが、テツの声の調子がおかしかった。顔を見ると目が赤い。ごしごしと顔をこすっていった。

「いつかこの戦争が終わる日がくるのかな。おれたちは大人になるまでほんとに生きていられるのかな」

タケシは胸をつかれて、うつむいてしまった。黒い革靴とゲートルを巻いた足が見える。いつまで自分はこんなゲートルを巻くのだろうか。この戦争は百年続くという大人もいた。戦地に赴き三カ月もたたずに戦死した若者は町内にも無数にいる。戦死の知らせが届くたびに、町会の役員が集まって残された家族を褒めたたえ、ときに万歳をするのだ。

ミヤが厳しい顔でいう。

「やめとけ、テツ。そういうのは敗北主義だ。おれは好きじゃない。なんとか生き延びて、いい暮らしをするんだ。そうでなきゃ飛行機乗りなんて、誰がなるか。おれは戦勝といい給料どっちも手に入れてやる」

自分はなにを目指して生きていけばいいのか。建築家になる夢は、平和な時代にしか叶《かな》えられない。タケシは多くの日本人と同じようにこの戦争の先を考えることができなかった。一番可能性が高いのは、軍隊にとられ、どこか名前も知らない街か島で戦死する末路だ。

「今はなにを考えてもしかたない。ぼくたちはただの中学生だ。目の前のことを精一杯がんばるしかない」

自分でそういっても、タケシの胸は晴れなかった。軍需工場で精魂こめて働くことしかできることはないのだろうか。テツがどんっと胸を叩いていう。

「確かに敗北主義はよくないよな。また配属将校に殴られる。じゃあ、夢の続きをきかせてやるよ。どこまでいったっけ」

「今泣いたカラスがもう笑うだな。玉子ご飯」

タケシがそういうと、テツは頬を赤くした。

「泣いてなんかねえよ。じゃあ、つぎは食後の甘いもんだな。焼いた餅がふたつ入ったお汁粉を三杯。こいつは絶対だ。口のなかが熱々になってるから、ソーダ水とサイダーを交互にいく。アイスクリームはお代わりが面倒だから、すり鉢に山盛りでもってきてもらう」

タケシの腹が鳴った。幼い頃シアトルで注文したアイスクリームは、自分の頭ほどあってとてもたべ切れなかった。

「最後の締めは、やっぱり下町だから船橋屋の葛《くず》餅にしよう。黒蜜たっぷりに熱いほうじ茶つきで。これ全部、ミヤのおごりだろ」

小柄なミヤが胸を張っていう。

「ああ、まかせろ。飛行機乗りは特別手当がたっぷりつくんだ。みんなで生き抜いて、この戦争に勝とうぜ」

「よしっ！」

三人の歓声が下町の空に響いた。

午前中の作業はいつものように真空管の検査だった。一本一本目視で確認していくのだが、ずっと同じ部品の細部をにらみつけているので、だんだんと目が疲れ乾いてくる。数百本も作業をこなすと、今なにを見ているのか自分でもよくわからなくなるのだった。

この日は前日の反省で、誰も石炭ストーブのそばに近寄らなかった。軟弱だと怒る早川中尉に火が消されることもない。広い検査場にストーブは一台だけで、寒いことは寒いのだが生徒たちは誰も文句をいわず、開戦記念日も元気に働いていた。

「時田くん、ちょっといいかな」

タケシが顔をあげると、極光通信技術部長の竹内智之が立っていた。背後の壁の時計は十時十分すこし前だ。竹内さんは四十代初めの穏やかな人で、丸眼鏡の奥の目が優しそうだ。大日本帝国、愛国心、兵隊さんといった言葉をほとんど使わない製造装置の保守と点検の責任者である。この工場で最後まで丸刈りにしなかったのは、竹内さんだった。

「はい、なんでしょうか」

同じ検査台を囲む生徒がちらりとタケシの顔を見た。隣の島で検査機に向かっている細川、岸田、前岡の熱血愛国派が、目を細めて冷たい視線で見つめてくる。タケシはアメリカ人を父にもつので、普段から目立つことは極力避けていた。けれど技術部長が相手では仕方なかった。

「いつものヘルプをお願いしたいんだ」

英単語ひとつで検査台を囲む中学生がびくりと緊張して、空気が変わった。大東亜戦争が始まって以来、英語は禁止されている。敵性語として中学でも英語の授業はなくなっているのだ。ここはなるべく早くこの場を逃れるしかない。竹内部長は悪い人ではないけれど、組のなかの雰囲気まではわからない。

「はい、すぐにいきます」

タケシは手のなかの真空管を静かにおいて、席を立った。技術部の責任者に続いて、検査場を出ていく。背中に誰かの声が小石のように当たった。

「……なんだよ、あいつばっかり」

検査場の空気がとがった。なんとか振り向かないように努力する。顔色を変えてはいけない。弱みを見せれば、同世代の少年たちはすぐ攻撃に転じるだろう。この戦時下に日米混血児として生きるのは、毎日が大人のものとは異なる別な戦場だった。

竹内部長が開けたガラスの扉の向こうには、懐かしいアメリカの匂いがあった。壁の本棚には英語と日本語の真空管に関する技術書が隙間《すきま》なく並んでいる。部屋の中央にはソファセットがおいてあり、背もたれには白いクロスがかかっていた。

「失礼します」

一礼してタケシは室内に足を踏みいれた。

「いつもすまないね。お菓子でも、どうだい」

センターテーブルには大判の英文の技術書が何冊も開かれている。その脇には梅の花を描いた小鉢があって、なかには色とりどりの金平糖《こんぺいとう》が入っていた。砂糖は貴重品で、闇ではいくらするかわからない。それがこんなふうに放りだしてある。あとですこしいただいて、テツとミヤさんに分けてやろう。

「かけてくれたまえ。また英語でつまずいているんだ。この文章の意味なんだが……」

タケシは竹内さんの隣に座り、分厚い技術書をのぞきこんだ。九歳までシアトルにいたから、今も英語は得意だし、読み書きにも問題はなかった。だが電気関係の技術書となると、また別である。専門用語はたびたび出てくるし、電気関係の法則を理解している専門家向けの文章なので、ずいぶんと頭をひねらなければならない。

「このプレート電流に関する記述がよくわからないんだが……」

竹内さんの目が笑っていた。この人は困った人だ。タケシは極光通信の製造機械を改良するための勉強につきあわされるのだと思っていた。だが同じ技術書でも開いているのは、音響関係の本で、自作真空管アンプの製造について書かれたものだ。自分の趣味のために勤労奉仕の最中の中学生を呼んだのである。竹内さんはクラシック音楽の熱心な愛好家だった。

それから二十分ほど、辞書を引きながら音楽用の真空管アンプの造りかたをいっしょに調べた。なんとかわからなかった箇所を片づけると、竹内さんは写真を指していう。

「いや、これは見事なものじゃないか。ＲＣＡ製のナス管だ」

なすびの形をした大型の真空管が掲載されていた。ぴかぴかに輝いている。きっとガラスの質がいいのだろう。

「こちらにはＧＥ製の三極管もある。こんなものが手に入ればなあ」

技術部長がしみじみと嘆息した。

タケシは目立たないように、梅の小鉢から金平糖をひと粒だけつまみ口に入れた。

「そんなにアメリカ製と日本製では違うんですか」

竹内部長はソファの隣で身を乗りだした。

「こんなことは技術者や音楽好きの間では当たり前の話なんだが、アメリカ製と日本製では性能も肝心の音も段違いだ。わたしは今、秋葉原で開戦前に輸入されたＲＣＡ管を探している。とても手が出せないくらい高価なんだよ。うちの製品とは比較にならない」

　この人はなにをいっているのだろう。工場に派遣された配属将校・早川中尉がこんな話を耳にしたら、精神注入棒で思い切り尻を叩かれるだろう。それとも竹内さんは極光通信の部長だから、だいじょうぶなのか。

「わたしたち西洋音楽愛好家には生きにくい時代になったなあ。きみもお母さんもクラシックは好きなんだよね。向こうにいるときはジャズなんかもきいたのかな」

　滅相もなかった。あわてて手を振る。シアトルではジャズは黒人の音楽で、他にきいているのは不良の白人だけだった。日系人はジャズを好む者などわずかだ。

「いえ、うちはクラシックだけでした」

　父の家には立派な音響機器がそろっていた。よくきかされたものだ。

「へえ、きみの家ではどんな作曲家をきいていたんだい」

「よくきいていたのはバッハやブラームスです。メンデルスゾーンも明るくて好きでした」

　風が吹き抜けるイタリア交響曲を思いだす。

「きみはいいなあ。ぼくはドイツ派なんだ。ぼくは現代のフランス音楽好きだから、肩身が狭くてかなわない。ドビュッシーやラベルなんかが好みだけどね。まあ、憲兵だの隣組だのは、ドイツ音楽もフランス音楽もわからないから、いいようなものだが」

タケシはそっと手を伸ばし、金平糖をもうひとつつまもうとした。竹内部長が先に手を伸ばし、梅の小鉢をつかんだ。欲張り過ぎたのだろうか。叱られると思い、反射的に謝ってしまった。

「意地汚くて、すみません」

竹内部長は厳しい顔でいった。

「手を出しなさい」

顔を殴るのではなく、この人は手を叩くのか。大人にしては優しいんだな。そう思ったら、てのひらに色とりどりの金平糖が霰《あられ》のように降り注いだ。

「謝るのは、ぼくのほうだ」

タケシはてのひらで鮮やかな山となった金平糖を唖然として眺めていた。ちいさな粒から突きでた角がくすぐったい。竹内さんの言葉は意味がわからなかった。

「いえ、そんなことないです……あの、これ、全部ぼくにくれるんですか」

他にいいようがなかった。竹内さんは切なそうな顔でいう。

「きみにあげるんじゃない。もともと、きみたちのものだったんだ」

どういうことだろう。竹内さんはタケシの手からひと粒青い金平糖をつまんで口にいれた。透きとおった金平糖は、どこか真空管にも似ている。

「勤労奉仕をしている工場には、生徒たちのために国から食料が配給されている。きみたちが昼にたべているものだ。それ以外にも、国からの配給はあるんだよ。嗜好品《しこう》や菓子なんかだ。うちの工場では、きみたちに昼飯はくわせているけれど、こうした菓子はほぼすべて会社側が貯めこんで、社員に配っているんだ。この金平糖だって、もともとはきみたちのためにお国がくれたものだ」

ほんとうだろうか。事実だとしたら、なんと大人たちはずるいことか。

「嘘じゃない。事務室にでもいってみたまえ。どこの工場でも大人が働く場所では、お菓子がたくさんだ」

腹が立ってたまらなかった。銀シャリの塩結びひとつで申し訳ないと涙ぐんでいたテツはどうなるのだろう。あの涙にどんな意味があったのか。

だが、タケシは同時に人間などわが身がかわいい欲張りな生きものだという気もしてきた。米だけでなく日本中からあらゆる物資が消えたのは、きっとより強い立場の人間から順番に物資を懐にいれていったせいに違いない。早朝に猿江神社の参道で見かけた飢えた幼い兄弟を思いだした。水道管のように細い手首をしたあの子たちのところにいくころには、物資が収められた箱は空っぽになっている。

竹内さんが首を横に振りいった。

「それをもって帰るのはいい。だけど誰にもらったかはいわないようにしてください。仲のいい友達にだけ分けるように。みんなにも黙っているようにいうんだよ」

このきれいな金平糖をなめるだけで、そんなことまで気をつかわなければならないのだ。

国民服のポケットをチリ紙でくるんだ金平糖で一杯にして、タケシは検査場に戻った。どうにも気もちの収め所が見つからずに、しばらく仕事が手につかなかったが、三十分もすると真空管の検査に集中できるようになった。竹内部長のいう通り、真空管というのはきれいな電子部品だった。透明なガラス管の真空のなかを無数の電子が飛び交って、電気を整流したり増幅したりできるのだ。電子には子どもの菓子をくすねる大人たちのような嘘はないだろう。

極光通信で製造された携帯型の通信機はあちこちの戦場で使用されている。真空管を通して伝わるひとつの情報が、部隊を救ったり、作戦を成功に導いたりすることもきっとあるはずだ。タケシは大人たちへの怒りを腹に沈めて、精魂こめて真空管の検査にとり組んだ。

昼食はいつものように食堂でとった。開戦記念日なので、丼一杯の麦飯におかずは梅干がひとつである。汁もなく、白湯とたいして変わらない薄いお茶がつくだけだった。誰も不平を口には出さないが、たべ盛りの中学生が集まった食堂の空気はささくれ立っていた。

あっという間に丼飯を片づけた友人にタケシはささやいた。

「テツ、ミヤさん、あとで話がある。工場の裏にきてくれ」

「ああ、昼飯くったら逆に腹が減った。あんまり面倒な話はなしにしてくれよ」

テツがぺちゃんこな腹を抱えてそういった。ミヤは困った顔をしている。

「今朝、あんなうまいものくったから、こいつがのどを通らないや」

麦飯は米と麦が半々だった。米は半分ほどしかついていないので、これも半分玄米のようなものだ。何度もよく噛まなければぼそぼそして、のどを通らない。

タケシは隣の食卓に座る工場の職員を見つめた。大人たちもテツに負けずに空腹だろう。事務室に戻ったら、こっそりと子どものために配給された菓子をたべるのだろうか。忠心愛国、滅私奉公と偉そうに説教しながら、盗みぐいをしているのだ。大人にはみな裏の顔がある。タケシは腹が立ってたまらなかった。

昼食の後、三人が向かったのは工場の建屋の裏だった。コンクリートの塀との湿った隙間が長く続いている。そこにはぽつぽつと距離をおいて数組の男女のアベックが腰をおろしていた。なかには江東橋中学の生徒もいる。

極光通信は下町の勤労奉仕の中核的な拠点で、男子生徒だけの江東橋中学だけでなく、他の高等女学校の生徒も働きにきていた。早熟な者はちゃっかりと、こんなところでも好きな相手を見つけて、昼休みなど工場裏でふたりきりの時間をつくっているのだ。いくら戦火が激しくとも、十代の青少年から恋心を奪うことなどできなかった。

とはいえ、奥手の三人にはそんな相手はいなかった。工場裏のコンクリートの湿った基礎に腰をおろしてテツがいった。

「なんでだかな、みんな同じ距離をおいて座ってるよな。アベックは何メートルとか決めてるのかな」

ミヤが鼻息を荒くしている。

「くそっ、うまいことやりやがって。早く飛行機乗りになって、おれも女にもてたいぜ」

ミヤは優等生だが意外なほど女好きである。テツは色気よりくい気で、食欲のほうが強いようだ。中学生でも生まれもった資質は明白だ。

「タケシのところのいとこもかわいいよな。登美ちゃんだっけ」

冗談だろうと思って、ミヤの横顔を見るとかすかに頬が赤くなっている。こいつは本気だ。タケシは友人の別な顔にびっくりした。

「それでさ、登美ちゃんにおれのこと、それとなく話しておいてくれないか」

テツが素《す》っ頓狂《とんきょう》な大声を出した。

「おまえのこと、二枚目で成績優秀なやつがいるとかいわせるのかよ。登美ちゃんは確かにいいけど、ミヤはずるいな」

数メートルおいて隣に座るアベックが嫌な顔をしてこちらを見てくる。せっかくの雰囲気を壊したのだろうか。犬でも追うように手を払ってテツがいった。

「うるさくてわるいな、こっちの話だ」

ミヤが頬を赤くしたままいう。

「まあ、なんとなくだな、おれという親友がいて、登美ちゃんのことを好もしく思っている。成績は事実のとおり話してくれればいい。あと背はこれから伸びるから、なんにもいわないでおいてくれ」

真剣に頼む顔がおかしくて、テツとタケシは爆笑してしまった。

「わかったよ。登美ちゃんにはいっておく」

タケシはポケットからチリ紙の包みをとりだした。開いて色とりどりの金平糖を見せる。

テツが叫んだ。

「なんだよ、これ！」

テツもさすがに金平糖が普通の品ではないことに気づいたようだ。口をふさいで声をひそめた。

「……金平糖じゃないか。それもこんなにたくさん。それで工場裏なんかにおれたちを呼びだしたのか」

タケシはチリ紙のなかで山盛りになった金平糖をさしだしていった。

「みんなで山分けにしよう。ひとつたべてみろよ。甘いぞ」

自分の分は半分残して、登美子や直邦にお土産にしてやろう。テツとミヤがひと粒ずつ貴重な砂糖菓子をつまんで口に入れた。

「うーん、うまいな。甘さで舌がしびれそうだ」

テツは素直に喜んでいるが、ミヤは複雑な表情をしていた。

「タケシが竹内部長に呼ばれた帰りに、こいつをもっていたとすると出所は部長か。闇でもやってるのか、あの人。それとも技術部長ともなると給料がいいから、これくらい小遣いで買えるのかな」

タケシは竹内さんからきいた話をふたりに伝えようか迷ったが、秘密を守ることよりも義憤が上まわってしまった。

「工場にはぼくたちの昼食だけでなく、国からお菓子も配給されていたんだ」

「菓子、そんなもんほとんどもらった覚えはないぞ」

テツが口をとがらせる。タケシはてのひらの金平糖をかかげて見せた。

「こういうお菓子は、みんな工場の大人が隠しておいて、自分たちだけでたべてるんだよ」

今度はミヤでなくテツの顔が真っ赤になった。くいものの恨みは恐ろしい。とくにテツの場合はたいへんそうだ。

「なんだと、大人のやつら、ふざけてやがる。中学生を朝から晩まで働かせたうえ、おれたちのお菓子まで盗むなんて。おい、みんなで抗議にいこうぜ」

飢えた中学生の集団である。顔色を変えて猛烈な抗議集会を始めてしまいそうだ。そうなればこの秘密を漏らしたのが、自分であるとばれてしまう。ミヤがいった。

「この金平糖が証拠品だな。組のみんなにも話さなくちゃいけない」

そのとき頭上から声が降ってきた。

「なにを組のみんなに話すんだ、ミヤ」

細川が率いる熱烈忠心愛国派の三人組が肩を突きだすように立っている。細川の一の子分・岸田がにやけ笑いをしながらいった。

「こんなところで、こそこそ菓子の盗みぐいか。開戦記念日におまえらなにしてんだ」

ミヤがタケシに目配せを送ってきた。こんなやつら相手にしてはいけない。だが先にいい返したのはテツだった。

「人ぎきの悪いことというな。こいつは盗んだもんなんかじゃない。もともとはおれたちにお国から……」

ミヤが鋭くさえぎった。

「よせ、テツ、黙ってろ」

父親が戦死したばかりの細川は目がとがっていた。冷ややかに見くだしていう。

「盗んだんじゃなければ、闇か。さすがに鬼畜の息子はやることが違うな」

タケシの胸に火がついた。怒りが身体のなかで膨張する。気がつけば金平糖をばらまきながら立ちあがっていた。ミヤはなんとかタケシを抑えようと細川との間に入り、テツはもったいないと叫んで金平糖を拾いだした。

「金平糖とぼくの父は関係ない。ふざけたことをいうな」

よほど竹内部長からもらったと正直にいおうかと思った。だが、クラシック音楽が好きだというおっとりした笑顔がまぶたの裏に浮かんで思いとどまった。あの人に迷惑をかける訳にはいかない。この工場では数すくない、きちんと中学生のいい分もきいてくれる大人なのだ。細川は引かなかった。いつものこいつはもっと冷静な生徒である。

「なにが関係ないだ。盗んだものでも、闇でもなければ買ったんだろ。今じゃ砂糖の値段はたいへんなもんだ。どうせ、おまえの親父がアメリカから金を仕送りしてきてるんだろ。日本に帰ったかわいそうな息子に、せめて金だけでも恵んでやろうってな」

大人しい前岡が細川にいった。

「もういいだろ、よせよ」

「いや、よくはない。うちのおふくろもいってたぞ。東京が散々爆撃されても家族を助けにもこない。時田、いいかげん気づけよ。おまえも、おまえの母親も、鬼畜の父親に捨てられたんだ。仕送りは罪滅ぼしに決まってる」

父からの仕送りなどないことを、タケシは知っていた。細川が口にしたことは心の奥深くでいつも考えていたことでもある。それなのにこれほどの怒りが湧いてくるのは、なぜなのだろう。タケシは震えながらいった。

「ぼくのお父さんは……」

そんな人じゃない、お母さんやぼくを捨てるような人じゃない。確かにそういおうとしていたはずなのに、言葉の途中でタケシは細川に飛びかかっていた。ごわごわと硬い国民服の胸元をねじりあげる。

「図星か、時田。鬼畜の親父のことなど忘れて、帝国のためにすべてを捧《ささ》げろ。そうすれば、もう悩まなくて済むぞ」

小柄でも三人組の頭の細川は肝が据わっていた。タケシは拳を固めている。人の父親を鬼畜と呼ぶ同級生を殴りつけるべきか迷っていた。近くに座っていたアベックの男が迷惑そうにいった。

「おい、こんなところで喧嘩なんかするな。おれたちにはここしかないんだぞ」

とりなし役の前岡もいう。

「喧嘩なんかバレたら、おれたち全員で精神注入棒だぞ」

硬い木の棒で思い切り尻を叩かれるのだ。半日は椅子にも座れないほどの激痛が残る。タケシが細川の胸元をつかんだ手から力を抜いたところで、テツがおかしなことをいいだした。

「おい、おまえたち、このままじゃ納得いかないだろ。明日の昼休みに決着をつけないか」

細川も岸田もひるまなかった。一番身体のおおきな前岡だけやれやれという顔をする。岸田が歯をむきだしにしていう。

「いつでもやってやるぞ。どこがいいんだ」

テツが胸を張っていった。

「極光通信の中庭だ」

「なんだって」

叫んだのはミヤと前岡だ。中庭は広く、日の丸の旗もあげてあるし、全員集会を開く場所でもある。ミヤがいった。

「そんな目立つとこで喧嘩なんてできないだろ。それこそすぐに尻に一発くらうぞ」

テツが余裕の顔で腕組みをしていう。

「誰が喧嘩なんかするっていった。勝負は相撲でつけようぜ。そっちは三人、こっちも三人。それなら文句もないだろ。負けたほうは今日の件を、きちんと謝罪する」

黙っていられないのはタケシだった。

「なんでぼくがこいつに謝らなきゃいけないんだよ。散々ひどいことといわれたんだぞ」

テツは単純だった。男らしい笑顔を浮かべ、タケシの肩を叩いた。

「勝てばいいんだ、そんなもん。戦争と同じだろうが」

いいだしっぺのテツをのぞく全員があきれてぽかんと口を開けたが、テツの妙な自信にのまれて誰もいい返せなかった。細川が胸倉をつかむタケシの手を乱暴に払った。国民服の襟元を直していう。

「ふん、相撲で勝負か。おまえらみたいな軟弱者に、おれたちが負けるはずがない。せいぜい土下座の練習でもしておけ」

「なんだとっ、ふざけるな」

タケシに代わって、突っかかっていこうとしたのはミヤだった。

「やめとけ、やめとけ。明日ほえ面かくのは、そっちのほうだ。相撲なら、まかせとけ」

テツが余裕の顔でそういった。前岡も後方から声をかけた。

「細川、岸田、もう昼休みが終わる。いこう、決着は明日つければいい」

岸田が目を細め、捨て台詞《ぜりふ》を吐いた。

「見物はおれたちが集めとく。たっぷり恥かかせてやるぜ」

三人が工場裏のアベックを蹴散らすように去っていく。北風が吹いて背中に砂ぼこりが舞っていた。ミヤがテツの肩をグーの角で突いていった。

「どういうつもりだよ。おまえが相撲得意なのは知ってるけど、おれとタケシはぜんぜんなんだぞ」

「痛《い》てーな。わかってるけど、こんなとこで殴りあいの喧嘩なんてしたら、早川中尉に大目玉くらうだろ。相撲なら遊びだといえば済むじゃないか……」

そこで声がちいさくなって、口のなかでごにょごにょといった。

「……その、勝っても負けてもさ」

あきれた。でたとこ勝負で、この場を切り抜けさえすればいいと、テツは相撲の試合を申しこんだのである。

「勝算はあるのか」

タケシがきいても、テツは困った顔をするだけだった。ぼりぼりと頭をかいている。

ミヤが噴きだしそうになっていった。

「しょうがないな、テツは。よし、おれが作戦を考える。力が強くて、身体がでかいほうだけが勝つ訳じゃない。相撲も戦争も、ここここで勝負だ」

ミヤが頭を指さしてから、どんと胸を叩いた。確かに熱血愛国派の三人組のほうが相撲は強いかもしれないが、目にもの見せてくれる。タケシの胸で闘志が燃えあがった。

工場の仕事は午後もいつも通りすすんだ。自分がなにをしているのかわからなくなるまで、電子部品の検査を続けていく。ほんとうに集中していると一時間がほんの数分のように感じられた。中学の勉強でもこんな集中力があればいいのにと、タケシは悔しく思った。

廊下を歩いてくる革靴の足音がきこえたのは、午後三時過ぎのことだった。カツカツと硬い足音は軍人の履く軍靴の音だった。中学生でいっぱいの検査室のざわめきがぴたりととまった。作業は続けているが、みな音を消して殺気立っている。早川中尉の注意を引けば、頬を張られるか尻を叩かれるかである。

ガラスの引き戸が開いた。生徒の間で視線がゆききする。タケシも視界の隅で確認した。先頭は頭の天辺が月見うどんのように薄い富永副工場長だった。

「こちらへ、どうぞ。散らかっておりますが」

やけにていねいな言葉つきだった。いつもの早川中尉ではないようだ。

「失礼する」

そういって先に検査室に入ってきたのは、若い軍人だった。左腕の腕章を見て、タケシの肝が縮みあがった。白地に赤い筆文字で憲兵とある。

若い憲兵に続いて、四十がらみの上官が入ってきた。こんなところに憲兵がふたり。しかも年長のほうはかなり偉いようだ。副工場長の腰の低さで察しがついた。いったいなんの用があるのだろう。この検査室には江東橋中学の生徒しかいない。誰かを取り調べに引っ張るつもりだろうか。緊張で張りつめて、生徒は全員息を殺していた。

軍靴がカツカツと床を打っている。作業の手は休められないので、背中を耳にしてタケシは全神経を集中させた。

そこにきこえたのは富永副工場長の猫なで声だった。

「時田くん、ちょっといいかな。こちらの憲兵さんが、きみに話があるそうだ」

タケシは振りむきたくなかった。前日も帝国ホテル前の衆目のある場所で頬を思い切り殴られている。無視もできずに立ちあがり、直立不動のままできるだけ姿勢よく回れ右をした。教練でもこれほどうまくできたことはないかもしれない。カミソリのように鋭く反転して最敬礼する。

「時田武であります。なんの御用でありましょうか」

年長の憲兵がじっとタケシを見つめていた。感情がまったくうかがえないガラス球のような目だ。背は百八十センチを優に超えていた。顔は彫りが深く、どこか子どもの頃シアトルで見かけたドイツ系のアメリカ人を思わせた。タケシは不安でたまらなかったが、直立不動を崩さなかった。表情のない顔がすこし歪んで憲兵が薄く笑った。さらに怖くなる。

「きみが時田くんか。話がある。ちょっと時間を拝借したい」

すぐに手をあげてきた日比谷の憲兵とは違って、きちんと話ができる人のようだ。だが、なぜかわからないが、タケシにはこの憲兵のほうが恐ろしかった。

「そうそう、わたしは磯村だ」

階級章は星三つ。憲兵大尉だ。ずいぶんとお偉いさんだった。後方に右手を振っていう。

「こちらが小平。よろしく頼む。みな、作業に戻ってくれたまえ。時田くんはわたしときなさい」

タケシはすがるように隣の検査機の前に座るミヤを見た。検査機のつまみに伸ばした手を空中でとめて、呆然《ぼうぜん》としている。タケシの足は検査室の床に張りついてしまったようだが、なんとか一歩踏みだすことができた。

連れていかれたのは、工場長の部屋の隣にある応接室だった。壁の中央には立派な神棚が祀《まつ》ってあり、天照大御神とこれも立派な掛け軸がさがっている。

正面には磯村憲兵大尉が座り、後方に小平という若い憲兵が両手を組んで立っている。自分がソファに座っているのが恐縮で、タケシはがちがちに身体を硬くしていた。

磯村が国防色の布製の帳面を開いた。

「きみの名は、時田武。父親は米国ワシントン州シアトル在住のマイケル・モリソン。母親は本所区在住の時田君代で間違いないな」

思いだしたくもない父の名を告げられた。この憲兵の口から母の名をきくのは、寒気がするほどおぞましかった。磯村大尉はまったく焦っていなかった。悠々と読みあげる。

「日米開戦の前年に、きみと母親はアメリカから日本に帰国した。どういう理由だったのか教えてください」

タケシは一瞬目を閉じた。まぶたの裏に「日本を捨て、アメリカ人になれ。英語を話せ」という看板が鮮やかによみがえった。むこうでは日本人は敵性外国人ということで、ずいぶん昔から移民枠をゼロにされていた。

アメリカで苦労して生活の拠点を築きあげても、家族や親戚さえ呼び寄せられないのだ。「帰化できない外国人」である日系人を標的にした法律は、第一次大戦後からつぎつぎとつくられていた。日系人の土地の所有、売却を禁じ、アメリカで生まれ育った日系二世の名義でさえ自分の農地をもつことができなくなったのである。日中戦争が始まってから日本人差別は、さらに激しさを増した。タケシは絞りだすようにいった。

「ぼくは母親似でした。ひと目で日本の血を引くとわかってしまう。戦争が始まればもっと周囲は厳しくなる。父と母は将来を考えて、ぼくを日本に帰すことにしたんです」

磯村憲兵大尉の前で弱みをさらすのは絶対に嫌だった。けれどシアトルでの日々を思いだすと懐かしさと怒りと切なさで、胸があふれそうになる。タケシが溺れたのは、アジア系の生徒は学校のプールを使わせてもらえず、近所の小川で泳いだせいだ。そのため友達のデニス・コウは死んでしまった。

「姉もいるんだな。名前は？」

どうせ国防色の帳面に書いてあるのだろう。タケシはためらわなかった。できるだけ協力的な振りをしなければならない。子どもだろうが女だろうが老人だろうが関係なかった。憲兵に目をつけられたら、すぐに引っ張られ激しい尋問を受ける。なかには棺桶《かんおけ》に入って戻ってくる者もいる。

「姉の名前は、エリー・モリソン。父親似でいわれなければ日本の血を引くようには見えませんでした」

磯村憲兵大尉は穏やかな目でタケシを見つめていた。よくみると目の色が普通とは違う。灰色がかった明るい茶色である。胸を突かれて、ついタケシは口走っていた。

「……もしかしたら、磯村大尉も」

あいのこ、混血、外国人の血を引く、どんな言葉をつかえばいいのかわからなかった。うなずくと大柄な憲兵がいった。

「きみと似たような境遇だ。わたしはシアトルではなくサンフランシスコ郊外フレズノ生まれだがね」

後方に立つ若い憲兵は顔色ひとつ変えなかった。石の彫刻のようにまばたきもしない。

「……そうでしたか」

「わたしは欧米人のアジア人差別について、きみと同じように身をもって理解している。こちらの工場でも、中学校でもいろいろな人に、時田くんの話をきいた」

かなりの地位にある憲兵が自分のことを探っている。背筋が凍るようだが、タケシは顔色を変えなかった。恐怖を見せたら負ける。アメリカで暮らしていた頃、身につけた心の姿勢だった。あの国では弱みを見せれば、とことん叩かれても文句はいえない。弱肉強食だ。磯村憲兵大尉は友人のような笑顔を見せた。これもアメリカ流だ。底に実力を秘めて、武装解除を呼びかける笑いだった。

「時田くん、いやタケシでいいかな。きみは学業は優秀、教練も熱心だときいた。この工場の技術部長も、タケシのことをほめていたよ。英語では難しい技術用語もよく理解し、かなり高度な文章も読みこなせると」

じわじわと嫌な汗がてのひらににじんできた。憲兵に目をつけられて喜ぶ人間など、熱烈な忠心愛国派でもいないだろう。

「きみは子どもの頃は、どうやって言葉をスイッチしていた？」

その動詞だけ正確な英語の発音だった。タケシは自分もつられないように注意しながら、敵性語を排除していった。

「家では日本語、学校や外では英語を話していました」

人はある国に住むが、同時にある国語にも住む。タケシは身をもって、言葉のもつ決定力の強さを理解していた。

「日本に帰ってからも、英語の勉強は続けているのかね」

どう答えたら正解だろうか。もう中学校に英語の時間はない。だが、家を調べられたら、すぐにばれてしまうだろう。渋々認めた。

「米国から帰るとき、たくさん本をもってきました。少年向けの西部小説や空想科学小説の文庫本です。それを繰り返し読んで、英語を忘れないようにしています」

このくらいならスパイの容疑をかけられる恐れはないのではないか。なんといっても、自分はまだ中学二年生で十四歳に過ぎない。年長の憲兵は満足そうにうなずいた。

「おおいにけっこうだ。その英語力をお国のために、ぜひ役立ててもらいたい。きみは母上の生まれた国を愛しているのだろう」

そういわれれば、迷うことはなかった。だが父と自分が生まれた国も、同じように愛している。心のなかの葛藤を殺し、タケシは前のめりにいった。

「はい。大日本帝国を愛しています」

「それでいい。きみは賢い帝国男子だ」

磯村憲兵大尉は、そこで国防色の帳面を閉じた。タケシの目を正面から覗《のぞ》きこむ。

「タケシ、きみのような在日日系人は、今日本に二万人ほどいる。これは決してあなどれない数だ。アメリカで生まれているのでアメリカの国籍を有し、日本人から生まれているので日本の国籍も同時に有している。これがどういう事態かわかるかね」

ようやくタケシは気づいた。すべては国籍の問題だ。そのために憲兵のお偉方が、わざわざ下町の工場まで足を運んだのだ。

「……はい、ぼくは二重国籍であります」

「はは、タケシは察しがいいな。大日本帝国のために一命を献じ、ご奉公する。そのためには二重国籍では具合が悪いのだ。信頼性に欠けるのでね」

タケシは先ほどから気になっていたことを質問してみた。

「あの、失礼ですが、磯村大尉も二重国籍でいらっしゃったのでありますか」

年長の憲兵が遠い目をした。内心でどんな感情が揺れているのか、表情からはうかがいしれない。

「そうだ。わたしはアメリカを捨て、日本で生きることを選んだ。この決心に後悔はない」

自分は戦時下の日本で、これからどう生きるのだろうか。ぼんやりと考えているのは、中学の友達と同じように、大学に進み、その後学徒出陣で戦争にいくことだった。けれど、それまでにはまだまだ長い時間がかかる。磯村大尉は重々しい声でいった。

「わたしと同じように、アメリカ国籍を捨て、軍人として日本のお国のために戦っている者も、すでに数千人はいる」

タケシにはまだそこまでの決心はつかなかった。とにかくこの場を切り抜けなければいけない。

「二重国籍については、よくよく考えておきます。ただ今は即答はできかねます。母とも相談をしなければいけません」

早春で応接間は冷えこんでいるのに、背中に嫌な汗が流れるのがわかった。手足の先も冷たい汗に濡れている。

「けっこうだ。だが、それほど長い時間をきみにやることはできない。来週またくる。

そのときまでに返事を用意しておきなさい。くれぐれもわたしを失望させるなよ」

　穏やかに笑いながら、ガラス球のように澄んだ灰色の目で見つめてくる。狼《おおかみ》の目はこんな感じなのかと、タケシはぼんやり思った。

「ところできみの母上は元気かね」

　冷水を浴びせられたようだった。タケシの背筋は意識しないうちにまっすぐに伸びた。極光通信の応接室の温度が何度も急に下がったように感じる。

「……はい」

　磯村憲兵大尉は再び国防色の帳面を開き、ゆったりと間をとって口を開いた。

「近いうちにきみだけでなく、母上にも二重国籍の解消について話をしにいくことになる。アメリカ国籍を捨てるよう国からの要請だ。ところで、きみの家族には父親のマイケル・モリソンから、この二年ほど手紙は届いていないようだな。手紙が今もきているのはきみの姉のエリーからだけだ」

　アメリカ国籍を捨てる。ひどく重い決断を憲兵がさらりと口にした。日本に暮らす日系人なら、それが当然という口調である。タケシは父とあの国の日系人差別には反発を感じていたが、アメリカの生活や街の様子や友人たちには愛着を覚えていた。そう簡単にアメリカ人であることを、すべて否定して捨て去ることなどできなかった。

　それにしても、うちのような普通の家族の手紙まで、当局はすべて監視しているのだろうか。我が家だけでなく、海外から届く手紙はすべて内容まで検閲されているのか。タケシは急に思い当たることがあった。

戦局が激化して以降、手紙も寄越さない父にタケシは腹を立てた。だが今から二年以上昔、父からの手紙の封が開けられ、いくつかの文章が黒く塗り潰されていたことがあった。それを手にした母の君代は、タケシには気づかれないと思ったのか、ちいさくつぶやいたのである。

「……もうお父さんからの手紙は駄目ねえ」

姉のエリーは日本語で、日常の報告だけを送ってくる。最後は必ず、君代とタケシが元気であるようにと毎日神様に祈っている、いつか戦争が終わったら会いましょうと結ばれていた。姉はタケシと違って、熱心なキリスト教徒だった。

だが、父の手紙は日々の暮らしだけでなく、アメリカ側から見た大東亜戦争の行方を細かに書いていた。その部分は半分以上が黒く塗り潰されているのである。

タケシはそのときようやく気づいた。父は手紙を書かなくなったのではない。書けなくなったのだ。母がきっともう手紙を送ってくれるなと、父に告げたに違いない。

タケシの頭のなかでは嵐が吹き荒れるようだった。母への手紙のなかには、必ずタケシへの便箋一枚が入っていた。父・マイケルからのタケシ宛ての手紙である。元気でやっているか、たべものに不自由していないか、しっかりと勉強して社会の役に立つ立派な人になりなさい。父はタケシの努力と才能を信じている。なにごともあきらめずに粘り強くがんばりなさい。

どれも当然のことばかりだった。けれど太平洋をへだて、検閲を受けずに自由に手紙のやりとりもできないなかで、父は精一杯の言葉をかけてくれたのではないか。タケシは父に捨てられたと考えていたが、ことはそう単純ではなかったのかもしれない。

カリフォルニアでは日系人は収容所に送られ、犯罪者のような扱いを受けているという。あのままアメリカに留《とど》まっていれば、母の君代も自分も収容所送りになったかもしれない。

磯村憲兵大尉が憐《あわ》れむようにこちらを見ていた。弟でも見るような目つきだ。

「十四歳で生まれ育った父の国を捨てるのは、厳しい決断かもしれない。だが現在は戦時下で、予断を許さぬ厳しい状況だ。母上と日本の国体を守るため、タケシには日本男子として勇気ある決断を下してもらいたい。きみはこの先も、生涯日本人として、生きていく覚悟があるのだろう」

言葉に詰まった。タケシは簡単に嘘がつけるような人間ではなかった。しばらく硬直していたが、言葉はひとつも口にせずにただ黙って深くうなずいた。

「それでいい。これは戦争だ。どちらにもつく不決断は許されない。勝つか負けるか。やるかやられるかだ。いいか、タケシ、日本も日本人も、この戦争には決して負けないぞ」

磯村憲兵大尉が自分の言葉に感動しているのがわかった。目にはとろりと陶酔した光がある。タケシはまったく別のことを考えていた。この戦争の行方などではない。父の手紙に必ず書いてあったもうひとつの文章である。

忘れていた父の願いがよみがえってくる。おまえは時田家のたったひとりの男の子だ。お母さんや伯母さんやいとこを、おまえが必ず守り抜きなさい。命をかけて家族を守るのが、男の仕事だ。タケシ、お父さんはおまえを信じている。たったひとりの息子よ、おまえを愛している。それがいつも父の手紙の結びの言葉だった。

帰り道はいつものように、テツとミヤと三人だった。勤労奉仕は午後五時に終了するので、日没にはまだ二十分ほど残されていた。西の空には雲の切れ間から夕日が漏れて、空の半分を占める雲を茜《あかね》色に染めている。鮮やかな夕焼けに心を動かされる余裕は、今の三人にはなかった。

「まったく三月だってのに寒いよな。今年はどうなってんだ。これでほんとに月末には桜が咲くのか」

テツが震えながらいった。石炭ストーブの焚《た》かれた検査室から外に出たばかりで、最初の五分間がとにかく冷えるのだ。

「たべるものもない、着るものもないから、しかたないだろ。それより明日の相撲で勝ついい考えは浮かんだのか。足らぬ足らぬは工夫が足らぬだぞ」

ミヤが評判の標語を口にした。物資不足を嘆く前に、もっと工夫を重ねて生活の利便をあげようという合言葉だった。

「おまえたちは足らぬ足らぬは力が足らぬだろ。おれは足腰とかいな力には自信があるからな。まず、おれがあの三人のなかで一番でかい前岡を倒す。そいつは保証つきだ。そうなると残るは、チビの細川と中くらいの岸田だ。おまえたちふたりのどっちかが勝てば、二対一でおれたちの勝利だ」

テツが値踏みするように、ミヤとタケシを見比べた。ミヤがぼやいた。

「おまえ、嫌な目つきするなあ。おれがちいさいのはわかってるんだから、なにもいうなよ」

タケシは思わず笑いそうになったが、なんとか我慢した。友達がいるのはありがたかった。そうでなければ、つい先ほど父の国アメリカの国籍を捨てるように説得された暗い気分を引きずったままだろう。テツが腕組みをしていった。

「普通なら、ちいさい同士でミヤと細川、タケシと岸田の勝負だろうが、ここは奇襲作戦でいくか。岸田にはミヤ、それで敵のカシラの細川にはタケシでどうだ」

ミヤがちぇっと舌打ちしていった。

「なんだよ、おれは捨て駒か。だけど、悪い作戦じゃないな。細川とタケシはなにかと因縁があるから、やつに勝てばタケシもすっきりするだろ」

ミヤとテツが期待をこめた目を光らせて、見つめてくる。細川は愛国派というだけでなく、学業も優秀だし、体育も教練も抜群の成績だった。確かに小柄で、タケシより十センチ近く背が低いけれど、腕力にたいした変わりはないだろう。それどころか向こうのほうが強いくらいかもしれない。柔道は黒帯で、銃剣術も配属軍人にほめられるくらいの腕前だし、なにより敵の三人のなかでは断然意思が強く、勇猛な性格だった。

「ちょっと待ってくれ、ふたりとも。ぼくが細川にほんとに勝てると思うのか」

タケシが得意なのは作文と数学と図画工作くらいのものである。喧嘩にはあまり自信がなかった。君子危うきに近寄らず。それはアメリカにいた子ども時代に身についた癖だった。同じ年齢では欧米人の子どもは身体もおおきく力も強い。まともに戦っても勝ち目はなかったのである。

「勝つか負けるかは、やってみなくちゃわからない。戦争と同じだろ。やるからには必勝の気合でいくんだ」

テツがそういっても、タケシは疑問だった。中学生男子のような思いこみで、国をあげて世界の列強相手に戦争を仕掛けたから、これほど苦戦をしているのではないか。

大人も子どもも日本人の気質というのはたいして変わらないような気がする。

「おいテツ、おれたちになにか相撲の技を教えてくれ。一発逆転が期待できて、簡単に覚えられるような必殺技はないのか」

うーんとうなって、テツがいう。

「じゃあ、これから相撲の練習でもしにいくか。あそこはどうだ。猿江神社のそばの空き地。今朝、おむすびをくったとこ」

ミヤが手を打ち、タケシのほうを向いた。夕日を浴びた顔が赤く染まり、目はみずみずしく光っている。タケシは不思議な気分になった。このミヤの顔を自分は一生忘れないだろうと、なぜか急に思ったのだ。

「おー、そいつはいいな。タケシもいくだろ」

「つきあうよ。ぼくだって細川のやつに負けたくない」

あいつは父が、母と自分を捨てたといった。憲兵と同じように、日本とアメリカのどちらにつくのかと、偉そうに問い詰めてきた。人の物をすぐに闇で買ったのかと難癖をつけてくる。地面に投げ飛ばして、あの生意気な顔に土をつけてやれたら、気分がすかっと晴れるだろう。

しかも勝負に勝てば、あの三人にすみませんでしたと頭を下げて謝らせることができるのだ。タケシの胸が高鳴った。

「テツ、ぼくにも必殺技教えてくれ」

空にはまだ夕明かりが残っているが、街並みはすっかり暗くなっていた。灯火管制で街灯もすべて消されている。タケシは夜も明るかった頃の東京をもう覚えていなかった。

猿江神社脇の空き地はまだ夕日の名残りでぼんやりと照らされていた。周囲に民家があまり建てこんでいないせいかもしれない。ミヤが訳知り顔でいった。

「この辺りは建物疎開で、ずいぶん家が潰されたからな」

米軍の焼夷弾による延焼を防ぐため、指定された地区の家は、人が住んでいようがかまわずに引き倒されるのだ。防火帯をつくるためである。代わりに住む家などは用意してくれないし、補償金もスズメの涙だった。江東橋中学の生徒でも何人かが泣く泣く狭い貸家に引っ越しをしている。

テツはひとりやる気で、つぎの当たった肩掛けカバンをおろすと、四股《しこ》を踏み始めた。足の裏が草地を打つ音が、ぱんぱんと小気味よく周囲に響いた。

「ぼーっとしてないで、おまえたちも四股を踏めよ。相撲の基本だぞ」

タケシもカバンをおいて国民服を脱ぎ、その上にのせた。幼い頃シアトルの学校での体育の時間には、四股のような形の基本運動は存在しなかった。日本にきてからは両国国技館まで歩いていける下町に住んだせいもあり、大相撲が大好きになったけれど、どうも四股だけは苦手だ。

「思い切り足を上げて、そこでこらえるんだ。四股は一本足で踏ん張る力が大切なんだぞ」

相撲が得意なテツが偉そうにいうと、ミヤが口をとがらせた。

「授業中は意気地がない癖に、こういうときだけ軍人みたいだな」

そういうミヤは案外器用で、形のいい四股を踏んでいる。タケシも試してみたが、どうにも身体がふらついて、足の裏からいい音が鳴らなかった。テツがいった。

「とりあえず左右五十回ずつな」

黙々と薄暗い空き地で四股を踏んでいると、すぐに汗が噴きだしてきた。見た目は軽々としていても、ひどく激しい運動なのだ。汗をぬぐってテツがいった。

「つぎは基本の押しだ。上半身は前傾、足を送りながら、両脇を締める。あとは左右交互に押して、押して、押しまくる」

「今から基本の稽古《けいこ》なんかして、細川たちに勝てるのかよ」

ミヤは文句をいいながらも基本の鉄砲を繰り返している。タケシも同じようにやっているのだが、テツに腰を平手で叩かれた。

「タケシは腰が高いんだよな。もっとガニ股で腰を落として、こうやるんだ」

タケシはそこで驚いてしまった。

「あれっ、相撲って右手と右足を同時に出すのか。走ったり歩いたりするときと逆だ」

テツがあきれていった。

「おまえ、今さらそんなことに気がついたのかよ。だから、相撲も柔道も苦手なんだな」

腕を組んで考えこんでしまう。しばらくしていった。

「やっぱりタケシには相撲の基本は無駄だな。逆転技かあ。そうだな、じゃあこんなのどうだ？　ちょっとミヤ、きてくれ。おれと立ち合いだ」

早春の草がまばらに生える空き地で、テツとミヤが見あった。勝負の体勢に入る。

テツがにやりと笑っていった。

「ミヤ、岸田だと思って、思い切りこい」

「よしっ」

テツが叫んだ。

「ハッケヨイ、残った！」

小柄なミヤが目を見張る速度で、頭からテツの胸元めがけて突っこんでいった。これはすごいぶつかりあいになる。タケシがそう思った瞬間、テツが左に変わった。

ミヤの腕を両手でつかんで、ハンマー投げの要領で後方へ振った。そのまま小柄なミヤが宙を飛んで、草地を転がっていく。タケシは気がついたら叫んでいた。

「すごい！　今のどうやったんだ」

テツが自信満々の顔でいった。

「とったりだ。相手の勢いを利用して、柔よく剛を制すって技だな。細川は体力でも速さでも、タケシに負けない自信があると思うんだ。絶対に正攻法で、押し相撲を仕掛けてくる。だから、突っこんできた相手の腕をとって、そのまま身体を振るんだ。それで勝負はおしまい。タケシの勝ちだ」

ミヤが国民服の肘を見て、ぼやいていた。

「なんだよ、技かけるならいってくれよ。一張羅の国民服が破けちゃったじゃないか。またうちの母ちゃんに叱られる」

ミヤは頭脳優秀だが、典型的な下町の貧乏子だくさんだった。破れた肘からは血がにじんでいるが顔を輝かせていう。

「つぎはおれにも必殺技を教えてくれ。岸田のやつを砂まみれにしてやるぜ」

「おう、その心意気だ。だけどなあ」

手を貸してミヤを引き起こしながら、テツがいった。

「おまえの身体のおおきさと腕力だとな……そうだ、今度はタケシとミヤでちょっと組んでみろ」

「また投げ飛ばされるのはごめんだぞ」

ミヤが文句をいうと、テツがいい返した。

「いや、岸田のやつはタケシくらいの背格好だろ。組んだら感じがわかるかなと思って」

タケシもいった。

「立ち合いはやらなくていいのか」

「うん、いい。岸田もミヤも右利きだから、普通なら相四つかあ」

そういいながら、ミヤの手をとりタケシのベルトをつかませた。四つ相撲の形になって、お互い腰に手をかける。タケシの腕や肩をぽんぽんと軽く叩いてテツはいう。

「岸田の筋肉はこの一・五倍はあるから、やっぱりこの形じゃだめだな」

中腰になって相手の腰をしっかり抱えているだけで、かなりの力が必要だった。ふたりの息が荒くなってくる。ミヤがいった。

「おい、ずっとこのままなのかよ。けっこうしんどいぞ」

テツがふたりの腰を両手で叩いた。

「もういいぞ、両者離れて。岸田は柔道の黒帯だし、まともにいったら厳しいよな」

空き地に仁王立ちになり、なにかぶつぶつと口のなかでつぶやいている。必死に考えに集中するテツを見たのは、初めてかもしれない。ミヤがあきれたようにいった。

「おまえ、勉強もそれくらい真剣にやれよ。士官学校だってすぐ合格するぞ」

「うるせえな、おれは勉強はいいんだよ。柔道やってるやつは、いきなりぶちかましてこないんだよな。つり手をとるのが癖になってるから。ミヤは足けっこう速かったよな」

小柄だがミヤは組のリレーに選抜されるほど足の回転が速かった。

「ああ、まかせとけ。足なら岸田にも負けないはずだ」

ミヤがそういうと、よしっといってテツが両手を開いた。

「もう一度、おれにぶちかましてこい」

破けた国民服の肘を押さえてミヤがいった。

「とったりはもう嫌だ」

「だいじょうぶ。岸田は立ち合いが鈍いから、先に潜りこんで腰にかじりつくんだ。ちょっとやってみろ」

草地に両手をつくと、つぎの瞬間ミヤがバッタのように跳ねた。目覚ましい勢いで頭から、テツの胸元に突撃していく。

「うっ……よし、いい当たりだ」

ミヤはもう両手でテツのベルトをしっかりつかんでいる。額をテツの胸元にあてがって、腰を引いた。ミヤが地面を向いたまま荒い息でいった。

「これから、どうするんだよ」

テツがミヤのベルトに手を伸ばしながらいった。

「岸田のやつは、なんとかおまえの回しをつかもうと手を伸ばしてくる。そしたら、腰を左右に振って、やつの手を切るんだ」

「こうか？」

テツが伸ばしてきた手がベルトに掛かったが、ミヤが腰を振ると指先が離れていく。

「そうだ、その調子だ。つぎはなんとかおまえを上に向かせようとするはずだ。絶対に身体を起こすなよ」

テツが腕をねじこんで、ミヤの上半身を引き起こそうとした。ミヤはベルトをつかんだ腕を離さなかった。正面でなく、斜めに腰にすがりつく姿勢になる。

「あーこの格好息が苦しいな。で、どうやって相手を倒すんだよ」

「そんな簡単な技なんかあるか。こっからは戦争と同じだ。耐えて耐えて、しのんでしのんで、最後に粘り勝ちだ。息があがるまで岸田にかじりついて、最後に土俵から押しだせ。相手がどんなにでかくても、頭をつけたこの体勢なら、簡単には負けないからな」

身体のちいさな弱い者が、おおきくてでかい敵に勝つには、その手しかないのか。

小兵力士の戦いかたは、日本とアメリカの戦争によく似ていた。最初から耐乏生活は日本政府の想定通りだったのかもしれない。日本人の耐える力とアメリカの雄大な国力の勝負だ。

「このまま続けるぞ。おれも全力で攻めるから、ミヤは耐え抜け」

横で見ていたタケシも夢中になって叫んでいた。

「ハッケヨイ、残った、残った」

勝負は一分経っても二分経ってもつかなかった。国民服の脇に汗の染みが浮かんでくる。ふたりの首筋は湯をかけたように濡れている。さすがのテツも息があがってきた。

「ミヤさん、一気に押し出せ」

タケシの応援と同時にミヤがじりじりと頭をつけたまま前進を開始した。

夕日が沈み暗くなった空き地で、ミヤとテツの全力の大相撲だった。組みあって力の限り押しあっているだけなのに、これほど見ていて力が入るのはなぜだろうか。

「残った、残った」

タケシは考えた。平安時代の相撲節会《すまいのせちえ》から始まり、千年以上も相撲を応援してきた日本人の血が自分にも流れているのだ。ミヤが腰を落とし、頭をテツの胸に当て、ひたすら押し続けている。テツの身体は二回りもおおきかったが、斜めに腰にくらいつかれて、足腰が伸び切ってしまっていた。この形ではいくら腕力があっても、存分に力がふるえない。

テツのズック靴のかかとが、ミヤに押されて下がっていった。つま先でかいた歪んだ土俵の線に迫っていく。タケシは叫んだ。

「ミヤさん、いけ。あとすこしだ」

「くそー、負けるか」

テツが叫んで右に身体を振り、土俵際で体勢を入れ替えようとした。それが反対にミヤの押しを呼びこむことになった。テツのかかとが土俵の線を越えると、タケシが叫んだ。

「勝負あった。宮乃山の勝ちだ」

ふたりはそのままの格好で草地に倒れこみ、腹をふいごのように上下させ、荒い息をついている。しばらくは起きあがることもできないようだ。テツがようやくいった。

「……よし、今の……調子だ……こんな相撲が……できるなら……岸田のやつなんかに……負けるもんか」

タケシは拍手をしながら、寝ころんだままのふたりのところにいき、腰をおろした。汗をかいた身体には、枯れ草がまばらに生える冷たい地面も心地よかった。両手を突き、空を見あげる。灯火管制で明かりがすっかり消えた東京の空に、宵の明星がぽつりと輝いていた。タケシは指さしていった。

「あっ、金星《きんぼし》だ」

寝そべったままのミヤが拳を突きあげて叫んだ。心の底からうれしげだ。

「金星、とったぞー」

テツがまんざらでもない調子でいった。

「まあ、まぐれにしても、おれに勝ったんだから認めてやるよ。明日は岸田になんか、絶対負けるなよ」

三人は猿江神社脇の空き地で、なにもいわずに宵の明星を眺めていた。ひとつきりの星の輝きが、これほど胸に迫るのはなぜだろう。

タケシは地球から金星までの距離を知っていた。もっとも近いときで約四千万キロ。金星に当たった太陽の光が地球に到着するまでに早くとも二分はかかる。けれど、こうして街の空き地に腰をおろして見あげる宵の明星は物理的な条件を超え、格別な光を放ち、胸に迫ってくる。二光分の距離や太陽の反射光といった問題ではなかった。きっと誰といっしょにあの輝きを見るかが大切なのだ。

夕焼けが終わり、青ガラスのように澄んだ西空に光を一粒、金平糖のように張りつけ、金星は輝いていた。光はまばたきするように揺れている。いつもならたべものにしか興味がないテツがいった。

「いつかこの戦争も終わるよな。勝つか、負けるか、わからんが」

ミヤがいう。

「勝つに決まってるさ。おれがゼロ戦に乗るんだから」

タケシは口には出さなかったが、友人が乗る戦闘機が撃墜されないといいなと願った。その代わりにいう。

「テツがいいたいのは、勝つか、負けるかの話じゃないんだろ」

「ああ、そうだ。いつかこの戦争が終わったら、また三人でこうして相撲でもとって、あの星を見ようなって話だ」

タケシの胸の奥がねじれるように痛んだ。そんな日がいつかやってくるのだろうか。もの心ついてからずっと、日本は戦争を続けていた。タケシは戦争をしていないこの国を知らない。ミヤがいう。

「ああ、そいつはいいなあ。おれは軍隊で鍛えられてるから、そのときは楽々とテツに勝ってやる」

「そうはいくか、いくら軍隊だって、背を伸ばす必勝法なんてないだろ。つぎにやったら、おれがミヤを土俵の外にぶっ飛ばすさ」

タケシは気がつけば笑っていた。

「じゃあ、ぼくは相撲は苦手だから、行司でいいや。でもこの三人でまた絶対に、あ

の星を見よう」

空襲をなんとか生き延びて、この戦争が終わるまで生きていられたら。口にすると不吉な気がして、タケシは胸にその言葉を沈めた。テツが身体を起こしていった。

「さあ、つぎはタケシの番だ。とったりの特訓するぞ。まだ晩飯までは時間あるだろ」


その夜、時田メリヤスの自宅兼工場に着いたのは、夕ご飯の三十分前だった。仕事を終えた編み機の間を抜けて、タケシがそっと脇の階段で二階にあがろうとすると、奥の続き間のガラス戸から顔を出し、登美子が声をかけてきた。

「どうしたの、タケシくん。国民服泥だらけじゃない」

明るいところで見ると、自分の着ている服はひどいありさまだった。あちこちに空き地の砂や泥がつき、雑草とこすれた跡が刷毛《はけ》ではいたように緑色に残っている。

直邦がふざけていった。

「あータケシ兄ちゃん、喧嘩だ、喧嘩。ねえ、ちゃんと勝ったの」

人間は年齢が低いほど、勝ち負けに興味津々だ。タケシはしかたなくいった。

「相撲の稽古だよ」

このふたりならまだいいが、母や伯母に見つかると面倒だった。いつもより一時間も帰宅が遅くなったうえ、一張羅の国民服をこんなに汚してしまった。物資欠乏のおり、新しい服などそう簡単には手に入らなかった。国民服はごわごわと硬く着心地は悪い癖に、すぐに裂けたり、やぶけたりする。生地の材質がよくないのだ。登美子の背後から、母の君代がいきなり顔を覗かせた。

「あっ、お母さん、ただいま帰りました」

家族間でも改まるとつい敬語になってしまう。君代は心ここにあらずといった風情で、タケシの汚れた服も目に入らないようだった。

「おかえりなさい。タケシ、あとでちょっと話があるから、お母さんの部屋にきなさい」

いったいなんだろう。背筋がひやりとする。だいたい大人に呼びだしをくらうとロクなことがないのだ。

「はい」

直邦がはやし立てた。

「タケシ兄ちゃん、大目玉だ。やっぱり喧嘩したんだね。ねえ、どっちが勝ったの」

タケシは幼いいとこを無視して階段をあがった。自室に戻ると、国民服を衣紋掛けにさげて、ていねいにブラシを使った。父は几帳面な人で一日着たスーツから、いつも豚毛のブラシで埃と汚れを落としていた。教えられた訳ではないのだが、いつの間にかタケシも自分の服にブラシを掛けるのが癖になっていた。階下から登美子の声がする。

「タケシくーん、ご飯だよ」

座卓につくと、開戦記念日なのに献立はいつもと変わらなかった。登美子が箸をとりながら心配そうにいう。

「おかずは梅干だけじゃなくて、いいの」

この日は酒も煙草も禁止。食事のおかずは梅干だけと国からお達しが出ていた。伯母の千寿子がずけずけという。

「嫌なら、たべなくていいんだよ。大詔奉戴日だかなんだかしらないけど、かまうもんか。こっちは毎日働いてるんだから、梅干ひとつじゃ身体がもたないよ」

タケシは普段の夕ご飯がありがたかった。相撲の稽古をしたので、空腹で目が回りそうだ。卓上には、生揚げと大根の煮物、小松菜の味噌汁、あとは定番の梅干と麦飯が並んでいる。

従業員のよっさんも、お手伝いのとよちゃんも顔をそろえ、誰もが素知らぬ顔で開戦記念日のご馳走をたべていた。下の男の子には甘い千寿子が、直邦の頬についた麦飯をとり自分の口に運んでいう。

「ナオくん、いい、明日誰かに昨日なにたべたってきかれたら、ちゃんと梅干ご飯をたべましたっていうんだよ。今夜の夕ご飯は、このうちだけの秘密なんだからね」

よっさんが笑っていった。

「そうだぞ、ナオ坊、こんなご馳走が世間にばれたら、非国民だって石を投げられちまうからな」

タケシは自分の茶碗を見つめた。麦半分に、一時間もかけて一升瓶でついた玄米が半分のごわごわとした硬いご飯だった。いつの間にかこのまずい飯にも慣れてしまったが、大東亜戦争の前半には、まだやわらかで甘い白米がたべられたのだ。

「登美子もタケシくんも、外では黙ってなさい。それでなくとも、この家は非国民だ、アメ公のスパイだって、ご近所が騒がしいんだからね。嫌になっちまうね」

伯母がそういって、ちらりと横目で君代に視線を送った。母は気丈にきこえぬ振りをしたが、礫《つぶて》が急所に当たったように確かに痛手をくらったことを、息子のタケシは見逃さなかった。とよちゃんがいった。

「まったくですよね、空襲も焼夷弾も怖いけど、ご近所さんの目はまた別な怖さがありますから」

アメリカ帰りの母と息子を米帝のスパイだと密告する声は、町工場が集まった貧しい下町でも当たり前のことだった。登美子が麦飯を頬張りながらいった。

「だけど、戦場で日本のために戦ってくれる兵隊さんたちは、日の丸弁当なんてほんとにたべてるのかしら」

開戦記念日に質素な食事にするのは、戦場で戦う兵士の気もちにすこしでも近づくためだった。よっさんが箸の先で大根の煮物を割りながら登美子を見た。黒い布を電気の傘にかぶせているので、座卓の周囲だけが妙に明るい夕食だ。

「いやあ、身体を張って戦ってなさるんだから、兵隊さんは日の丸弁当なんて粗末なものはたべないでしょう。あたしみたいな老いぼれでも、工場で一日働くと梅干だけじゃ身体がもちませんよ。義雄社長はきちんと召しあがってるんでしょう、ねえ、千寿さん」

義雄はこの時田メリヤスの社長であり、千寿子の夫でも、君代の実の兄でもある。今は中国の航空基地で、整備兵として二度目の国へのご奉公に出ていた。メリヤス織機の調整はお手のものだったので、機械整備の腕を買われたらしい。

「そうねえ、休みの日には本場の中華料理をたべ歩いてるって、手紙にはあったけれど。普段の基地のご飯も日の丸弁当ということはないでしょう」

帰還兵から発した風の噂で、南洋の戦線では食料の確保に困窮しているという情報も流れていたが、誰も日本の兵隊が飢えているなどという話は信じなかった。そんなことをいう者は、それこそ敵を利する米帝のスパイに違いない。大日本帝国の軍人は、みな栄養豊富な食事と強健な肉体、精強無比な大和魂に恵まれているのだ。直邦が目を輝かせていう。

「お父さんが重慶に爆撃機飛ばしてるんだよね。爆弾で蔣介石とか、みんなやっつけちゃえばいいのに」

新聞や雑誌でも一時期は中国での空襲を盛んに報じていた。婦人誌でさえグラビアの特集が組まれたほどで、若く凜々しい航空兵の集合写真が競って掲載された。女たちはどの兵が好みか、指をさしあったものである。日本にはB29のような超大型爆撃機はないが、九七式重爆撃機という名機がある。空襲ならば日本軍もお手のものだった。南京や重慶に三桁を超える空からの攻撃を敢行し、敵に大打撃を与えている。直邦が無邪気にいった。

「早く六発の発動機を積んだ爆撃機が完成しないかな。そしたら日本本土からアメリカに飛ばして、空襲をやり返せるんでしょう」

六発のエンジンを積んだ超大型爆撃機は、戦局を一変させる空の決戦兵器で、少年雑誌では定番の人気記事だった。幼い直邦がちらりとタケシを見た。

「そしたらそしたら、タケシ兄ちゃんが住んでたシアトル以外の街は全部、爆撃機で木っ端みじんに吹き飛ばしてやるのになあ。そいで我が皇軍の大勝利だ」

よっさんが顔をあげて、窓にかかる黒い布をしみじみと見ている。窓から明かりが一筋漏れていても、ご近所に怒鳴りこまれるのが当たり前の世のなかだった。人を殺す気か。あたしたちの街が、Ｂ29に狙われるじゃないか。空の恐怖は東京で暮らすすべての人の心に沁みこんでいる。

　タケシはさっさと夕食を済ませながら、母・君代の顔色をうかがっていた。食事の後で部屋にこいというのは、なにか重大な話でもあるのだろう。授業も試験も勤労奉仕でなくなっているので、成績についての小言でないのがありがたかった。生活態度でなにかやらかしたのだろうか。母が優しい目で幼い男の子を見ていう。

「そうねえ、タケシのお姉ちゃんがいるから、シアトルだけは勘弁してね。ナオくん、わたしの煮物もたべる？」

　姉のエリーだけでなく、父親のマイケルもいるのだが、君代は口にしなかった。アメリカ人はすべて敵だ。母は貴重な生揚げを直邦の皿に載せてやる。よく見るとほとんど夕食に手をつけていなかった。よくない兆候だ。これは大目玉を覚悟しなければいけないかもしれない。登美子がタケシの目を覗きこむように見ていった。

「ねえ、明日楽天地に映画を観にいかない」

　明日三月九日は金曜日だ。もう日曜日は休みではないけれど、月の十日、二十日、それに毎月最終日が休日となっている。月に三度の休みの前日だった。工場で働いた後、夕方から映画を観にいくのは楽しいかもしれない。叱られた後、登美子と出かける許可は願いでづらかった。とっさにタケシは君代にいう。

「登美ちゃんがこういってるけど、お母さん、いいかなあ」

母はぼんやりとしている。麦飯が半分残った茶碗をおいていった。

「あら、いいんじゃない。たまには息抜きもしないとねえ。まだ子どもなのに、毎日軍需工場で立派に働いているんだから」

この手ごたえのなさは、どうしたことだろう。夕食にほとんど手をつけず、上の空の返事しかしない母が、タケシは急に心配になった。身体でも壊していないといいのだが。この春は三月になっても凍えるような寒さが続いている。

「お母さん、風邪でも引いたの。ぜんぜんたべてないよね」

君代が気丈に笑顔を浮かべていった。

「ああ、身体のほうはだいじょうぶ。ちょっと食欲がなくて。タケシも煮物いらないかい」

タケシは和服を仕立て直した粗末なモンペ姿の母を見た。シアトルにいた頃はいつも洋装で、華やかなワンピースを着ていた。君代のお洒落は近所でも有名だったのである。それが戦時下の日本では、贅沢もご馳走もお洒落もすべて敵だった。登美子が能天気にいう。

「今、どんな映画がかかってるかなあ。わたし、あんまり戦意高揚ものは好きじゃないんだよなあ」

千寿子がたしなめた。

「こら、めったなことをいうもんじゃないよ。誰がきいてるかわからないんだから」

古くから馴染みの顔ばかりが寄りあって暮らす下町でも、憲兵や警防団への密告は当たり前である。先の見えない戦局と毎日のように続く空襲、それに耐乏生活が普通の街の人々の心を削っていく。

「はーい」

とよちゃんがいった。

「あたし、つい三日ばかり前に楽天地を通り過ぎましたけど、ほとんどは戦争映画でした。一本か二本時代物がかかっていたくらい」

戦争が始まってから日本でつくられる映画の八割がたは戦意高揚の戦争映画である。

直邦が横から口をはさんだ。

「ぼくは『海の虎』か『必勝歌』を観たいなあ。ねえ、登美姉ちゃん、ぼくもいっしょに楽天地連れていってよ」

登美子が口をとがらせる。

「嫌よ。絶対戦争物がいいって駄々こねるし、ナオくん映画館でうるさいから恥ずかしいよ」

タケシはつい笑ってしまった。直邦は敵の戦艦や兵隊が映ると、やめろーとか卑《ひ》怯《きょう》者とか夢中になって観客席から叫んでしまうのだ。周囲の大人たちからは笑い声と、ときにお小言をもらうことがあった。直邦は泣きべそをかきそうだ。

「だいたい明日はね、毎日軍需工場で働いてお国のためにがんばってる中学生の慰労のお出掛けなんだからね。子どもはダメなの」

弟の泣き顔を無視して、登美子がおかしな理屈をつけだした。それをいうなら暗くなった夕方から中学生だけで映画を観にいくというのが、普通なら考えられないことである。戦時下というだけでなく、男女交際にも厳しい時代なので、すぐに不良といわれるだろう。運が悪ければ補導されることもある。

けれど、登美子とタケシはいとこ同士だし、興行街にぶらりと歩いていけるこのあたりの中学生には、暗くなってからの映画鑑賞も日常のことだった。

東京下町には恵まれた文化環境がある。映画は楽天地か日比谷、本なら神保町、ラジオの部品は秋葉原。日本でも有数の映画と本と電機の街がすぐ近くにあるのだ。どこも自分の足で歩いていけるのがミソだった。千寿子がぴしゃりといった。

「直邦、もう黙りなさい。登美子とタケシくんに迷惑かけるんじゃない。あんたはお母さんが今度連れていってあげるから」

直邦は頬をふくらませていった。

「今度って、いつ。何時何分何十秒」

「うるさいね、しつこい男は嫌われるよ」

「それは嫌だ」

直邦が間髪をいれずにそういった。四隅が薄暗い続き間で、座卓を囲んだ全員が爆笑した。タケシは笑いながら考えた。確かに空襲はいつやってくるかわからない。下町のこのあたりも来週あたりB29の大編隊が襲来するという噂が流れていた。

それでも、こうして家族そろって、夕食を迎えられるのは素晴らしかった。今このときは世界を吹き荒れる戦争の嵐から、この家は守られていた。もしかしたら家中をすっぽりと黒い布で包んでしまい、一筋の光も漏らさなければ大空をいくB29には見つからないかもしれない。かくれんぼの名人のように時田メリヤスが東京下町から消え去ってしまうのだ。

そんなことが可能なら、どれほどいいだろう。

黒い布で包まれた電球の傘の下、よっさんとよちゃんを含む、ここにいる家族七人が無事にこの戦争を生き延びられますように。タケシはどこにいるかもわからない神様に、心のなかで祈った。有楽町駅前の空襲のような惨事は、この街には起きませんように。この人たちを守るのは自分の仕事だ。タケシはひとりひとりの顔を胸に深く刻んだ。

母の部屋は二階の廊下の右側、奥から二番目の部屋だった。あまり日がささない北東に面した部屋である。タケシはつい引き戸の前で立ちどまってしまった。

ピアノの音が低く流れてきたのだ。この曲は子守歌代わりに母がよくかけてくれた曲だった。なぜ音楽には一瞬で時間を飛び越える力があるのだろうか。父と母と姉に囲まれ、シアトル郊外の立派な屋敷の窓辺で外の景色を見つめていたときのことを鮮明に思いだす。あれは四歳の夏か。街路樹がてのひらのような形のおおきな葉を盛んに表に裏にひるがえしていた。家の前はプラタナスの並木が続くアベニューだった。嵐の予感と静かなピアノ曲が対照的で、ひどく幼い胸に迫ったものだ。

タケシは思い出を断ち切って、引き戸をノックした。

「どうぞ」

部屋のなかから君代の力ない声がきこえた。

そっと戸を開ける。ピアノの音がおおきくなった。蓄音機のうえではレコードが回っている。君代が夢でも見ているように遠い目でささやいた。

「懐かしいわねえ。ブラームス、覚えてる？」

覚えていた。これはブラームスの間奏曲集だ。ピアニストはよく知らない。

「はい、覚えています」

実の親でも敬語である。母に甘えることなど、タケシにはなかなかできない芸当だ。

「この曲をかけると、どんなに泣いていてもなぜかあなたはぴたりと泣きやんだの。エリーにはあまり効果がなかったけどね。あの娘《こ》は今、どうしているのかしら」

自分の子というより、他人の子どもでも思いだしたようにいう。君代は日本に帰ってきて五年間、一度も長女のエリーにも夫のマイケルにも会っていなかった。細々と手紙のやりとりが続いているだけだ。

当初タケシは父や姉に会えないのが寂しくてたまらなかった。東京の街は好きだったけれど、それでも生まれ育ったシアトルとは違う。街を歩く誰もが黒い髪をした日本人だということさえ違和感を覚えた。母は決して泣き言をいわず、時田メリヤスで事務の仕事をしながら、タケシの面倒を見てくれた。

母は寂しくないのだろうか。家族だからこそ質問できないことがある。それがわかるほどタケシも大人になっていた。

君代がぽつりといった。

「今日ね、日婦の寄りあいがあったの」

日婦は大日本婦人会である。白い割烹着《かっぽうぎ》に会の名を書いた白いたすきをかけ、銃後の守りを固める愛国的な婦人団体だ。出征兵士の見送りや慰問袋・千人針づくりなどをしていたが、今では空襲に備えた防火対策が重要な任務だった。

「寄りあいでなにかあったんですか」

君代の部屋は完全な西洋風だった。ベッドに一人掛けのソファ、ライティングデスク、壁際におかれたちいさなテーブルのうえには蓄音機がある。そこから流れているのは、ブラームスの間奏曲集第一曲だった。大切なことを伝えたいけれど、大切過ぎて気後れしてしまう場面。この曲を聴くとタケシはひどく慎み深く内気な人の困った笑顔を想像してしまう。

「いつものように火ばたきで焼夷弾を消す訓練をしたの。アメリカの焼夷弾があれでほんとうに消せるのかしらね」

タケシは黙っていた。逃げるな、火を消せ。焼夷弾は怖くないと中学では教わっていた。砂や水をかけて火を消し、屋根を破って屋内に落ちてきたら、スコップで外へ放りだせ。焼夷弾の温度は数千度に達する。そんなことが実際可能なのか内心では疑問もあったけれど、改めて君代にそういわれると反発心が湧いてきてしまう。

「お母さんがそういうことをいつも口に出すから、うちの家族まで非国民だっていわれるんです。もっとしっかりしてください」

君代ははっと驚いた顔になって、息子を見つめた。こんなふうに簡単に顔色を変える人ではないはずだ。様子がおかしい。

「ごめんなさいね、タケシ。あのね、わたし、お父さんと離婚するかもしれない」

衝撃だった。もう五年会うこともなく、普段は思いだしもしない父親でも、離婚となると別だった。日本とアメリカで何千キロも離れて暮らしているけれど、家族である のは間違いなかった。けれど、父と母が離婚してしまえば、最後のつながりである法律上の家族の形も壊れてしまう。

「どうして、急に、そんなこと……」

タケシはそう絞りだすのが精一杯だった。

「いろいろと考えてね」

別な可能性に思い当たった。母はまだ四十歳ほどで十分に若い。

「他に誰か頼りになる人がいるんですか」

母は驚き、それからゆっくりと笑った。

「大人になったのねえ、あなたも。そんな人がいたら、とっくにパパと別れていますよ」

タケシの胸騒ぎは収まらなかった。母が口にした離婚という言葉の重さで、心が潰れてしまいそうだ。

「あのね、今日は焼夷弾の消火訓練だけでなく、竹槍《たけやり》訓練もあった。軍人さんがきてね、真剣さが足りないって。青竹の先を斜めに落とした槍でなく、先に銃剣をつけた竹槍でみんなで藁《わら》人形を突いたの」

その手ごたえなら中学生のタケシも身をもって知っていた。銃剣術の訓練は学校では必修だ。竹の芯に湿らせた藁を人の胴体ほどに巻きつけた藁人形は、人体と同じ強度であるといわれ、日本刀の試し切りに古くから使用されていたという。

うまく刺さらないとき簡単に銃剣は弾《はじ》かれてしまうが、何回かに一度すっと新聞紙でも貫くようにほとんど力を入れずに、銃剣が根元まで刺さることがある。そんなとき配属将校はよくやったと褒めてくれたものだ。

「うちの町内でも、何人かご主人を戦争で亡くした奥さんがいるでしょう。そういう人はこのうえなく真剣だった。相手は銃をもっているかもしれない、人ではなく戦車や装甲車かもしれない。でもね、みんな一人一殺の気合で青竹を突いていた」

タケシは嫌でも頭のなかに絵が浮かんでしまった。三月初旬の寒々とした曇り空のした、銃剣つきの竹槍訓練をする母の姿である。気合とともに息は白く伸び、藁人形は冷たく湿っていることだろう。中学生の自分は軍需工場で通信機をつくり、母は銃剣で敵兵を殺す訓練をしている。それが一九四五年の東京都民の日常だった。

「……お疲れさまです」

なんといってよいのかわからずに、ひと言だけ絞りだした。ブラームスの静かなピアノ曲が洋風の部屋に満ちている。

「そのとき、お母さんは気づいた。この戦争は終わらない。日本人は最後の一人になるまで戦い続けるだろうって。わたしはいつかこの戦争にもお仕舞いがくるって、呑気に考えていた。でも違うの。戦争は終わらない。ずっと戦時下の日本で、お母さんもタケシも生きていかなければいけない。そうして生きていくには……」

母の目が見る間に真っ赤になった。涙が落ちそうになると手首の外側でさっとぬぐい、タケシには泣いていない振りをする。

「……希望なんて捨てなければいけない。お父さんもアメリカも捨てなければいけない」

訓練などではなく、ほんものの銃剣がタケシの胸をえぐったようだった。母は本気だ。本気で甘えと希望を捨てようとしている。

「まだこの先、十年も二十年も戦争が続く日本で生きていくには、いつかお父さんに会えるとか、アメリカの国籍があるからシアトルに帰れるなんて、甘い希望をもっていてはいけない。そんなことでは、この国では生きていけないのよ」

母のいうことは理解できた。けれど戦局が厳しくなってから、もう二年にもなる。突然離婚をいいだすには、他になにか理由があるのではないか。タケシは昼間、極光通信にやってきた日系人の憲兵を思いだした。日本で暮らす二重国籍の人間には、あちこちから圧力がかけられているのではないか。

「お母さんもなにかいわれたんですか」

照明の角度が変わるように、さっと母の顔に影がさした。青ざめた母がためらうようにいった。

「日婦の会で諫《いさ》められた。今のままわたしが夫や国籍にこだわり続ければ、タケシ、あなたの未来を潰すことになるって。憲兵に引っ張られるかもしれない。刑務所に送られるかもしれない。だいたいスパイ容疑がかけられている人間を雇うような会社は、どこを探してもこの日本にはない。タケシがいくら学校の成績がよくて、どんな大学を出ても、未来なんかないんだって」

心のどこかでわかっていたことだった。自分には未来などないのだ。兵隊さんになって戦争にいって死ぬか、仮に生き延びてもこの国に自分の居場所はなかった。父と姉と父の国を捨てなければ、この国では生きていけないのだ。

世界戦争も二重国籍も、自分が引き起こした問題だろうか。まだ生まれてから十四年しか生きていない自分の責任だろうか。タケシは母の前で涙を落とすのが嫌で、両の拳を関節が白く浮くほど握り締め、落涙を堪《こら》えた。

こんな世界ではなく、もっと他の世界はないものか。戦争のない世界、爆撃機が空を飛ばない世界、軍需工場ではなく学校で学べる世界、母が人殺しの訓練をせず、父と離婚しなくとも済む世界、戦死したすべての人が家に帰り夕食の卓を家族とともに囲める世界。正臣と話した無限にある多世界のどこかに、そんな夢のような世界はないのだろうか。

階下からガラス戸を叩く音がものものしく響いた。

「時田さん、時田さん！」

こんなに夜遅く誰だろうか。男の声とガラス戸を叩く音は続いている。タケシは母といっしょに階段をおりて、一階の工場に顔をのぞかせた。ちょうど戸を開けて、伯母の千寿子が対応するところだった。

「なんだ、あのピアノの音は。この非常時に敵性音楽を聴くなぞ、どういうつもりだ」

隣組の組長・石坂老人が真っ先に怒鳴りこんできた。後ろには隣組だけでなく、怒りで目をつりあげた警防団の中年男たちの顔も見える。夜回りの最中だったのだろう。千寿子がうんざりした顔で振りむいて母にいった。

「君代さんがお相手して。わたしはもう知らないよ」

目もあわせずに脇をとおり、さっさと階段をあがっていく。母がつっかけを履いて、代わりに石坂老人のところにいった。組長は震えながら叫んだ。

「あんたのとこはどうなっとるんだ。先代のときはこの街に、こんな不名誉はなかった。戦場で兵隊さんが毎日死ぬ気で戦っておるのに、敵性音楽とはなにごとだ」

母がていねいに頭をさげた。

「遅くまでご苦労さまでございます」

落ち着き払った様子が気に入らなかったらしい。警防団の男が老人の背後からいう。

「ここはスパイの家か。おい、後ろにいる小僧がアメリカの混血児だろう」

別な国民服の男がいった。

「非国民め、おまえら鬼畜米英と英語で通信などしていないだろうな」

タケシは思わず叫んでいた。

「ぼくは時田武、日本の少国民です。大日本帝国の勝利を心より願っています。敵と通信などしていません」

思い切り声を張ったので、肩が上下し腹に力が入った。

「ああ、そうですかと信じられるか。貴様らはアメリカ帰りだろう。信用ならん」

男たちが時田メリヤスの戸口に詰めかけてきた。この先どうなるのだろうか。タケシが振り返ると、階段のところによっさんととよちゃんと登美子の顔がそろっていた。なにがあっても、この家族を守らなければならない。

もし警防団の男が母に手を出したら、タケシは全力で戦うつもりだった。手近なところにスパナがあるのを視線で確かめた。ピアノ曲が低く、メリヤス織機を据えた夜の土間に響いている。二階から流れる寂しげな音楽を背景に、母が低い声でいった。

「これは敵性音楽なんかじゃありません」

振りむいて長男にうなずきかける。

「タケシ、この曲をつくった作曲家は誰ですか。みなさんに教えてさしあげなさい」

ガラス戸の外には隣組の石坂老人と警防団の男たち、工場奥の階段には時田メリヤスの人たち、その場にいる全員の視線が自分に集中していた。タケシはさげていた視線を上にあげ、胸を張っていった。

「ヨハネス・ブラームスです。大日本帝国の同盟国ナチス・ドイツの作曲家です。これは間奏曲集であります」

ブラームスが生きていた十九世紀の後半では、ナチスではなくドイツ帝国だったろうか。石坂老人が疑わしげにいった。

「ほんとうだろうな」

母は落ち着き払っている。

「最近の演奏会でも、ブラームスのピアノ協奏曲が演目に入っています。お国の公認がなければ、演奏会でとりあげることなどできません。ブラームスはわが日本の同盟国が誇る素晴らしい作曲家です」

石坂老人が振りむき、背後にいる警防団の男たちと小声で話していた。母が追いかけるようにいった。

「御心配なようなら、部屋からレコードをもってきてお見せしましょうか」

タケシは冷や汗をかいた。いくらなんでもそれはやり過ぎだ。レコードはアメリカ製で、レーベルに書かれた曲名などは英語表記だった。都民の誰もが空襲続きの毎日に疲れ、腹を立てている。たとえ正しくとも、どんないちゃもんをつけられるのかわからなかった。

小柄な石坂老人がふんぞり返って、両手を腰に当てていった。

「まあ、今回は大目に見てやろう。だが、つぎはないぞ。貴様らも日本国民の不屈の覚悟を見せてみろ。空襲など恐るるに足らん。皮を斬らせて骨を断つ信念で、ことに当たるのだ」

母はていねいに頭をさげた。タケシもそれにならう。

「ご苦労さまでございます」

男たちが灯の消えた暗い街を去っていく。ガラス戸を閉め、暗幕を閉じると母がおどけていった。

「あー、怖かった。まだ足が震えてるよ」

階段に集まった登美子たちから、いっせいに歓声があがった。登美子が手を打って叫んだ。

「おばさま、素敵だった。ドイツ音楽もわからないモグリをぎゅーっといわせて、いい気味でした」

君代は疲れた笑顔を向けるだけだ。とよちゃんが不安そうにいった。

「石坂さん、あの様子だとまたすぐに文句をつけにきますね」

困り顔で母がいう。

「ほんとにねえ」

タケシは暗い土間に立ち尽くし考えていた。やはり父とアメリカを捨て、二重国籍を解消し、完全な日本人にならなければ、この責めはまだ果てなく続くだろう。どこかで重い決断をしなければならないのだ。よっさんが肩をぽんっと叩いてきた。

「タケシさん、あまり深刻に考えちゃいけねえ。まだ中学生なんだから、明るくいきましょうや」

それから顔を近づけてきて、タケシにだけきこえるように囁《ささや》いた。

「坊ちゃんはさっき得物《えもの》をもってひと暴れしてやろうと、スパナを目で追いましたね」

ベテランの工員には気づかれていたのだ。タケシの背中がひやりとした。

「そういうことは、なさらないほうがいい。なにかあれば、このあたしが身体を張りますから、坊ちゃんは下がっていてください。一度引っ張られたら、タケシさんはなにをされるかわからねえ」

二重国籍とはまた別な立場だが、組合の活動家なども逮捕され、白木の棺《ひつぎ》で返された例があるという。法の正義も裁判も警察でさえ、この戦争に勝つために奉仕するのが今の国体だった。タケシは唇をかんでいった。

「よっさん、ごめんなさい。つぎからは気をつけます」

また軽く肩を叩かれた。

「ずるい大人のように思うかもしれませんが、このご時世はひたすら頭を低くして、なんとか嵐をやり過ごすよりほかに、道はありません。耐えがたきを耐えてこそ、ほんものの日本男児ですよ」

よっさんはなにかに気づいてちいさく声をあげて笑った。

「だけど、タケシさんは半分ヤンキーでもあるんですねえ。お父さんの国とお母さんの国が戦うなんて、まったく面倒なことになったもんだ。こんなもん、早く終わりゃあいいのにねえ。なんだってんだい」

時田メリヤスで先代から四十年も働くベテランが世界中を巻きこんだ大東亜戦争を、「こんなもん」のひと言で切り捨てた。タケシはいっそ爽快だった。灯火管制で暗黒の帝都東京にも、こういう人が生きている。

「タケシ、ちょっと手伝ってくれるかい」

そう声をかけてきたのは、母・君代だった。階段をあがり部屋についていくと、先ほどは気づかなかった茶箱が隅においてあった。トタンで内張りされた大型の木箱だ。

母がレコードから慎重に針をあげると、静かなピアノ曲がやんだ。

「もうこの辺りにもいつ空襲がくるかわからないから、大切なものをしまっておこうと思ってね。荷物を整理するつもりだったの」

レコードをジャケットに戻し、その他アメリカから帰るときにもってきた十数枚とともに、油紙に包んで木箱に入れた。ブラームスの間奏曲集だけでなく、バッハの平均律、モーツァルトのピアノ協奏曲、ベートーヴェンの交響曲。どれも西洋音楽の精髄といえる傑作ばかりだった。母がこのレコードを選ぶために何日もかけていたことを思いだす。

それから母は写真立てを油紙に包んだ。父母と姉とタケシの四人がシアトルの家の玄関先で撮った記念写真である。タケシのエレメンタリースクール入学のときのものだ。半ズボンのスーツを着て、誇らしげにアメリカ国旗の赤と白と青の斜め縞《じま》のネクタイを締めた幼い自分を、タケシはありありと覚えていた。あれから八年が経ち、極東の島国に暮らし父の国が落とす爆弾に怯《おび》える毎日を送っている。未来を知らないということは素晴らしかった。どんなに悪いことにも耐え、そのときを迎えられるのは、未来を知らないおかげなのだ。無知はそのまま勇気である。

写真立てに続いて小型の蓄音機を押しこみ、最後に父と姉からの手紙をいれると、おおきな茶箱もさすがに一杯になった。ふたを閉め、あわせ目に油紙を貼るとお仕舞だった。母はさばさばとした様子でいった。

「これでもう思い出は全部、この箱のなかに片づいた。明日からは未来を向いて生きていきましょう。タケシ、そっちをもって」

アメリカ土産の品々がたっぷり詰まった茶箱は意外なほど重かった。タケシが先になり階段をおりていく。階段の下では、箱をおいてひと休みいれなければならなかった。両手がしびれ、この寒さでも汗がにじむほどだ。

昭和十五年の指導要領では、防空壕を各家の敷地内に造るよう定められていた。庭や空き地に穴を掘り、天井には厚さ五十センチの土盛りをする。出入口は二カ所で、爆風爆片避《よ》けに通路を屈曲させる。要領の通りに造れるなら、実に頑丈な防空施設となるはずだった。

時田メリヤスの裏の空き地にも、饅頭をおおきくしたような粗末な防空壕があった。まだ義雄が出征する前、義雄とよっさんとタケシの男手三人がかりで、仕事の後で十日間をかけて造りあげたものである。

母とふたりで思い出の品を詰めた茶箱を運び、タケシは防空壕のトタン張りの戸を開けた。土盛りから砂がこぼれてタケシの国民服の袖を汚した。なかからはカビと泥の湿った臭いが立ちのぼってくる。タケシは虫を追い払うように鼻の前で手を振っていった。

BRAHMS
PIANO INTERMEZZI

「うわあ、ドブの臭いがする」

時田家の防空壕には致命的な欠陥があった。本所区のこのあたりは海抜が低く、五十センチも掘れば水が沁みでてくるのだ。防空壕の底は淀んだ暗い水溜まりだった。広さはなんとか家族八人が肩を寄せあい身を隠せる三畳ほどで、泥水の上には座れないので壁の両側に木製の長椅子を造りつけにしてある。

「長椅子の上にこの箱を置きましょう」

母がそういうので、タケシが先に短い坂をおりた。下駄《げた》の歯が滑るが、なんとかこらえた。家族そろった入学式の記念写真を泥まみれにしたくはない。もう一生撮ることはできないのだ。右側の長椅子の上に茶箱をおくと、汗だくでタケシはいった。

「あとはぼくが奥に押しこむから、お母さんはそこにいて」

母の草履を汚したくなかった。中腰でドブの臭いがする水の溜まった防空壕のなかを、奥へと箱を押していく。臭いだけでなく真の暗闇だった。開いた戸口にはかすかに夜空から薄明かりがさしているけれど、奥に入ると自分の手も見えなくなる。

タケシは力をこめて重い茶箱を押しながら、急に骨まで震えるほどの恐怖にかられた。暗いから、臭いから、濡れているから怖いのではない。恐怖の理由は想像力だ。この湿った穴倉のなかで、B29が落とす焼夷弾や炸裂《さくれつ》弾に耐えながら閉じこめられる数時間を想像したら、怖くてたまらなくなったのである。

「あーっ」

思い切り叫んで、茶箱に最後のひと押しをすると、タケシは防空壕を飛びだした。壕の外に出ると、タケシはようやく深呼吸した。早春の空気は冷たく引き締まり、喉にも肺にも甘かった。壕のなかのドブ泥の臭いとは大違いだ。もしB29がきたとしても、十機くらいまでなら防空壕に逃げこむのはやめにしておこう。真剣にそう思ったほどである。

「ありがとう、タケシ」

母が袖についた土ぼこりを払ってくれた。タケシは黙ってトタン張りの戸を元に戻した。斜め上方に開く貧弱な扉なので、だいぶガタがきている。無理やり押しこんで閉めると、木材がきしむ耳に刺さる音がした。君代が友人の墓でも見るように、泥饅頭の防空壕をしみじみと眺めていた。手のほこりをはたいていう。

「いつか、この戦争が終わったら、また音楽を聴けるような日がくるのかしら」

母のひと言でタケシの頭のなかに、つい先ほどまで聴いていたブラームスの間奏曲が鳴り始めた。第一曲のぽつぽつとひとりつぶやくような憂鬱だけれど、ロマンチックな冒頭部である。やさしいメロディが何度も心を溶かすように繰り返されていく。

それがなぜ悲しいのか、気がつく前にタケシは涙を落としていた。母の前である。風に乗ってかすかにドブ泥の臭いも流れてくる。曇った夜空には月も星もなかった。

東京は灯火管制で、人の死に絶えた影絵の街のように静まっている。泣くような理由などひとつもない。

　けれど、タケシの目にはあとからあとから、涙が湧いてきた。突然の悲しみが、どこから生まれてきたのか、泣いている当の本人さえよくわからなかった。

　ただ自分はこんなにも泣きたかったのだ。タケシはそう思った。自分でも知らない自分が、父と姉と別れ、慣れ親しんだシアトルの街を捨て、戦時下の日本で苦しみながら生きていることを、こんなにも悲しく感じていたのだ。君代がきて、タケシの肩をそっと抱いてくれた。

「いいのよ、タケシ。いくら泣いたって。お母さんだって、いつもじゃんじゃん泣いてるんだから」

　タケシは意外だった。母が日本に帰ってから泣いている姿を目にしたことはない。この五年間で一度も。

「えっ、お母さんもですか」

　母は舌を出して笑いながらいった。

「つい一昨日くらいも泣いちゃった。夜、お布団のなかに入って泣いてるから、誰にも気づかれてないと思うけど」

　タケシの口元に笑みが浮かんだ。涙が急速に引いていった。胸の奥のピアノの音がちいさくなっていく。拳の角で涙をぬぐっていった。

「とり乱して、すみません。でも、どうしてお母さんはぼくに涙を見せなかったんですか」

　母がぽんぽんと背中を叩いてくれる。北風の冷たい夜だが、母が手をふれたところだけ、ひどく温かくなった気がした。

「日本に帰ったばかりの頃、タケシはそれはそれはよく泣いていたの。ダディに会えなくて寂しい、エリーがいなくて寂しい、シアトルに帰りたいってね。ちいさな目玉が流れだしちゃうんじゃないかってくらい」

　この戦争が始まる前のことで、タケシはまだ九歳だった。あの頃の不安な気もちはなんとなく覚えているが、そこまで毎日泣いていた記憶はなかった。

「ほんとうですか。お母さん、おおげさにいってますよね」

　母は自分よりも背が高くなった息子を見あげていった。

「ほんとうよ。だから、タケシの前でだけは、お母さん絶対に涙を見せないようにしようって決心したんだから」

　そんなことがあったのか。タケシは足踏みをして、下駄の歯についた泥を落とした。

「でも、不思議よね。泣かないと実際にそんなに寂しくは感じなくなる。その分、夜は大泣きして、ひとりで暗くなってしまうんだけど」

タケシにも覚えがあった。夜は危険だ。父と姉の顔、腕を回してハグした身体のぬくさ、クリスマスや家族旅行の楽しかった思い出が、殺しても死なない亡霊のように何度もよみがえってくる。タケシはぐっと唇を噛み締めた。母が防空壕を見つめていった。

「懐かしいアメリカの思い出にさよならをしましょう。これからは日本で生き残ることをなにより考えなければいけない」

タケシは大好きな音楽に、写真で笑う父と姉に、ふたりがくれた多くの手紙と思い出に、心のなかでゆっくりとさよならをいった。

三月九日

ベッドから起きだして、窓の暗幕を勢いよく引いた。タケシは和紙を貼ったガラスの向こうに広がる東京下町の天気模様を確かめた。今日はいよいよ相撲の決戦である。細川たちに目にもの見せてやらなければならない。空は曇りがちだが、ところどころ青い天井を覗かせている。これなら雨の心配はないだろう。町工場がそろった通りにはゴミひとつ見えず、端正で清潔な街並みが続いている。

てきぱきと着替え、洗面所にいった。お湯などないから、三月初めの冷たい水で意を決して顔を洗った。階下からは朝ご飯のにおいがする。味噌汁のにおいは日本にきた当初は慣れなかったが、今では大好物になった。とくに具沢山《ぐだくさん》のトン汁はタケシの好きなおかずである。この戦争で豚肉も根菜もめったに手に入らない高級品になってしまったけれど。

「おはようございます」

階段をおりて、一階の続き間に顔を出した。六畳の二間に火鉢がひとつしかないので、ひどく寒いけれど寒さにはすっかり慣れてた。

なにか腹にたまる、力のつく朝食がいいなと思っていたが、食卓の風景は残念だった。細かく刻んだニンジンとコンニャクの入ったおからの煮物と小松菜の味噌汁、あとは先週の配給のキュウリの古漬けである。ご飯はトウモロコシが半分以上を占めていた。もぎたてのトウモロコシのように瑞々《みずみず》しいものではなく、家畜の飼料にするようなカチカチのトウモロコシをいっしょに炊きこんだご飯で、ぼそぼそして実にたべにくい。それでもおかずがあるだけ感謝しなければいけないのだろう。タケシも錦糸町駅の周辺で栄養失調でふらふらと歩いている大人をいくらも見かけたことがある。

斜め向かいに座るよっさんが話している。

「なんだか不気味なんすよねえ」

熱々の味噌汁をすすった。毎朝小松菜が続くのは、このあたりが小松菜の名産地の小松川の近くだからだろうか。おいしい野菜だが、さすがに飽きてしまった。登美子がタケシに目だけで挨拶していった。

「なにが不気味なの、よっさん」

時田メリヤスひと筋の老工員は勘働きが鋭いことで町内でも有名だった。定規などつかわなくとも、織機の調整では〇・一ミリ単位でぴたりと狙った数値を出すのに、タケシも舌を巻いたことがある。

「いや、このところやけにB公が大人しいじゃありやせんか。どうにも嫌な感じです」

「やめてくださいよ。よっさんがいうとほんとのことになるんだから」

そういったのはお手伝いのとよちゃんだ。よっさんがかまうことなく東京の空襲について話しだした。

「本格的な空襲が始まったのは十一月の終わりでしたかね、師走はそいつは激しかった」

タケシはごわごわのトウモロコシご飯を、味噌汁で流しこんだ。ずっと噛んでいるとあごが疲れてしまうのだ。そういえば十二月十日から四日連続の夜の空襲はひどいものだった。毎晩空襲警報が鳴り響き、避難を重ねたので都民はみな睡眠不足でふらふらになった。

「明けて元旦は嫌がらせのB29が二度も三度もきやがって」

まだ記憶に新しかった。ほんの二カ月前のことである。数機の小編成でやってきて、ばらばらと爆弾を撒《ま》いて帰っていった。きっと日本人の正月気分をぶち壊しにする嫌がらせだったのだろう。一月にはその手の少数機による空襲が多かった。直邦がいう。

「空襲なんて怖くない。大人はみんなあんなもの怖がり過ぎなんだ。ぼくなら素手で焼夷弾をつかんで、放り投げてやる」

幼い男の子の大口を誰も相手にしなかった。みなぼそぼそと朝食を片づけている。数字には滅法強いよっさんが、空襲の被害を具体的に数え始めた。

「一月二十七日は向島区に七十機の空襲があって、二月九日には百機、十六・十七日と艦載機グラマンの何百ともしれぬ空襲があって、十九日にはB29の野郎がまた百機ばかり飛んできやした」

新聞記事やラジオでしる空襲ではなかった。どれも切実なので、タケシはすぐにその日のことを思いだすことができた。グラマンの機銃掃射は恐ろしかった。肩に当たれば腕が千切《ちぎ》れ飛ぶ恐ろしい威力である。登美子がいった。

「つぎは二十五日だったかしら。雪が降ったので覚えてるわ」

タケシも覚えていた。分厚い雪雲の上をB29が飛びまわり、雪模様の空にいくつも高射砲の華が灰色に咲いていた。きこえるのは爆弾の落ちてくる風切り音と姿の見えない爆撃機のエンジン音ばかり。姿が見える敵と姿が見えない敵、より恐ろしいのは姿が見えないほうだと震えあがったものだ。

「それでまあ三月に入りますな」

よっさんの語り口はラジオできく落語の名人のような剽軽《ひょうきん》なものだった。空襲についで語るにはまったくふさわしくない。

「三月はなんといっても四日でしたなあ。あのとき百五十はB公のやつが飛んできて、爆撃していきやがった」

よっさんの落語家のような調子できくと、どこか無差別爆撃も牧歌的に感じられるから不思議だ。タケシは口をはさんだ。

「でも、それからおおきな空襲はないよね」

翌五日に十機ばかりの空襲があった。もう東京都民はすっかり空襲慣れして、その程度の小編成では空襲警報を無視して各自の生活にかかりきりだった。防空壕に避難することもないし、食事中の者は悠々と食事を続けたのである。もっとも深夜の警報が連日続くので、寝るときも国民服を着て、ゲートルを巻いたままという者も多かった。昼も夜もいかに素早く逃げられるかが勝負なのだ。片時も休むことなく空襲に警戒する姿は、まさに人気の標語の通り「我等銃後の特攻隊」である。

登美子がよっさんに質問した。

「だけどさ、しばらくおおきな空襲がないのが、なんで嫌な感じなの。いいことじゃない」

よっさんは古漬けのキュウリを噛んで、お茶をのんでいる。

「考えてごらんなさい、登美子お嬢さん。やつらには飛行機だって、油だって、爆弾だって無尽蔵にあるんですよ。それなのに、こうして東京都民は、いまだにみんなぴんぴんしてる。どうにも話がうますぎませんか」

そういわれてみると確かにその通りだった。東京は大日本帝国の首都で、さまざまな重要施設と工場がそろっていた。どこでも人々は日々活発に働き、戦争の継続と勝利のために全力を尽くしている。この先もじわじわと真綿で首を絞めるような空襲が続くのだろうか。

タケシはそのとき恐ろしい可能性に気がついた。敵にB29が何機あるのかわからない。だが、まだアメリカは本気ではないのではないか。

自分が幼い頃、肌で感じたアメリカの広大さと国力は、まだまだこんなものではないはずだ。いよいよ本気でアメリカが日本を叩く気になれば、B29がたった百機ばかりのはずがない。

硬いトウモロコシのご飯を嚙むあごに、タケシはぐっと力をこめた。これは身も心もよほど引き締めてかからなければ、父にも出征中の義雄伯父さんにも背くことになる。本気になって東京を攻める世界一の大国から家族を守らなければならないのだ。アメリカに日本と住む国は違うけれど、父と伯父さんはまったく同じことをタケシにいっていた。ただひとりのこの家の男子として、なにがあっても時田の家とその家族を守らなければいけない。それがおまえの仕事だ。頼んだぞ、タケシ。

父は出征していないので現在もシアトルで貿易の仕事をしていることだろう。義雄伯父さんは中国の飛行場で整備兵として働いているはずだ。ふたりとも自らの仕事を精一杯がんばっている。ぼくも自分の使命、ここにいる家族を守る仕事を、どんなことがあっても最後までやり遂げよう。そう決心すると、タケシはうんと深く自分にうなずいて、ぼそぼそのトウモロコシご飯を腹に詰めこんだ。

登美子が恥ずかしげにいった。

「タケシくん、約束覚えてるよね」

幼い直邦はまだ根にもっているようだ。

「ずるいよ。タケシ兄ちゃんと登美子姉ちゃんだけで映画観にいくなんて。ぼくだっ
て楽天地にいきたかったのに。ずるいよ」

タケシは隣に座る直邦の坊主頭をごしごし撫《な》でてやった。同じ五分刈りでも八歳の
男の子の髪は高級な絨毯《じゅうたん》のようななめらかな手ざわりだ。

「ちゃんとお土産を買ってくるから、ナオ坊は我慢しておくれ」

直邦が目を輝かせていった。

「メンコか、ベエゴマがいいな。大相撲のメンコはあと羽黒山と玉ノ海がないんだ」

タケシは笑ってしまった。毎週のように空襲があっても子どもは変わらないものだ。

「ベエゴマは鉄の供出でもう夜店でも売ってないから、メンコのほうを探してみる。

楽しみに待っているんだよ」

「ありがとう、タケシ兄ちゃん」

自分に弟がいたらこんな感じなのだろうか。直邦は登美子をちらりと見ていった。

「ぼくは意地悪な姉ちゃんでなく、優しくて頭がいい兄ちゃんのほうがよかったな」

「ナオクニっ！　覚えてなさいよ」

空襲の話で暗くなっていた食卓に、その朝初めて全員の笑い声がそろった。この家族を守るのだ。タケシは思いを深く胸に刻んだ。


いつもの辻で、ミヤとテツが待っていた。そこまでいっしょだった登美子が、ふたりにぺこりと頭を下げると、手を振って去っていく。モンペの背中がか細くて、お手製の肩掛けカバンの桜花の刺繍《ししゅう》が可憐《かれん》だった。最後にこぼれるような笑顔でタケシにいった。

「じゃあ、夕方また」

「うん、また」

手を軽く振って見送るタケシの背中に、テツがいきなり飛び蹴りをしてきた。

「痛いな、なにすんだよ」

テツの代わりにミヤがいった。

「飛び蹴りでよかったな。おれなら、そこらへんの石ころ拾って殴ってるぞ」

テツはまだ鼻の穴をふくらませている。

「まったくだ。あんなにかわいい登美ちゃんと同じ屋根の下で暮らして、今日は夕方からデートなのか。ふたりきりなのか」

タケシは口ごもった。

「……いや、明日は久しぶりの休みだから、楽天地で映画でも観ようって」

身体のおおきなテツが万力のような力で、タケシの肩をつかんでくる。くいしばった歯の隙間から漏らした。

「どっちが誘ったんだよ。もちろんおまえのほうだよなあ、タケシ」

ミヤも下からタケシの目を探るように見つめてきた。日比谷で憲兵に尋問されたときにも、これほど緊張しなかったかもしれない。真実を話すしかないだろう。

「……登美ちゃんのほうから誘ってきた」

ミヤとテツの声がそろった。

「この野郎」

さすがに殴られはしないが、ふたりはげんこつの角でタケシの坊主頭を、ぐりぐりとねじりあげてくる。髪の毛がないので、これが地味に痛いのだ。

「わかった、わかった。でも、ほんとのことなんだから、しかたないだろ」

テツが叫んだ。

「くそっ、アメリカ帰りで、すこし顔がいいからって、日本男子をなめんなよ」

ミヤもいう。

「すこしばかり鼻筋が通って、彫りが深い野郎なんて、日本にもザラにいるからな」

アメリカから帰国したことも、アメリカ人の血を引くことも、他の誰かに指摘されるとひどく傷つくのだが、このふたりにいじられるのはまるで平気だった。タケシは笑いながら、もうやめろと何度も叫んだ。


極光通信に近づくと、勤労奉仕に向かう他の生徒の視線を、やけに感じるようになった。じろじろとこちらを見つめてきては、なにか囁きあっている。タケシはアメリカ人の父の血を引く出自もあり、居心地が悪くてたまらなかった。この数日続いている曇りがちな天気も自然に気分を害してくる。

もうすぐで工場正門というところで、同じ組のさして仲のよくない佐々木俊博がミヤの肩を叩いて、からかうように声をかけてきた。

「おい、工場中ですごい噂になってるぞ。細川たちと三対三で決着をつけるんだってな。勝ち目はあるのか」

相撲勝負のことがひと夜で広まっていた。タケシは嫌な気分だった。勝っても負けてもこの六人のなかだけの話だと思っていたのである。佐々木はいいおもちゃでも見つけたようにうれしそうにいう。

「それで、こっちの軍の相撲の実力はどんなものなんだ」

テツがあきれていった。

「そいつを調べるってことは、賭けでもするつもりなんだろ」

佐々木の実家は亀戸で婦人服の問屋をしていた。商売人の家系だ。悪びれずにいう。

「ああ、もちろんだ。おれが胴元になるから、みんなで菓子を賭けようって話になってる」

午後の休息時間にたまに茶菓子が配られることがあった。最中《もなか》やカリントウや煎餅といったありふれたものだが、いくつかの理由で生徒たちには死活的な重要事だった。まず食糧事情がひどく悪く、甘いものは貴重である。厳しい労働の合間のただひとつの息抜きであり、学校の友人といっしょにたべる楽しさという特典までついてくる。お菓子が出る日は朝から生徒たちがざわつくほどだ。この日は明日が十日で月に三日しかない休日の前日で、菓子の配給日だった。工場の大人もさすがに勤労奉仕の生徒に配給された分をすべてネコババする訳ではない。ミヤが腕組みをして冷静に質問で返した。

「そうか昼休みに相撲勝負をすれば、午後休みまでには賭けの結果がわかるんだな。佐々木、今のところ賭け率は、どんな様子だ」

佐々木はにやりと悪い顔で笑った。国民服を着ているので、どこか歴戦の古参兵のようだ。

「ははは、気を悪くするなよ。七対三で細川たちのほうが圧倒的に有利だ」

テツが拳でどんと自分の胸を叩いていった。

「なんだと、ふざけんな。おまえら、みんなおれたちが負けるって予想なのか」

横を通る隣の組の生徒が声をかけてきた。

「おい、今日の菓子は特別で、どら焼きらしいぞ。おまえたち、さっさと負けてくれないか」

テツが舌打ちをしていった。

「うるせえな、はいそうですかと、あんなやつらに勝ちを譲れるか」

タケシは別なことを考えていた。どら焼きは金平糖や煎餅のように日もちしないから、きっと工場も生徒に配給するんだな。口では偉そうに忠心愛国を唱えても、大人はなかなかずる賢いものだ。ミヤが隣の組の生徒にいった。

「テツはともかく、おれもタケシも相撲はからっきしなんだ。もう勝負を投げて、逃げだしたいくらいだよ」

ミヤが渋い顔をして、両手で腹を押さえた。

「あー腹が痛くなってきた」

タケシのほうに目配せして続けた。

「こいつも一昨日から、風邪気味なんだよ。悪いけど、勝負は来週に延期できないかな」

隣の組の生徒はミヤとタケシの様子を交互に観察している。休息時間のどら焼きがかかると、ひどく慎重になるようだ。疑わしげにタケシにいった。

「ほんとうか、時田」

タケシは急におもしろくなって、わざと咳《せ》きこんでみせた。

「ああ、熱はたいしたことないけど、咳がとまらないんだ。今年は嫌な喉風邪だ」

今度腕組みをするのは、隣の組の生徒だった。

「わかった。まあ、勝負が流れないように、身体に気をつけてくれよ。このところおもしろいことがぜんぜんなかったんだからな。みんな、おまえたちに期待してるぞ」

テツが胸を張って叫んだ。

「おう、まかせとけ」

ミヤは腹を押さえ、タケシは咳をした。生徒がうなずいて正門のほうに消えると、佐々木がミヤにいった。

「なんなんだ、今の小芝居は」

「おれたちには勝利の秘策がある。おまえもおれたちに乗っておけよ。ただし噂ではおれたちの体調不良を流すんだぞ。賭け率をうんと上げておいて、一発大逆転をかましてやる」

　佐々木が片方の唇の端をつりあげて、商売人の笑みを見せた。

「なんだよ、おもしろそうじゃないか」

　計算高いミヤがいった。

「たとえ細川たちに賭けて勝っても、どら焼きは一個半だろう。おれたちが勝ったら、三つはくえるぞ。おまえんとこ弟や妹がいるだろ。家にもって帰って分けてやれるぞ。兄貴の株が急上昇だ」

　佐々木の家は、この時代めずらしくもない六人きょうだいだった。少年博打《ばくち》の胴元はあごをひねりながらいった。

「そうだな。ここは山っ気をだして大物狙いといってみるか。そっちのほうが、おもしろそうだ。えーっと、宮西が腹痛で、時田が喉風邪だよな。そいつはいただきだ。おれもおまえたちに乗るぜ」

　さすが利に敏《さと》い商売人の倅《せがれ》だ。ミヤが手を打った。

「よし、そうこなくちゃ」

「必勝法は確実なんだよな。絶対に負けるなよ、我が家のどら焼きがかかってるんだ。おれも細川の愛国屁理屈《へりくつ》は好きじゃなかった。がんばってくれよ、じゃあな」

　佐々木がいってしまうと、タケシはテツにきいた。

「必勝法って、ほんとに効くのか」

テツは両手で自分の頬をはたいて気合を入れてからいった。

「男のメンツをかけた真剣勝負だぞ。絶対に勝てる方法なんて、あるもんか。やってみなくちゃわからないだろ。戦争も相撲もおんなじだ」

単細胞のテツの考えを極端に拡大すれば、世界一の大国アメリカを巻きこんだ大東亜戦争も、相撲の三番勝負も同じということになる。出たとこ勝負、気合と覚悟、天佑神助《てんゆうしんじょ》の風まかせ。勝負はやってみるまでわからないと、十倍以上の国力を誇るアメリカ相手に、日本は今日も戦争継続中である。テツが鼻息も荒くいう。

「まだ始業時間まで間がある。工場裏へいって、昨日の続きの特訓をしよう。ミヤもタケシも、必殺技覚えてるよな」

すこしばかり練習をしたくらいで、相撲の逆転技が身についたとはとてもいえなかった。だが、ここは不安を口にするときではもうない。タケシも自分の胸を叩いていった。

「ああ、まかせておけ。とったりで、細川のやつを場外に吹き飛ばしてやる」

今から五時間もすれば勝負はつくのだ。嫌味な細川たちに完勝して、口がしびれるほど甘いどら焼きを三つたいらげ、腹を一杯にしてやる。

三人は、タケシが幼い頃アメリカの映画館で観た西部劇のガンマンのように、決闘が待つ寒空の軍需工場へ、一歩一歩足を踏み締め近づいていった。

九日は朝から曇りで、正午が近づいても気温は一桁のままだった。寒さは彼岸が近づいても、なお厳しい。石炭ストーブは胴体を赤熱させて盛んに火を焚いたが、広い真空管検査室はなかなか暖かくならなかった。

けれど、そこで働く少年たちは奇妙な熱気に感染していた。仕事にとり組む態勢までいつもより元気で熱心なようだ。同じ中学の生徒同士が男のメンツをかけて決闘する。相撲の三番勝負で雌雄を決するというので、誰もが興奮しているのだ。しかも午後の休息時間に配られる虎の子のどら焼きを賭けているので、組の男子は誰もがすこしネジが締まっていた。返事がいい、身のこなしがいつもより敏速だと、配属の早川中尉にほめられたほどである。

当事者であるタケシは落ち着いたものだった。冷静に周囲を見回してみると、この相撲勝負の善悪ははっきりとしていた。熱烈な愛国派で、いつも声高に皇国の未来と大戦のゆくえを議論している細川たち三人組が、当然の善玉である。細川の父親が南方の戦線で、最近名誉の戦死を遂げたという同情票もおおきかった。

それに比べ、ミヤとテツとタケシの三人はどちらかというと組のなかではぱっとしない生徒だった。ミヤは成績はいいが身体がちいさく運動神経はそれほどでもない。

家は貧しく、身なりもよくはなかった。テツは身体はおおきく力は強いが、球技などはからきし苦手で、長距離を走るような持久力もない。成績は組の下位五名から隠密作戦中の潜水艦のように浮上することがない。

　肝心のタケシは成績は中の上、けれどアメリカ帰りが致命的な弱点だった。父がアメリカ人であるせいで、なにごとにも目立たぬよう慎重に振る舞う癖が、タケシを組のなかの傍流の位置に固定していた。自分からすすんで役職に立候補することもない。狙われないことが生きかたの基本になっている。そんな内気な生徒は、いくら判官《ほうがん》びいきの多い下町の男子にも支持を集められなかった。

　昼休みが近づいた頃、佐々木が段ボール箱をもってタケシたちが働く検査台にやってきた。胴元は素知らぬ顔でいった。

「賭け率がさらに上がったぞ」

　テツがにやりとしていった。

「いくつだよ」

「四対一だ」

　タケシはあきれてしまった。それでは細川たちに賭けて勝っても、どら焼き四分の一個しか儲《もう》からない。ひと口で終わりではないか。

　佐々木がいってしまうと、テツがタケシに耳打ちした。

「おれたちが勝てば、どら焼き四つの大儲けだな。俄然《がぜん》やる気がでてきたぜ」

　タケシは呑気なものだと、内心ため息をついた。テツは相撲に自信があるせいか、勝利しか考えていないようだ。

　四対一の賭け率の意味は明確だった。第三者の立場から相撲の実力を計れば、それほどの大差がある。実情はそういうものだろう。細川たち三人は体育も軍事教練も優秀で、体力体格ともに優れている。それに比べこちらの三人は、教練では指導将校に叱られてばかりだ。

　だが、もし自分が江東橋中学の全生徒が見ている前で、細川を投げ飛ばすことができたら、どれほど痛快だろう。そう考えると、タケシも胸のときめきを抑えられなくなった。

　スパイだとか、鬼畜の息子と呼ばれても、怒りさえのぞかせることなく淡々と受け流してきた。当然、心のなかには溜めこまれたものが膨大にある。もしあの忠心愛国派の三人に勝てれば、すくなくともこの春の三カ月くらいは実にいい気分で過ごせるだろう。

（よし、やってやる！）

　タケシは胸の奥で、そう決心して顔を上げた。もう迷いも、後悔もない。戦うと決めたなら、最後までやり抜くのが日本男子である。視線の先には、隣の作業台で働く細川の姿があった。検査機に真空管をはめて通電し、メーターの数値を読みとっている。

目を細めてにらんでいると、細川も気づいたようだった。正面からタケシの視線を受けとめ、逆ににらみ返してくる。厳しい顔のままタケシが軽くうなずくと、細川も険しい表情で同じようにうなずき返してきた。まるで巌流島の決闘の直前の宮本武蔵と佐々木小次郎のようだ。残念だが、彫りが深くかすかに二重の茶色い目をしたタケシのほうが小次郎で、腫れぼったい目とあぐらをかいた鼻の細川が武蔵だろう。吉川英治の『宮本武蔵』は中学でも大人気で、タケシも夢中になって読んでいた。

「気合が乗ってるじゃないか。いい顔してるぞ、タケシ」

テツが背中をおおきな手で叩いてくる。細川は余裕を見せたつもりか、わざとらしく笑顔を見せつけてきた。タケシは悔しかったが、顔色を変えなかった。そのとき、極光通信のサイレンが鳴って、決戦の昼休みの開始を告げた。

土俵の代わりに直径十五尺の円が、石灰の白線で描かれていた。極光通信の広場には強い北風が吹き抜け、砂ぼこりを汚れた薄布のように舞いあげている。タケシは両手を脇にだらりと下げて、白線を見つめていた。

円周の向こう側に視線を走らせると、細川と岸田と前岡の三人が足を踏ん張り立っている。広場には江東橋中学の生徒ほとんどが集合して、土俵をとり囲んでいた。人の輪のなかから、佐々木が一歩踏みだし声を張った。

「おれが行司をやらせてもらう。審判は絶対公平だ」

そういうとボール紙を切り抜いた軍配を、まぶしい曇り空に高くかかげて見せた。

「どら焼きの分配も絶対公平に頼んだぞー」

隣の組のお調子者がそう叫んで、どっと観客が沸いた。佐々木は落ち着いたものだった。

「ああ、まかせとけ。どうだ、細川、宮西、準備はできたか」

細川が腕を組んで自信満々にいった。

「こっちはいつでもいいぞ。どうせ、おれたちの勝利は動かないからな」

分厚い木綿の回しは土俵の脇に用意してあった。ミヤがいった。

「ふざけんな。勝負はやってみるまでわからないだろ。男の真剣勝負だぞ」

細川が余裕の笑顔でうなずいた。

「おまえらみたいな軟弱者は真剣に叩き潰してやるよ」

早くやれと観客から蛮声が飛んだ。ミヤは相手にせずに低い声でいう。

「いいか、勝負の前におまえらと中学の全員にひとつだけいっておくことがある」

タケシは隣に立つテツと目を見あわせた。ミヤからはなにもきいていない。おおげさな調子で、なにがいいたいのだろう。

「そいつはここにいる時田武のことだ」

小柄なミヤが右手でこちらをさした。その場の視線が自分に集中する。タケシはかっと顔に血が上るのがわかった。

「タケシは大東亜戦争が始まる前に、アメリカから日本に帰ってきた日系人だ。日本人にしか見えない顔をしているが、父親は確かにアメリカ人だ。そのことで、あれこれみんなに陰口を叩かれてる。うちの中学だけでなく、隣組や憲兵からもにらまれてるんだ。あいつは敵のスパイだ。鬼畜の息子だ。いつか日本を裏切って、敵につくんじゃないか。日本に悪さをするんじゃないかってな」

ミヤがゆっくりと江東橋中学の生徒を見回していく。誰ひとり言葉を発する者はいなかった。砂ぼこりが強い北風に舞っているだけだ。声を抑えて語りだした。

「おれはテツといっしょに、国民学校に入ったときからタケシとつきあってきた。毎日近くにいて、こいつの一挙一動を見てきた。だから、わかるんだ。タケシはどんな日本人より日本人らしいやつだ。おふくろさんが生まれたこの国を愛している」

タケシは内心ひやりとした。隣のテツに目をやると力強くうなずいてくる。

「みんなもこれからは、タケシのことを信じてやってくれ。同じ中学に通い、同じ工場で働き、同じめしをくって、空襲警報から逃げる仲間じゃないか。タケシはこの国やおれたち学友を裏切るようなやつじゃない。頼むっ」

　ミヤが腰を深く折って頭をさげた。テツも坊主頭をさげている。タケシは目頭が熱くなり、涙をこらえたので怖い顔になった。決戦の前にいきなりこんなことをいうなんて反則だ。

　生徒のあいだからぱらぱらと拍手が起きた。熱狂的という反応ではなかった。それでも何人かは手を打ちながら実にいい顔で、タケシのことを見てくれる。行司の佐々木がいった。

「それで、いうことはいったんだな。おれもタケシのことは信用できるやつだと思うぞ。さあ、勝負を始めよう。誰からいくんだ」

　そこで細川がさっと右手をあげた。

「こっちが先に発表しよう。そうすれば、宮西たちのほうは対策を立てられるだろう。うちのほうが強いから、ちょっとおまけをつけてやる。おれたちが格上の東の関取だ」

　テツが叫んだ。

「ふざけんな」

　ミヤが手をあげてテツを抑えた。

「後攻はありがたくちょうだいしておこう」

タケシは冷静に考えていた。日本とアメリカの関係から見れば、細川たちが東で自分たちが西なのは道理にかなっている。どうせ自分は憎まれ役の西軍だ。細川が厳しい表情でいった。

「うちは最初から一番の駒を出す。先鋒《せんぽう》は前岡でいく」

背が百八十センチ近くあり、組のなかでも有数のノッポの前岡が拳をあげて一歩前へ出た。背が高いだけでなく、陸上で高跳びをやっているので、身体にはしなやかな筋肉がついている。いきなり大将戦のような始まりだった。ミヤがちいさな声でいった。

「うちはどうするんだ」

テツが両腕を扇風機のようにぐるぐると回転させていう。

「たったの三回戦だ。最初に勝ったほうが圧倒的に有利だろ。おれがいって、前岡のやつを倒してくる。そしたら、おまえたちのどっちかが勝てば、おれたちの勝利だ」

確かにテツのいうとおりだが、そんなに簡単にことが運ぶだろうかとタケシは思った。それは賭け率を見れば明らかなのではないか。こちらの西軍は圧倒的に不利だ。ミヤがいう。

「おれかタケシを前岡に出して、逃げたと思われるのも癪《しゃく》だな。テツ、おまえがいって、見事に前岡を仕留めてこい」

「おうっ」

テツが国民服の胸と太ももを平手でぱんぱんと叩きだした。タケシは木綿の回しをとりあげた。かつては白かったのだろうが、今は土色に汚れている。沁みこんだ汗のにおいがした。テツのズボンの上から、ふたり掛かりでしっかりと回しを締めこんでいく。角帯のように腰の後ろで結んでお仕舞だ。テツが手をさしこんで、回しの固さを確かめている。

「よし、これでいい。いってくる」

テツが白線で描かれた土俵に足を踏みだした。塩は高価な配給品なので、撒くことはできなかった。前岡も向こうの端から土俵に入る。タケシは冷静に両者の体格を見比べていた。身長では五センチばかり前岡のほうが高い。体重はテツのほうが十キロは重いだろう。脚力は陸上部の前岡で、腕力は太い腕をしたテツだろうか。体力ではどちらにも遜色はない。いきなりの横綱対決といってもいいだろう。ここで勝ったほうが断然有利になる。

佐々木がボール紙の軍配を上げた。大相撲の行司独特の気もちのいいこぶしをつけて両力士を紹介した。

「東、前岡山、前岡山……西、弘井海、弘井海」

見物のあいだから笑い声が起きた。ひろい海だってよ、弱そうだな。タケシとミヤは声をあげた生徒をにらみつけた。

二尺の間隔を開けて引かれた仕切り線をはさんで、前岡とテツが胸をそらし、にらみあっていた。前岡山、がんばれ。声援は四対一どころか、東軍が圧倒している。みな、自分のどら焼きが心配なのだ。

両名が仕切り線に手をついた。ぐっと腰を落とす。行司が叫んだ。

「両者、見あって、見あって……はっけよい」

短距離走の駆けだしの勢いで、前岡とテツがぶつかった。肉と骨の当たる鈍い音が鳴る。

立ち合いは一瞬、陸上部の前岡のほうが素早かった。前岡の坊主頭がテツの胸に突き刺さるようにぶつかった。テツは敵の勢いを正面から受け止めたが、仕切り線から五十センチは後退してしまった。

「踏ん張れ、テツ」

タケシは思わず叫んでいた。両手の拳を痛いほど握り締めている。自分のときより友人の相撲のほうが力が入るのはなぜだろうか。ミヤも叫んだ。

「焦るな、こらえどきだぞ」

体勢はテツのほうが不利だった。自分より背の高い前岡に額を胸につけられ、下手回しをとられた。前岡は低い姿勢で、テツの重い腰にくいついている。ここで嫌がって引いてしまえば、一瞬で土俵の外に押しだされるだろう。

　テツは腕力と重い腰で、なんとか前岡の押しに耐えていた。前岡は機を見ては押しだしを狙って前に出てくるが、なかなかテツを押し切るだけの力はないようだ。ここにきて体重差が効いているのかもしれない。

　前岡山、がんばれ。そんなデブ、吹き飛ばせ。どら焼きがかかってんだぞ、根性見せろ。他の生徒たちからの声援がどんどん激しくなる。長い取り組みになってきた。もう一分はゆうに超えているだろう。テツが肩でおおきく息をしている。人は一分でこんなに汗をかけるのだというくらい、テツの顔も首筋もびしょ濡れだった。

　相撲上手のテツが敵がつかんだ回しを切るために腰を鋭く振った。同時に下手に巻き替えようと、前岡の両腕の下に自分の腕をねじりこむ。

「いけっ、テツ」

　タケシとミヤの声がそろった。だが、一瞬の重心の変化を前岡は見逃さなかった。テツが片方の足に体重を乗せたとき、一気に前に出てくる。テツは必死にこらえたが、じりじりと土俵の白線が迫ってきた。

　息が荒いのはテツだけではなく、前岡も同じだった。顔を上げて思い切り息が吸いたいのだろうと、タケシにもわかった。うつむいたままひたすら自分より重い相手を押し続けるのは、たいへんな体力を消耗する。ミヤが叫んだ。

「テツ、こらえろ。敵も苦しいぞ」

テツのかかとが白線にふれた。タケシもたまらず声をかけた。

「テツ、どら焼き四個だ」

くそーっと叫んで、テツが腰を落として押し返し、じりじりと前に出ていく。五十センチ、一メートル、組み合ったままようやく最初の仕切り線まで帰ってきた。勝負は振りだしに戻った。

体勢は相変わらず、前岡が有利だ。タケシはぎゅっと拳を握り締め、勝負を見つめていた。第一の取り組みは絶対に落とせない勝負だ。こちらの三人で勝ちの計算が立つのは、テツだけである。ここで負けてしまえば、もう勝利の望みは断たれるといってもいいくらいだ。残っているのはチビのミヤと子どもの頃からほとんど相撲などとったことのない自分だけである。前岡へ圧倒的な声援が飛ぶなか、タケシは叫んだ。

「テツ、踏ん張れ」

おうっと叫んで、テツが上手回しを引いたまま前進を開始した。土俵の砂地に前岡が必死でこらえるつま先のあとが残る。ミヤも叫んだ。

「その調子だ。そんな痩せっぽち、土俵から放りだしてやれ」

すり足五歩でテツは前岡を土俵際に追いこんだ。あとすこし、ほんの十五センチで勝利だ。タケシは小躍りしそうだった。だが、そこで前岡は一段と腰を落として、テツの腰にすがりつき粘り始めた。テツの肩がおおきく上下に動き始める。息があがっているのだ。

さすがに陸上部で毎日走っていた前岡は粘り強かった。テツの疲れを感じとると、今度は頭をつけてひたすら押しにかかる。もうテツには前岡の前進に耐える力はなかった。

電車道のように一本の線を引いて、土俵の向こうまでテツは押し切られてしまう。土俵際でもこらえることはできなかった。テツが土俵を割ると、ふたりはその場にへたるように倒れこんだ。そのまま腹をふいごのように上下させ、しばらく起きあがってこなかった。タケシは身近に見る相撲に驚いていた。素人でもこれほど激しい全身運動なのだ。細川が厳しい声をあげた。

「前岡、いつまで寝ている。さっさと起きろ。つぎの勝負が待ってるぞ」

タケシは細川の坊主頭に目をやった。満足の笑みなど欠片もなく、腕組みをして立っている。

細川にとって勝ちは当たり前のようだ。タケシとミヤはテツを引き起こし、回しを解いてやった。国民服の脇は表に黒々と沁みるほど汗で濡れている。ミヤが細川にいった。

「つぎは誰を出すんだ？」

先勝した細川は余裕である。あごの先を振って、隣に立つ岸田を示した。岸田がうなずいて、一歩前へ進みでる。

「うちの副将だ。そっちは誰でもいいぞ」

江東橋中学の野球部で、二年生ながら七番遊撃を務める岸田は中肉中背だががっしりとした身体つきをしていた。息のあがった前岡の代わりに、何人かの生徒が回しを巻いてやる。ミヤがタケシの耳元でささやいた。

「予定通り、岸田にはおれがいく。おれたち、どっちも負けられなくなったな」

タケシはもう戦うのが嫌になってきた。昼休み終了のサイレンが鳴らないだろうか。だが工場の建物の壁につけられた時計は、まだ午後の勤労奉仕まで三十分もあることを無情に指している。

テツとタケシのふたりがかりで、小柄なミヤの回しを締めた。テツはまだ息を切らし肩を上下させている。

「すまん……前岡のやつ……頭をつけ……前回しを引く……練習してやがった……完敗だ」

ミヤがうなずいていった。

「ああ、あいつは強かったな。おれは作戦どおりでいいんだな」

テツがうなずく。タケシは綱引きの要領で回しの先を思い切り引いていた。

「ああ、今度油断するのは、向こうの番だ。おまえのことなめてかかってくるはずだ。勝負は一瞬だぞ」

タケシはミヤの背中をばしんと平手で叩いていった。

「勝って、ぼくにつないでくれ」

ミヤは自分の頬を両手で張ると、勢いよく四股を踏み始めた。バチンバチンとゴム底が軍需工場の広場を踏む音が、寒々しい曇り空の下に響く。北風が砂ぼこりを舞いあげるなか、土俵の周囲に集まった生徒たちは熱気に包まれていた。

ミヤが土俵に足を踏みいれた。岸田は胸をそらしてから、野球の走塁前にするような開脚の柔軟運動を始めた。

「あーこりゃあ、ダメだ」

見物の誰かが、そうつぶやいた。ミヤは少年航空兵志願とはいえ、運動は苦手だった。四股もとても力強いとはいえないし、つま先が見事に空を指すようなこともない。貧弱な四股である。対して、岸田は定期戦で代走に出された俊足の選手のように、きびきびと手慣れた準備運動を展開している。周りの生徒たちにはもう勝負の行方が見えたようだった。

「こいつはどら焼きはもらいだな。簡単な賭けだったたな。我が帝国陸軍の圧勝って訳か」

「おーい、宮西、さっさと負けて、ストーブのある部屋に帰らせてくれ」

どっと観客が沸いた。ミヤはぶつぶつ口のなかでなにかいっている。近くに立つタケシにもなにをいっているのかわからなかった。岸田が早くも仕切り線に立って、ミヤに声をかけた。

「ああいってるぜ、さっさと終わりにしてやるよ。おれが勝ったら、最後の勝負はやらなくともいいだろ」

勝負に負けたばかりのテツは悔しさに唇を噛み締めている。代わりにタケシがいった。妙に腹が立ってたまらない。

「こっちはつぎの勝負がどうなっても、最後までやってやるぞ。最後の一発まで、撃ちてし止まむだ」

好きでもない戦意高揚の標語が口から出てしまった。ミヤが低い声でいった。

「おまえ、みっともないな。いつまでも細川の腰巾着で恥ずかしくないのか」

「なんだと」

岸田が目をつりあげた。この生徒は勉学と運動は得意だが、やや気が弱く、自分の意見に迷うことがある。いつも細川がなにをいうかを見てから、自分の考えを決める癖があるのだ。ミヤが重ねていった。

「おまえは細川の子分だろ。一生、あいつにこき使われて、へえこらしてろ」

ミヤは他の生徒の前であからさまな侮蔑を投げつけた。岸田の目が三角になり、頰から耳まで赤くなった。

「宮西、減らず口が利けないように、土俵に叩きつけてやる。怪我すんなよ」

怒りに震える岸田の前に、小柄なミヤが進みでた。タケシは両の拳を握り締めた。ミヤは土俵をまたぐ直前、一瞬タケシに視線を流した。目があってから、初めてわかった。ミヤは冷静だ。怒ってなどいない。落ち着いたまま作戦どおり、岸田を挑発したのだ。相手のほうだけ冷静ではいられないように。こいつはほんとうにゼロ戦の名パイロットになるかもしれないと、タケシは思った。

「さあ、いつでもいいぞ、腰巾着」

仕切り線に立ったミヤが、江東橋中学のほぼ全生徒の前で岸田を再度挑発した。岸田の国民服からのぞく肌は、首筋も顔も怒りと羞恥で真っ赤である。

「落ち着け、岸田」

細川が土俵の外から注意したが、岸田の耳に届いているかはわからなかった。自分ならとてもそんな余裕はないだろう。岸田は優等生で運動もできる。タケシのように侮辱に慣れていないのだ。行司の佐々木がボール紙の軍配を浅い春のまぶしい曇り空に掲げる。

「両者、見あって、はっけよい……」

突っかけるように岸田が先に立った。行司が止めた。

「待った、立ち合いがあってない」

自分より背の高い岸田の胸を両手で押して、ミヤがなにかささやいた。タケシは唇の動きを読んだ。あせるな、コシギンチャク。ダメ押しのひと言を石つぶてのように至近距離で投げつけている。岸田の目が暗く見えるほど赤くなった。

「もう一度だ、見あって、はっけよい……」

仕切り線をはさんで、殿様バッタのようにふたりが頭を下げ、にらみあっている。砂ぼこりを巻きあげて、また先に岸田のほうから突進した。だが、今回はミヤもきちんと手をついて立ちあがっている。

勝負が正式に始まった。

「残った、残った」

行司のかけ声より相撲の展開は素早かった。ミヤは立つと同時に身体を反転させた。正面から押しつぶす勢いでぶつかってくる岸田の左腕を、両手で抱えこむ。

「いけー、ミヤさん」

タケシは無意識のうちに叫んでいた。

「おーし、その間合いだ」

テツもあごから汗の滴を落としながら叫んでいる。ミヤの身体がそのままコマのように左側に回転を始めた。最初はひどくゆっくりとしているように見えた。途中で気づきタケシは声をあげそうになった。これはタケシのとったりだ。

岸田の太い腕をつかんだミヤの動きは、背中越しに土嚢《どのう》でも放り投げるようだった。初めのうちはゆっくりだが、岸田の勢いを巻きこんで、ゼロ戦のプロペラのように回転をあげていく。岸田の身体の重心が崩れてからは、竜巻のような速度になった。

「くそっ」

ちいさく叫んだのは、岸田だった。ミヤは岸田の左腕をちぎれるほどの勢いで、振りまわしている。二歩、三歩となんとか足を送ったが、岸田の身体は勢いに耐えきれずに宙に浮いた。

そのまま土俵の外まで飛んでいき、軍需工場の広場をごろごろと二回転して停止した。

あまりに技が鮮やかだったので、誰もが黙りこみ、一瞬の静寂があたりを覆った。ミヤでなくタケシが練習していたとったりが、見事すぎるほどの見事さで決まったのだ。生徒たちから拍手と歓声が湧きおこったとき、タケシとテツは抱きあって跳びはねていた。

「やった、ミヤがやったぞ」

テツが耳元で叫んでいる。これほどまでにうれしいことは、この数カ月なかった。

ミヤが土俵から戻ってきた。息も切らしていない。涼しい顔でいった。

「おれ、岸田が熱くなってるの見て、おまえのとったりに賭けちまった。つぎはタケシ頼んだぞ」

タケシは最後に残された敵の司令塔・細川の様子をうかがった。顔色を変えずに吐き捨てるようにいう。

「敵の陽動に引っかかるとは情けないぞ、岸田。勝負の前から術中にはまってどうする」

岸田が顔を真っ赤にしたまま戻ってきた。ミヤのほうを見ようともしない。細川が重ねて叱責した。

「冷静に戦えば、戦力はこちらが圧倒しているのに、なにを手前勝手にのぼせあがっている。この勝負は勝たねばならないものだった。貴様の報国の覚悟はその程度のものか」

細川の厳しい言葉に岸田は泣きそうな顔でうなだれていた。前岡がやってきて、そっと肩を叩いていった。

「気にするな。どちらにしても、細川が時田を倒せば、勝負はおれたちの勝ちだ。そいつは動かないんだから、安心しろ」

タケシは細川の表情を読んだ。怒りを秘めていても、ひどく冷静な顔つきは薄い氷をとおして炎を見るようだ。つぎはいよいよ自分の番だ。この三番勝負の行方は、すべてこの時田武の肩にかかっている。

だが、果たしてどう戦えばいいのだろうか。タケシがテツに教わり、懸命に練習した必殺技は、一瞬の機転を利かせたミヤが先に使用してしまった。のぼせあがった岸田の油断をついた見事な作戦ではある。勝負は時の流れが大切だ。ミヤの判断は正しかった。何度もタケシにとったりをかけられて、技を出す呼吸が身についていたのだろう。

それは確かにその通りなのだが、タケシは内心あせっていた。さあ、困った、どうしよう。一度目の前で見せつけられたら、もうとったりのような奇襲技は細川には通用しないだろう。決戦を前になにも書いていない答案用紙のような空白が頭のなかに広がっている。嫌な汗が浮かんで暑くてたまらなかった。タケシは小声でテツにきいた。

「もう作戦は通用しない。どうしたらいい？」

ミヤがすまなそうにいう。

「すまん、タケシ。岸田のアホがまんまと引っかかりそうだったんで、おまえの技つかっちまった」

タケシは迷いと恐れを悟られないように敵の大将の顔を薄眼《うすめ》でにらんだ。細川は小柄だが子どもの頃から柔道をやっているので、筋骨隆々としている。耳は潰れた握り飯のようだ。腕力でかなう相手ではなかった。タケシよりも数段格闘技に慣れていることだろう。テツがあっけらかんといった。

「今から作戦なぞ立てられないだろ。あとは精一杯戦うだけだ。タケシ、おまえが日本男児というなら、底力を見せてみろ」

タケシはテツの激励をあきれた思いできいていた。無責任なことをいうなあ。装備兵力ともに優れた敵に、大和魂だけで戦えというのである。タケシは自分の頰を両手で張って気合をいれた。ここで引くことは絶対できない。重圧がかかっているのは、細川だって同じである。同じ中学生同士なのだ。絶対にかなわないということはないはずだ。

「さあ、結びの一番だ」

行司の佐々木がボール紙の軍配を左右に振って、寒空の下で叫んだ。観客の生徒たちは熱狂している。空襲警報におびえる日々で、勤労奉仕のため、中学での運動や部活動も不可能になっていた。同じ生徒同士が力を尽くしてぶつかる場面など、ずいぶん長く目にしていなかったのである。

「細川、がんばれ」

「おまえに賭けてるぞ」

「アメ公に目にもの見せてやれ」

ほとんどの声援は敵の大将に向けられていたが、ときおりタケシを応援する声もあった。それもテツとミヤからではない。

「時田、負けるなよ」

何人かの生徒がきちんと、タケシの勝利を願っているのだ。細川たちのような愛国派は、授業の休み時間これみよがしに『日本書紀』や『古事記』を読んだりしていた。組のなかのさまざまな意見を押しつぶし、忠君に無理やり染めてしまうところがあった。中学にもこの戦争を内心望まない者はすくなくない。普段は声をあげない生徒の何人かが、細川たち忠心愛国派の敗北を願っているのだ。

（よし、やってやる！）

タケシは一段と気合をいれた。仕切り線をはさんで、細川とにらみあった。背はこちらのほうが十センチほど高いが、肩幅も胸の厚みも細川のほうが遥かに充実している。力ではとてもかないそうになかった。

苦手な四股を何度か踏んで、仕切り線の手前で握り拳を地につけた。細川も同じようにしている。おたがい決して目をそらさなかった。顔と顔の距離は五十センチほどしかない。タケシだけにきこえる声で細川がいった。

「おまえとこんな形で決着をつけるとはな」

タケシもくいしばった歯の隙間から漏らすようにいった。

「親父さん、気の毒したな。うちも離婚するかもしれない」

勝負の前になぜそんなことをいったのか、自分でもよくわからなかった。

「そうか、そうしたら時田は日本国籍一本になるのか」

タケシは両手を開いて胸をそらした。筋肉が心地よく伸びるのが感じられる。

「まだわからない。でも、きっとぼくも戦争にいく。おまえやみんなとおんなじだ」

北風に砂ぼこりが舞いあがり、土俵を駆け抜けていく。

さて、勝負だ。

「待ったなし」

土俵の中央で行司の佐々木が叫んでいる。生徒の誰かがいった。

「こんなに盛りあがるなら、毎週やればいいのにな」

「そうだ、そうだ。工場で働くなんて、おもしろくもないぞ」

どっと生徒たちから笑い声が巻き起こった。

佐々木が左右に首を振っていった。

「細川、時田、準備はいいか」

小柄な細川は仕切り線からだいぶ下がって手をついている。タケシをにらんだままいった。

「おれはいつでもいいぞ」

タケシは黙ってうなずくだけだった。佐々木がふたりの真ん中に軍配をさしだした。

「はっけよい」

立ち遅れだけは避けなければいけない。力の強い相手にいい体勢をつくられたら、勝機はないのだ。タケシは徒競走のつもりで足に力をいれた。

「残った、残った」

予想していたより細川は数倍素早かった。タケシが立ったときには、もう胸に跳びこんできている。気がつけば下手回しをとられていた。タケシも負けずに上手をとったが、懐に潜りこまれてしまった。上手を左右に振って、なんとか体勢を変えようとしたが、細川の身体はびくとも動かない。柔道で鍛えた足腰がいいのだろう。ぐりぐりと坊主頭が胸に当たって、タケシの肋骨が悲鳴をあげた。

「あきらめるな、勝負はこれからだ」

テツがそう叫んだのはきこえたが、タケシは困っていた。これからなにをすればいいのだろうか。できることがなにもない。しっかりと下手回しをとられているので、腰を動かすこともできなかった。

「おーっ、すごいぞ、細川」

低い姿勢から頭をつけて、細川が押しにかかった。じりじりどころか一気に前に出てくる。

なかに入ると、十五尺の土俵は狭かった。数歩も押しこまれると、もう土俵の白線に足がかかるところまで追いこまれている。

「引くな、タケシ」

ミヤの声がどこかおかしな場所からきこえた気がした。そんなことをいわれても、敵の大将の圧力はとまらない。タケシがこらえ切れずに一歩足を下げると、細川の身体を呼びこむことになった。ふたりの動きが加速して、白線に向かってなだれるように動きだす。生徒たちから歓声と悲鳴があがった。

「あきらめるな。なんでもいいから、なにかやってみろ」

テツがそう叫ぶのが、他の生徒たちの歓声を貫いて耳に入った。だが、なにをすればいいのだろうか。もう土俵の白線は踏ん張った右足のかかとに迫っていた。細川の圧力に耐えるのは到底困難だ。このままでは押し切られる。ミヤが絶叫した。

「タケシ、スパイと呼ばれて悔しくないのか」

「くそっ!」

うなるように漏らして、タケシは両腕に力をこめた。非国民スパイと呼ばれたら悔しいに決まっている。戦時色で塗り潰された日本では、生きる場をすべて否定されるのと等しかった。父親がアメリカ人であるのも、母親が日本人であるのも、父と母の国が戦争をしているのも、タケシが望んだことではなかった。自分はただこの時代に生まれ、明日をも知れない日々を懸命に生きているだけだ。

　他の十代となにも変わらないのに、国籍を選べとか、信用ならないとか、いつかアメリカに味方すると陰口を叩かれ続けるのだ。タケシのなかにむらむらと怒りが湧き起こった。そんなことは絶対におかしい。自分だっていつかは兵隊になり、この国のために命をかけて戦うつもりだ。

「くそー、くそっ！」

　気がつけば腹の底から叫んでいた。普段は自分を大人しく抑え、目立たぬように生きているタケシにとって、中学に入ってから初めて露《あら》わにした激情だった。一度声をあげると、気もちがあふれて止まらなくなる。

　細川の押しがタケシを絶体絶命の境地に追いこんだ。足が白線にふれそうだ。タケシは両手で回しをつかんだまま、上体を思い切りそらした。体《たい》を入れ替えるように、後方に細川の身体を投げだそうとする。自分でもなにをしているのかわからなかった。とにかくなにがあっても負けたくない一心だ。テツが叫んだ。

「おー、うっちゃりだ」

　自分の腹の上に、小柄な細川の身体が載っている。上半身はしっかりと相手にくらいついているが、ふたり分の体重がかかった足がもうもたなかった。タケシの目と細川の目が一瞬がちりとつながった。しまった！　敵の大将の目にあせりの色が見える。満足している時間などなかった。足腰は崩れ始めている。タケシは肩越しに迫ってくる地面をにらみながら、全力で細川の身体を重力のかかる方向に投げ捨てようとした。

ぐんぐんと地面が迫ってくる。タケシの右肩と細川の左腕、どちらに土が着くのが早かっただろうか。ふたりはからみあったまま、砂ぼこりをあげて地面に倒れこんでいた。

頬に砂をつけ、タケシはがばりと上体を起こした。ほぼ同時に細川も一回転して起きあがる。ふたりとも視線の方向は同じだった。行司の佐々木がもつボール紙の軍配が一瞬迷うように揺れて、細川のほうに動きかけた。

ダメだったのか。苦しまぎれの逆転技がそうそううまくいくはずがなかったのだ。そう観念したとき、佐々木の軍配が返って、タケシのほうを示した。テツが跳びあがって叫んだ。

「でかしたぞ、タケシ。おれたちの勝ちだ」

見物の生徒の間から声が飛んだ。

「ふざけるな、細川のほうが優勢だっただろ」

そうだ、そうだという声があちこちの方向から耳に入る。配給品の砂糖が貴重など時世に、どら焼きがかかっているのだ。賭けに乗った生徒たちも必死だ。隣の組の級長がいった。

「おれにはすくなくとも今の勝負、同体に見えた。もう一度やらせたらどうだ」

また、そうだ、そうだの声があがる。タケシは唇を嚙み締めた。もう一度やれば、細川はうっちゃりなどという捨て身技をくらうことはないだろう。立ち合いの速度と圧力は段違いで、タケシに勝ち目はない。

「もう一番、もう一番、もう一番……」

細川の勝ちに賭けた生徒たちが、手拍子にあわせ、取り直しを要求する。しかたない。勝つことはできなくとも、最後まで抵抗してやる。タケシが立ちあがり、腰と背中についた砂ぼこりをはたいたときだった。

「待て。おれは見ていた」

手拍子がやみ、注目がいっせいに細川に集まった。タケシと目をあわせ、自分を納得させるように深くうなずいた。

「時田の肩より、おれの手が着くのが先だった。おれの負けだ」

再戦すれば楽に勝てる勝負を、細川が自分から捨てたのだ。

「なんだよ、つまらない」

「あー今日はどら焼き抜きか」

口々に生徒たちが文句をいったが、行司の佐々木が最後に締めた。

「うっちゃりで、時田の勝ち。二勝一敗で、西の三人の勝利だ。どら焼きはちゃんと配る。賭けに負けたやつは文句をいうな」


軍需工場の広場で中学生が三々五々と散っていく。壁にかかった丸い大時計は、午後の操業時間まであと十五分を示していた。タケシは回しをつけたまま、細川のところに向かった。気がつくと、握手の手を出している。細川はタケシの手を見て、無表情にいった。

「おれはアメリカ式は気にいらん」

タケシの右手をとろうとはしなかった。自分から引っこめたが、とくに悪い気はしない。細川の表情に少年らしい恥じらいを見たからだ。

「どうして、取り直しをするといわなかったんだ。そしたら絶対そっちの勝ちだったのに」

「そんなことはやってみなくちゃわからない」

細川はへそ曲がりだった。タケシのいうことに容易に賛成したくないようだ。だんだんと愉快になってきて、タケシは質問した。

「ぼくにはどちらの身体が先に土が着いたか、ぜんぜんわからなかった。細川には見えたんだ?」

ふっと息を吐き、細川の肩から力が抜けた。

「ああ、おれはこの目で見た。日本男児は負けをごまかし、再戦を求めるような卑怯なことはしない」


ただ黙っているだけで勝利が転がりこんだのに、細川は自分から行司に負けを申しでたのである。賞賛されるべき立派な行いだった。目の前に立つ小柄な坊主頭の少年は日本男児だからといったけれど、アメリカでも同じように高く評価されるだろう。誠実さはアメリカ人がなによりも高く評価する徳目だ。洋の東西を問わず気高い行為は存在する。それはひとときの勝ち負けよりも、ずっと大切なことだった。ミヤがやってきていった。

「なあ、細川、勝負の前にもいったけど、これからはタケシに照準をつけるのを止めてくれないか。もういいだろ」

細川の背後に前岡が立った。穏健派で三人のまとめ役だ。

「ああ、おれもそれがいいと思う」

細川はまんざらでもない顔でいった。

「考えておく。時田が日本国籍一本になるなら、問題はなくなるからな」

細川はへそ曲がりだけでなく、意地っ張りだった。テツがやってきて細川の肩を叩いた。

「細かいことというなよ。タケシはタケシのままで、国籍くらいじゃなにも変わらないぞ」

テツの太い腕を払って、細川がいった。

「つぎは柔道で三番勝負をしないか。そいつをのむなら、こいつのこと認めてやるよ」

タケシは真っ先に叫んでいた。

「それだけは絶対に嫌だ」

全力で勝負を戦った六人は爆笑した。早春の寒空の下だが、みな玉の汗を流している。細川は幼い頃から道場に通う黒帯もちだった。柔道の規則で勝負をしたら、タケシはいいように投げられてしまうだろう。

「そんな勝負なんかしなくとも、ぼくは嫌がらせなんかには負けない。これからは正々堂々受けて立つ」

そう口にしてから、すこしいい過ぎたかとあせったが、テツが破顔して背中をばしばしと叩いてきた。

「それでいいんだ。おれたちもついてるし、こいつらの実力もだいたいわかったから、もう怖くはないさ」

ミヤがぼそりといった。

「なんだよ、自分だけ負けた癖に」

また六人がそろって笑った。敵同士ではなく、全員味方のようだ。前岡がいった。

「勝負を決めたのは、おれは相撲じゃなく、宮西の演説だったと思うぞ。おれたちはみんな同じ中学生で、空襲から逃げ回る仲間じゃないか。確かにそのとおりだよな。B29の焼夷弾はタケシがアメリカ人だろうが、日本人だろうが区別なんかしないんだ」

タケシはミヤのほうをちらりと見た。あのときはいきなりの言葉で、タケシは泣きそうになったものだ。前岡は続けた。

「おれはあれをきいて、勝っても負けても時田を特別扱いするのは止めようと、心に決めた。だから、おれに関しては他のやつと同じ友達づきあいでこれからはいいぞ」

細川と岸田は無表情にそっぽを向いているが、怒りや憎しみの空気は感じなかった。

テツがいった。

「さあ、午後の操業が始まるぞ。おれたちもいこう。なんなら、こっちのどら焼き、おまえたち三人に分けてやってもいいからな。なにせ、ひとり五つのどら焼き成金だ」

岸田が悔しそうにいった。

「うるさい。おまえらの施しなんて受けるか」

六人は部活動の練習後のように肩を並べて、極光通信の社屋に向かった。一面に広がった春の雲に日ざしが回り、目を細めなければいられないほど空は明るかった。ときに冗談をいい、ときに誰かをからかって、軍需工場に帰っていく六人の中学生の背中にもうわだかまりは見えなかった。


午後の検査室には奇妙なほどの一体感が流れていた。江東橋中学の生徒たちはいつものように集中して作業をしているのだが、軍需工場で通信機の部品をつくっているという悲壮感はなく、てきぱきと手を動かしながらも歌うような調子のよさがあった。そんなときには働くことがまるで苦にならないものだ。声をあわせて同じ学校の生徒を応援し、三番勝負にも決着がついたことで、心がひとつにまとまったのかもしれない。この頃は娯楽らしい娯楽がほとんどなかったので、昼休みはいい気晴らしにもなったのだろう。

隣の検査台に座る細川と目があうことがあったが、タケシはあわてて目をそらすとも、気まずくもならなかった。新しくできた友人のように、視線だけでなにごとか意思を伝えたような気にもなった。細川の表情もまんざらでもないようだ。監督役の社員がいなくなると、段ボールを抱えたテツがタケシの脇腹を突いていった。

「なんだか昨日までとは別な工場みたいだな」

タケシもうなずくしかなかった。自分に向けられる視線の鋭さが、角氷が溶けたように丸くなっている。

「うん、初めて組の一員になった気がする。テツはどうだ」

「おれはいつだって変わんないさ。こいつらはいつもこんなもんだったたろ」

テツはのんびりと口にしたが、タケシはこれまでの自分とテツの立場の違いを意識しない訳にはいかなかった。ミヤとテツとタケシは組のなかでもすこし浮いた三人組だったが、タケシは父の出自もあり三人のなかでもさらに浮いていたのだ。

「まあ、みんな悪いやつじゃないよな。こいつらといっしょの中学でよかったよ」

タケシにはそこまでの確信はもてなかった。たまたま一九四五年の春、東京下町で暮らしていた同世代の男子に過ぎない。同級生は自分では選べないし、それは多くの級友にとっても同じことだろう。戦争は激化している。どうやら旗色はよくないようだ。それでもまだ十四歳で、自分たちが戦場に駆りだされるまでには、あと四、五年の猶予はあるはずだ。

そんなふうにぼんやり考えながら、なんとか毎日の飢えと不安をやりすごし、日々の生活のなかで心の支えとなる楽しみを探す。中学生の暮らしなど、いつの時代のどの街でもさして変わらないのではないか。タケシはそんなふうに思いながら、真空管の断線を目視検査した。

昼休みの誤算は、どら焼きの回収がうまく運ばなかったことだった。食堂で配られた三時のおやつは、賭けの胴元である佐々木たちの手によって集められるはずだったが、その場で口のなかに押しこむ者が後をたたなかったのである。砂糖の甘さに飢えた生徒が多かったのである。

もとより食物を対象にした賭けは禁止されていたので、細川たちに賭けた生徒がどら焼きを惜しみ、たべてしまっても佐々木たちに文句はいえなかった。配属将校や監督役の社員の目が光っているのだ。十五分休みが最後の三分になったところで、佐々木がやってきて、新聞紙の包みをさしだしてきた。

「すまん、おまえら。配当は半分以下のひとり二個にしかならなかった」

「なんだよ、そいつは」

地団太《じだんだ》を踏んで悔しがったのはテツだけだった。ミヤは涼し気な顔だ。タケシもどら焼きよりも三番勝負の勝利と細川とのわだかまりがとけたことのほうが遥かに重要だった。今後の中学生活を左右するのだから当然である。ミヤはあっさりいった。

「まあ、いいだろう。おれは家にもって帰って、妹や弟に分けてやる」

つぎのあたった肩掛けカバンに包みをしまった。タケシも同じようにする。二個のどら焼きというのは、四個よりは当然すくないが、それでも豪勢なものだ。

「今回賭けを無視したやつは、名前を残しているから、つぎの回でちゃんと罰をくらわせてやるつもりだ。すまんな、テツ」

テツも新聞の包みを受けとった。

「まったく、しかたねえな。こいつはおまえに貸しだからな」

テツにとってどら焼きの恨みは相当なもののようである。ミヤがあきれていった。

「なんだよ、自分だけ前岡に負けた癖に、ずうずうしいな」

「ちょっと待て、相撲の三番勝負にしようって提案したのどこの誰だよ。この、おれ様だろ」

タケシは今回の結果には感謝していた。

「ありがとな、テツ」

「じゃあ、おまえのどら焼きひとつよこせ」

伸ばしたテツの丸いてのひらを叩き落としてタケシはいった。

「駄目に決まってるだろ。テツはくい意地張り過ぎだ」

佐々木もいっしょになって四人は腹を抱えて笑い声をあげた。

もうひとつの誤算は休み時間が終了して三十分後突然やってきた。勤労奉仕の生徒の間では噂が広まるのは稲妻のように素早い。真空管の段ボール箱を抱えた運搬係の少年が、検査室に入ってくると、作業台の横に箱をおき、誰にともなく低い声でいった。

「製造ラインで故障だ」

「やったな！」

別な生徒が囁くようにこたえた。英語は敵性語だが、工場の特に工員の間ではそのまま使用されている言葉がいくつか残っていた。ラインやレンチやグリースといったあたりである。別の検査係の生徒がいった。

「故障の具合はどんな様子だ」

「簡単に直りそうもないらしい」

故障だ、故障だという声がさざなみのように広い検査室に広がっていく。テツがタケシの脇腹を突いていった。

「この時間に故障だと、早帰りもありだな」

タケシは甘い予想を自分に禁じていた。日本にきてからの五年間は、事態が予想よりも悪化することのほうが断然多かったからだ。

「そううまくいかないだろ。逆の事態もありえる。故障を直すのに時間がかかり、今日の目標を達成するため生徒全員で残業とかさ」

テツは蛙《かえる》が鳴くような声を漏らした。

「うげっ、おまえはよくそんなに悪いほうにばっかりものごとを考えられるな。悲観主義の王様だ」

タケシは肩をすくめた。

「そういう外国映画みたいなのは止めとけ。ああ、だけど昔みたいに向こうの映画を観たいなあ。西部劇とか、騎士ものとかさ」

そうだ、今日は登美子と楽天地にいく約束をしていた。ハリウッドの映画はもうどの東京の映画館でもかかっていないだろうが、タケシも戦意高揚のための戦争映画より、子どもの頃夢中になった冒険ものやファンタジーが観たかった。シアトルの映画館で観たジュディ・ガーランドの『オズの魔法使い』には夜になっても眠れなくなるほど興奮したものだ。

廊下を駆けてくる足音がした。中年の上級社員が開いた扉から顔を出していった。

「工場の都合で、作業を中止する。切りのいいところで、本日の勤労奉仕をお仕舞にしなさい。各自、早退してかまわない」

誰ひとり歓声をあげることはなかったが、検査場で少年たちの喜びが爆発した。目に見えない電撃のような力が走り、みなの顔つきが一変した。

「やったー！」「やったぞー！」

極光通信の社員がいってしまうと、検査場のあちこちで生徒たちの声が花火のようにあがった。テツが万歳をしていった。

「相撲の三番勝負で勝ち、カバンのなかにはどら焼きが豪勢に三つ。おまけに工場は早帰りか。おれたち、いい運を今日でつかい果たしたんじゃないか。怖いくらい調子がいいな」

タケシもまったく同感だった。今日三月九日はなんというラッキーな日だろうか。作業台の目の前にある数本の真空管を目視で検査して、検査済みの箱に移して勤労奉仕は終了だった。明日は十日に一度の休日である。この工場にこなくていいのだ。のんびり朝寝ができる。ミヤが隣の作業台からやってきていった。

「ほんとについてるな。さあ、帰ろうぜ」

そのときテツが急に大声を出した。

「あー、そういえばタケシは今日、登美ちゃんと約束あったんだな」

検査場にいる男子のほとんどが地面に刺さった不発弾でも見るように、タケシに視線を集中させた。顔が真っ赤になるのを止められない。佐々木がやってきて、タケシの顔を下からのぞきこんだ。

「そいつはほんとなのか、時田」

タケシはしどろもどろになった。どういえば、この場をとりつくろえるだろうか。それにしてもテツのおしゃべりめ。

「明日は休みだから……今日は夕方からいっしょに住んでいるいとこと……楽天地にいって……映画でも観ようかって……約束して」

佐々木が驚きの声をあげた。

「いっしょに住んでるって、同じ屋根の下か」

タケシの顔が真っ赤になった。

「……そうだけど」

佐々木の質問が止まらなくなった。いつの間にか集まってきた男子が、元行司の肩越しに興味津々の顔で、突然窮地に追いこまれたタケシを見つめている。佐々木は熟練した刑事のように穏やかにきいた。

「いとこの登美ちゃんか、年はいくつだ」

防空壕があったら跳びこんでいるだろう。タケシは息をするのがやっとで返事をした。

「同じ年の……十四歳」

「かわいいのか」と佐々木。

テツが横から口をはさんだ。

「別嬪《べっぴん》さんだぞ。ミヤがひと目惚れするくらいだからな」

「なんでおまえばっかり……ずるいぞ」

普段は冷静なミヤが嘆息して、他の生徒の視線が一段と厳しくなった。我関せずで早々に帰宅準備をする者もいるが、タケシの検査台の生徒はほとんどが集まって、ことの成りゆきを見守っている。タケシの背中には嫌な汗が流れてきた。

「みんなだって、工場裏で他の女学校の生徒とひそかに会ったりしてるだろ」

佐々木の追及はゆるまなかった。

「他の生徒のことなんて、この際どうでもいいんだよ。おまえのいとこの登美ちゃんの話だ。で、楽天地のお誘いは……」

誰かが切なげに漏らした。

「別嬪さんの幼馴染みかあ」

おかしな呪文でも唱えたかのように坊主頭の男子中学生が静かにざわついた。ミヤが口をとがらせて同じことを繰り返す。

「ずるいぞ、タケシばっかり」

そうだ、そうだとミヤへ応援のかけ声が飛んだ。佐々木が尋問を再開した。

「それでな、楽天地での逢引《あいび》きを誘ったのは、どっちからなんだ」

同じ年のいとこと映画を観にいくことが、いつの間にか西洋名画の題名のような「逢引き」になっている。男子中学生の頭のなかというのは、どういう造りなのだろうか。空襲も食糧不足も、今この瞬間は目をぎらつかせたイガ栗頭の集団には関係ないようだ。これぞまさに崖っぷちだ。

「……それが、その……昨日の晩ごはんのときに……向こうから誘われ……た」

何人かの男子が坊主頭をかきむしっている。佐々木がいった。

「こいつ、とうとう吐きやがった。タケシにはなにか罰が必要だな」

「はい、はい」

威勢よく手をあげたのはテツだった。だいたい登美子との一件をばらした張本人である。タケシとしてはたまったものではない。

「おい、ちょっと待て、テツ」

タケシはそういったが、気がつくと頭をテツの脇に抱えこまれていた。テツのおおきなげんこつの角が、ぐりぐりと五分刈りの頭皮をこすりあげてくる。地味に痛い罰だった。

「くらえ、タケシ。おれの必殺技・梅干だ」

「もう止めてくれ」

タケシが手足をじたばたさせるほど検査場は少年たちの爆笑に包まれた。

それでも極光通信からの帰り道、三人はいっしょだった。まだ四時前なので、春の空は明るい。すこしだけ暖かになったせいか、道路脇にあるドブの臭いが強くなっていた。細々と木造の家と町工場が建てこんだ下町の住宅街だ。タケシが口を開いた。

「誤解のないようにいっとくけど、登美ちゃんとぼくにはなにもないから。将来、結ばれるなんてことは絶対にないし」

テツはのんびりと空を見あげ少し先を歩いている。ミヤはタケシの隣で足元の雑草を蹴り飛ばしていた。道路はむきだしの土である。

「絶対ないなんてことはないだろ」

苦し気な声に驚いて、タケシはミヤを見た。

「どういう意味だよ」

「日本ではいとこ同士の結婚は認められてるぞ。禁止されてるのは三親等までだ」

テツが振りむいて叫んだ。

「へえ、そうなのか」

タケシも驚いていた。そんなことは考えたこともない。まだ中学生で、おまけに戦時下という特殊な状況では、結婚など想像さえできなかった。テツがいった。

「じゃあ、登美ちゃんとタケシはどういう関係になるんだ？」

「親の兄弟が三親等、その子どもだから四親等ということになる。おれ、登美ちゃんが気になってから、すこし調べてみたんだ。四親等なら法律上は結婚にもぜんぜん問題ない」

テツがのんきにいった。

「へえ、おもしろい法律があるんだな。じゃあ、タケシと登美ちゃんは本人たちがその気なら、いつか結婚することもできるんだ」

ひどく居心地が悪いのに、顔が真っ赤になってしまうのはなぜだろうか。登美子は確かにかわいくて心の優しい子だが、異性として見たことはなかったはずだ。いや、正確には風呂上がりの上気した肌や、もんぺから伸びる手足の透明さに目を奪われたことが、何度かあったような気もする。いったんそう気づくと、登美子の少女らしい仕草や身体つきが頭から離れなくなった。

「もう止めてくれ」

タケシは耳を押さえて頭を左右に振った。これからも同じ屋根の下でいっしょに暮らしていくのだ。いちいち女性として意識したら、命がいくつあってもたらない。

「もうわかったから、登美ちゃんのことでぼくをからかうのは止めてくれ。今夜のことは後でふたりにはちゃんと報告するから」

時田メリヤスのガラス戸を開けると、正面に登美子が立っていた。

「遅いよ、タケシくん。今日はせっかくの早上がりだったのに。どこ寄り道してたの」

登美子とは朝夕はいっしょに通っていないけれど、同じ極光通信で勤労奉仕をしていた。すこし伸びたおかっぱの髪はきちんとくしを入れているようだ。朝よりも髪型が決まっている。組の友人たちから当の登美子との楽天地いきを難詰されていたとはいえずに、適当にごまかした。

「いや、相撲勝負の話があって……」

ぱっと登美子が顔を輝かせた。頬の色が早咲きの山桜のようにきれいだ。タケシはつい先ほど帰り道で耳にした婚姻制度を思いだし、登美子から視線をそらせた。四親等まで結婚できるのなら、目の前の少女と結ばれる可能性もないとはいえないのか。登美子が手を叩いてほがらかにいった。

「わたしも見てたよ。事務室の窓から。あの嫌味な細川を投げ捨てるなんて、いい気味。タケシくん案外強いんだね」

登美子は同じ高等女学校の生徒何人かと、工場の事務補助の奉仕をしていた。

「思っていたより、あいつはいいやつだった。自分から負けを認めたんだ」

「へえ。わたしはああいう熱血愛国派は苦手だな。いつも怒ってるみたいで怖いし。そんなことより、早くいこう。時間がもったいないよ」

階段の上から直邦の声が遠くきこえてきた。

「タケシ兄ちゃん、帰ってきたの」

登美子があわてていった。

「ほら、あいつに見つかるとお土産とかなんとかうるさいから。今日は若者だけのお出かけってことで、早くいこう」

登美子がタケシの手をとった。入れ替わるようにガラスの引き戸から夕方の下町の通りに出ていく。

「早くはやく、タケシくんのお母さんにはさっきいっておいたから」

タケシは自分の手のなかにある登美子の手の柔らかさと指の細さにびっくりしていた。こんなふうに同じ年の女性の手を握るのは初めてかもしれない。

「なんていったの」

登美子が底抜けの笑みを浮かべた。楽しくてたまらないのだろう。

「心配しないでだいじょうぶ。遅くなっても、ちゃんとタケシくんは連れて帰りますからって」

それは男である自分の台詞だった。だが男勝りの登美子にはよく似あう言葉でもある。タケシは破顔していった。

「お母さんなんていってた」

ふふふと笑ってミヤがひと目惚れしたいとこがいった。

「うちのタケシをよろしくお願いしますって。君代おばさまってておもしろいよね。アメリカ帰りでお洒落でモダンだし、わたしのあこがれだよ」

タケシはちいさな町工場が並ぶ路地に注意深く視線を送った。近所の人はほとんど歩いていない。熱していた気分が冷めて、普段の落ち着きが戻ってきた。

「外では父の国のことは禁句にしてほしい。人にきかれて、いいことはないから」

ふたりは肩を並べて、踏み固められた土の道を歩いていった。このあたりは工場が多いので、トラックもよくやってくる。雨が降るとやっかいだが、舗装されていなくとも歩きやすい路地だった。

ふたりはいつも錦糸町に向かうときの通い慣れた道をすすんだ。路地を出た四つ角を北にのぼり、倉庫の間を抜けて、竪川《たてかわ》を牡丹《ぼたん》橋で渡っていく。だんだんと街のにおいが変わって、住宅は立派になっていく。

黙っていた登美子がいった。

「タケシくんも正臣おじさんみたいに大学にいきたいの」

胸を押されたように息が詰まった。勉強はそれなりにがんばっているけれど、どこの大学に受かるのか、実力のほどは定かにわからなかった。戦争が激しくなってから、試験免除のところも増えている。学徒出陣もこの二年ほど多くなっていたので、大学に進学しても兵隊になることが普通で、進路をどう選ぶかは自分だけの意思でどうにかなるものではなかった。

「うん、いけるなら、どこか帝国大学の理系で、建築について正式に学んでみたい」

卑怯なようだが、理系は日本の科学技術発展と軍事技術開発のためという理由もあり、学徒出陣が免除されていた。なるべく戦争にいくのを遅くしたいタケシには悪くない選択である。

「ふーん、タケシくんなら建築家はいいかもしれないね。頭だっていいし、東京に日本とアメリカのいいところをあわせたビルディングとか建てるんだよね」

夢のような話だけれど、登美子の口からきく自分の夢には素晴らしい響きがあった。

錦糸町は東京下町でも有数の繁華街なので、千葉街道の近くまでやってくると街並みがだんだんとにぎやかになってきた。自動車の影がまばらな千葉街道には、都電がゆったりと走っている。時刻はまだ五時になっていなかった。

春のこの時期でも空は十分なほど明るい。

タケシと登美子は国民服とモンペ姿で、駅前の横断歩道を渡った。不思議なものだが、同じ国民服やモンペといっても、明らかに着る人のセンスで雰囲気が変わるのだった。タケシはどこか折り目正しく見えるし、和服を仕立て直したモンペも、登美子が身につけると清楚《せいそ》で可憐な空気を放っている。そういえば、戦時下だけでなく普通の中学の制服でも、組のなかで着こなしのいい生徒といまひとつの生徒は、はっきりと分かれているものだ。

駅前のバス操車場では背広や和服にきちんと帽子を頭に載せた大人たちが行列をつくっていた。主婦がおおきな荷袋や風呂敷を背負っているのは、総武線で千葉方面へ買い出しにいった帰りなのだろう。買い出しは戦時下の主婦の重要な役割だった。和服や帯、背広や靴などをもって地方の農家にいき、米や野菜と交換してくるのだ。売りぐいで、圧倒的に不足している配給の食糧を補い、なんとか日々の糧を満たしていく。よほどの高級官僚や軍人、政治家や金満家でなければ、食糧不足は毎日の三食ついて回る難問である。

駅前の操車場を通り過ぎ、ふたりは錦糸町駅に接する四ツ目通りの横断歩道で赤信号を待った。こちらの通りにも中央には都電の線路が通っている。その向こうが楽天地だった。登美子がしみじみといった。

「なんだか、空襲このかた、街がすっかり暗くなっちゃったなあ」

B29が東京上空にたびたび飛来するようになって、灯火管制が続いていた。正面にはおおきな映画館がふたつそびえ、その間の渓谷に弓型の門がつくられていた。映画館の名前が書かれた看板が十近くもずらりと誇らしげに並んでいる。

「空襲前は夕方になると、まだ明るくても電飾がきらきら光って、それは豪勢なものだったんだ。わたし八年前に、この江東楽天地ができたときのこと覚えてる。お父さんとお母さんといっしょにきて、これが東京の未来なんだって、すごく誇らしく思ったよ」

今、タケシの目の前にはかつての未来が火の消えた白黒写真のように広がっていた。横断歩道を渡って、江東楽天地の門をくぐった。両脇の映画館にかかっているのは、戦意高揚のために制作された戦争映画だった。平日ということもあり、あまり人出は多くなかった。和服と洋装は半々だろうか。なにをしているのかわからないけれど、ひどくきれいにめかしこんだ若い女性と目つきの鋭い中年男が目についた。

渓谷というのはぴったりの言葉だと、タケシは思った。弓型の門をくぐった先は数百メートルも両側に映画館がびっしりと続いている。ここは映画の渓谷なのだ。たくさんの映画館の間にはその何倍もの飲食店や酒場がすき間を埋め、ひと坪の土地も無駄にしまいと軒を競っている。映画の谷の奥まで、色とりどりののぼりが強い北風になびいていた。染め抜かれているのは月に何度も変わる映画の題名でなく、映画館と制作会社とスター俳優たちの名前だった。

空はしだいに暗くなり、映画の谷間も足元がよく見えないほどになった。それでも街の灯は最低限で、浮かれた雰囲気はまるでなかった。タケシと登美子はひとつひとつ上映作を確かめていった。この頃、公開される映画は日本映画かドイツ映画で、うち八割ほどを戦意高揚の戦争映画が占めていた。前年の秋から公開された作品の題名を見れば、事情はよくわかる。『かくて神風は吹く』『雷撃隊出動』『陸軍』『姿なき敵』『勝利の日まで』『必勝歌』『間諜《かんちょう》海の薔薇《ばら》』……どれも女学生とふたりで観るのに好ましくはなかった。ひと通りの上映作を調べ終えて、登美子がため息交じりにいった。

「洋ものならドイツ映画で『リュッツォ爆撃隊』というのが、二番館でやってるよ。どうしようか、タケシくん」

昼の間、軍需工場で働いているのに、戦争映画の気分ではなかった。お手伝いのとよちゃんが見かけたという時代劇、たぶん去年の年末公開の『宮本武蔵』だろう、はもうかかっていなかった。

「うん、無理して映画を観なくてもいいんじゃないかな。ちょっと散歩でもしようか」

そのとき、楽天地の映画街が一瞬バラ色に燃えあがった。登美子の顔も、その背後に揺れるのぼりも、自分の手足さえバラ色に染まっている。タケシは空を見あげた。空一面の雲に夕日がさして、あらゆるものを映画の照明のようにバラ色に染めていたのである。

江東楽天地にあるすべての映画館が夕日に燃える曇り空の照り返しを浴びて、鮮やかに色づいていた。タケシと登美子はおたがいの顔を指さして声にならない声をあげた。

「うわー、タケシくん、これ」

映画の渓谷の両側を形づくるたくさんの映画館と飲食店が夕日色に染めあげられていた。透明なガラス窓は飴《あめ》細工のように澄んで、つややかな光を表面に伸ばしている。もっとも飲食店の多くは食材不足で店を閉めていた。数すくない暖簾《のれん》を出している店は、客が自分で食材をもちこんで料理してもらう営業手法をとっている。

「いこう、登美ちゃん」

タケシは楽天地の一番奥からゆっくりと門のある錦糸町駅方向へ、きた道を戻っていった。街を照らす光が奇妙なほど温かなバラ色に変わっただけで、どうしてこれほど胸を打たれるのか、自分でも不思議だった。隣を歩く登美子が自分と同じように、この夕暮れの一瞬の光に感動しているのが手にとるようにわかり、それがとてもうれしかった。

勇ましいこと、死力を尽くして戦うこと、足りないものはなにがなんでも我慢をとおして耐えること。戦時下ではしかたないのだが、中学生のやわらかな心を伸びのびと広げることは禁じられてきた。けれど、こうして夕映えのなか映画の谷間を王様のようにふたりで歩くこの時間は、誰にも奪えないのだ。道ゆく人も一面バラ色になった曇り空を指さしては、空を見あげている。

「すごいね、わたしたち映画の主人公になったみたいだ」

興奮した登美子の声が可憐だった。しだいに弓型の門が近づいてくると、空は薄暗くなりバラ色は急速に消えていった。

「あーもったいない。きれいなものってなんで急に終わっちゃうのかな」

門をくぐって四ツ目通りに出ると、すっかり空は寒々しく不機嫌な早春の曇り空だった。タケシは広い歩道を右に折れた。横目で路面電車の停車場を見ながら登美子にいった。

「錦糸公園にいってみようか」

錦糸町駅から線路をくぐってすぐのおおきな公園だった。子どもの頃からの遊び場のひとつである。広場があり、噴水があり、四方を樹木に囲まれたいつもにぎやかな公園だった。ここで駆けっこをして、鬼ごっこをして、戦争ごっこをした。思い出の場所だ。

空がしだいに暗くなり、下町の中心地・錦糸町駅の周辺も街並みは夜の色に染まり始めた。空はまだ明かりを残しているが、足元はずいぶんと薄暗くなっている。あのバラ色の光は夕焼けが最後の力を振り絞ったものだったのだろうか。

「戦争が始まる前は、錦糸町はすごく明るい街だったんだけどなあ」

登美子の声にうなずいたが、大東亜戦争開戦の前年に日本にきたタケシにはまばゆいほど明るい映画興行街の面影はほとんど記憶になかった。

ちいさな交差点を渡ると、すぐ錦糸公園の入口だった。車止めを抜けて、ゆるやかに曲がる遊歩道に沿い、登美子と公園の奥にすすんでいく。なにをするのでもなく、ただこうして同じ年のいとこと同じ速さで歩くだけで、タケシは十分に楽しかった。

「あっ、風が強いね」

登美子の桜の花びらが刺繡された肩掛けカバンのふたがばたばたと開いて閉じた。タケシも似たようなカバンを提げている。なかには手帳や鉛筆だけでなく、必需品の防空頭巾が入っていた。周囲に植樹されているのは欅《けやき》や公孫樹《いちょう》や染井吉野といった東京ではありふれた木々だ。

「ほんとだね、嫌な北風だ」

遊歩道を抜けるとおおきな広場だった。奥にはプールほどある四角い噴水がある。噴水の四隅は丸く欠けていて、そこにはくすんだ緑の植栽があった。日が暮れてから風が強くなっているようだ。土ぼこりが波頭のように広場を走っていく。ベンチはどこも空いていなかった。

「あそこに座ろう。いいものがあるんだ」

タケシは噴水の縁を示した。一定の距離をおいて、アベックが座っている。戦局が厳しくなっても、恋人たちはうまく自分たちの場所を見つけるようだ。戦時下の資源

不足で電力節約令が出され、しばらく前から噴水は昼間でも静かなものだった。水音がしない水面は曇り空を暗く映す濁った鏡のようだ。

隣に登美子が腰かけた。コンクリートの高さはひざほどである。目を上げると、錦糸町駅上空の雲が薄ぼんやりと明るかった。

「はい、これ、昼の三番勝負のお土産」

タケシはカバンから、新聞紙でくるんだどら焼きをとり出した。ひとつ登美子に渡し、ひとつ手にとる。

「ははは、あれはどら焼きを賭けた勝負だったんだ。ついてるなあ。本日二個目のどら焼き、いただきます」

登美子が笑って、どら焼きを半分に割った。

「ひとつ丸々はもったいないし、わたしはお昼にもたべたから、残りは直邦にもって帰ってあげる」

タケシは新聞紙のなかを開いて見せた。登美子が目をくるくると光らせる。

「だいじょうぶだ。ナオくんの分はもうひとつある。勝負って、勝つと負けるじゃ大違いだね」

「やったね、タケシくん。じゃあ遠慮なく」

どら焼きにくらいつくいとこを横目で見ながら、タケシは考えていた。勝ちさえすれば、どら焼きだって全部手に入る。負ければ、なにもなしだ。国と国との大勝負には、いったいどんなものがかかっているのだろう。

仮に日本が勝ったとしても、中学生の自分が得るものはなにかあるのだろうか。このどら焼きのように確かに手にできる戦利品があるとも思えなかった。また逆に負けても、失うものはたいしてなさそうだ。部屋を見ればわかるが、ほとんど金目のものなどもってはいない。

タケシは下町の人たちが怖々《こわごわ》と口にする、アメリカ人が日本人を皆殺しにするとか、全員奴隷にするといった噂を信じていなかった。日本にくる前のシアトルの街の空気をわずかだが覚えていたのだ。東のほうに困った国がある。好き勝手に欧米の権益を奪っているらしい。そうした声は耳にしたけれど、それよりも無関心と自分たちの敵にはなり得ないという揺るぎない自信のほうが強かった。日本はアメリカを宿敵として熱く意識していたが、アメリカ人は冷淡だったのである。

いくら戦争をしているといっても、敵国の国民をすべて殺戮《さつりく》したりする手間を、あの利にさとく合理的なアメリカ人がとるだろうか。だいたい世界史を見ても、戦争に負けたせいで地上から消滅したのはカルタゴをはじめいくつかしか思い当たらなかった。

「うーん、わたしは粒あんがやっぱり好きだな。タケシくんは？」

登美子の声で現実に戻された。

「ぼくも粒あんが好きだよ。ようかんとかは苦手だな」

「ふふふ、意見があうね」

登美子が噴水の縁からさげたひざ下をぶらぶらと揺らしている。木々の枝の間を影絵のように夕空が細かく満たしていた。

「戦争は嫌なことばっかりだけど、わたしにはひとついいことがあったなあ」

両手に半分に割ったどら焼きをもって、登美子がタケシを見あげてきた。この子の目はこんなにおおきかっただろうか。

同じ屋根の下でともに暮らすいとこだけに、逆にタケシはこれほど近い距離で登美子の目を覗きこんだことはなかった。白目は青く冴《さ》えて、黒目の部分は磨きたてのガラス球を澄んだ清水にでも浸《つ》けたように濡れて盛りあがっている。のどになにか詰まった感じでタケシの声はかすれてしまった。

「戦争のいいことって、なに」

へへへと照れ笑いをして、登美子がいった。

「いいことは目の前にある」

錦糸公園の噴水から見えるのは、砂ぼこりの舞う広場と公園の木々とアベックのベンチ、その向こうに建つせいぜい三、四階建ての建物の数々だった。街灯も商店の灯も消されている。雲は灰と紺を混ぜあわせた筆洗いの水のような濁り色だ。この景色のどこに戦争をしてよかったことがあるのだろうか。

「ぜんぜんわからないな」

「忠心愛国じゃないけど、タケシくんもやっぱり男子だね。鈍感なんだから」

登美子が唇をとがらせた。北風にさざなみが立つ噴水の水面に目を落としていった。

「タケシくんに決まってるでしょう。戦争がなかったら、日本に帰ってくることなかったんだから。君代おばさまも、タケシくんも」

ああ、そうか。自分が登美子のいいことなのか。その言葉の意味に気づいて、タケシの頰に血がのぼった。いとこの隣で顔をゆで蛸《だこ》のように赤くするのは、なんとしても避けたかった。噴水の水で顔を洗えたらいいのに。消えいるような声で返事をする。

「……うん、ありがとう」

タケシは顔を洗う代わりに指先を噴水の水に浸した。三月初旬の水は氷水のように冷たかった。今も気温は十度を切っているだろう。だが、手足は凍えているのに、身体の奥には埋火《うずみび》のような炎があって、全身に熱を送ってくれる。それが若さのせいか、登美子の言葉のせいか、タケシにはよくわからなかった。同じ年のいとこが崖から飛びおりるようにいった。

「わたしはタケシくんがうちにきてから、ずっと楽しいんだよ。最初に会ったときのこと覚えてる？」

もう五年も前になる。あのとき登美子も自分も九歳だったはずだ。横浜の埠頭《ふとう》だった。確か五月で素晴らしい陽気だった。登美子のことはあまり覚えていない。首をかしげると、いとこがいった。

「タケシくん下が半ズボンの背広着て、白シャツにネクタイ締めていたんだよ」

母の国・日本に初上陸したときの格好などまったく記憶になかった。ただ現地の親戚に初めて会うのだからと、正装をさせられた記憶はある。ネクタイなど年に数度しか締めなかったので、きっとかなり窮屈に感じていたはずだ。モリソン家は週末ごとに教会に通うような宗教に熱心な家ではなかった。

「覚えてない。ぼくはおかしな風に見えてなかったかな」

登美子はぶんぶんと音がしそうな勢いで手を振った。

「ぜんぜんそんなことないよ。わたしは同じ年でネクタイなんかした男の子初めて会ったから、ほんとびっくりしちゃった。ほら、このへんの子はみんな肌着姿で、片足ドブに入れてるようなのばかりだから」

思わず笑ってしまった。確かに駅を離れて住宅街にいくと、いつでもうっすらとドブの臭いがする。もうすっかり慣れてしまったが。

「ぼくも初めてドブにはまったときは驚いたなあ。あの黒いぬるぬるはなんだろう

「うん、わたしもはまったことある。あれって妙に温かいよね」

くるぶしの上まで黒い泥にはまったときのことを思いだしてぞくりとした。せっかくの錦糸公園で、めったにないご馳走のどら焼きをたべながらするような話ではなかった。登美子は気にせず、さらりと流してつぎの話題に移った。どうして女の子はこうしてつながりもなく次の話に飛べるのだろうか。いや、これはアメリカ人に比べて明らかな日本人の特徴のひとつかもしれない。

「あのときはうちのお父さんもいて、横浜の埠頭で会ってから、みんなで南京町にいったんだよね」

「ああ、そうだったね」

埠頭から横浜の中心を抜けて歩く道すがら、街並みの立派なことに驚いたのを覚えている。目抜き通りには石造りの銀行や会社が続き、シアトルやロサンゼルスにも負けない威容だった。裸足の人がたくさん和服を着て歩いているのだと思いこんでいたタケシには、うれしい発見だった。

「支那料理のお店の数がすごかったのと、支那そばがおいしかったのは忘れられないよ。サイダーもアイスクリームもあって。あのときはすごい国にきたんだなって、胸がいっぱいになった」

あの頃は英米との開戦まで、まだ一年半以上もあったのだ。真珠湾攻撃は翌年十二月のことである。

英米との戦いが始まって、すぐにときの内閣が大東亜戦争という正式名称を決定したのを、タケシはまだ覚えていた。真珠湾の大戦果から一週間もしないうちではなかっただろうか。ヨーロッパやアメリカと戦っているのに、どうして東亜なのかと、子ども心に不思議に思ったものだ。アジアの国々を欧米の支配から解放し、自立を目指すという目的は、あとになってから学んだ。

タケシは開戦前の日本を一年半ほどしか見ていない。それでも普通の人たちの暮らしは以前のほうが比較にならないほど豊かだった印象がある。街には自動車があふれていたし、省線も路面電車も地下鉄も今のように間引き運転されてはいなかった。どの街灯もまばゆく光って夜でも街路は明るかった。銀座や楽天地のような繁華街では、めかしこんだ人たちでいつも祭りのようなにぎわいだった。

なによりも食糧事情が違った。

錦糸町駅を過ぎて、この公園までやってくる間、タケシと登美子は意識して目に入れないようにしていたのだ。線路をくぐるガード下には栄養失調の男女が何人も埃まみれで倒れていた。開戦五年目のこの冬、冷えこんだ日には駅で行き倒れの死者がでたという噂が毎朝のように流れたものだ。今日は二桁で多かった、仏さんをかたすのもたいへんだねえ。戦場だけでなく、銃後でも飢えによる戦死者は出ているのだ。すくなくとも開戦前には、そんな気の毒な人は錦糸町駅にはいなかった。登美子は今の暮らしの暗い部分は見たくないようだ。うれしそうに話し続ける。

「タケシくんって、最初のうちは英語なまりが強くて、あんまり日本語話さなかったでしょう。顔を見たときから、頭がいいのは予想がついていたから、引っこみ思案で奥ゆかしい感じがよかったんだよ。下町のこのへんはがちゃがちゃしたのばっかりだから」

テツやミヤのことを思いだして笑ってしまった。確かにうるさくて元気がいいのばかりだ。中学校では嫌なこともあるけれど、友達には恵まれていると思う。

「でも、登美ちゃんはそんなに下町っぽくないよ。うるさくないし、人が嫌がることは口にしない」

「ふふ、ありがとう。大切に思う人の嫌がることなんて、女の子は誰もいわないよ」

今日の登美子はどうしたのだろうか。タケシが不思議に感じるほど、同じ年のいとこは素直だった。

タケシは噴水のコンクリートの縁の隣に座る登美子をまっすぐに見られなかった。胸のなかに心臓がもうひとつ生まれ、ふたつの心臓が競いあうように荒く鼓動を刻んでいる。息が苦しかった。公園の空はすっかり暮れて、分厚い雲の隙間に澄んだ濃紺が覗いている。

「登美ちゃんも、時田家のみんなもいきなり敵国からやってきたぼくたちにとても優しかった。感謝してる」

登美子がかすれた声でいった。

「うちにきて……日本にきて、ほんとうによかったと思う、タケシくん」

言葉に詰まった。現在の暮らしを苦しく思わない日本人はどこにもいないだろう。戦争はここまで普通の人たちの暮らしを追いつめるのか。登美子の手もタケシの手も乾燥してかさかさで、指先にはあかぎれができている。いとこの頬からは少女らしいふくよかさや丸みが削り落とされていた。タケシも身長は伸びているが、体重はまるで変わらなかった。あばら骨が浮きでて、腹はへこんでいるほどだ。それでもタケシはいった。

「時田の家にきて……日本にきて……よかったよ。どうせアメリカにいても、ぼくは普通の市民として扱われることはないし、きっと今頃は収容所送りだ。たべるものがなくて、毎日軍需工場で勤労奉仕でも、自由だから今のほうがずっといい。ほんとはアメリカは自由の国だったんだけど、あの自由は白人だけのものだったのかな」

タケシは父の国・アメリカの悪口をいつも慎重に避けていた。今でもあの国の自然や街やおおらかな文化は大好きだ。でも、たまにはこれくらいの悪口は許されるだろう。日本と同じようにいいところのたくさんある国だが、戦争中の日本人の扱いは常軌を逸している。それとも国同士で人を殺しあう戦争というものに、国を丸ごと狂気に巻きこむ恐ろしい力があるのだろうか。

「戦争が終わったら、お父さんとお姉さんに会えるといいね。そのときはわたしも連れていって」

　いつか登美子といっしょにアメリカに帰れる日がくるのだろうか。暗い街の暗い公園での夢のような話だが、タケシは力強くいい切った。

「うん、登美ちゃんをアメリカに連れていって、案内してあげる。映画を観て、ポップコーンたべて、夜のダウンタウンにいこう。東京を案内してくれたお礼だ。いつかアメリカに帰れたら、ほんとにいいなあ」

　目に涙がにじんできたので、自分でも驚いてしまった。普段は押し殺しているけれど、これほど生まれた国が恋しかったのか。これくらいで泣いているようでは立派な日本男児とはいえない。登美子に気づかれないように、そっぽを向いて顔を隠した。

「楽しみだなあ。その頃はタケシくんもわたしもすっかり大人だよね。わたしたち、どんな大人になっているのかな」

　男の子にとって大人になるというのは、そのまま兵隊になることだった。うまく理系の大学に進学して、徴兵が遅れたとしても、いつかは必ず皇軍の兵士になるのが決まりだ。

「なんだか『もしも』ばかりの話だね。大人になるまで空襲に遭わず、兵隊になっても無事に戦争から帰ってこられたら……それで、やっとほんとうの大人になって自分の人生について考えられるようになる」

自分で口にして絶望的な気もちになった。どちらもなんとか切り抜ける確率はどれほどのものだろうか。タケシは理系なので数学で考えてみた。どちらも生存の確率が半々だとすると、かけると四分の一だ。

しかもこのかけ算は、さらに何度も続くかもしれない。一度出征して見事帰還しても、重ねて兵隊にとられることもざらにあった。三度、四度という人もめずらしくはない。そんなことになれば、大人になって自分の好きな仕事に就ける可能性など絶望的だった。アメリカに帰るどころの話ではない。

隣では登美子が強く光をはじく目で、こちらを見つめてくる。自分には未来があるのだと信じて疑わない明るい瞳だった。

「わたしは男の子のことよくわからないけど、タケシくんならきっとだいじょうぶだよ。絶対にこの空襲だって生き残れるし、戦場にいっても平気だよ。わたしにはわかるもの。タケシくんはすごく運が強いんだと思う」

登美子にそういわれると悪い気はしなかった。この時代を生きていくのに、一番必要なのは、なによりも食糧と強運だった。

「そうだといいけど……」

タケシの返事は歯切れが悪くなった。つい先日、有楽町駅の近くで目撃した爆撃跡が急にまぶたの裏によみがえってくる。家もビルディングも吹き飛ばされ、家財道具が土砂のなかに散らばっていた。地面には何メートルもの深さのすり鉢状の穴が開いていたのだ。あそこで暮らしていた人たちは、どうなったのだろう。もうひと月以上たつが新聞やラジオでは驚くほどわずかな被害しか報道されていない。

ぱんっと小気味よく手を打って、登美子がいった。

「うん、絶対だいじょうぶ。うちの家族はみんな運がいいから。この話暗くなるからやめにしよう」

タケシはうなずきながら頭のなかに焼きついた爆撃跡の光景を必死に打ち消した。錦糸町駅周辺や本所区があんなふうになったらと思うと、恐怖で全身しびれそうだ。

「あのさ……」

登美子がなにかをいいだして口ごもった。タケシは同じ年のいとこの顔を見た。登美子の少女らしい顔だちを見ていると、破壊された街が遠ざかっていく。タケシの声は自分でも驚くくらい優しくなった。

「なあに、いってごらん」

登美子の肩が震えているようだ。タケシの顔を見ずに広場の石畳に視線を落としていう。

「わたしは悪い子だと思う……みんながこんなに苦しんでいるのに……戦争がまだまだ続くといいなと思ってるんだ」

タケシはあっけにとられた。世のなかでは戦争継続を望む声が圧倒的だったが、時田家は違うと思っていたのだ。ほとんどの大人は誰か偉い人たちが決めたから、この戦争という成りゆきに身をまかせ従っているだけだ。

「登美ちゃんは戦争がもっと続くといいと思うんだ……だけど、どうして」

タケシは広場の周囲を見わたした。以前、戦争継続をめぐって、電車のなかで大人同士がつかみあいの喧嘩をしているのを見たことがある。めったなことを口にあげて、主戦派にきかれたらまた殴られるかもしれない。

登美子は黙ったまま両手を握り締め、うつむいていた。日が沈んでから、また北風が強くなったようだ。北あるいは北西の方角から、真冬のように冷たい風が錦糸公園の吹きさらしの広場を駆けていく。

「……タケシくんのせいだよ」

北風にまぎれるほどの声で登美子がいった。

「えっ」

タケシがきき返すと、登美子がさっと顔をあげて叫ぶようにいう。

「戦争が続いたほうがいいと思うのは、タケシくんのせいなんだよ」

肩を上下させ、登美子は荒い息をついた。

「でも、どうして」

強い風が吹きつけて、噴水の水面に夜の鰯雲《いわしぐも》のような暗いさざなみが立った。登美子の目は見つめてはいられないほどの光を放っている。

「だって、戦争が終わったら、タケシくんはアメリカに帰ってしまうでしょ。だったら、苦しくても戦争が続いたほうがいいよ」

また顔を伏せた。暗い水面を見ている。

「……たくさんの人が死んでも、日本中の街が空襲されても、そっちのほうがいい……わたしは悪い子だよね。大和なでしこなのに」

涙ぐんでいるのだろうか。まつ毛の下にちいさな光が溜まっている。

「だけど、しかたない。ほんとにそう思っちゃったんだ。タケシくんと君代おばさまと、みんないっしょに、今のままこの街で暮らしていけるなら、戦争もしかたないって」

雷に打たれたようだった。心の一部がしびれている。タケシは絞りだすようにいった。

た。

「そうだったんだ……」

タケシが未来を考えていたように、登美子も考えていたのだ。タケシは自分の出征と死の可能性を、登美子はタケシとの別離を思っていた。顔を寄せて、いとこはいった。

「この戦争が終わっても、タケシくんは日本に残ってくれるの」

胸元に銃剣を突きつけられたようだった。

「それは……わからない」

戦争を終えて生きていられたらという仮定をまだ真剣に考えることはできなかった。大人になるまで生きられないかもしれないという恐れは、戦局が悪化したこの二年ほど日本中の少年の頭を占領している。

「そうだよね、アメリカは豊かだし、きっとこの戦争に勝つだろうし」

「しっ、そんなことを誰かにきかれたらたいへんだ」

登美子はやけになったようだ。

「いいよ。誰の目にもはっきりしてるもん。よっさんもいってたでしょう。司令長官が戦死するようじゃ勝てるはずないって」

目の前を足を引きずりながら疲れた国民服の男がとおり過ぎていった。背中には鉄《てつ》兜《かぶと》を提げている。警防団かもしれない。タケシは鋭く制止した。

「その話はよそう」

登美子はおびえたようにうなずいた。低い声で続ける。

「この戦争の後、ぼくがどこの国にいくのかはわからない。今はまだそんなことを考える余裕はないよ」

五年後か十年後どう生きたらいいのかなど、タケシの想像を絶していた。生まれてから十四年しかたっていないのだ。未来はあまりに遠かった。

「でも、どこにいくにしても、そのときは登美ちゃんにきちんと説明するよ。いきなりいなくなったりしないから」

登美子が静かに泣きだした。涙を見られないように顔を伏せ、声を殺している。タケシはたまらなくなった。しゃくりあげるように登美子はいった。

「急におかしなことといって、ごめんなさい……そっちにもいろいろあるって、わかってるんだけど……自分勝手だ、わたし」

手を伸ばし、登美子の肩にそっとおいた。女の子の肩の骨はこんなに薄いのだ。硬い骨の上でもどこか男とは違う柔らかさが、少女の肩にははっきりとある。タケシはそのときおかしなことを考えた。いつか戦争を生き延びたら、これほど不思議な女性の身体というものを抱き締める日がくるのだろうか。

しばらくのあいだ、静かなすすり泣きしかきこえなくなった。タケシは腕の重さがかからないようにそっと力を調節して、小鳥でもとまらせるように登美子の肩においた手を動かさずにいた。一度ふれてしまうと、どこで離したらいいのかわからなくなってしまう。

登美子がすっと上半身をそらせて、タケシの手をはずした。涙はハンカチに吸わせている。つとめて明るい声をあげた。

「ありがとう、タケシくん。わたしはもうだいじょうぶ。すっかり冷えちゃったね。帰ろう」

夕焼けの終わる頃、錦糸公園にやってきて、あれこれとおしゃべりをして、小一時間もたっただろうか。タケシにはひどく充実した手ごたえのある時間だった。

「うん、いこう」

噴水の縁を立ちあがると、足先がしびれていた。タケシは登美子と肩を並べて、暗い公園を歩きだした。

省線のガードをくぐり、錦糸町駅に戻ってきた。路面電車やバスの停留所は裸電球が灯《とも》るだけの淋しい明かりだった。黒々とした影を伸ばし、人々が静かに列をつくっている。

灯の消えた千葉街道を黙々と歩いた。店はすっかり戸締まりしていた。閉め切った木戸が通りの果てまで続いている。暗い道路に光をこぼしながら、路面電車が通り過ぎていった。ふたりは横断歩道で青信号を待った。広い通りの向こうには何人か歩行者がいるけれど、こちら側にはほかに誰もいなかった。北風が吹き寄せると、登美子がいった。

「今年は春になっても寒いね」

襟元を締めた指先を戻すとき、登美子の手がタケシの手にかすかにふれた。

「あっ、ごめん」

タケシと登美子は同時に謝った。赤紙や憲兵も怖いけれど、こんな恐怖もあるのだとタケシは思った。首をギプスで固められたように正面を向くので精一杯だった。登美子の反応が恐ろしくて、顔をそちらに向けられない。

息詰まる数瞬が流れ、登美子が手をそっと押しつけてきた。乾いた手の甲と手の甲がふれあう。ふたりともきれいな手ではなかった。毎日軍需工場で働いているうえ、栄養事情もよくないのだ。あかぎれやささくれに効く硼酸軟膏《ほうさんなんこう》も品薄である。けれど、タケシは登美子のかさかさの手が愛《いと》しかった。

信号が変わると思い切って声をかけた。

「いこう、登美ちゃん」

同時にてのひらを返し、登美子の手をつかんだ。横断歩道を同じ年のいとこの手を引いて歩きだす。灯火管制で暗くてよかった。今、自分の頬は真っ赤だろう。つかんだ登美子の手からは熱と光とよくわからない力が流れこんでくる。まぶしくて、つないだ手を見ることもできなかった。

「そんなに速足だと、転んじゃうよ」

登美子にいわれ、足の刻みを遅くした。ありがとうという代わりに、登美子がぎゅっと手を握り締めてくれる。直接心臓をつかまれたようだ。息がとまりそうなほどうれしかった。路面電車の線路が銀の細い帯になり、都心のほうへ無限に延びていた。タケシはそのとき突然思った。未来はあるのだ。自分の未来は無限に続く。きっと空襲も戦争も生き抜いて、つないだこの手のように、命のたすきを未来へつないでいくことだろう。

ふたりは手をつないだまま、灯火管制で暗い街を歩いていった。このあたりは下町の住宅街だが、建てこんだ木造の一戸建て住居とそれよりすこし構えが立派な職住一体の商家や町工場が混在していた。夜になると街灯の消えた街にほとんど人通りは絶え、たまにすれ違う人の顔さえ定かにわからなかった。遠くから拍子木を打つ音と火の用心の声が届いた。隣組や警防団の見回りだろう。

千葉街道をはずれ裏通りに入ると、道路はむきだしの土だった。街が暗く、人がいないのが、ふたりにとっては幸いだ。十代の男女が手をつないで表を堂々と歩くことなど、普通なら考えられなかった。憲兵や教師だけでなく、見ず知らずでも子どもを叱り飛ばし、手をあげる大人は多かったのである。年長者を敬い、無条件で従う気風が老いも若きも当たり前になっている。

　タケシは登美子の手を引いて、半歩先を歩いていた。この位置のほうが顔を見ずに済むので、呼吸が楽でいい。けれど、登美子のほうからはタケシの後ろ姿が見放題だった。国民服の背中や首筋が汚れていたりしないといいのだが。この時間をできるだけ長く引き延ばしたくて、タケシは歩みを遅くしていた。女子の速度にあわせて歩くなど、生まれて初めてのことである。錦糸公園から時田メリヤスまでは、徒歩で十五分ほどの距離だった。今は明日の朝までたどりつけないといいと思う。

　牡丹橋で竪川を渡ると、街の雰囲気がぐっと庶民的になった。おおきな屋敷や工場がなくなり、隙間なく小家が建てこむようになる。この橋を渡ると家に帰ってきたという気になるのだった。もう五分とかからないだろう。登美子がちいさな声でいった。

「今日はありがとう」

　タケシはなんと返したらいいのかわからなかった。声がうわずらないようにするので精一杯である。

「……いや、別に」

自分でもなにをいっているのだろうかと思う。男子ばかりの中学校にかよっているせいかもしれない。男女共学の国民学校では、こんな無様《ぶざま》なことはなかった気がする。

「急に楽天地にいこうっていったのに、無理していっしょにきてくれてうれしかった。今日はほんとうにいい日だったなあ」

感謝するのはタケシのほうだった。今日一日は贈りもののような日だ。激しい戦争や空襲が続いていても、宝石のように胸にしまっておきたい日はやってくる。生きていればいろいろなことがある。まだタケシは十四歳だった。生きることのすべてが戦争一色で塗り潰されることはない。タケシが登美子に振りむき、なにか気の利いたことを返そうとしたときだった。背中に石つぶてのような声が投げつけられた。

「おい、タケシ」

声がきこえた瞬間、登美子の手を離す。半歩先を歩いていてよかった。こちらの身体に隠れてつないでいた手は見えていないはずだ。中学の教師だろうか、隣組のうるさい組長だろうか、びくびくしながら正面に視線を戻すと、暗い四つ辻の角にミヤとテツが立っていた。この先を二分もいけば時田メリヤスに着く、町工場の路地の入口である。

「なんだよ、タケシ、鳩《はと》が豆鉄砲くらったような顔をして」

テツがにやにやと笑いながらいった。肩には手拭いをかけている。ミヤも同じ格好だった。その手拭いを見ただけで、タケシにも合点がいった。ふたりは誘いにきたのだ。

「いや、なんでもない。今夜はどこの風呂屋がやってるんだ」

戦局が悪化し都民の入浴事情も悪くなっていた。ガスは時間によってきたりこなかったりで、隣組によってメーターは定期的に確認されていた。使用量が過ぎれば、物資を無駄遣いする非国民扱いされ、おおきな声で面罵されてしまう。東京では燃料用の木材も不足していたので、薪《まき》で風呂をわかすことも難しかった。夏でも絞った手拭いで身体をふくだけで済ませることが多かったのである。

そんなとき、庶民の強い味方が銭湯だった。また下町にはどこの町内にも必ず人気の銭湯があったものだ。ただし薪は業務用でも不足していた。銭湯は数日に一回しか営業をしていない。いきつけの銭湯が店を開けているときは、逃してはならない好機だ。歯のちびた下駄をはいたミヤがいった。

「さっき、タケシの母さんとこ顔だしてきたんだ。そろそろ帰るだろうっていわれて、ここで待ってた。菊川の梅乃湯がやってるぞ」

今日は昼間、相撲の三番勝負で大汗をかいている。銭湯がやっているなら、是が非でもいきたかった。タケシは自分の足元を見た。アメリカからもち帰った最後の黒革靴だ。こんなにいい靴をはいて銭湯にいけば、帰りには間違いなくなくなっているだろう。

「わかった。ちょっとうちに帰って、靴をはき替えてくる。あと手拭いと石鹸《せっけん》も」
登美子と公園でひとときを過ごした後、銭湯で汗を流して温まれるのだ。今日は完璧のなかでもめったにない一番完璧な日だ。タケシが勢いこんでいうと、いとこが続けた。

「ねえ、梅乃湯いくなら、わたしもいっしょにいっていいかな」
とたんにミヤの顔が赤くなった。親友が登美子を好きなことを、タケシは思いだした。テツの背中を思い切り叩いてミヤがいった。どうやら力加減がうまくできなくなっているようだ。

「登美ちゃんがこうおっしゃってるんだからいいよな、テツ」
テツがぼやいた。

「いてえな、なんだよ。だいたい敬語なんておかしいだろ」
タケシはつい笑ってしまった。考えてみると、このふたりはいいところにきてくれた。登美子とふたりで家に帰っても、他の家族の手前微妙な気まずさが残っただろう。

「登美ちゃん、走っていこう」
タケシが軽々と走りだすと、背中を登美子の足音がはずむようについてきた。

「ただいま」

一階工場のガラス戸を引いて暗幕を分けた。

君代の声が奥の和室から届いた。

「さっき宮西くんたちがきたわよ。銭湯のお誘いだって。晩ごはん、ふたりの分ちゃんと残してあるからたべなさい」

「今、そこの角で話をきいた。すぐに梅乃湯いくから、晩ごはんはあとでいいよ。どら焼きひとつたべたんだ。登美ちゃんもいっしょにいくって」

いとこが叫んだ。

「そういうことだから、タケシくんと宮西くんたちとお風呂いってきます」

靴脱ぎでよそいきの革靴をはき替えた。タケシはほとんど歯のない下駄で、登美子は鼻緒がすり切れそうな草履である。直邦が障子戸から顔を出していう。

「お姉ちゃんばかり、ずるい。ねえお土産は」

タケシは肩掛けカバンから、新聞紙にくるんだどら焼きをとりだし、直邦に渡してやった。

「今日のおやつだよ。ナオくんのために特別にひとつもらってきた。たべたらちゃんともう一度歯を磨くんだからね」

そこで障子越しに声を張った。

「じゃあ、銭湯にいってきまーす」

菊川の梅乃湯は、神社のような立派な宮造りだった。正面には破風《はふ》があり、屋根の高さは三階建ての建物を超えている。黒光りする瓦屋根が夜空に重々しくそびえて、灯火管制で暗い街に灯台のようにぽつりと明かりを浮かべていた。多くの人が暗がりのなか、にぎやかに集まっている。下町の人間はみな銭湯好きなのだ。

日本にきたばかりの頃、タケシが初めて銭湯にいったのがこの梅乃湯だった。遊園地にも見違えるような豪華さと異国情緒に胸がはずんだのを覚えている。あれはまだ日の高い午後三時だった。湯のなかにさしこんだ日ざしが青いタイルの底を夢のように光らせていた。タケシは何度も一番風呂の透きとおった湯のなかで、自分のてのひらを表に裏に返したものだ。

「おー、けっこう混んでるな」

テツがそういって、タケシと登美子に振りむいた。ミヤが気を利かせていった。

「登美ちゃんは女だからすこし時間がかかるだろう。三十分後に、ここでいいかな」

頬の赤い登美子が輝くような笑顔で返事をした。ミヤは目をそらせて見ないようにする。

「わたしは早風呂だから、それで十分」

テツが腕組みをしていった。

「下町っ子はそうでなくちゃな。さあ、これからひと戦だ」

開いたままの戸口を抜けると靴脱ぎだった。鍵のかかる下足入れに空きはなく、たくさんのちびた下駄や草履が並んでいる。捨ててもいいような履きもので銭湯にきて、新しいので帰ろうという不届き者がいるので、履きもの泥棒にはみな注意していた。一番の対策は不届き者よりもっとぼろぼろの履きもので銭湯にいくことだ。歯がほとんどなくなったうえ、足を載せる台が派手にひび割れている下駄もめずらしくない。テツがいった。

「よくこんな下駄はいて、銭湯にくるよなあ」

タケシは笑っていった。

「そういうテツのも歯がちびてるだろ」

靴脱ぎの端で下駄を脱いですのこを渡り、男湯の曇りガラスの戸を引いた。熱気がもわりと顔にあたる。入浴料金は燃料材の高騰で何度も値上げを重ねていた。タケシとミヤとテツの三人は、口をへの字に曲げた老人に入浴料を小銭で支払い、脱衣所にむかった。

「やっぱり混んでるな。お湯が残ってるといいんだけど」

テツがそういって、三人分のかごをもってきてくれる。じろじろと見るのは無作法な気がして、タケシは脱衣所にいる裸の男たちの身体をぼんやりと眺めた。年齢はばらばらだが、やはり戦争に駆りだされているので、二十代の若者はほとんどいなかった。子どもや中年以降の男性が多く、みなひどくやせている。丸々と太った人は見あたらない。ゲートルをほどき、国民服と長ズボンをていねいにたたんだ。肌着はその下に丸めて押しこむ。

「さあ、いこうぜ」

テツは堂々と前を隠さずに、肩に手拭いをかけている。ミヤとタケシはなんとなく手拭いで前を隠して、テツに続いた。電気の節約で洗い場は薄暗かった。正面には湯気と暗さで細部が朦朧《もうろう》とした松林の浜辺と富士山のペンキ絵があった。空は夜でも紺《こん》碧《ぺき》だ。

浴槽は熱い湯とぬるめの湯の二槽だった。熱いほうには顔を真っ赤にした老人がふたり、平気な顔で浸かっていた。ぬるめのほうが浴槽はおおきいのだが、湯はもう半分ほどしか残っていない。しかもだいぶ汚れていた。泥や垢でうっすらと黄ばんでいる。

「ちぇ、ひと足遅かったなあ」

テツが文句をいいながら、手桶《ておけ》をつかって身体に湯をかけた。ミヤがいった。

「文句をいうな。風呂に入れるだけで十分だ」

確かにその通りだった。今日はいろいろなことがあった。三月九日という日は、この一年で考えても一番豊かで実りおおい日だったかもしれない。相撲の三番勝負で勝ち、どら焼きを獲《え》た。それよりもおおきかったのは、先鋭的な愛国派の細川たちと、気もちが通じたことだ。休み明けの勤労奉仕では、きっとタケシをめぐる雰囲気が変わるだろう。それはほんのわずかかもしれないが、いい方向に転じるのは間違いなかった。

夕方には登美子といっしょに楽天地と錦糸公園へ出かけている。考えてみると、ただ近所の繁華街をぶらつき、公園の噴水に腰かけて、あれこれとおしゃべりをしただけである。それでも英語でいうなら、これがタケシの生涯初デートといってもいいだろう。夜の千葉街道で握った少女のてのひらの薄さと指の細さは、今も刻印されたように感触が残っている。

タケシがのんびりと手桶でかけ湯をしていると、先に風呂に浸かったテツがいった。

「なあ、登美ちゃんとの逢引きはどうだった」

タケシは困って、友人ふたりに目をやった。テツは目を丸々と見開いて興味津々。ミヤのほうは登美子に気があるので、ききたくてたまらない様子だが、そっぽを向いて壁の富士山を見ている。なぜか自分の声が不機嫌だ。

「逢引きじゃないっていってるだろ」

テツは相変わらずにやにやしている。

「わかってる、わかってる。で、なにしてきたんだよ、タケシ」

タケシはテツの隣で湯のなかに座った。ぬるめといっても下町の銭湯はかなりの高温だ。胸の下まで肌が赤くなる。テツのおおきな身体の向こうにミヤがいた。顔が見えないので、ひと安心だ。

「なにもしてない。楽天地は戦争ものばかりだったから、結局映画は観なかった。それで錦糸公園にいった」

「ふーん、まあ戦争映画は色気がないからな。なんだかいつものおれたちの散歩みたいだ」

テツの言葉にミヤがかぶせた。

「だけど、相手はテツじゃなく登美ちゃんなんだぞ。いつものおれたちのはずがないだろ。天と地だ」

テツがミヤの肩をぱちんと音がするほど叩いていった。

「どうせ、おれは地だよ。で、タケシ、登美ちゃんとなに話したんだよ」

ミヤがこらえ切れなくなったようだ。テツの身体越しに顔を覗かせていう。

「登美ちゃん、なにかおれのことといってなかったか」

さあ困った。こんなときは肩をすくめるアメリカ流の仕草がぴったりなのだが、タケシは我慢していった。

「とくには、なにも」

ミヤが小腹を立てたようだ。

「昨日、タケシにいったろ。おれのことそれとなく話しておいてくれって。同じ組に、いつか空母艦載のゼロ戦乗りになる成績優秀な、いいやつがいるって。背はまだ低いけど、これから伸びる予定だって」

テツが笑っていった。

「背が伸びるのはほんとなのか」

ミヤが唇をとがらせた。

「ああ、うちの親父は貧乏だけど、ちゃんとタッパはあるんだ」

お湯が半分しかない浴槽に、三人は裸で浸かっていた。なんだかひどくのどかで滑《こっ》稽《けい》な景色だ。ほんとうに外の世界では戦争が続いているのだろうか。

「わかったよ、ミヤさん。登美ちゃんにはちゃんと話をしておく。でも、向こうの返事をもらうのは、自分でやってくれよ」

タケシが釘《くぎ》を刺すと、ミヤがすねていった。

「なんだよ、ケチだな。そいつは少年飛行兵の試験より難問だろ。いいよ、タケシは渡りをつけてくれるだけで」

登美子にミヤの話をするだけでも、気がすすまないのに、返事までできくなどまっぴらごめんだった。登美子も傷つくだろう。まだ確信はもてないが、きっと同じ年のいとこは、自分を好いていてくれる。そう思うだけで、身体のなかが熱くなってくる。

タケシはじっとしていられなくなった。

「先にあがるよ。今日は大汗をかいたから、さっぱりしないと」

「おー、おれもいく」

テツがおおきな身体を起こした。浴槽に波が立って、向かいに座る老人にじろりとにらまれた。ふたりはふたつ並んで空いている水栓を見つけて、腰をおろした。

持参したセルロイドの箱から、ちびて親指の先ほどになった石鹼をとりだした。いつの頃からか石鹼は貴重品になった。熱い湯に浸けた手拭いで大切に泡立てる。

「石鹼はおまえのほうがでかいな。まあ、大事なとこはおれの勝ちだが」

テツがにやにや笑いながら、無駄な下ネタを放ってくる。この点だけは、シアトルも東京も変わらなかった。洋の東西を問わず、男子はみなこんなものだ。

しみじみとテツがいう。

「おれ、戦争が終わるまで生きてて、ちゃんと女とやれるのかな」

あまりに真剣だったので、タケシは噴きだしてしまった。錦糸公園での会話を思いだす。登美子とは戦争が終わったら、建築家になれるかどうかと話していたのだ。けれど、テツの悩みももっともだ。同じ死ぬにしても、童貞かそうでないかは、男子一生の問題だ。

「いつか、テツが好きな女の子とちゃんとつきあえるといいな」

テツが坊主頭を泡だらけにして、横目でタケシを見た。

「おまえもな。まあ、タケシはおれやミヤよりも、そっちのほうは苦労しなそうだけど。あっ、泡が目に入った」

タケシは石鹸で身体を洗いながら、自分の腕を見た。細くて貧弱だ。まだ大人と子どもの中間なのだろう。隣の水栓が空くと、ミヤが移ってきた。タケシの顔を見ると男らしくいう。

「もう登美ちゃんの話はなしだ。それよりきいたか。来週あたり、この辺を狙った大空襲があるらしいぞ」

それは街を飛び交う噂だった。その手の話は始終流れている。日本軍が新型爆弾を完成させ、戦争に終止符が打たれるといったものも最近耳にした覚えがある。画期的な最終兵器と空襲の噂で都民はもち切りだった。テツがのんきにいった。

「まあ、ここんとこ空襲ないからな。またアメ公のやつが悪だくみを準備してるんだろ」

ミヤが深刻そうにいう。

「だけど、つぎのは敵さんも本気らしい。B29が二百機を超えるという話だ」

あの巨大な超空の要塞《ようさい》が二百機か。蒸し暑い風呂場でも想像しただけで身震いした。タケシは家ほどのおおきさがあるプロペラをつけた四発のエンジンを思った。銀の翼の幅は四十メートルを超え、爆弾の積載量は五トンとも十トンともいわれている。テツが舌打ちをした。

「まったくB公にはあきれる。憎らしくてたまらないぜ」

飛行機好きなミヤがいった。

「ああ、なによりやっかいなのは飛行高度と航続距離だな。B29はこっちの戦闘機じゃ手が出せない超空を飛んでくる」

そこでミヤが声を低くした。どこにきき耳があるかわからなかった。

「高射砲なんて、めったに当たるもんじゃないからな。迎撃にいく戦闘機も手が出せない。砲弾さえ届かない。お手上げだ」

それが日々、空襲警報下を逃げ回っている都民の感想だった。タケシも何度もB29の姿を目撃しているが、日本軍の迎撃が成功するのは百機に一機くらいの見当だった。たまに撃墜すると新聞やラジオでは大々的にとりあげられた。戦果は喜ばしいが、それだけこちらには打つ手がない証拠だ。テツがいう。

「どうしてこっちのはB29の高さまで飛べないんだよ。日本軍の技術は優秀なんだろ」

飛行機乗りになりたいくらいで、ミヤはやけに機械に詳しかった。

「高度があがると空気が薄くなるんだ。そのままだとうまく燃料を燃やせない。空気を圧縮する特別な装置がいる。日本でも開発中だから、そのうちB29を落とせる戦闘機が間違いなくできるはずだ」

タケシは手拭いで身体を洗うミヤを見た。ごしごしと力を入れて、肩をこすっている。薄暗い洗い場で目がらんらんと光っていた。

「いつかおれが新型戦闘機に乗ったら、絶対にB29をやっつけて、東京の街を守ってやる」

テツが笑っていった。

「ああ気を長くして待ってるよ。ミヤがゼロ戦乗りになるまで、東京が残ってるといいけどな」

タケシはその言葉をきいてなぜかぞっとした。テツが冗談のつもりで軽く口にしたのはわかっている。それでもつい先日目にした有楽町や銀座の爆撃跡は忘れられなかった。大本営の発表ではあのときB29は五十機を超える規模だったはずだ。

直近の空襲を頭のなかで数えてみる。おおきいものでは、先月十九日に王子・葛飾・江戸川区に百機を超える空襲があった。同じく二十五日には麴町・神田・日本橋・下谷区に七十機を超える空襲である。どちらも被害は軽いという報道しか伝わっていない。二十五日の空襲では、このあたりに近い深川区や本所区内でも焼夷弾の被害がかなりあったはずなのだが。

仮にB29が二百機だとすると、自分が目撃した有楽町の四倍にもなるのだ。どれほどの家が失われ、どれほど犠牲者被災者を生むのか想像もつかなかった。

タケシは呆然と銭湯のペンキ絵を見あげていた。もしここに焼夷弾が落ちたら、あの青い空に浮かぶ富士山も燃え落ちてしまうのだろうか。一瞬燃えあがる富士山を脳裏に描き、あわてて打ち消した。タケシはこれまで爆弾や焼夷弾が身近なところに落ちるのを見たことがなかった。学校の授業ではずいぶん習っているのだが、どうにも実感がわかない。焼夷弾というのはほんとうに砂をかけて消せるものか。あるいは屋内に落ちたらスコップで、外に放りだせるものか。まるでわからない。

けれどタケシもいざそのときがきたら、時田の家や東京の街を守るために命がけで働かなければいけない覚悟はしていた。「空襲にあったら、逃げずに火を消せ」が国の方針である。着物に火がついたら、地面を転がれ。焼夷弾は怖くない。逃げるのではなく、各自必勝の信念で消火活動にあたり、もち場を守れ。

「なんにしても、絶対に生き延びて戦場にいって、アメ公にひと泡吹かせてやろうぜ」

テツの言葉にミヤが返した。

「その意気だ。空襲なぞ恐るるに足らん」

格別熱心な忠心愛国派ではない少年にとっても、それが当たり前の心得だった。

「なあ、タケシも同じだろ」

なんの疑いもない顔でテツが質問してきた。なぜ、裸でいると嘘をつきにくくなるのだろうか。歯切れ悪く返事をする。

「うーん、そうだね」

タケシは九歳まで父の国で育った。そこで暮らす人たちを肌の感覚で知っている。B29のような超兵器を製造し、一般市民が住む日本中の都市に空襲をしかけるアメリカという国は憎らしかった。だが、個々のアメリカ人はまた別だ。戦場でひと泡吹かせるということは、敵兵を殺すことだろう。タケシには同世代のアメリカ人を倒せるという自信はなかった。それをやってしまえば、戦争が終わった後でも二度とアメリカの土を踏めないような気がする。

「テツ、いいんだ。タケシには無理するな」

ほっとして、タケシは黙々と身体を洗った。配給の石鹸は質があまりよくなく、なかなか泡立たないのだが、肌がひりひりとするくらい力をこめて手拭いでこすった。

風呂をあがっても登美子との約束の時間まで、まだ十分ほど残っていた。三人は腹がふくれるほど水道水をのんだ。三月の水はまだ真冬のような冷たさで、直線を描いてのどを落ちていく。三人がけのベンチでぼんやりと壁の時計と脱衣所の様子を眺めた。熱い湯のせいで頭がぼんやりしてしまう。

「ちぇっ、窓の外が見えた頃はあの向こうは日本庭園だったんだよな」

暗幕に目をやってテツがいった。灯火管制で脱衣所のガラス戸も黒い幕で隠されている。

「うん、夏なんかはよく涼みにいったよね。牛乳ビンもってさ」

タケシもちいさな枯山水と松の木を配した庭を覚えていた。三人でよく夕涼みをしたものだ。この国にきてから発見した魅力的なものごとは、大東亜戦争の激化とともにどんどん失われていた。学校での授業はなくなり、映画街も銭湯も暗くなり、子どもも大人も戦争に勝つことしか考えなくなった。ミヤが急にいいだした。

「もし来週空襲があって、みんなばらばらになっても、どこかに集合する場所を決めておかないか。つぎの日の正午とかに、どこかで」

テツがぼりぼりと洗ったばかりの頭をかいた。まだかゆいのかもしれない。

「おー、そいつはいいな。で、どこにする」

登美子と見た公園の夕景を思いだした。都会の中心だが静けさと穏やかさのある場所だ。

「錦糸公園はどうかな。噴水のところ」

　錦糸公園なら緊急時の避難場所にも指定されている。きっと安全な場所に違いない。なにより下町にはめずらしく開けた気もちのいい場所なので、再会の地としては格好だった。テツが肌着姿の胸を叩いていった。

「ああ、錦糸公園の噴水だな。いいんじゃないか。二百機だろうが、三百機だろうが、どんな大空襲でも、おまえたち負けるなよ」

　テツはなにがあっても生き残ることに絶対の自信をもっているようだった。爆撃機や焼夷弾と、自分が戦うということがよくわからなかったが、タケシはうなずいた。

「ああ、絶対に会おう。あの噴水で」

　登美子との思い出の場所でもある。たとえ焼けだされたとしても、新しく出発を切るにはいいだろう。ミヤが混ぜ返した。

「なんだよ、テツが隣組の組長みたいだな。おれは戦闘機乗りになって、いい給料をもらうという夢がある。なにがあっても死んでたまるか。貧乏のまま終われないぜ」

　タケシはベンチの脇においてあるミヤの国民服に目をやった。肘の薄くなった部分に新たにつぎが当ててある。柿色の格子柄だった。視線に気づいたミヤが口をとがらせた。

「おれもこんな女の着物みたいな柄嫌だっていったんだけど、おふくろにどやされた。他に布がないんだから、我慢しろって。モンペをつくったときのあまり生地だ」

そういえば、タケシも赤や朱や黄色といった女子の色を着たのは、国民学校のなかばまでだった。戦争が始まってからは、土色にも泥をかぶった木の葉色にも見える国防色一辺倒だ。いつでも国民服を着ているので、他の服を忘れてしまいそうだった。男の自分はまだいいけれど、おしゃれをしたい年頃の登美子は気の毒だった。和服を仕立て直したモンペばかりなのだ。

「さあ、そろそろいこうぜ」

テツが年季の入ったベンチをぎしぎしと鳴らし立ちあがった。タケシも続く。ミヤはさっと壁の姿見の前にいった。登美子といっしょに帰るので身だしなみを確認しているのだろう。おでこの中央にできたニキビを盛んに気にしている。テツがからかった。

「いよ、色男。どうせ、街は真っ暗だぞ。ニキビどころか、顔もよく見えないさ」

「いいんだ、ほっとけ」

ミヤが絞った手拭いで顔をこすっていた。恋をすると男子も女子と変わらないらしい。

三人は国民服の前ボタンを開けたまま、曇りガラスの戸を抜けて靴脱ぎに出た。履きものはさっきよりだいぶ減っている。登美子は胸に風呂敷包みを抱え、先に待っていた。

「急いだから、わたしのほうが早かったね。ちょっと待ったよ」

ミヤが急にそわそわとしだした。にこにこ笑っている登美子を、タケシは改めて観察した。洗い髪を乾いた白手拭いでくるんでいる。髪が幾筋か額にこぼれ、その額は新しい洋食器のように白くつるつるだった。風呂上がりのせいか頬には少女らしい血色が華やかに浮かんでいる。登美子の目は小動物のようによく動く利発で明るい目である。テツがいった。

「おー悪いな。ひとりだけ身だしなみを気にしてるやつがいて、遅くなっちまった」

ミヤが一瞬すごい顔でテツをにらんだ。タケシは笑いをかみ殺して、自分の下駄を探した。足の指を通して、土間におりる。

「さあ、いこう」

四人は夜の街に流れていった。いつものように暗い路地も、明日が休日だと思うとどこかにぎやかで生きいきとして見えた。北風は強く冷たいけれど、風呂上がりの肌にはかえって心地いい。日本中が厳しい戦局で苦しんでいても、こうしてごくまれに心躍るような時間がやってくる。ちびた下駄で下町の暗い路《みち》を歩きながら、タケシは誰かに感謝したくてたまらなくなった。ミヤがよそいきの声でいきなりいった。

「みんな、明日はなにか用事あるか」

　タケシは横を歩くミヤに目をやった。なぜかうなずきかけてくる。とりあえずこたえた。

「いや、とくにないけど」

　ミヤはそれをきくと、テツと登美子の返事を待たずにいった。

「じゃあ、四人でどこかにいかないか。神保町でも、有楽町でもいいや」

　本の街と映画の街である。即座にテツがいった。

「おお、そいつはいいな。どうせ家にいれば、おふくろに仕事を手伝わされるだけだもんな。おれはいいぜ」

　登美子がこちらに視線を向けた。いっしょにいってもいいかと無言で問いかけてくる。タケシはいった。

「いいんじゃないかな。登美ちゃんもよかったら、いこうよ」

　ためらいがちに登美子がいった。

「タケシくんがそういうなら、わたしもいいよ」

　ミヤが暗い路地で跳びあがった。

「やったあ。じゃあ、明日は四人でお出かけだな。今日はいいことがありすぎて、頭がおかしくなりそうだ」

タケシの胸がすこし痛んだ。親友ミヤの初恋は成就しそうにない。

「ああ、そうだな。おれも腹が減ってる以外は満足だ。これで握りめしがふたつもあれば文句なしだ」

登美子の笑い声が夜の路地を転がった。冷たい鈴のようだ。そこに三人の下駄の音がリズミカルに重なっている。見あげると灯火管制で暗い東京の夜空には、以前の倍の星が光っていた。どんなに暗く苦しい時代にも、光は必ずどこかにある。

「みんなでどこにいくの」

登美子が振り返ると、白目が月のように冴えていた。なぜ女子の目にはこれほどの力があるのだろうか。タケシが視線をそらせると、ミヤがいった。

「楽天地も、錦糸公園も、今日いったんだよな。じゃあ、銀座方面かな」

銀座、日比谷、有楽町は、東京下町の子どもには、ひとつながりの繁華街である。

テツがいった。

「じゃあ、久しぶりに銀ブラでもするか。もう柳も新緑かもしれない」

ミヤがぶつぶつという。

「なんだよ、登美ちゃんの前だからって、格好つけやがって。街の並木なんて、ぜんぜん関心ない癖に」

ミヤのいう通りだった。普段のテツは満開の桜でも腹の足しにならないとひと目でお仕舞である。男子はなぜ女子の前では、これほど無理をするのだろうか。好意までは期待しないけれど、嫌われたり軽蔑されたりするようなら死にたくなる。タケシはいった。

「じゃあ、辰野金吾先生が設計した東京駅を観にいかないか。ぼくが解説するよ」

フランク・ロイド・ライト先生の帝国ホテルのほうが好きなのだが、あそこでは憲兵に殴られたばかりだ。金をもたない中学生がうろうろしていれば、悪目立ちするだろう。

「まったくタケシはいいなあ。建築の解説かよ。おれだって両国国技館で場所が開いてりゃ、相撲技の解説ができるのにな」

戦争が始まってずいぶんとやせたテツが、それでも薄っすらと突きでた腹を叩いていう。みなはそろって笑い声をあげた。遠くから警防団の拍子木の音が、夜の底を鋭く打った。

大相撲は空襲が激化しても、なんとか興行を続けていた。娯楽がすくないので開催中は連日満員御礼らしい。ミヤが強がった。

「おれは相撲はラジオでいいや。入場料が高いもんな。タケシの東京駅に一票だな。それに銀座なら、なにか露店が出てるだろ」

タケシは銀座から有楽町のあたりの景色を思いだしてみた。普通の飲食店は材料不足で、閉店のところが多かったが、さすがに露店はたくましかった。駅の近くににぎやかに並んでいた気がする。

「うん、すいとんとかカレーとか大判焼きなんかは見かけた。映画街には焼き栗や焼き芋もあったかな。どこもすごい行列だったけど」

この頃の都民はなにか行列があればとにかく並ぶ癖がついていた。どんな商品だろうと、不足しているのは間違いない。足りているものなら、物々交換で足りないものが手に入る。たべるもの、着るもの、靴や帽子やカバンや靴下、石鹸石炭鍋釜医薬品、鉛筆に帳面など、ありとあらゆる物資が不足していた。すべては戦争継続のために使用されている。足りているのは空気と水だけである。ごくりとのどを鳴らしてテツがいった。

「銀座のカレーかあ。いくらするんだろうな。あー、猛烈に腹が減ってきた。うちに帰ってもなにもくいもんないしなあ」

タケシの腹も鳴った。テツとミヤに銭湯に誘われたせいで、夕食を逃している。どら焼きがあったからまだいいが、普段なら空腹で目を回すところだ。テツがしみじみいった。

「おおきな声じゃいえないが、おれが戦争で一番嫌いなのは夜寝る前と朝起きたときなんだよな」

登美子がうつむいていった。

「それ、よくわかる」

タケシはその場の三人の顔を見た。目の色はみな同じだ。

「起きていても腹が減るから、夜はさっさと寝るだろ。寝る前最後に考えるのが、腹が減ったってことで、目が覚めて最初に考えるのが、やっぱり腹が減ったってことなんだよ」

菊川の路地を歩きながら、タケシはテツの言葉に自然にうなずいていた。朝布団のなかで目を覚まして最初に感じるのは、空っぽに縮みあがった胃の形だった。空腹はなにをしているときでも、すぐ自分の身体のなかにある。だが、どれほどひもじくとも、この大東亜戦争に負ける訳にはいかなかった。

「敗戦」という言葉はあまりに恐ろし過ぎて、頭のなかでさえ思い浮かべることはできない。中学生のタケシには戦争に負けることが具体的に想像できなかった。いつか自分が兵隊になり戦死することは、まだ予想がつく。周囲にもたくさんの戦死者がいるのだ。だが、戦争に負けるというのが、よくわからなかった。そのわからなさが、また恐ろしい。

きっと日本という国が徹底的に奪われ、大和心が失われ、天皇陛下を中心とする国体はばらばらに壊されるだろうと、おぼろげに思うだけだ。そうなったら、自分の命を失くすより、つらいかもしれない。その先の国の形を思い浮かべられる想像力をもった人間など、大人でさえきっといないはずだ。

戦争に負けると、今の日本とは違う得体のしれない国になる。それが普通の国民の感覚であり、一番の恐怖だった。加えるなら「成人男性は皆殺し、女性は奴隷にされる」といった野蛮な噂が、敗戦後のもっともらしい予想である。タケシは父の国アメリカについて、すこしは理解しているので、二十世紀のこの時代そんなことは現実的でないとわかっていた。せいぜい得意の収容所にでも日本人を押しこめてお仕舞だろう。その場合、今のほうが自由なだけまだましだろうか。

「いつまで続くのかなあ」

ぽつりといったのは、登美子である。

「宮西くん、飛行機の操縦士になるんだよね。特別攻撃隊になったら……」

タケシははっと胸を冷やした。それは幼馴染み三人のなかでは禁句となっている言葉である。ミヤはいつも強がりをいって、高給とりの空母艦載機の操縦士について話すばかりだった。けれど、戦局不利の日本に、どれほどの空母が残っているのか。

去年の十一月三十日の新聞は忘れられなかった。まだ三カ月ほどしかたっていない。レイテ湾攻撃の報道だった。燃料の代わりに爆弾を積んだゼロ戦が敵艦に体当たりして、轟沈撃破の大戦果をあげたという特別攻撃の記事である。三人でくいいるように読んだのを、今でもよく覚えていた。

特攻への世間の反応は、熱烈なものだった。国民は皆感激し、戦果に大喜びしながら、銃後に暮らすふがいなさに心を痛めたのである。自爆攻撃が歴史上稀《まれ》で、訓練を受けた操縦士にとっては残酷このうえない作戦であるという指摘は、新聞には一行も書かれていなかった。

「特別攻撃隊のことは、もういわないでくれ」

ミヤがにこりと笑っていった。風呂上がりのせいか、顔が妙に爽やかだ。

「そうなるかもしれないし、そうはならないかもしれない。どっちにしても、おれは戦闘機乗りになって、この命を日本とおれの家族とおまえたちのために使うんだ」

「ミヤさん……」

思わず声が漏れてしまった。タケシは友人を尊敬した。同じ十四歳で、これほど覚悟の差があるのが悔しいほどだ。けれどタケシにはタケシの戦争があり、それはきっとミヤともテツとも登美子とも違うものだろう。戦争がひとつだけであったことなど、いつの時代にも決してなかったのだ。戦争はそれに関わる無数の人ひとりひとりの顔をもっている。北風が吹いて急に寒さを感じた。男子三人ははだけた国民服のボタンをあわててとめた。登美子がうつむいたまますまなそうにいった。

「わかった。もういわないよ……でも、宮西くん、なるべく生きて帰ってね」

ミヤが頭を手拭いで包んだ登美子を、優しい目で見つめていた。感極まったように声がかすれて揺れている。

「ありがたいよ、登美ちゃん……おれ、今の言葉だけで心残りなく、少年飛行兵になれそうだ」

「くそっ、この野郎」

人情家のテツがミヤの肩に腕を回して、小柄な親友を抱き締めた。

「これ以上、おれを泣かしたら、明日銀座でカレーおごらせるぞ。ミヤ、命をみんなのために使うのは、おまえだけじゃないからな」

やはり戦争の顔はひとりずつ違うのだ。タケシには自分の命を使う方法は、どこか別にあるように思えた。ここで自分もミヤやテツのように日本と日本人のために命をかけるといえば話はうまく収まるのだが、それだけは口にできなかった。やはり自分は普通の日本人ではないのだ。胸の奥がずしりと痛む。

タケシがためらっていると、それでいいというように登美子がうなずきかけてきた。

「もういいじゃない。明日はせっかくのお休みなんだから、もっと楽しい話をしようよ」

東京下町の星空の下、登美子がモンペ姿でくるりと一回転した。濡れた髪にかぶった白い手拭いがふわりと北風を受けてふくらむ。女子というのは、どうしてこんなに違う生きものなのだろうか。人間にふたつある性のうち、より柔らかで優しいほうが戦争に駆りだされないことに、タケシは安堵《あんど》した。

「わたしの未来なんて、宮西くんみたいに立派じゃないよ。うんと勉強して、いつか好きな人の奥さんになって、家族をつくりたい。うちのお母さんや君代おばさまみたいに」

テツはうんうんとうなずいている。ミヤが驚くほど静かな声でいった。

「そいつは最高だな」

登美子がうつむいてぼろぼろの草履に目をやった。鼻緒はすり切れ、底も段ボールのように薄くなっている。靴も履物も配給が足りず、たいへんな貴重品だ。

「……でも、そのときは戦争が終わっていて欲しいな。赤ちゃんを抱いて、空襲から逃げるなんて嫌だもん」

ミヤが自分の胸を叩いた。

「まかせてくれ、登美ちゃん。そのときにはおれが新型戦闘機で、B29を東京の空から追っ払ってやる」

登美子は静かに首を横に振った。

「ううん、飛行機同士で戦うとか、日本が勝つとか、そういうんじゃないの。ただもう自分たちの住む街の空に戦うための飛行機が飛んで欲しくないんだ。それはアメリカでも、日本でも同じだよ。ほら、空は星があればそれだけで十分だもん」

　登美子が夜空を見あげた。三人もいつにもまして星の多い空を見あげた。東京の家々はすべて窓を黒い布で覆い、ひと筋の光さえこぼしていなかった。漏れた一灯、敵機を招く。標語のとおり街は減光と遮光が徹底されていた。街並みは明かりを落とした影絵のように黒いシルエットを描いている。空襲警報が鳴れば、走っている自動車さえ全部消灯が義務づけられていた。テツがいう。

「星がすげえな。おれ、東京でこんなにたくさん見たの初めてかもしれない」

　ミヤがいう。

「おれもだ」

　どうしたのだろうか。ミヤの顔が真っ赤になっている。いきなり叫ぶように続けた。

「おれ、飛行兵になっても、登美ちゃんと見た東京のこの星は絶対に忘れないから」

　ミヤはもう自分が生きて帰ってこられないことを覚悟しているのだ。タケシは泣きそうになったが、口のなかを噛んで必死に我慢した。素知らぬ振りで夜空をにらみつけた。星の光が揺れてにじんで困ってしまう。登美子はまったく気づいていないようだ。

「うん、わたしも忘れないよ。だけど戦争が終わったら、街が明るくなって、こんなにたくさん星なんて見えなくなるんだね。ちょっともったいないかも。戦争にもひとつくらいいいことあるんだね」

ミヤがかすれた声で笑ってみせた。タケシもなんとか笑った。笑っていないと泣いてしまいそうだ。テツがいった。

「なんだよ、ミヤ。おまえ、今の告白じゃないのか」

ミヤが口をとがらせていった。

「そんなんじゃない。おれは思ったことをいっただけだ。だいたい告白なんて、登美ちゃんに失礼だろう」

「はいはい、わかりましたよ。そんなに真剣になんなよ。そんなだから、女子にもてないんだぞ」

ミヤが平手でテツの厚い背中を叩いた。ごわごわの国民服からいい音がする。

「いてえな、登美ちゃんのことになると、なんでそんなに怒んだよ」

タケシが割って入った。

「まあ、いいから。でもさっきの絶対に忘れないって、すごくよかったよ。ぼくもおまえたちと見た今夜の星空は絶対に忘れない。それとさ、ミヤさん」

「ん、なんだよ」

「星はこれからも見られるから、これが最後なんてことはないよ」

ふふっと短く笑って、飛行兵志願の少年がいった。

「わかってるよ。早々に死んでたまるか。まだ戦闘機にも乗ってないのに。いい給料もらって、おれは日本中でもてるんだからな」

登美子がいった。

「あー、宮西くん嫌らしい」

おおきく手を振り、ミヤがあわてていった。

「いや、冗談だって。おれはそんなにもてないし」

テツとタケシは大笑いした。時田メリヤスがある工場街まで帰ってきた。もうすぐ家に着いてしまう。楽しいときというのは、なぜこんなに短いのだろう。タケシはこの四人で一晩中でも歩き通したかった。


その日の夕食は残念だった。代用醬油が切れたようで、薄い塩味のサツマイモのすいとんである。鰹節《かつおぶし》の出汁が利いているのがせめてもの救いだが、味も温度もぬるかった。つけあわせは大根と胡瓜《きゅうり》の古漬けだ。

「うわー、これうまい」

歓声をあげているのは直邦だった。どら焼きをふたつに割って頬張っている。タケシたちの帰りを待っていたのだ。

「よかったね、ナオくん。ちゃんとタケシくんにお礼いわないといけないよ。そのどら焼き、相撲で勝った賞品なんだから」

相撲好きな直邦の目が輝いた。

「えっ、タケシ兄ちゃん、相撲強かったんだ」

ほとんどやったことなどなかったが、タケシは直邦の頭をぐりぐりと撫でていった。

「ああ、すごく強い相手だったけど、土俵際で逆転のうっちゃりを決めたんだ。すごかったんだぞ」

黒い布をかぶせた電球の下、座卓の中央だけが明るかった。それでもこうして子ども三人でいると、にぎやかで明るい気分になった。簡素な食事を終えると、食器を流し台にもっていく。腕まくりをしていると登美子がきていった。

「わたしがやってあげようか」

「ううん、いいよ」

数すくない食器を自分で水洗いした。このおかずなら、それで十分だ。

「今日はミヤさんとテツにつきあってくれて、ありがとう。ふたりともよろこんでたよ」

とくに登美子に気のあるミヤのほうがといいそうになったが、タケシは口を閉ざした。

「わたしも楽しかったよ。ちゃんとお風呂にも入れたし、今日はほんとにいい一日だった。タケシくんと公園にもいけたし、たくさん話をできたしね」

「……うん」

タケシの胸のなかにちいさな灯がともった。誰かに好意をもたれるのは、どうしてこんなにうれしいのだろう。ほんのすこし手をつないだだけで、キスなど遥かに遠く、さっき見た星ほどの距離がある。奥手のタケシには、それが淡い初恋だった。ミヤがあんなに顔を赤くしていた理由も今ならよくわかる。

「この楽しみが明日も続くんだね。また四人で銀座にいけるなんて、わたし運がよすぎて怖いくらいだよ」

未来への理由のない恐れはタケシも感じていた。この三日間、憲兵に殴られたりしたけれど、それ以外はいいことずくめだった気がする。タケシは自分をあまり運のいい人間だとは思っていなかった。たまたま生まれてきたこの時代に、父の国と母の国がこれまでの歴史で一番激しい戦争を始めたほどである。追われるように日本にきて、幸福だった家族はばらばらになってしまった。

それでも登美子のいう通り、この数日はなんだか運がよすぎるみたいだ。食器洗いを終えて手を拭きながらタケシは考えてみた。明日は月に三日しかない休日で、親友ふたりと登美子といっしょに銀ブラができる。最高のお休みじゃないか。

だからこそなにか黒い影が忍び寄っている気がして、タケシの背筋に震えが走った。

それもとてもよくない、とり返しのつかないことがすぐ近くまできている。日米開戦から三年三カ月、なにかを予想するとそれよりもずっと悪い事態が起こり続けてきたのだ。

希望をもたない、甘い予測はしない、文句をいわずに目の前にあることを受けいれ、ただひたすら耐える。それがタケシの心の在り様で、第二の天性になってしまった。

登美子が楽し気に話している。

「わたし、和光の時計塔好きなんだ。なんか銀座の中心っていう感じするよね。あのへんだけ外国みたい」

慎重に敵国の名前は避けている。子どもでさえめったなことは口にしなかった。タケシはいとこの無邪気な横顔を見てたまらなくなった。暗い台所で登美子の細い肩をつかんで叫ぶようにいった。

「なにがあっても、登美ちゃんと時田の家族はぼくが守るから。誰ひとり欠けたりしないように、ぼくが守る。絶対に」

絶対に、絶対にとタケシは心のなかで繰り返していた。なぜ自分がこれほどの恐怖に震えているのか、訳がわからなかった。理由などないのだといいきかせても、心をくらい尽くす恐怖は去らない。ますますおおきく黒く重くなっていくだけだ。

「痛いよ、タケシくん」

登美子が怯えていった。

「わたしもうちの家族も、それにタケシくんだってだいじょうぶだよ。だってうちはみんないいことしてるし、お国のためにがんばってる。うちの家族に限ってそんなに悪いことが起きるはずないじゃない」

タケシは腕の力を抜いて、登美子から手を離した。

「あっ、ごめん」

とり乱した姿を見せたのが恥ずかしかった。けれど胸騒ぎは治まらない。登美子がにっと笑っていった。

「別にいいよ。タケシくん、うちのお父さんにいわれたんでしょ。時田家の男子はタケシくんひとりだから、いざというときはうちの家族を頼むって」

黙ってうなずいた。もし隣組の老人たちがいうように米軍が上陸してこの街に攻めてきたら、自分も武器をもって戦うつもりだった。母や登美子や直邦を守らなければいけない。命に代えても家族に外国の軍隊の手をふれさせる訳にはいかなかった。

「男子って、たいへんなんだね。わたしは女でよかったなって思うよ」

階段の上から千寿子伯母さんの声がした。

「いつまで無駄口きいてるの。電気代がもったいないでしょう。早く寝なさい」

登美子が肩をすくめて小声でいった。

「雷が落ちた。じゃあ、先に部屋にいくね」

「うん、おやすみ」

「おやすみなさい」

電気を消すと台所は真っ暗になった。登美子が階段をあがっていく小気味いい音がする。タケシは和室の続き間に戻り、暗い室内を見わたした。窓と消灯した電灯には黒い布が掛けられ、たんすと座卓がふたつ暗がりに沈んでいる。玄米をつくための木の棒を挿した一升瓶と空っぽのおひつ。壁には隣組の組長に無理やり張られた防火標語がぼんやりと見えた。逃げるな、火を消せ。一億防空の義務。そういえば新聞で「逃げ出すと食糧停止」という見出しを読んだ覚えがあった。空襲時は逃げるのではなく、消火活動に努め、延焼を防ぐというのが国の方針だ。

何気なく工場の土間にそろえてある靴が目に入った。アメリカからもち帰った最後の黒い革靴だ。タケシは上がりかまちにいき黒い靴を手にとった。なぜそんなことをしているのか、自分でもよくわからない。ただ大切に胸に抱えて静かに階段をあがり、暗い廊下を足音を殺して歩いた。まだ九時過ぎだが、みな横になっている時間である。

枕元に古新聞を敷いて、磨いた黒い革靴をおいた。そうするとすこしだけ安心して眠れそうな気がした。サツマイモのすいとんのお陰でもう腹が空いてくる。眠気で空腹をごまかして、素晴らしかった三月九日の夜、タケシはなんとか眠りに就いた。

その夜

真っ暗な部屋のなかで目を覚ました。遠くで警戒警報が鳴っている。

(ああ、またか)

タケシは布団の上に起きあがることもしなかった。警戒警報くらいで飛び起きていたら、睡眠不足でふらふらになってしまう。そんなことでは軍需工場での勤労奉仕にさしつかえるだろう。うれしいことに明日は十日の休日だ。おまけに陸軍記念日の祝日でもある。

(もうすこし寝ておこう)

時刻も確認せずに寝返りを打ち、横向きでもう一度眠りに就こうとした。掛け布団のなかは温かく、ひどく居心地がいい。どれほど戦争がひどくなっても、戦争は布団のなかまで入ってこなかった。タケシは子どもの頃から、布団に絶対の安心感をもっていた。自分の部屋のベッドで布団にくるまっていれば、きっとなにが起きても安全に決まっている。

うとうとしていると警戒警報が空襲警報に変わった。四秒腹に響くサイレンが鳴り、八秒休止する。それが何度も繰り返されるのだが、轟音はあちこち反射して、すぐにひと続きの獣の唸《うな》り声のようにきこえてくる。夜空を満たす長い棒のような咆哮《ほうこう》だ。

警戒警報に慣れた東京っ子でも、さすがに空襲警報では起きない訳にはいかなかった。タケシは寝床に起きあがり、ゲートルを手早く巻いた。ごわごわとして寝にくいのだが、いざというときのために国民服と長ズボンは身につけたまま寝ている。

「タケシ坊ちゃん、空襲だ」

引き戸越しによっさんの声が届いた。黒い革靴をはき、国民帽の上から鉄兜をかぶった。国民服の上は寒さと防火対策を兼ね、綿入れのチョッキを重ねる。水筒も忘れてはいけない。

(さあ、これでよし)

机の上の肩掛けカバンに目をやった。空襲から逃げる際は、手ぶらで荷物をもってはいけないとされていたが、すこし考えてからカバンを手にとった。スケッチ帳と鉛筆、自分の名前と連絡先が書かれた厚紙、姉からもらった何通かの手紙、アメリカ土産のバッジと大相撲のメンコがいくつか入っている。

よしとうなずいて、自分の部屋を見まわした。もう一度この部屋に帰ってこられるだろうか。いや、弱気は禁物だ。必ず生きてまたこの家に帰ってこよう。この時田メリヤスが、今は自分のホームなのだ。

引き戸を開けて、廊下に顔だけ出した。背中に荷物を背負ったよっさんがいった。

「やっぱり敵さんがきやがった。陸軍記念日の嫌がらせに空襲があるって噂は、ほんとうでやしたね」

タケシはひとつうなずいて廊下に出た。サイレンは吠え続けている。音だけで不安がかきたてられるようだ。隣の家の赤ん坊が火がついたように泣いている。空襲から逃げる準備はいつも女性のほうが遅かった。まだすこし時間があるだろう。タケシは廊下の奥にいき、暗幕を引きガラス戸を開けて物干しに出た。二階建ての木造家屋が見わたす限り続いている。東京下町の地平線は甍の波だ。

「なんなんだ、これ」

思わずつぶやいた。遠くの家々の上に帯のように赤い炎がにじんでいる。周囲をぐるりと炎がとり巻いているのだ。いったいどこに逃げればいいのか。北風は強く、紙《かみ》屑《くず》が吹きあげられるように舞っていた。ドンドンと腹に響くのは、散発的な高射砲の炸裂音だ。

よっさんがタケシの肩越しにいった。

「こいつはいけねえ。とんでもねえことになりそうだ。早く逃げましょう、坊ちゃん」

そのとき外の路地から腹に響く声がした。

「逃げるな、火を消せ。我等銃後の特攻隊だ。手が空いている者は手伝いにこい」

隣組の組長・石坂老人だった。火ばたきを振りまわし、興奮して標語を叫んでいる。

ゴーゴーとエンジンの音がして、タケシは首をすくめながら空を見あげ、呆然と口を開いた。

死角になった時田メリヤスの屋根の端から、ぬっと銀色の頭がのぞいた。腹にぶらさがる機銃の二本突きだした銃身がはっきりと見えた。四発のエンジンを積んだ巨大な翼が続く。いつもとは違い、ひどい低空飛行だ。B29の巨体に地上の炎が照り映えて、地獄から飛んできた銀の火竜のようだった。よっさんがののしり声をあげた。

「日本をなめやがって、こんな低い空を悠々と飛んでやがる」

登美子の必死の声が背後からきこえた。

「タケシくん、よっさん、早く、早く。防空壕に逃げましょう」

タケシは痺れたようにB29から目を離せずにいた。二階建ての家ほどある垂直尾翼が、手を伸ばせば届きそうなところにある。地上のことなど無関心に滑るように飛んでいく。黒い排気ガスまで見える。あれが父の国アメリカの造りあげた「超空の要塞」だ。

B29の銀の腹が開いたのは、タケシの頭上を過ぎて数秒後だった。黒々とした腹から、いっせいに大型の爆弾が散らばり落ちてくる。

「もう危ないよ。早く防空壕へいこう」

登美子がそう叫んでいるのが、ひどく遠くにきこえた。よっさんが魂が抜けたようにつぶやいた。

「あれは、いけねえ」

Ｂ29の腹からこぼれた爆弾は、つぎの瞬間ひとつひとつが破裂するように子爆弾に分かれた。つかんだ砂を風に向かい投げつけたようだ。タケシは初めて、焼夷弾の実物を目にしていた。無数の金属の黒い針の尻尾《しっぽ》には白い布がはためき、火がついているものもある。ゴーゴーと夏の夕立のような音がきこえた。米軍のＭ69油脂焼夷弾である。Ｂ29の腹の下で、わっと空が明るくなった。火のついた黒い針が千本も空を埋め尽くしている。

「ねえ、怖いよ。もう逃げよう」

登美子に肩を揺さぶられたが、タケシは密集した木造家屋に向かって落ちていく燃える針しか目に入らなかった。Ｍ69は長さ五十センチほどの六角形の鋼鉄パイプで、先端には信管が装着され、尾部には落下時の安定性を高めるため布製のリボンがついていた。一本の重さは三キロ弱、パイプのなかはゼリー状のガソリンで満たされている。

豪雨の音と尻尾をもつ黒い針が、あたりの空を満たしていた。数百メートル先の屋根に鋼鉄のパイプがつぎつぎと刺さっていく。降りだした大粒の雨のようだ。瓦の割れる高い音に木材を突き破る鈍い音が重なり、一瞬でそのあたりの家々の屋根が明るく照らしだされた。

「怖いよ、タケシくん」

登美子が背中にかじりついてきた。恐怖に震えるいとこでさえ、目の前で起きている異様な光景に目を奪われていた。あんなふうにゆっくりと燃えるものなのか。殴りつけられたように身動きもできずに見ていると、焼夷弾の先端から花火のような勢いで火花と炎が飛び散った。破裂した信管の火が、炎を拡散させるための白リン剤に燃え移ったのだ。それがさらにガソリンのゼリーを燃やし、焼夷弾は火柱となって東京下町の家々に火をつけた。燃えるガソリンの固まりが溶岩のように周囲に飛び散っている。

「逃げるな、火を消せ。初期防火が決め手だ」

眼下の路地では隣組と警防団が集まり始めていた。ほとんどが中年以降の男性と一家の主婦である。バケツに火ばたき、とび口にひしゃく、ムシロと砂に、手押し式の隣組ポンプまで、訓練どおりに用意されている。小柄な石坂老人が叫んでいた。

「逃げるな、火を消せ。防火を怠り逃げる卑怯者は、後で処分されるぞ」

タケシは住み慣れた街の路地を見おろし、恐怖に震えた。あの人たちはまだ焼夷弾を見ていないのだ。曲がりくねった細い路地ばかりで、見通しの悪い下町では、百メートルも先の大惨事さえ気がつかない。物干し台に立ち尽くすタケシたちに、君代が声をかけてきた。

「防空壕にいきましょう。ここにいたら危ないわよ」

タケシは最後に東京の空を一瞥《いちべつ》した。気がつけば数十機の大型爆撃機が浮かんでいる。空襲警報のなか、あちこちで炎があがり街が燃え始めている。なぜ世界が揺れているのだろうか。焼夷弾だけでなく普通の爆弾もばら撒いているのか。そう思って手を見ると、震えているのは自分の身体だった。

（父の国の飛行機が、母の国を爆撃している）

それはタケシが実生活のなかで初めて目にした戦争だった。これまで戦争は、中学校での軍事教練であり、軍需工場での勤労奉仕であり、勇ましくもの悲しい戦時標語であり、恐ろしく真剣な憲兵や警防団であり、物資や食料が砂に撒いた水のように消えていく貧しさや飢えだった。

けれど、あんなものはほんとうの戦争ではなかったのだ。雨の音とともに降り注ぐ黒い針と自分たちの住む街に無数に立つ火柱が戦争なのだ。戦争は住む街どころか、自分の家に、寝ている布団のなかにさえ入ってくる。目が覚めたようにタケシはいった。

「登美ちゃん、いこう。逃げなきゃダメだ」

登美子とよっさんと靴をはいたまま廊下に戻った。直邦が分厚い綿入れの防空頭巾をかぶっていう。

「敵のB29を高射砲でバンバン撃ち落としてるんでしょう。ぼくにも見せてよ」

高射砲で落とされた爆撃機など、一機も目にしていなかった。よっさんが黙って首を横に振る。登美子がいった。

「さあ、ナオくん、いきましょう。ここはもう危ないの。火のついた鉄の棒が空から降ってくるんだよ」

直邦は広げた姉の手をすばしっこくかわし、物干し台にあがってきた。タケシは八歳の男の子の顔を見た。炎が照り映えて真っ赤だ。頬が赤いのは寒さのせいかもしれない。季節外れの寒波が東京地方を襲い、この夜も真冬のような寒さだった。

「わー、きれいだな」

直邦が歓声をあげていた。空をゆく無数の大型爆撃機、遠くの地平線は炎の帯が赤黒く流れ、先ほど焼夷弾を落とされた隣街はもう火の海だった。高射砲の砲弾があちこちで弾け、黒い煙の固まりを高い空に並べていく。これが戦争映画か記録映像なら、自分もきっと直邦と同じように快哉《かいさい》を叫んだことだろう。だが、あの炎の帯や火の海のなかには、同じ中学にかよう生徒やその家族がいるのだ。よっさんが直邦を抱えあげた。

「ここはもういけねえ。いきやしょう、タケシ坊ちゃん」

男の子を抱えて還暦過ぎのよっさんが意外なほどの身のこなしで物干し台をおりていく。タケシも登美子に手をさしだした。

「おりよう。みんなが待ってる」

登美子の冷たい手も自分と同じように震えていた。歯をがちがちと鳴らしながら、同じ年のいとこがいった。

「ほんとに焼夷弾って、わたしたちの手で消せるの」

屋根を破って家のなかに落ちてきた焼夷弾は手でつかんで、外に放りだせと教わっていた。手袋をすればだいじょうぶであると。タケシは暗い廊下を階段にすすんだ。

「わからない。登美ちゃんはやらないほうがいい。どうしてもというときは、ぼくがやる」

工場の土間には時田メリヤスの家族と従業員全員が顔をそろえていた。君代とタケシ、千寿子と登美子と直邦、ふたりだけ残ったお手伝いのとよちゃんと工員のよっさんである。

男はタケシと直邦とよっさんだった。だが、直邦はまだ八歳で、よっさんはもう六十をいくつも過ぎている。まだ十四歳だが、タケシが一家の責任を負わなければならなかった。誰かひとりでも欠けたりしたら、中国に出征中の義雄伯父さんにあわせる顔がない。自分は残された家族を託されたのだ。

手荷物はもたないようにといわれていたが、みなカバンを背中や肩に掛けていた。おおきな荷を背負った千寿子伯母さんがいった。

「さあ、防空壕にいきましょう。時田の家は空襲なんかに負けないよ」

千寿子がガラス戸を開き、七人は外の路地に出た。タケシは目を疑った。この街には空襲の被害はなにも見えなかった。焼夷弾が落ちる遠くの雨音と、B29のエンジン音、それに高射砲の炸裂音が、静まり返った下町の住宅街に響くだけだ。

「男子は手伝え。誰もが国土防衛の戦士だぞ」

石坂老人が仁王立ちしている。何年か前に四百万部も頒布されたという国民向けの防空指導書『時局防空必携』には、その言葉が書いてあった。タケシも隅々まで読んだので覚えている。石坂老人はすべて頭に入っているのだろう。また一節を引いた。

「逃げるな、火を消せ。必勝の信念をもって、各々《おのおの》持ち場を守れ」

手押しポンプを中心に壮年の男性と婦人会の女性が十人近く集まっていた。タケシは迷った。このまま防空壕に逃げこむか、それとも隣組の防火活動に加わるか。『必携』には書かれていた。焼夷弾も心掛けと準備次第で容易に火災とならず消し止め得ると。

　そのとき登美子が空を見あげていった。

「なんだか雨の音が激しくなった」

　ほぼ同時にごーごーという雨音に似た轟音が、他のすべての音をのみこみ、かき消した。

　つぎにきこえてきたのは、無数の口笛のような風切り音だった。君代が叫んだ。

「みんな、うちに入って」

　タケシはまだ迷っていた。もしほんとうに火を消せるなら、この街を焼夷弾から守れるのだ。時田メリヤスの工場と織機も無事に守れる。そうしたら、戦争がどうなろうと家業は続けていけるだろう。

「タケシ坊ちゃん」

　いきなり手首をつかまれて、つまずくように工場の土間に引きこまれた。よっさんの力強い指が手首にくいこむ勢いだ。

　ばすっばすっばすっ、包丁で旬の野菜でも叩き切るような音がして、住み慣れた路地に六角形の鋼鉄の棒が突き刺さっていく。焼夷弾は人も物も家も区別しなかった。木製の電柱をごそりと削りとって、落ちてきた焼夷弾が地面で跳ねてガソリンをまき散らした。

まるでこの街の隣組を狙ったようだ。消防用の手押しポンプに鉄の棒が刺さっていた。ひび割れた側面から水を噴いている。すぐに白リン剤に火がついて、水しぶきと火花を散らして赤いポンプが燃え始めた。

焼夷弾はまっくらな路地や工場街のあちこちに刺さり、道に散らばりゆらゆらと燃えていた。この世の光景とはとても思えない。今、東京になにが起きているのだろう。

ポンプの脇に立っていた手拭い問屋の鈴本さんは右の鎖骨のあたりから火のついた焼夷弾をはやしていた。二、三歩ふらふらと歩いて、そのまま倒れる。登美子が直邦の目をふさいだ。

「ナオくんは見ちゃダメ」

町内の祭りのときにはいっしょに盆踊りを踊ったこともある、いつもいなせなおじさんだった。小づかいをもらったこともある。浴衣の着こなしはタケシのお手本だった。鈴本のおじさんは倒れたときにはもう死んでいたのだろうか。そうだったらいいとタケシは願った。国民服に火が移り、炎をあげ始めていたからだ。生きたまま焼かれるのだけは絶対嫌だ。

鈴本さんはタケシが初めて目撃した戦死者だった。ばすんっと鈍い音がして、今までなにもなかった肩に六角形の鋼鉄の棒があらわれる。五十センチの棒の七割がたは身体のなか深く刺さり、尾部についたリボンが炎をあげてゆらゆらと燃えている。倒れこんだ鈴本さんの脇腹がふくらむと、白リンの火花が激しく噴きだし、暗い路地を昼のように照らした。

　タケシはその夜初めて両手をあわせた。鈴本さんが亡くなっていますように。なにも感じていませんように。神様、お願いです。自分の身体から白い火花を噴きあげるなんて、絶対に絶対に生きて見たくない。

　あちこちで消防車のサイレンが鳴っていた。このあたりは素通りするだけで、どこか他のさらに火勢の強い地区に向かっているのだろう。一台も消防車を見かけることはなかった。石坂老人は腰が抜けたように後ろ手をついてへたりこんでいたが、それでもちいさな声でぶつぶつと叫んでいた。

「逃げるな、火を消せ。我等銃後の特攻隊だ」

　隣組はもう散り散りになっていた。みな自分の家と家族が心配になったのだろう。燃える手押しポンプと火花をあげる遺体をひとつ残し、隣組は消えてしまった。

　時田の家にも焼夷弾が刺さったようだ。二階から白い煙が階段を流れ落ちてくる。工場の天井に白い煙がたまっていた。天国はこんな感じなのだろうか。君代がいった。

「防空壕へ、いきましょう」

　よっさんが古いメリヤス織機に手をかけた。

「こいつともお別れか。よく働いてくれたなあ」

時田メリヤスの七人は、ひと塊になって焼夷弾が点々と炎をあげる路地から、家の裏手にある防空壕へ移動した。

「こいつはいけねえ」

よっさんが呆然と立ち尽くしていた。家の裏手の雑草がぼそぼそと生える空き地には、何日もかけて造りあげた土のまんじゅうがあった。このあたりは海抜より低いので、地面を掘ればすぐに水が沁みだしてくる。浅い穴に戸板を乗せ、その上に土をかぶせた簡易版の防空壕だった。こんもりと盛りあがった土の山から煙があがり横に流れていた。どこか天井に穴が開いているようだ。タケシは防空壕の出入口の戸を横にどかしてみた。

「うわっ」

出入口から煙と火花が噴きだしてくる。タケシは驚いて跳びさがり、後方に倒れこんだ。義雄伯父さんとよっさんとタケシが泥まみれになって掘った壕のなかでは、横倒しになった焼夷弾が燃えていた。沁みだした泥水の上にガソリンが浮き、炎をあげている。

君代が大切なものを入れた茶箱にも火が移っていた。ベートーヴェンもバッハもモーツァルトも、父や姉からの手紙も、幼い頃の家族写真もすべて灰になってしまう。

今から防空壕に飛びこめば、いくらかは思い出の品を救いだせるだろうか。タケシは母に目をやったが、君代は黙って首を横に振るだけだった。

千寿子が気丈にいった。

「これで逃げるところはなくなったね」

お手伝いのとよちゃんは泣きそうな顔をしている。

「お隣の山木さんのとこの防空壕にかくまってもらいましょう。こんなところにいたら、助かりませんよ」

右手から豪雨の音がきこえた。空を見あげると、また黒い針が隣街を襲っている。瓦の割れる音と鋼鉄が地面に落ちる鈍い音が叩きつけてくる。よっさんがいった。

「このあたりの防空壕は、どこもうちのと変わりませんよ。焼夷弾の直撃に耐えられるはずがねえ」

瀬戸物を焼く窯のように炎を噴きだす防空壕をタケシは眺めていた。あそこに避難しているとき直撃をくらったら逃げ場はないだろう。出入口に近い何人かは助かるだろうが、残りの人間は濡れた狭い穴のなかで焼け死ぬしかない。タケシは顔を上げていった。

「伯母さん、逃げましょう」

登美子が直邦の手を引いていう。

「だけど、どこに逃げたらいいの」

どうすれば生き延びられるのか必死に考え始めた。タケシはもともと理屈が得意だった。幼い頃はあまり生意気な屁《へ》理屈をいうなと、大人に叱られたこともある。筋道を立てて考えるのが好きなのだ。だが、この焼夷弾の雨のなか逃げ道を見つけだすのは、大好きな建築の構造を考えるのとは訳が違っていた。間違えれば命はないのだ。それも自分だけではない。時田家七人全員の命が危ない。

「路地に戻りましょう」

君代がそういって、全員で元の場所に戻った。つい数分前までは隣組と警防団しかいなかった下町の工場街の狭い路地が、今は人であふれていた。大八車を押す人、背中に布団を背負った人、両手におおきな荷物をさげた人、手ぶらで逃げている人よりも家財道具をもった人のほうが多かった。

驚いたのは人の流れが一方向ではないことだった。大八車同士がぶつかって道をふさぎ、男たちの怒号が飛びかっていた。これではどちらに逃げたらいいのかわからない。直邦が時田家の二階の窓を指さしていった。

「あっタケシ兄ちゃんの部屋が燃えてる」

目を上げると自分がさっきまで寝ていた部屋の窓から炎が真っ赤な舌のように伸びていた。登美子が絞りだすようにいった。

「……ああ、うちが燃えちゃう」

　タケシは炎をあげる家を見あげながら考えていた。この路地を左、西にいけばすぐに大横川にぶつかる。東にいけば猿江恩賜公園だ。あそこには広場とたくさんの木々がある。北に向かえば竪川があり、その先は省線の錦糸町駅だった。駅は重要な軍事目標なので、Ｂ29に集中的に狙われる可能性があった。南にいくと深川区で、その先は東京湾だ。

　さあ、どこに逃げたらいいのだろうか。やはり猿江の公園だろうか。タケシはよっさんにきいた。

「猿江の恩賜公園はどうでしょうか」

　よっさんは呆然と燃える時田メリヤスの看板を見あげていった。

「あそこは高射砲の陣地になってるんじゃねえですか。鉄条網で囲まれてやすし、兵隊さんがいて立入禁止ですよ」

　このあたりでは一番安全そうな場所だが、それではしかたなかった。大横川も竪川も小名木川もちいさな運河だ。ここから最も近いおおきな川は西に向かった先の隅田川だ。タケシはあたりの騒動に負けないように叫んだ。

「隅田川に逃げよう。あそこなら燃える家もない」

　時田家の七人は混雑する路地を西に向かった。いつもならほんの二分もあれば抜けられる距離だが、荷物を抱えた人や大八車で混みあってじりじりとしかすすめなかった。千寿子は顔色を変えて直邦の手をつかんでいる。こんなところではぐれたら、生き別れになってしまう。分厚い防空頭巾をかぶったよっさんがいった。

「今、B公のやつが襲ってきたら、逃げ場なんぞありゃぁしやせんね」

燃えているのは時田メリヤスだけではなかった。路地の両側の家がつぎつぎと炎に包まれていく。みな路地の中央に寄り集まって、なんとか目指す方向にすすもうとしていた。誰かがおき捨てた大八車の布団が燃えていた。炎から届く輻射熱《ふくしゃねつ》で、顔が熱くてたまらない。タケシは路地脇の空き地にコンクリートの防火水槽を見つけた。

「みんな、こっちだ」

真っ先に水槽をのぞきこんでみると、表には薄く氷が張っていた。おいてある手桶で氷を割って、すくった水を頭からかぶる。震えるほど冷たいはずなのに、なにも感じなかった。綿入れのチョッキや国民服にも冷たい水は沁みこんでいく。

「こいつはいいや。熱くてのぼせあがりそうでやした」

よっさんも迷わず、防火水槽の水をかぶった。時田家の女たちも頭から水をかぶった。登美子の防空頭巾からは水をかけると、ゆらゆらと湯気が立ちあがった。

「ナオくんもかけよう」

タケシが手招きすると、頬を真っ赤にした直邦がやってきた。

「どうして水をかぶるの、タケシ兄ちゃん」

なんといえばいいのか。着ている服に火がつくのを防ぐため。自分の髪が燃えないように。気がつけば、ほんの十分ほどで居心地のいい布団のなかから、焼け死んでもおかしくない事態に放りこまれている。よっさんが直邦の防空頭巾をなでて声をかけた。

「夏祭りじゃあ若い衆が水をかけあうでしょう。威勢よくいくための景気づけですよ」

八歳の男の子がぴょんと跳ねていった。

「やったー、じゃんじゃんかけて、タケシ兄ちゃん。登美子姉ちゃんに負けないように」

タケシは手桶の水を幼い子に何杯もかけてやった。登美子は涙を落とさないように、唇を一文字に結んでいる。頭からずぶ濡れになった時田家の七人は再び路地に戻った。

工場街の路地を抜け、大横川沿いの道に出るまでに何分かかっただろうか。このあたりは倉庫や問屋が多い街並みだが、どの木造家屋にも火が移っていた。タケシは自分の想像力のなさを痛感していた。今まで空襲をただの火事だと考えていたのだ。燃える家が一軒、あるいはせいぜい数軒なら街の一部が燃えるだけだった。火を消すか、火のないところに移動すれば、それでいい。安全な場所からのんびりと見物を決めこむこともできる。

けれど燃えているのが、周囲をとり巻く数百軒数千軒ならどうだろう。それでは火のないところに逃げることもできなかった。だいたい火のない場所などなかった。街全体が燃えている。

川沿いの道も南北双方へ逃げる避難の人々でごった返していた。風は強い北風だ。南に逃げたら、どこまでも炎が追ってくる。風上に逃げろと新聞には盛んに書いてあったけれど、いざとなると逃げ惑う人から東西南北の感覚は失われてしまうようだった。

「この先の菊川橋で、大横川を渡ろう」

タケシは風に負けないように叫んだ。防空頭巾から湯気をあげ、登美子がうなずいた。

「隅田川までいけば、助かるんだよね」

いとこにそういわれたが、タケシに確信などなかった。そこまでたどり着けば、助かる確率がすこし上がるだろう。事実は口にできず、黙ってうなずいておいた。

タケシはじりじりと橋をめざしてすすみながら、空を見あげた。頭上にはB29は今のところいない。地上から放たれた照空灯の光が硬い棒のように夜空で雲の底を探っている。高射砲の音と空襲警報のサイレンは鳴りやまなかった。あれは浅草か上野のほうだろうか、数十機のB29が群がり、腹を割っては無数の爆弾を落としていた。

「タケシ坊ちゃん、危ない」

よっさんに頭を押さえられた。タケシの鉄兜をかすめるように火のついたトタンが飛んでいった。空を飛ぶのは爆撃機だけではなかった。木材の欠片や段ボール、なかには火のついた戸板まで、空をびゅうびゅうと飛んでいる。どれもが落ちた先で、新たな火種となり街を燃やすのだ。

菊川橋に通じる四つ角までやってきて、タケシは息を呑《の》んだ。橋の上で人が薪のように燃えていた。焼夷弾の直撃をくらったのか、橋のなかほどで人々が折り重なり、積みあげられた薪のように炎をあげている。周囲の熱とゼリー状ガソリンのせいで、水分をたっぷりと含んだ人間の身体さえ、乾いた薪のように燃えあがるのだ。

燃える遺体の横で菊川橋を向こうへ渡ろうとする人と、こちらへ渡ろうとする人の流れがぶつかり、みな身動きがとれなくなっていた。長さ三十メートルほどの橋の上には数百人の避難民がごった返している。熱さに耐えかねた家族が橋の欄干を越えて、つぎつぎと大横川に飛びこんでいた。

タケシは口を開いて息をしながら、先ほどの防火水槽を思いだした。三月でも水槽のなかの水に薄氷が張るような寒さだ。あの川の水温はどれくらいだろうか。橋のたもとでは頭だけ水から突きだした人たちが魂の抜けた顔つきで、燃えあがる自分の街を見あげている。氷水に首まで浸かるのと、炎に肌をあぶられるのと、どちらがましなのか。直邦の手を引いた千寿子がいった。

「これじゃあ、橋を渡るのはとうてい無理だ」

いつの間にか千寿子の頬には、黒い炭の跡がひと筋走っている。よっさんがいった。

「どうせ向こうへ渡ったって、同じことでやしょう。どこもかしこも炎ばかりだ」

そのとき北風が巻いて、対岸で真っ黒な煙が爆発するようにふくれあがった。風に押され、堤防を越えた黒煙が泥水のように河川敷に立つ人や川の水に浸かった人たちをのみこんでいく。煙で向こう岸の炎も街も見えなくなった。登美子が怯えた声でいった。

「なあに、あの煙。怖い」

タケシは濡れた国民服で立ち尽くしていた。顔は燃えるように熱いが、身体は震えるほど冷たい。黒い煙が対岸の川辺を包みこんでいたのは、ほんの数秒のことに感じられた。川風が吹き、煙を下流に押し流していく。燃える街と空襲の空が戻ってきた。

再び河川敷を見てタケシの内臓が縮みあがった。先ほどまで川辺に立ち、家族で寄り集まって炎を避けていた人たちが折り重なるように倒れていた。川面から顔を出していた人たちも、うつぶせに顔を水に浸けている。みな捨てられた人形のように動か

なかった。誰もが傷のないきれいな顔をしている。恐ろしいのは炎だけではなかった。あの黒い煙を吸いこめば、ほんの一瞬で命はないのだ。

「ごめんなさい、ごめんなさい」

君代が燃えあがる橋と河川敷に倒れた人たちに手をあわせていた。目の前の炎の景色のなかに、すでに亡くなった人とたった今、亡くなろうとしている人がどれほどいるのだろうか。はらわたを抜かれたタケシの空っぽの心に、そんな疑問が浮かんだ。河川敷には火傷《やけど》ひとつない家族が眠るように折り重なっている。川面には兄弟の遺体が手をつないだまま浮かんでいる。ちいさな子は直邦くらいか。橋のうえでは死者の薪から盛んに炎があがり、燃える防空頭巾が火の粉とともに空高くのぼっていった。

すべて飛行機から落とされた焼夷弾のせいだった。その爆弾とB29を製造したのはアメリカだ。君代もタケシも憎むべき敵国の国籍をもっていた。日本人でもあり、アメリカ人でもある、ふたつの国の人間だ。タケシも母にならって両手をあわせようとしたとき、千寿子がいった。

「あんたが謝ったって、誰も生き返らないよ。さっさと別なところに逃げなくちゃ。タケシくん、どこかいい場所はないのかい」

この橋はもう渡れない。対岸の街も炎に包まれている。右往左往する避難民は誰ひとり、安全な逃げ場に確信をもっていないようだ。死者を悼んでいる時間などなかった。逃げなければ命が危ない。アメリカ国籍をもつ自分の命など、どうでもよかった。けれど、自分が死ねば時田の家族を守ることができなくなる。タケシにはなにより、それがつらかった。

「この先の国民学校はどうでやしょう」

よっさんがそういった。タケシは頭のなかで地図を広げた。このあたりでコンクリート造りの堅牢な建物といえば、江東橋国民学校と都立三中だった。近いのは国民学校のほうだ。広い校庭なら直撃弾をくらわなければ安全だし、炎が燃え広がる材料もないだろう。人以外には。千寿子と君代に声をかけた。

「よっさんのいうとおり、国民学校にいってみましょう」

母は手をあわせたまま返事をしなかった。千寿子が肩に手をかけて揺さぶる。直邦には空襲の恐ろしさはわからないようだ。

「久しぶりの国民学校だあ。誰か友達に会えるかもしれない。早くいこうよ」

君代が眠りから覚めたように肩を震わせた。無言のまま唇が動き続けている。ごめんなさい、ごめんなさい、ごめんなさい。

「お母さん、いきましょう」

タケシはそういって、先頭に立ち混雑する川沿いの道を歩きだした。亡くなった人のために謝ることなど、この炎を生き延びたらいくらでもできる。そういいたかったが、母親にそんなことは口にできなかった。

街はどこもかしこも、火の色が見えないところはなかった。まだ火がついたばかりの家も数多かったが、十分もすれば家でなく家の形をなんとか保つ炎そのものになってしまう。

「おーい、タケシ」

道の向こうから、ミヤが手を振っていた。おじさんとおばさんとたくさんの妹や弟もいる。ミヤの顔は鉄兜の下、元気そうだ。空襲のさなか親友に出会う。これほどうれしく心強いことがあるだろうか。ふたりは手をとりあって小躍りした。

「ミヤさん、これから、どこにいくんだ」

国民服の肘につぎが当たっているのが見えた。相撲の稽古で破れたところだ。柿色の格子模様である。

「うちの父さんの兄貴が、深川に住んでて鉄骨をいれてつくったすごい防空壕があるんだ。食料や水も用意してあるし、空襲のときはそこに逃げる手はずになってる」

深川といえば、ここから南の方角でこの北風による延焼が心配だった。けれどそんなに立派な防空壕なら安全かもしれない。

「わかった。うちはこれから江東橋国民学校にいってみる。これが終わったら、また相撲をとろうな」

ミヤがどんと自分の胸を叩いていった。

「まかせとけ。未来の空の英雄が、これしきの焼夷弾にやられるか。ちょっと耳貸せ」

いわれるままに耳を寄せると、ミヤが真剣にいった。

「登美ちゃんのこと、頼んだぞ。くれぐれも安全に。おれの将来の嫁さんかもしれないんだ」

空から火のついた鋼鉄の棒が降り注ぎ、周囲で人が薪のように燃えてもミヤの登美子への好意は変わらないのだ。爆撃機にも、ガソリンのゼリーにも負けるものか。

「おう、まかせとけ。時田家の人間は、ぼくが命にかえても守る」

タケシの目とミヤの目ががっちりとぶつかった。ミヤの澄んだ瞳のなかにも、炎が映りこみちらちらと揺れている。

「じゃあ、明日な」

「ああ、絶対元気で会おう」

そう叫んで、ふたりは川沿いの道で別れた。

江東橋国民学校の鉄柵の門はだらしなく開き、ななめに垂れさがっていた。校庭には焼夷弾が何本か刺さったり、横倒しに散らばっている。炎は驚くほどちいさかった。

タケシは焼夷弾にできることがはっきりとわかった。木造家屋という燃料がなければ、一本一本はさしておきな炎を生むことはないのだ。長さ五十センチの鋼鉄の種火に過ぎない。確かに広い場所に一本だけなら、大勢でとり囲み濡れたむしろや砂をかければ消火も可能だろう。

点々と松明《たいまつ》のように灯る炎の間を、多くの人が幽霊のように歩いていた。みななんとかこの校庭まで逃げてきたのだろう。誰もが心をどこかにおき忘れてきたような空《うつ》ろな表情をしている。国民服を着た初老の男が叫んだ。

「おーい、みんな体育館に避難しているぞ」

声に引き寄せられるように、人々は校舎の横にある立派な蒲鉾《かまぼこ》屋根の体育館に向かった。タケシは千寿子と君代にうなずきかけた。

「ぼくたちもいってみよう」

誰からともなく時田家の七人も体育館に移動した。とにかく大勢の人がいる場所にいきたかった。自分たちの家族だけでは、こんなときは不安でたまらない。体育館の入口では大勢の人がむらがり争っていた。戸の内側から男が叫んでいる。

「もう人で一杯だ。これ以上は入れない」

扉にすがりついた男が叫んだ。

「お願いだ。うちの子どもだけでもいいから、なかへ入れてやってくれ」

タケシたちは押しあう避難民を遠巻きに眺めていた。割りこんで人より先に体育館へ入ろうという元気もない。ひと息つくと、身体がひどく重いのに気がついた。無理もない。夜中の十二時過ぎに空襲警報で叩き起こされ、休みなく逃げてきたのだ。隣にいた警防団の腕章を巻いた男が、空を見あげて叫んだ。

「こいつはいけない。みんな、逃げろ」

耳にしただけで腰が浮いてしまった。タケシは警防団の男と同じ東の空を見た。数機のB29がこちらに向かって飛んでくる。かなり距離はあるようだ。焼夷弾を積んだ腹は開いていない。国民学校の校庭にはまだ人が流れこんでくる。狭い路地ばかりの下町では、逃げる場所がないのだ。

ひどくゆっくりとB29の胴体が割れて、同時にばらばらと親爆弾が空中にばら撒かれた。つぎの瞬間、大きな爆弾は破裂し、無数の焼夷弾が空を満たした。豪雨の音が頭の中心で鳴っている。誰かが叫んだ。

「屋根の下に逃げろ」

尻尾につけたリボンを夜空に明るく燃やしながら鋼鉄の棒がこちらに降ってくる。豪雨の音のなかでさえ、女たちの悲鳴はよく通った。体育館の戸口では、男たちが詰めかけた避難民を突き飛ばし、両開きの鉄の扉を閉めようとしている。

「お母さーん」

親とはぐれた子どもだけ入れたのだろうか、閉まる扉の向こうから幼い子の叫び声がきこえる。体育館の扉が閉められ、錠をかける厳しい音が鳴った。タケシは叫んだ。

「校舎に逃げよう」

昇降口まではほんの十五メートルほどだった。バタバタとリボンが風にはためく音のなか、時田家の七人はすのこの敷かれたコンクリートのたたきに逃げこんだ。昇降口は夏の夕立に見まわれた錦糸町の駅舎のようだった。誰もが身を寄せあい、外の景色を震えながら眺めている。

校庭にはまだ多くの人がいた。夕立でなく焼夷弾の鋼鉄の棒から、防空頭巾をかぶった人たちが逃げ惑っている。登美子は煤《すす》で汚れた手で直邦の目を覆った。焼夷弾の直撃を受けた人は、その場に倒れこみ身体のどこかから鋼鉄の棒をはやしている。あちこちで白リン剤の火花があがった。燃えているのは、人間だけではなかった。校庭に植えられた松の木にも焼夷弾が落ちていた。パンパンと銃声のような音を立てながら、生きている常緑樹が立ったまま白い煙をあげて燃え始めた。

「B公の野郎、まだきやがる」

よっさんが震えながらいった。東の空に新しい銀の機影があらわれた。逃げ惑う人々の上に、つぎの焼夷弾の雨が叩きつける。

「こいつはいけねえ」

校舎の屋上や教室のどこかに、鋼鉄の棒が刺さったのだろう。コンクリート造りの壁や柱から不気味な振動ときしみがきこえた。避難した昇降口は三階建ての一階だった。まだ火は回っていない。けれど、この校舎が燃え落ちるのは時間の問題だ。

そのときバラバラと金属に焼夷弾が刺さる音が、時雨のように耳に届いた。体育館の屋根に無数の焼夷弾が直撃したのだ。避難民でごった返した体育館の屋根を破って、M69油脂焼夷弾が降ってくる。タケシはその光景を想像したくなかった。

普段なら体操や生徒集会をする体育館に火のついた鋼鉄の棒が降る。タケシは目をぎゅっと閉じた。頭のなかには燃えあがる体育館がある。自分が卒業した国民学校で、なかの造りがどうなっているのか、隅々までわかっていた。奥には演壇があり、紺と赤の緞帳《どんちょう》が下がっている。体育館の床は木製で、いろいろな競技のコートが色違いのペンキで引かれていた。よくミヤやテツといっしょにのぼり棒で遊んだものだ。

今ではあの床は足の踏み場もないほどの人で埋め尽くされているだろう。ここは災害時の避難所にも指定されている。近所の住民は命からがら安全を目指し逃げこんだのだ。そこに焼夷弾の雨が降る。多くの人が直撃をくらい、ガソリンをかぶっているはずだ。燃えあがる人間を想像して叫んでしまった。

「わーー」

タケシは汗をかいて目を開けた。想像するのは、恐ろしいことだった。だが目を開けると、目前に広がるのは焼夷弾の雨のなか校庭を逃げ惑う人と燃えあがる松の木だ。目を閉じても、目を開けても、地獄の光景しか見えなかった。

「こっちだー、こっちに逃げてこい」

男たちが校庭に向かって叫んでいた。数十本の焼夷弾の炎で、真夜中の校庭は昼のように明るかった。誰も倒れた人を助けようとはしなかった。いつ自分が直撃弾をくらうかわからないのだ。一刻も早く屋根のある場所に逃げこむしかない。登美子がいった。

「なんだか、おかしな臭いがする」

ガソリンの刺激臭が鼻についた。タケシは昇降口の天井を見あげた。天井の隅から白い煙が漏れている。

「校舎の上のほうが燃えてるんだ」

直邦が身体を震わせて怒っていた。目には涙がたまっている。

「くそ、アメ公め、ぼくの学校に火をつけやがって。許さないぞ」

タケシはそのとき大横川の川辺で数十人の命を一瞬で奪った黒い煙を思いだした。校舎の上部が燃えているのなら、あの泥のような黒煙がいつ流れ落ちてくるかわからない。死の煙をひと息でも吸いこんだら終わりだ。

「よっさん、千寿子伯母さん、ここを出ないと危ない」

千寿子も悲鳴のような声で返した。

「いったいどこに逃げるんだよ。校庭は焼夷弾の雨じゃないか」

ガソリンとものが焦げる臭いがますます強くなってきた。近くにいたお婆《ばあ》さんが咳きこんでいる。タケシはいった。

「あの黒い煙がくる。吸いこんだら、お仕舞です」

千寿子の顔色が変わった。大横川の死者を見ていたのだ。周囲に避難している大人たちには、タケシの言葉の意味がわからないようだった。よっさんが怯えていう。

「……あの煙ですかい」

千寿子にも恐怖が伝染したようだ。

「だけど、どこに逃げたら……」

タケシは昇降口のコンクリートのひさし越しに夜空を見あげた。日本軍の迎撃機はまるで見えないが、B29は空を埋め尽くす勢いだった。しかし爆弾の雨にも強弱はある。

「焼夷弾がやんだら、ここを出ましょう」

ほんとうの雨宿りのようだった。雨脚を計り弱くなったところで、一気に走って家に帰るのだ。もう帰る家がないことだけが違っている。よっさんがいった。

「タケシ坊ちゃんがいてよかった。あたしは空をよく見ときやす」

千寿子が家族に命じた。

「みんな、逃げる用意をしておくれ。ここには長くはいられないんだ」

直邦が不思議な顔をした。

「えー、どうして。ここにいたら、だいじょうぶだよ。ほら、見て、みんなこっちにくる」

壊れた学校の正門からは、続々と避難民が流れこんでいた。焼夷弾の直撃を受けた遺体が点々と燃える校庭を駆けて、校舎にやってくる。昇降口は人で混みあい、段々と建物の奥に押しやられてしまう。

「みんな、ひさしの下までいくんだ」

タケシはそう叫んで、人の流れに逆らって動きだした。男が叫んだ。

「なにすんだ、押すんじゃねえ」

「すみません、通してください」

人の隙間に肩を押しこんで、なんとか出口に近づいていく。あの煙が下りてきたとき、身動きがとれないのが怖くてたまらなかった。それともひと息で意識を失ったほうが、炎のなか逃げ続けるよりも楽だろうか。

夜空の底を照空灯の光がべたべたと探っていた。B29がいない空き地が暗い空にも浮いている。どこに逃げればいいのか、まるでわからない。ただここにはいられないだけだ。よっさんが叫んだ。

「今だ、みんな、いきやしょう」

校庭に飛びでる前に、最後に空を確かめた。黒い針の雨は今はひと時やんでいる。タケシに続いて、よっさんと直邦の手を引いた千寿子、登美子と手をつないだ君代、最後にお手伝いのとよちゃんがやってきた。

登美子がひっと短い悲鳴をあげ、足をとめ指さした。避難できなかった体育館のほうだ。タケシも首だけ振りむいた。体育館のなかでは炎が荒れ狂っていた。高い窓が炎の熱で破裂し、割れたガラスを飛び散らせている。登美子が絞りだすようにいった。

「……みんな、かわいそうに」

タケシは先ほど非情にも錠をかけ閉ざされた両開きの鉄扉に目をやった。なかに入れてもらおうと集まっていた人はもうひとりもいない。その代わり半分だけ開いた扉の内側に、たくさんの人が折り重なって倒れていた。

菊川橋と同じだ。人が積みあげられた薪のように燃えている。体育館のなかに避難した人たちは、たぶん誰ひとり助からないだろう。自分たちは国民学校への避難が遅れ、幸運だったのだ。最初からここを目指していれば、間違いなくあの燃える体育館のなかにいたはずだ。よっさんがいう。

「気の毒に。タケシ坊ちゃん、こんなとこで油を売ってちゃダメだ。早く逃げやしょう」

　時田家の七人は人の流れに逆らい、校門を目指して必死に駆けた。最初のうちは君代も千寿子も登美子も遺体を避けて走っていた。また周囲に焼夷弾がばらばらと落ち始めると、地面に転がった丸太でも越えるように、ぴょんと遺体をひと跳びにしていく。タケシは登美子が口のなかで、ごめんなさいと繰り返すのをきいていた。タケシ自身も今では当たり前のように死者をまたいで跳んでいる。

（死ぬと人は丸太になる）

　人は死ぬと、丸太か薪か、真っ黒な炭になってしまうのだ。その人をその人らしくしていたすべてを奪われ、炎という化物をより強くするためのただの燃料となってしまう。今夜は東京中のすべての人と家が燃料だった。腹の底に怒りの火がついた。気がつくと目をつりあげて叫んでいた。

「くそー、ぼくは死なないぞ。うちの家族を、誰ひとり死なせるか」

　タケシは駆けた。校庭をとり巻く木々は、松だけでなく、桜もヒマラヤ杉も公孫樹も燃えていた。学校が燃え落ちるのが戦争である。タケシはなんとか校門にたどりつき、遅れてくる家族を待った。

　国民学校の正門の柱にすがるようにタケシは立ち尽くしていた。その場には大勢の人たちが集まっている。門を抜けて学校に逃げようとする者、燃え始めた校舎を見て足をとめた者、人の流れがぶつかり混沌《こんとん》としていた。

　通りをはさんだ向かいの家々も燃えていた。先ほどよりも炎の勢いが強いようだ。北風が吹くと、竹筒で風呂釜に息を吹きこんだように燃える家がふくれあがり真っ赤に熾《おこ》った。火の粉が空高く昇っていく。最初に直邦の手を引いた千寿子がやってきた。

「さっき水をかぶったばかりなのに、もう防空頭巾が乾いてきたよ。熱いったらありゃしない」

　向かいの火災で魚焼き網のように顔があぶられる。頬が熱い。直邦が空を指していう。

「あれ、なあに。竜巻？」

　国民学校の校庭の上空で火の粉が渦を巻いていた。炎を夜空高く巻きあげながら、渦は見る間に巨大になっていく。燃える竜巻の尻尾がゆらゆらと揺れながら校庭についた。焼夷弾の直撃で燃える遺体を、竜巻の見えない手がつかんだ。子どもがおもちゃを投げるように、まだ火がついている身体を吸いあげると、燃えるヒマラヤ杉の天辺に投げ捨てた。

　校庭にはまだ登美子と君代が残っている。火の竜巻は、生きている人も死んだ人も区別せずにつぎつぎと人の身体を空に巻きあげながら、校庭を荒れ狂っている。タケ

シは喉の痛みを無視して叫んだ。

「登美ちゃん、お母さん、早く、こっちだ」

よっさんととよちゃんが正門までやってきた。老工員は振りむくといった。

「……いったいなんなんだ、あいつは」

火の粉と炎の竜巻に言葉を失っている。とよちゃんは真っ青な顔をしていた。タケシは早く早くと叫びながら、頭のなかで考えていた。周囲を炎で囲まれた広い空き地は危険だ。この北風に煽《あお》られて、いつ火の竜巻が起こるかわからない。タケシの目の前で母親と同じくらいの女性が一瞬で空に吸いあげられ、燃える松の木の枝に引っかかった。走って逃げている途中のことで、今は生きたまま枝の上で焼かれている。人の命は一枚の枯葉や乾いた小枝と同じだった。誰もがこの校庭では燃えさしのひと切れに過ぎない。

防空頭巾を両手で押さえながら、登美子と君代がやってきた。登美子が痛いといって手の甲を押さえた。真っ赤に腫れている。逃げる間に火傷を負ったのだろう。お手伝いのとよちゃんが心配そうにいった。

「登美ちゃん、その手だいじょうぶ？」

登美子の両の手の甲が真っ赤になっている。タケシは腰に提げた水筒をとると、ふたを開け登美子の手に水をかけてやった。火傷はとにかく冷やさなければいけない。

「熱っ……」

登美子がちいさく叫んで手を引いた。タケシは水筒の水に指を出した。梅乃湯のぬるいほうの風呂ほどの温度になっている。逃げ続ける間に、腰に提げた水筒の中身がお湯になっていたのだ。自分たちが今もなんとか無事に生きていられることが不思議である。千寿子がいった。

「手の火傷だけで済んでよかったよ。あの竜巻を見ただろう。何人も空に巻きあげられて、吹き飛ばされたんだから」

そういわれてタケシは校庭に視線を戻した。つい先ほどまで校庭に揺れる尾をつけて、人々を放り投げていた竜巻がもう見えなくなっている。そこには点々と倒れる遺体と焼夷弾の炎があるだけだった。よっさんがあきれていう。

「いったいこいつはどうしたことでやしょう。訳がわからねえ」

直撃弾を受けて燃える遺体から炎はまっすぐにあがっていた。あの竜巻も北風も嘘のように今は静まっている。黒い煙に火の竜巻。タケシは心のスケッチ帳に危険なものを、ひとつずつ記しておいた。

校舎のほうから人の悲鳴が重なるようにきこえた。三階建ての最上階はもう火に包まれ、窓からは炎が噴きでている。あの角の教室はタケシとミヤとテツが学んだ六年一組の教室だ。昇降口から白い煙とともに、大勢の避難民が吐きだされてきた。倒れた人を踏みつけて、つぎの人が必死に逃げてくる。

「タケシ坊ちゃん、どこに逃げやしょうか」

よっさんが期待をこめた目で見つめてきた。何度かタケシの考えで窮地を切り抜けたことで、すっかり信用しているようだ。タケシ自身には安全の確信など欠片もなかった。千寿子も口をそえた。

「そうだよ。逃げる先は、あんたが決めておくれ。この炎のなかじゃ、兵隊さんもおかみも他人も頼れやしない。あんただけが頼りだよ」

タケシはたった十四歳だった。時田家の七人の命をすべて預かるには、責任が重すぎる気がする。怖くてたまらない。君代がタケシの国民服の肩にそうっと手をのせた。落ち着いた声で母がいった。

「みんな、あなたのことを信じてる。タケシはいつも気迷いしてるけど、決めるときはちゃんと決められる子よ」

胸に響く言葉だが、タケシには余裕がなかった。なぜみんなこれほど重要なことを、自分などにまかせるのだろうか。炎のなかで焦った心には、自信のなさ頼りなさばかり目についた。タケシの頭のなかは真っ白で、どこに逃げたらいいのか具体的な場所がまるで浮かばない。

千寿子も君代も、よっさんもとよちゃんも、こちらを必死で見つめてくる。嵐の夜の灯台にでもなった気がする。焼死体を見せないように直邦の目を隠した登美子さえ、命綱でも見つけたように視線ですがってきた。ここで迷いを見せてはいけない。自分が迷えば、みんなの心のなかに迷いが生まれてしまう。恐怖と迷いに心をのまれたら、この炎熱地獄ではすぐに命をくわれてしまう。

「北風に逆らって、逃げましょう」

よっさんが元気よく返事をした。

「千葉街道にいくんでやすね」

タケシは根拠もないままうなずいた。どうせここには長くいられない。国民学校の校舎はもう上半分が炎のなかだった。校庭は一見安全そうに見えるが、いつ炎の竜巻が渦を巻くかわからない。新聞の記事で読んだ「空襲のときは風上に向かって逃げろ」という言葉がかすかな頼りだ。目的地も方角も決めずに、でたらめに逃げ回るよりはまだましだろう。新聞はいつも皇軍の勝利を勇ましく伝えるばかりだが、役立つこともちゃんとある。

時田家の七人は大横川沿いの道に戻り、じりじりと北上を開始した。菊川橋の北にある菊柳橋も人があちこちで山と積まれ、燃えあがっていた。無理をすれば黒焦げの遺体を避けて、川の向こうに渡れる気がしたが、対岸は下町の木造家屋が軒を寄せていて、道はますます細くなるばかりだ。子どもの頃ミヤやテツと遊んだ街を思い浮かべ、危険を確認する。

千寿子が燃える橋を横目で見ていった。

「向こうへ渡るかい」

首を横に振る。橋の向こう岸の家も燃えあがっている。こちらよりましだとは到底思えなかった。

「北にいきましょう」

タケシはそうこたえて川沿いの道をすすんだ。両側に立つ木の電柱が点々と巨大なロウソクのように燃えている。

「なんだか豪気な街灯じゃありやせんか。あたしらのいく道を照らしてくれてるみてえだ」

よっさんがみなを元気づけようと軽口を叩いて、先に立ち歩いていく。タケシも時田メリヤスで四十年働く老工員に続いた。そのとき耳元で風がうなった気がした。北風か、いや、これは別な音だ。落下するM69焼夷弾のリボンが空をはためく音である。

「いけない……みんな、避けて」

バスッと鈍い音が鳴り、よっさんの肩に焼夷弾の六角形の棒が刺さっていた。

「よっさん！」

タケシだけでなく、登美子も千寿子もとよちゃんも叫んでいた。タケシはなにも考えずに動いた。もう助けるのは無理だとわかっているのに、よっさんに駆け寄ろうとする。一歩踏みだしたところで肩に重い衝撃を感じた。とても立ってはいられない。

痛みはなかった。ひどく肩が熱い。身体のなかにおかしな異物感がある。さっきまで立っていたのに、なぜ地面がこれほど近くに見えるのだろうか。タケシは左の肩に目をやった。鋼鉄の棒が自分の肩に突き刺さっている。傷口から血が流れだし、そこにゼリーのようなガソリンが混ざってゆらゆらと炎をあげている。自分の肩が燃えている。

「タケシくーん！」

登美子が叫んでいた。

「タケシー！」

君代も名前を呼んでいる。いつも落ち着いた母はこんなふうにとり乱すのか。父からアメリカを離れ、日本に帰るようにいわれたときも、黙って静かに涙を落とすだけだったのに。

タケシは空を見あげた。B29がばらばらに飛んでいる。今夜は編隊を組んでいないようだ。当たらない高射砲がドンドンと炸裂していた。照空灯の光がときに爆撃機に当たり、銀の翼がぎらりと油を塗ったように光る。

ああ、これが自分が最期に目にする光景なのか。だんだんと意識が薄れてきた。左肩で火が燃えているのに、どうしてこんなに寒いのだろう。眠たくて、どうしても目を開けてはいられない。

みんな、ごめんなさい。安全な場所まで連れていってあげられなかった。登美ちゃん、お母さん、さようなら。もうすこしでいいから、いっしょにいたかった。できることなら、シアトルにいる父と姉に、最期にひと目でいいから会いたかったなあ。暗闇のなか階段を手探りで一段ずつおりていくように、心は闇に沈んでいく。こんなふうに人間は死んでいくのか。空襲にあった今夜だけで数百人を超える他人の死を目撃し、恐怖に震えたけれど、自分のときには意外なほど心は安らかだった。

もうがんばることも、炎のなか逃げ道を探すこともないのだ。時田家の家族を守ることはできなかったけれど、自分なりにできることはやった。あとはもう休めば……

タケシの意識は思考の途中で暗転した。


千寿子が燃える橋を横目で見ていった。

「向こうへ渡るかい」

これはいったいなんだろう。自分の左肩には六角形の鋼鉄の棒が刺さっていたはずだ。流れでた血にゼリー状のガソリンが混ざり、炎をあげていたはずだ。なにより視界がおかしかった。地面とB29の夜空ではなく、なぜ右手に燃える菊柳橋があるのか。

タケシは自分の身体を確かめた。両手を見る。足を見る。手首で脈を確かめた。心拍はいつもより速いが、心臓は確かに動いていた。息もしている。首筋を流れ落ちる汗の滴を感じることもできた。首のうしろがかゆい。

呆然としたまま、伯母に返事をした。

「いきましょう」

川沿いの道には木の電柱が立ち並び、巨大なロウソクのように燃えあがっている。さっきはここでよっさんが冗談をいったはずだ。七人の先頭をいく老工員が口を開いた。

「なんだか……」

タケシもよっさんの言葉にあわせてつぶやいた。

「……豪気な街灯じゃありやせんか」

タケシは自分にいいきかせた。まだぼくは死んでいない。なぜかわからないが、死の直前の世界に放りこまれてしまった。タケシは雷に打たれたように気づいた。この世界が、あのときと同じようにすすんでいくとしたら、この先どうなるのか。

（もうすぐ焼夷弾の豪雨の音がきこえる）

タケシは全力を振り絞り叫んだ。

「よっさん、戻って」

左右を見まわす。どこか隠れる場所はないか。両側の家はみな燃えている。どこかに焼夷弾の雨を避ける屋根はないのか。左手の材木問屋では積みあげられた材木が束のまま燃えていた。右手は学校の友達の家だ。刺身定食がおいしかった相模屋も炎のなかだ。

タケシは大横川の岸辺に立つおおきな柳の木に気づいた。あそこには焼夷弾をとめる強い屋根はない。けれど周囲の家はみな燃えている。なにもないより、まだましだ。

「みんな、あの柳へ逃げて」

タケシはそう叫んで、自分も川岸に向かって走りだした。二、三歩足を踏みだしたところで、あの豪雨の音が頭上から降ってくる。走りながらでも、全身に鳥肌が立つ。ごうごうと叩きつける夕立のような音が周囲を満たしている。外からきこえるのではなく、頭の真ん中で鳴っているようだった。世界が焼夷弾の豪雨の音そのものになった。

時田家の七人は我先に古い柳の大木に集まってきた。千寿子、君代、登美子に直邦にとよちゃん。しんがりによっさんが駆けてくるが、最後の一歩でつまずいた。タケシと登美子はそろって、息を切らした老工員に手をさし出した。引きずりこむように柳の根にしゃがませ、全員で身を寄せあった。

ばすっばすっばすっ、舗装のされていない土を踏み固めた道に、焼夷弾が降り注いだ。半分が地面に突き刺さり、半分は横倒しになっていた。布のリボンがゆらゆらと燃えるものもある。信管が破裂して、白リン剤が火花を噴きだした。タケシはざっと勘定した。このあたりに落ちたのは二十本くらい。うち数本は信管が炸裂せずに、路地に転がっている。不発弾だ。よっさんが額の汗をぬぐいながらいった。

「タケシ坊ちゃんは、よく焼夷弾に気づきやしたね」

登美子も不思議そうにいった。

「ほんと、わたしもぜんぜんわからなかった。よっさんに戻ってっていったとき、焼夷弾の音なんてきこえてなかった気がする」

タケシはなんとごまかしたらいいのかわからなかった。つい先ほど焼夷弾の直撃を受けて、自分とよっさんは死んだのだ。一度見たからわかっている。ここでそんなことを口走れば、炎の熱と空襲の恐怖で頭がおかしくなったと思われてお仕舞いだろう。

「うんとかすかだけど、焼夷弾の音がきこえたんだ。だから、よっさんに叫んだ。それよりあれを見て」

頭上を銀の翼をきらめかせ巨大な爆撃機が飛び過ぎていく。腹の格納庫の扉をゆっくりと閉めるところだ。あれがここに焼夷弾をばら撒いたB29だろう。翼についた黒い煤が生きものの身体の汚れのようで不気味だった。

なぜ、自分は生きているのか。不思議でたまらないけれど、タケシには不条理の理由をゆっくりと考える時間はなかった。なぜ生き返ったのかより、つぎに死なないようにすることのほうが、遥かに重要だ。

大横川の川辺に生えている柳の古木を頼ったのはよかった。ここに焼夷弾は落ちなかった。とりあえずわが家の七人は無事だ。けれど、川沿いの道は先ほどまでと一変していた。焼夷弾の直撃を受けた人が何人も倒れている。手や足などすぐに死ねない場所に焼夷弾が当たり、苦痛のうめき声をあげている人たちが哀れだった。救急車もなく医者もいない。くるはずもなかった。街は怪我人であふれている。せめて頭や肩に直撃したのなら、なにも感じずに即死して、ただ燃えるだけで済んだのに。

道に散らばるのは焼夷弾の炎の柱だった。建物の軒下に逃れた人や焼夷弾からうまくまぬかれた人たちも、あちこちで固まっている。命は風の吹きかたひとつにかかっていた。焼夷弾の雨のなかでも、雲の切れ間にでもあたったように、まったく降らない場所がある。そこでは時田家と同じような家族がひとつに縮んで震えていた。よっさんがしみじみという。

「助かったのは坊ちゃんのおかげだ。命の借りができやした」

無言でうなずいた。そんなことより、つぎはどうすればいいのだろう。タケシの心は突然の死と予期せぬ再生にまだしびれていた。正気を保つには、今目の前で起きていることに集中するしかない。とよちゃんが燃えあがる材木問屋の裏にある防空壕を指さした。国防色で塗られた鉄の扉が頑丈そうだ。

「あそこの防空壕にいれてもらいましょう。もう逃げ回るのはたくさん。ナオくんもいるし、わたしも足をひねったみたいです」

タケシは千寿子と顔を見あわせた。逃げなくていいのなら、それほど助かることはなかった。時間の感覚などとうになくしているけれど、気がつけば一時間以上も逃げているのではないだろうか。タケシはいった。

「ぼくがちょっといって見てきます。よっさんもいっしょにきてください」

タケシは夜空を見あげた。とりあえずこのあたりにB29の機影はない。開けた場所に出たとたんに焼夷弾の雨ではたまらない。熱で雑草の葉先が丸まった問屋の敷地を抜け、建物の裏にある防空壕へ、タケシと老工員は速足で移動していった。

小山のように盛りあがった防空壕の入口には木製の立派な階段がついていた。人手をかけて掘ったのだろう。四段おりた先でタケシは国防色の鉄の扉に顔を寄せ、声を張った。

「すみません、すみません」

なかから返事はない。よっさんの顔を見ると、怪訝《けげん》そうな表情をしている。

「その戸は開きやしませんか」

ドアノブ代わりの鉄の輪が下がっていた。タケシは手を伸ばし、あわてて引っこめた。鉄の扉はじかにさわれないほどだ。

「熱っ……どうしたんだろう」

嫌な予感がする。よっさんの顔つきが厳しくなった。タケシは肩掛けカバンから軍手をだして手にはめた。

「すみません、開けます」

意外なほど軽い扉だった。紙のように薄い鉄板だ。扉を開けたとたんに、なかから煙があがった。タケシは手で口を覆って、防空壕のなかを覗きこんだ。煙が晴れると、広々とした壕の中身がはっきりと浮かびあがった。よっさんがタケシの肩越しに壕を見て、思わず漏らした。

「こいつはいけねえ」

タケシは立派な防空壕の入口に立ち尽くしていた。縦長の八畳間ほどの広さの壕の左右には木製のベンチが奥まで続いている。さすがに材木問屋で床にもベンチにも立派な木材が使用されていた。中央には薄暗いランプが一灯さがっている。

両側のベンチには六人ずつ腰かけていた。この問屋の家族と使用人だろうか。行儀よく並んで座り、今にも動きだしそうだ。女性が四人、自分と同じくらいの中学生がふたりに、国民学校の子どもがひとり。質素な身なりの使用人の年はばらばらだが、みな中年以降の男女だった。誰の顔にも苦しみの色は残っていない。ただ息をしていないだけだ。タケシは腹の底から絞りだすようにいった。

「防空壕なら安全だっていってたのに……」

　きっと熱で蒸し焼きになったのではないだろう。倉庫に積まれた材木からあがった煙が、鉄の扉の隙間から流れこんできて、この壕のなかにいたすべての人の命を静かに奪っていったのだ。女の子は母親のひざに頭をのせ、行楽帰りの電車で眠っているかのようだ。よっさんがタケシの肩に手をおいた。

「いきやしょう、ここは駄目だ」

　タケシは涙で曇る視界でうなずいた。これまで焼死体は数限りなく目撃してきた。直撃弾を受けた遺体も見てきた。炎の竜巻にさらわれる生きた人と死んだ人を見た。どれも心の底から恐ろしいと思ったけれど、涙が出ることはなかった。

　それが衣服の乱れもなく、静かに座ったまま眠るように亡くなった材木問屋の家族を見て、自分の目には涙がにじんでくる。こうして普段の暮らしぶりに思いが至りそうな格好で、家族全員が死んでしまったせいだろうか。あるいは、狭い壕のなかに全員で身を寄せて、誰にも文句をいわずに静かに亡くなった家族が哀れになったのか。それとも時田家の七人もこうなる可能性がいくらでもあるという恐怖のためか。タケシには涙の理由がわからなかった。自分の涙のひと滴、いや自分の命さえ思うようにならない夜である。

よっさんと柳の木の下に戻った。時田家の家長である千寿子がいった。

「壕のなかの人はなんだって」

よっさんが首を横に振った。タケシは口を開かないように返事をした。口元に力を入れていないと、千寿子や母さんや登美子の前で泣いてしまいそうだ。

「みんな、死んでいました。あの防空壕には逃げられません」

お手伝いのとよちゃんががっかりした顔をした。タケシはおかしなことを考えていた。隣組の石坂老人が叫んでいた戦争標語を思いだしたのだ。

「我等銃後の特攻隊」

標語は口馴染みのいいつくり話ではなかったのだ。あの材木問屋の家族はみな壮烈な戦死を遂げたのである。今も目の前で戦争は続いていた。この炎と焼夷弾の嵐から、なんとか生き延びること。それがタケシと時田家の戦争だった。大切な家族の命をただのとんでもなくおおきな火事なんかでなくしてたまるものか。

タケシは改めて、周囲を見まわした。逃げる先は川沿いの道の北と南方向、あとは大横川しかない。木造家屋のある場所は、どこも絶望的だった。燃えていない街を、今夜はこれまで見かけたことはない。

「そうだ、川だ」

タケシはよっさんを誘うこともなく、材木問屋の敷地を走りだした。堤防の下、河川敷か川辺の葦《あし》のなかにでも、身を潜め焼夷弾の直撃を避ける場所はないだろうか。

大横川はコンクリートと積み石で固められていた。堤防の上から覗くと、岸辺には肩まで水に浸かった人たちがぎっしりとしがみついている。防空頭巾の下から目だけぎらぎらと光らせタケシを見あげてきた。半分はもう生きていないのかもしれない。顔を濁った水に浸け動かない人も数え切れなかった。

「あっちへいけ、もうここは一杯だ」

タケシに向かって中年男が叫んだ。紫の唇とあごをがたがたと震わせている。

「もうたくさんだ。凍え死んじまうよ」

川からあがろうとした妻の背中を夫がつかんで、引きずり戻した。

「馬鹿、上にあがったら焼け死ぬだけだぞ」

タケシはじっと狭い運河の光景を見つめていた。すこし離れた船着き場で船が何艘《そう》も燃えている。浅瀬に落ちた焼夷弾のリボンが、炎をゆらゆらと水面に映している。鬼火のようだ。地上は熱くてたまらないが、水は凍えるように冷たいのだろう。今年の三月は冷えこみが厳しい。きっと気温は零度をすこし上回るくらいのものだろう。何時間も耐えられるような水温では、きっとないはずだ。

「タケシくん……」

登美子の声が背後からきこえた。川面に浮かぶ遺体と水に浸かる避難民を見て、登美子は自分も氷水でも浴びたように震えている。

「いこう。ナオくんには無理だよ」

口にするのは簡単だが、いったいどこにいけばいいのだ。タケシは悲鳴をあげそうだった。けれど登美子の前では、なにもなくても自信のある振りをするしかなかった。怖くてたまらないが、力強くうなずいた。

「うん、やっぱり風上に逃げよう」

枯れ葦をつかんだ中年女性が川のなかから呼びかけてくる。

「どこにいくんだい。ここならすぐに死ぬことはないよ。悪いことはいわないから、あんたたちもこっちにおいで」

タケシは迷った。これほどの大空襲の最中《さなか》では、誰ひとり生き延びるための正解がわからなかった。防空壕に身を隠す、頑丈そうな体育館に逃げる、冷たい川に身を浸す。その結果はどうだろう。どの避難法でも助かる者と命を落とす者がいる。絶対に正しい道などなかった。自分で決めたやりかたで、最後までなんとか逃げ切るだけだ。

タケシと登美子は柳の木に戻った。北風に巻かれて柳の枝が鞭《むち》のようにしなって空を打っている。君代がいった。

「川はどうだった？」

首を横に振った。

「人でいっぱいだった。水が冷たいせいか、たくさん人が死んでた。ナオくんにはちょっと」

それだけではなかった。水のなかで身動きがとれないとき、黒い煙が垂れこめてきたらどうしよう。タケシは防空壕のなか全員眠るように亡くなった材木問屋の家族を思いだし身震いした。煙はときに炎よりも恐ろしい。

「千葉街道を目指しましょう」

この川沿いの道をとにかく北上するのだ。千葉街道は千葉と都心を結ぶ大動脈である。道幅は広く、数十メートルはある。あそこなら燃えるものがないので、炎のない安全地帯になっていることも考えられた。

タケシは川沿いの道を見た。危険をよく見て、しっかりと考える。ひと晩で自分のなかに新しい習慣ができていた。こんなことが試験のときにできたら、きっと成績はずっとよかったことだろう。

今、土の踏み固められた道には、点々と焼夷弾が刺さっていた。横倒しになっているものもある。あの炎のなかを避けながらいけば、なんとかなるかもしれない。ただし、なるべく道の中央をいかなければならない。両側では木の家と電柱が炎を噴いている。

「三手に分かれて、いきましょう。最初は足が速い、ぼくと登美ちゃんがいきます」

千寿子と君代がうなずいた。さすがに直邦も事態の深刻さに気づいたようだ。もう強がりもいわない。二番目はその三人で、最後にお手伝いのとよちゃんとよっさんだった。

よしっと自分にうなずいて、川沿いの道に視線を戻したときだった。柳の木から七、八メートルほど離れたところにくの字に曲がって転がる焼夷弾から、いきなり真っ白な火花が散って、あたりを真昼のように照らしだした。不発弾の信管が遅れていきなり炸裂したのだ。燃え移ったガソリンがキャンプファイアのような火柱になった。

もし、うちの家族の誰かが炎を避けて歩いているとき、近くで不発弾が破裂したら……。白リン剤の火花と飛び散るガソリンを浴びたら、いったいどうなってしまうのか。お母さんや登美ちゃんやナオくんの肌が、ゼリーのようなガソリンにまみれるところを想像して、タケシの目に恐怖の涙がにじんできた。

人間は悲しいだけでなく、怖くても涙が出る。タケシは不発弾の炎を眺めながら、そう気づいた。けれど、それには骨の髄まで凍るほどの恐怖に、全身をがっしりとつかまれる必要があった。ぬくぬくと居心地のいい布団から叩き起こされ、ほんの一時間ほどの逃避行で何度そんな恐怖に震えたことだろう。戦時下とはいえ、昨日までの暮らしは、ほんとうの戦争ではなかった。飢えても憲兵に殴られても、あれはごく平穏な生活だったのだ。すくなくとも身近な人は誰も死ななかった。それが今では同じ町内に暮らす普通の人々が、目の前でつぎつぎと倒れ、焼け死んでいく。これが銃後の戦争だ。

直邦がタケシの国民服の袖を引いていった。

「タケシ兄ちゃん、ぼくも兄ちゃんと登美姉ちゃんといっしょにいきたい」

最初に出発することで長男らしい勇気を見せたいのか、あるいは母親の足手まといになるのを嫌ったのか、幼い男の子が覚悟の目で見あげてくる。白目が青いほど冴えていた。タケシが応える前に、登美子が口を開いた。

「わかった、ナオくん。いっしょにいこう。いいよね、タケシくん」

一瞬迷った。直邦の体重は二十キロほどだ。いざというとき抱えて逃げられるのは、タケシかよっさんしかいなかった。体力があるのは自分のほうだろう。不発弾が破裂したら、全速力で直邦を抱え、炎の圏内から離れねばならない。

「うん、そうしよう」

「やった。兄ちゃん、ぼくががんばってみんなを助けるからね。先にいって、みんなが安全に逃げられる道を探すんだ」

防空頭巾をかぶった八歳の男の子が口をまっすぐに結んで、そういった。この子は自分の命をかけて、家族が助かる道を探そうとしている。自分は泣き虫だとタケシは思った。今度は恐怖と絶望のためでなく、直邦のけなげさに胸を打たれ涙がにじんでくる。タケシは思わずしゃがみこんで、直邦を抱き締めた。

「痛いよ、兄ちゃん」

「ごめん、ごめん」

腰の水筒をとってふたを開き、直邦に渡した。焼夷弾と不発弾が飛び石のように落ちる炎の道を駆けるのだ。しっかりと水をのんでおいたほうがいい。タケシも半分ほどに減った水筒からぬるい水をのんだ。千寿子がいう。

「直邦と登美子を頼んだよ、タケシくん」

誰ひとり死なせるものか。タケシは先にたって炎の道を探るようにすすみ始めた。ばらばらと焼夷弾の刺さる道が、四、五十メートルほど続いていた。ここを切り抜ければ、炎の密集地帯から出られるのだ。てのひらが汗でぬるぬるする。一気に駆け抜けてしまおうか。十秒とかからずに済むはずだ。そちらのほうが不発弾が炸裂する暇を与えず、より安全な気がした。タケシは一瞬そう思ったが、直邦と登美子を見て考えを改めた。

タケシが全速力で走れば、みな同じことをするだろう。安全を確かめずにあせってすすめば、どんな危険があるかわからなかった。この先安全な場所にたどりつくまで何時間かかるかわからない。体力は残しておかねば。

「タケシ。待ちなさい」

　君代の声が背中に飛んだ。

「あの壕の向こうに防火水槽がある。もう一度水を浴びてからいきましょう」

　先ほど頭から浴びた水は、炎の熱ですっかり乾いてしまった。国民服の袖はばりばりに乾いている。こんな服に火が移ったら目もあてられなかった。ここには水も砂もないのだ。タケシはいった。

「みんなで水を浴びていこう」

　材木問屋の敷地を抜けて、十二人が眠るように亡くなった防空壕の向こうへ、時田家の七人は移動した。問屋の敷地の奥にあるコンクリート製の水槽は、木のふたで半分閉じられていた。誰かが水をかぶったのだろう。手桶が周囲に散らばっている。タケシはひとつ拾って、木のふたをずらし息をのんだ。

　おおきな風呂桶ほどの防火水槽のなかに、十代の少女がふたりうつ伏せで浮いていた。ひと目見て死んでいるのがわかる。おかっぱの髪がふたつ水中に黒い花のように咲いていた。姉妹だろうか。姉のほうは十代後半、妹のほうはタケシと同じくらいだ。ここまでなんとか逃げ延びて、力尽きたのだろう。モンペのあちこちに焦げ跡が残っている。登美子が水槽を覗きこんで、ひっと息を吸った。後ろからきた千寿子が桶を手にするといった。

「成仏してね。わたしたちは先にいかなけりゃいけないから、お水をもらうよ」

黒髪を避けながら、桶で水をくみ、頭からざぶざぶと浴び始める。この姉妹が生きていれば、きっと同じようにするだろう。タケシもそっと桶を水槽にいれた。心のなかで謝りながら、水をくむ。さっきの防火水槽には薄氷が張っていたのに、こちらの水は生ぬるかった。タケシは何杯も水をかぶると、直邦にも防空頭巾に沁みとおるように水をかけた。

「なんてこった、気の毒に。まだ若い女の子じゃねえですか」

よっさんが両手をあわせてから、手桶で水をかぶる。直邦が防火水槽のなかを覗きたがったが、登美子が見てはいけないと厳しくいうと静かになった。全員がたっぷりと頭から足の先まで濡れているのを確認して、タケシは水槽のふたをしっかりと閉めた。空襲を生き延びたら警防団に通報して、この防火水槽に眠る姉妹を丁重に葬ってもらおう。

ずぶ濡れのタケシたちは川沿いの道に戻った。間近に見る焼夷弾は生きもののようだった。六角形の鋼鉄パイプは三分の一ほど地面に突き刺さり、尻尾からだらしなく布製のリボンを垂らしている。リボンの先は燃える蛇のように炎をあげながら道にのたくっていた。温泉でも湧くような泡の破裂する音がきこえた。鋼鉄のパイプのなかでガソリンが煮えたぎっているのだろうか。

燃えあがる焼夷弾の横をとおるときは、あまりに恐ろしくて目を離すことができなかった。自分のほうからふらふらと炎の柱に吸い寄せられそうになる。

（焼夷弾など見てはいけない）

足元の地面だけしっかりと目配りして、左右で燃えあがる何本もの炎の柱をやりすごすと、タケシはつぎの関門に目をやった。こいつは燃える焼夷弾よりずっと危険だ。川沿いの道の左右には一メートル半ほどの間隔をあけて、不発弾が二本刺さっていた。炎はほとんどあがっていない。リボンの先がくすぶるようにちいさな火を揺らすだけだ。だが、こちらのほうが炎の柱になった焼夷弾よりずっとやっかいだった。いつ信管が遅れて炸裂するかわからないのだ。タケシは後方を振りむいて叫んだ。

「登美ちゃん、ナオくん、先にいくから気をつけてついてきて」

タケシは左右を炎の壁に囲まれた川沿いの道で、二本の不発弾の間に立ち尽くした。神経を集中させる。腰を落とし姿勢を低くして、いつでも走りだせるように体勢を整えた。耳を澄ます。不発弾は静かだった。普通の焼夷弾とは違い、生きもののような音をあげていない。悪意の塊のような炎を飛び散らせようとはしていなかった。よし、いこう。ここだけは、タケシもダッシュで駆け抜けた。

火花や炎が届かない距離まで、不発弾の関門から離れると、タケシは足をとめて振りむいた。心臓が痛いほど弾んでいる。登美子と直邦は手をとりあって、炎の柱を左右に避けながらこちらにやってくる。濡れた防空頭巾からは湯気があがり、ぽたぽたと水滴が垂れていた。不発弾の関門までやってくる。距離は十メートルとすこし。タケシは叫んだ。

「登美ちゃん、そこにある不発弾に気をつけて。いつ破裂するかわからない」

「えーっ、もうこんなの嫌だ」

登美子が叫んで、八歳の男の子を抱いて、その場にしゃがみこんでしまった。タケシはその夜、何度もそういう人を見てきた。命の危機が迫ったとき、恐怖で身動きがとれなくなり、考えることも逃げることもあきらめてしまう人々だ。その先に待つのが破滅だとわかっていても、すべての動きをとめてしまう。人の心の働きは不思議だった。タケシは握りこぶしを思い切り固めて叫んだ。

「登美ちゃん、立って。逃げなきゃダメだ。きっと伯父さんも帰ってくる。いつか戦争も終わる。また楽天地で映画だって観られるんだよ」

夕方には錦糸町駅の横にある楽天地にいったじゃないか。タケシは叫びたかった。この夜を切り抜けたら、いつか戦争ものではない映画を絶対いっしょに観よう。若い男女が恋をしたり、怪盗が宝石を盗んだり、飛行機で太平洋を横断したりする、人が戦うことのない普通の映画を観にいくのだ。

「タケシくん、わたし、いっしょに映画を観たいよ。こんなところで死にたくない」

登美子が立ちあがっていた。顔に浮かぶ怒りを炎が赤く照らしている。気がつくとタケシは道を戻っていた。不発弾の関門を走り抜けて、登美子と直邦のところへ向かう。自分でもなにをしているのか、これは危険だと思うけれど、足はとまらなかった。登美子が広げた腕のなかに飛びこんだ。ふたりの服は死体の浮いた防火水槽の水でびしょ濡れだった。焦げくさい臭いがすると思ったら、登美子のおかっぱの髪の先が炎の熱で焼けてちりちりに縮んでいた。直邦がいった。

「タケシ兄ちゃん、だいじょうぶだよね。うちのみんなは、だいじょうぶだよね」

防空頭巾の頭をごしごしと撫でてやる。

「うん、だいじょうぶだ。ナオくんと兄ちゃんでみんなを絶対守るんだ」

タケシは再び不発弾に耳を澄ませた。まだなにかが煮えたぎる音はきこえてこない。空を見あげた。あちこちで黒煙があがり、空全体が広大な煙突にでもなったようだ。上空ではB29が銀の翼をきらめかせ、無表情に新たな焼夷弾をばら撒いている。空襲警報と高射砲の炸裂音、それに無数の爆撃機のエンジン音は鳴りやまなかった。耳が麻痺《まひ》するというより、お腹が痛くなりそうな音だ。

「さあ、いこう。最初はナオくんと兄ちゃんだ。登美ちゃんはすこし離れてついてきてくれ。不発弾の音に気をつけて」

燃えあがる焼夷弾があげる音を教える。登美子は青い顔でいった。

「しゅーしゅーとか、ぶくぶくとかいい始めたら、逃げるんだよね。わかった」

「うん、先にいくよ」

タケシは八歳の男の子の手首をしっかりと握った。いざというときは身体ごと抱えあげて走るつもりだった。どうしても間にあわないときは、直邦だけ炎の圏内から放り投げてもいい。不発弾の関門をそろりそろりとすすみ始めた。周囲をとりまく轟音のなかで、かすかな不発弾の音に耳を澄ませる。

タケシは垂れさがるリボンに目をやった。先端の炎がだんだんとちいさくなり、今にも消えようとしている。炎が白っぽい煙になり、数十センチもまっすぐのぼると北風に吹かれ消えていった。

「いくよ、ナオくん」

そこからは一気だった。下町の路地裏のような狭い不発弾の間隔を、縦ふたりになってさっと通り抜ける。関門を越えると、心臓の鼓動と足の運びが爆発的に速くなった。

「よし、登美ちゃん。つぎはそっちの番だ」

十四歳の少女が頬に煤をつけて、しっかりとうなずいた。手の甲に火傷をしているが、生命の危機の前では、まったく気にならないようだ。悲鳴のような声をあげる。

「あれっ、タケシくん、わたしの足がぜんぜん動かなくなった。おかしいよ」

登美子は泣きそうな声で叫んで、太ももを両手で何度も張った。それほど炎が恐ろしいのか。タケシは腹の底から叫んだ。

「登美ちゃん、動くんだ。逃げて逃げて、どこまでも逃げ切らなきゃ、死んでしまう」

それでも登美子は震えているだけだった。なんでもいい、昔の楽しいことを話して勇気づけるのだ。

「逃げれば、楽天地で映画だって観られる」

不発弾の不吉な関門の向こうで、登美子が震えながらうなずいた。

「うん、映画だね」

「そうだよ。好きな映画を何本でも観られる」

そのとき急にテツがいっていた言葉を思いだした。くいしんぼうのテツは戦時中の今では口にできないご馳走をでたらめにあげていた。あのときはきいているだけで、お腹が空いて困ったものだ。

「登美ちゃん、楽天地でカレーライスたべて、今川焼たべて、アイスクリームもたべられる。今夜の空襲を逃げ切れば、なんだってできる」

タケシの国民服の裾をつかんだ直邦がちいさな声でいった。

「アイスクリームのあとで、ラムネをのんでもいいのかな」

普段はお腹を壊すといわれて、母の千寿子から禁じられていた。タケシはこわばった顔で無理して笑った。登美子に恐怖を見せられなかった。不発弾の向こうで少女が叫ぶ。

「全部、タケシくんのおごり？」

よかった、すこしだけ元気になったようだ。

「そうだよ。いくらでもおごってあげる」

登美子がぎゅっと握りこぶしをつくり、泣きながら叫んだ。

「わたし、アイスクリームよりあんみつが好き。今川焼も白あんのほうが好き」

なぜだろう。こんなに間抜けな言葉をきいて、タケシの目には涙があふれてくる。

「登美ちゃんの好きなもの、なんでもたべさせてあげる。お願いだ、こっちにきて」

「うんっ、約束だよ」

泥の水溜まりの深さでも測るように、登美子がつま先を炎の道に踏みだした。一歩、二歩、三歩、歩幅はじれったいほど狭かった。それでも気がつけば登美子は、不発弾の近くまですすんでいた。

「その調子だ、姉ちゃん」

直邦が小躍りして叫んでいる。

「姉ちゃんだけじゃなく、ぼくにもおごってくれよ、タケシ兄ちゃん」

直邦の防空頭巾を撫でて、タケシはいった。

「まかせとけ。そこからは駆けてもいい。よくやった、登美ちゃん」

けれど、登美子はそこで突然足をとめてしまった。目に見えて震えだす。頭巾の下の眉が八の字になった。両手を胸の前で組んで、タケシを必死の目で見つめてくる。

「もうダメだ。タケシくん、不発弾がしゅーしゅーいってるよ」

周囲を炎に囲まれながら、タケシは凍りついた。全身の血が足元から地面に流れだしてしまったようだ。登美子はその場にしゃがみこみそうだった。モンペ姿の少女の両脇には二本の不発弾。一本は横倒しになり、一本はななめに土に刺さっている。タケシにはきこえないが、そこから音が鳴っているのだ。登美子は恐怖で足が動かない。タケシは叫ぶと同時に駆けだしていた。

「ナオくん、そこにいて」

登美子と不発弾に向かって全速で走る。家族の誰かが目の前で炎にのまれるのは、絶対に嫌だ。

「タケシくん……」

登美子が震える手を伸ばした。タケシも手を伸ばしながら走った。しゅうしゅうという音が右手の不発弾から確かにきこえる。もう間にあわないのだろうか。焼夷弾の直撃をくらって、倒れこんだよっさんの姿が一瞬脳裏に浮かんだ。あれは現実だったのか、それともタケシが炎の街で見た幻だったのか。

「くそーっ」

叫びながらタケシは身体を宙に投げた。右側で真昼のようなまぶしさと猛烈な熱がふくれあがった。少女の顔半分が真っ白になる。タケシは腕を広げながら、登美子の胸の下あたりに飛びついた。そのままふたりは土を踏み固めた道に倒れこみ、ごろごろと回転した。痛みなど感じている暇もない。いとことからみあったまま、タケシは振り返った。

右手にあった不発弾が燃えあがっている。六角形のパイプの先から、花火のようにガソリンを周囲にまき散らし炎をあげていた。眠っていた獣が目を覚まし、あたりにあるすべての人と建物を燃やし尽くそうと、火のついた煮えたぎる油を飛び散らしている。

「タケシくん、足」

身体の下で登美子の声がする。タケシはなにも感じていなかった。自分の足に目をやる。右足のふくらはぎに、べたりとゼリー状のガソリンがついている。そこでちいさな悪魔のような炎が躍っていた。

「うわーっ」

タケシは腹の底から叫んだ。登美子が上に乗ったタケシの身体を突き飛ばすように起きあがった。先ほど防火水槽の水をかぶったばかりの軍手で、タケシの足の炎を叩いた。泣きながら叩き続ける。タケシもあわてて身をよじり、地面にふくらはぎを叩きつけるようにこすりつけた。

新たに燃えあがる不発弾の向こうから、直邦の叫び声が届いた。

「タケシ兄ちゃん、登美姉ちゃん」

ひとりぼっちで燃えあがる焼夷弾の道にとり残されて、心細くてたまらないのだろう。ふたりの名前を呼びながら泣いている。

ふくらはぎで燃える炎はじきに消しとめることができた。タケシは君代の機転に感謝した。あのとき防火水槽に気づかなければ、ひどい火傷を負っていたことだろう。きつく巻いたタケシのゲートルにも、登美子の軍手にも命の水は沁みわたり、焼夷弾の火を弱めてくれた。タケシは足から温泉のように白い湯気があがるのを呆然と見つめていた。

「登美ちゃん、ありがとう。だいじょうぶ？」

いとこの少女は真っ青な顔でうなずいた。

「たぶん平気。夢中だったから、なにも考えてなかった」

登美子はタケシの隣にしゃがみこんだまま、ガソリンの煤で黒く染まった軍手を見おろしている。こちらも湯気が立っていた。

「ぼくも同じだ。夢中で、気がついたら走りだしていた」

登美子が立っていた場所を振りむいた。ゼリーのようなガソリンが水溜まりのようになり、なにもない道を燃やしている。炎の下でぶくぶくとガソリンが泡立っていた。直邦はまだ泣きながら叫んでいる。

「タケシ兄ちゃん、登美姉ちゃん、ラムネのみたいよ」

さっきの話の続きをしているのだ。タケシと登美子は目を見あわせると、思わず噴きだしてしまった。あたりはどこも炎だらけで、焼夷弾が燃えあがっている。ひとしきり笑うと、ふたりはがたがたと身体を震わせた。ほんの数十秒前に命の危機を切り抜けたのだ。助かったのは単なる幸運に過ぎない。

このまま焼夷弾の密集地帯にいる訳にはいかなかった。タケシは立ちあがると、登美子の手を引いて歩きだした。左側の不発弾に耳を澄ます。こちらは無音だ。眠ったままである。炎の熱を避けるため不発弾の至近を通らなければならない。冷や汗がタケシの全身を濡らし、少女の額を汗の粒が転げ落ちていった。不発弾の関門を抜けると、直邦が駆け寄ってきた。タケシの胸を叩いていう。

「遅いよ、兄ちゃん。死んだかと思った。ふたりの姿が見えなくなったと思ったら、あいつが火を噴いたんだ」

った。

直邦が声をあげて泣いている。タケシは八歳の男の子の背中をぽんぽんと叩いていた。

「へっちゃらだ。ぼくも登美ちゃんも、だいじょうぶ。ナオくんを残して死ぬはずがない」

残る焼夷弾の道半分を、三人はひと塊になって通り抜けた。大横川沿いの道には点々と焼夷弾が炎をあげ、電柱も家々も燃えあがっている。タケシは炎の密集地帯から離れると、振りむいて手を振った。

「おーい、不発弾に気をつけて」

直邦はぴょんぴょん跳びはね、登美子は真っ黒になった軍手をちぎれるように振った。

「お母さん、こっちこっち」

千寿子と君代が向かってくる。よっさんととよちゃんが後に続いた。今度は新たな不発弾が炸裂することはなかった。千寿子はやってくると、登美子の肩に両手をおいていった。

「さっきのは危なかったね。いきなりあんたの近くで火を噴いたから、心配したよ」

登美子は気丈な笑顔をみせた。

「うん、だいじょうぶ。タケシくんが飛びついて助けてくれた」

千寿子は娘の背中や足から土ぼこりをはたき落としている。

「身体中、砂だらけじゃないか。怪我もなくてよかった。タケシくん、ありがとね」

日本と米国ふたつの国籍をもつ、お荷物だった甥《おい》に軽く頭を下げた。君代が隠れて目配せをしてくる。兄のいない時田メリヤスで暮らすのは、母もなにかと肩身が狭かったことだろう。よっさんが空元気をふるっていった。

「さあ、つぎにいきやしょう」

タケシはうなずいて左右を炎に囲まれた道の前方を見つめた。本所区は運河の街である。左手に大横川、正面には竪川の岸辺が広がっている。よっさんがあごの先をつまんでいった。

「千葉街道にいくなら、この竪川を渡らねえと」

川辺の道に避難民が集まっていた。右手の先に新辻橋が見える。先ほどの菊柳橋と同じで、向こうへ渡る人とこちらに渡る人がぶつかって、身動きがとれなくなっていた。あちこちで焼夷弾の炎があがっている。異なるのは竪川のほうが川幅が倍近くあるので、コンクリートの橋桁が長いことだった。その分、避難民の渋滞も激しくなっている。

橋を渡るのは容易ではなさそうだ。運河の表に目をやると、護岸の葦につかまってたくさんの人が凍える川から頭だけのぞかせていた。力尽きて水面に浮かぶ遺体も多かった。このあたりは材木問屋が多いので、竪川ではたくさんの丸太がいかだを組んで、川の表を埋めていた。

「どうするんだい、あの橋を渡るのかい」

千寿子がタケシの背中に問いかけてくる。強風に逆らって、風上の北に逃げるには、それよりほかに方法がなかった。きっとこの先の牡丹橋も四之橋も状況は変わらないだろう。燃えあがる家からネズミが逃げるように、みな自分の街から必死に飛びだそうとしている。

「それしかないと思います」

とよちゃんがタケシの言葉をさえぎるように、川の先を指さして叫んだ。

「B29がきますよ」

東の空が巨大な爆撃機の影で埋め尽くされたようだった。高射砲をあざわらうように低空飛行で川沿いの上空を飛んでくる。なぜか弾倉の扉は開いていなかった。よっさんがいった。

「いけねえ、こいつは機銃掃射だ」

B29には日本の戦闘機から身を守るため十二門の十二・七ミリ重機関銃と一門の二十ミリ対空砲が装備されていた。きっとこの爆撃機はすでに焼夷弾を投下した後なのだろう。川沿いに集まった人たちを攻撃するため、空からわざわざ降りてきたのだ。

腹に響く重機関銃の音と同時に、堅川の水面に白く水柱が連続して立ちあがった。橋の上の避難民がなぎ倒されていく。戦闘機の装甲を貫くほどの威力を有する重機関銃だった。直撃を受けた人の身体は千切れ飛んだ。

「ここにいちゃ危ねえ」

よっさんが叫んで、時田家の七人は燃える建物の陰に急いで隠れた。堤防の道で機銃弾が土と小石を撥《は》ねていく。B29は一機だけではなかった。遥か東の空で新たな機影が高空から獲物を求め降下を開始した。タケシは後方の街に目をやった。びっしりと建てこんだ木造家屋は、これからが火災の本番だった。ここにはいつまでもいられない。

「登美ちゃん」

タケシは同じ年のいとこに声をかけた。

「学校では禁止されていたけど、子どもの頃、あのいかだを渡って、川を越えたことがあったよね」

それは地元の子どもたちのあいだで流行った遊びだった。橋ではなく川面を埋めるいかだを跳んで堅川を渡るのだ。

「……うん、だけど」

夜で足元は暗いし、三月初めの川の水は凍えるように冷たい、それに幼い直邦も、四十近い千寿子や君代もいる。なによりB29の機銃掃射がいつくるのかわからない。押し殺すような声で返事をした。

「それでもいくしかない」

タケシは後ろを振りむいた。空を見あげる時田の家族の顔は、火災の熱と光を受けて真っ赤にほてっている。

「いかだを跳んで、みんなで川の向こうにいきましょう。最初にぼくとナオくんがいきます」

東の空を見た。まだつぎの爆撃機までは時間がある。

「ナオくん、走れるかい」

「当たり前だよ、タケシ兄ちゃん」

タケシと直邦は一気に堤防を駆けおりた。護岸からいかだまでは五十センチほどの段差がある。先にタケシが飛びおりて、直邦をおろしてやった。あとは夢中だった。いかだはしっかりと結ばれている。注意するのはおおきないかだ同士のつなぎ目だけだった。国民学校の頃、この間に落ちて溺死した子どもがいた。それで学校はいかだ渡りを禁止したのだ。暗い水面を見ないようにして、いかだのつなぎ目を跳んだ。直邦も必死についてくる。

これなら、だいじょうぶだ。竪川を三分の一ほど渡ったところで、後ろを振り返った。よっさんや登美子に、声をかけようと思ったのである。だが、みんなの動きは素早かった。堤防をおりて、もう最初のいかだに跳び移っている。君代も、千寿子も、全員が後に続いていた。タケシがいかだを渡り始めたのを見て、他の避難民も続々とやってきた。暗い水面に浮かんだ丸太をぴょんぴょんと跳ねながら川を渡ってくる。

タケシは対岸に着くと、直邦を岸に引きあげた。まだB29はやってこない。

よっさんは岸にあがると、額に汗を浮かべ枯草に後ろ手をついた。

「こんなこたあ、ガキの頃以来だ。なかなかわるくねえですね、坊ちゃん」

全員が竪川を渡り終えると、タケシはせかした。

「ここでひと息ついてはいられません。いきましょう」

最後にまだ避難民でごった返す新辻橋をひと目見た。橋は盛んに炎をあげている。人々が欄干を越えて、早春の川に飛びこんでいく。いけない。またエンジン音がきこえてきた。タケシたちは急いで堤防をあがり、燃える街のなかへ逃げこんだ。

竪川を渡ると、道はゆるやかに左に曲がっている。この先は下町の進学校、都立三中の長い塀が続いていた。作家の芥川龍之介、堀辰雄、詩人の立原道造、劇作家で俳人の久保田万太郎など、下町育ちの多くの文化人を生んでいる。タケシは建築家志望ということもあり、建築家でもあった立原に共感を覚えていた。二十四歳の若さで惜しくも亡くなってしまったが、いくつかの詩は暗記している。塀に身を寄せる避難民を横目に、時田家の七人は進んでいった。

道の先から煤で身体中を黒くした一団がやってきた。足を引きずる人には別な人が肩を貸し、子どもや老人は体力をつかい果たしたようで、背を丸めとぼとぼと歩いてくる。鉄兜の下で目ばかり白く光らせた中年男性が声をかけてきた。

「この先はどうですか。安全なところはありませんか」

安全なところ？　生まれて初めてきく言葉のようだった。これまで逃げてきた炎の街のどこかに、そんな場所はあったのだろうか。よっさんが首を振りながらいった。

「安全な場所なんざ、どこにもねえです。こいつばかりはもう、逃げ続けるより仕方ねえ」

タケシはぺこりと頭を下げて、煤だらけの男に質問した。

「北のほう、千葉街道はどうですか」

鉄兜の男は一瞬なにかをいおうと口を開いたが、力なく閉じてしまった。黙って首を横に振る。壁に開いた穴のような目をしていた。

この先もこれまでと同じなのか。すでに下町のあらゆる街区が燃えあがっていた。すこしはましな場所はあっても、安全な場所などどこにもないのだ。君代が鉄兜の男にいった。

「この先の材木問屋の裏手に、防火水槽があります。そこで水をかぶるといいですよ」

「はあ、ありがとうございます」

この人たちは安全な逃げ場所を求めて、自分たちとは逆に焼夷弾の道を戻っていくのだ。一瞬だけ立ちどまり、またすれ違っていく。今夜はそんな避難民をどれほど見送ってきただろうか。どちらが助かるかは、運次第だった。登美子がしっかりとした声で、歩き始めた煤だらけの行列に声をかけた。

「みなさん、ご無事で」

向こうからも声が飛んだ。

「そちらさんも、ご無事で」

胸が熱くなるような一体感が、その短い時間に生まれた。列の最後尾には赤ん坊を背負った母親がついている。登美子を見ると、あごを後ろにしゃくって笑顔でいった。

「うちの子ったら、こんなにひどい空襲でもすやすや寝てるんですよ。どれだけのんきなんだかねえ」

すれ違うとき、タケシと登美子は若い母親の背を覗きこんだ。赤ん坊のちいさな防空頭巾は焼け焦げている。顔は火傷で真っ赤にふくれていた。眉は焦げ、目はふさがり、男の子か女の子かもわからなかった。もう息はしていない。

「……あの」

登美子が赤ん坊を背負った母親に声をかけようとした。千寿子が鋭く制止する。

「登美子！」

そのまま若い母親は我が子が亡くなったことも知らずに焼夷弾の道に消えていく。あんまりだ、こんなのあんまりだ。登美子がそうつぶやいて、ぼろぼろと涙を落とした。

タケシも涙を落とさないように、歯をくいしばってこらえた。温かな布団で目を覚まし、炎から逃げまわっているうちに、今夜は何百という遺体を目撃してきたが、母親に背負われた赤ん坊は特別だった。母はまだ自分の子が息を引きとったことも知らないのだ。この夜を逃げ切ったとき、赤ん坊の死に気づいたら、どれほど嘆き悲しむだろう。登美子はまだ涙を落としている。タケシは声が揺れないように腹に力をこめていった。

「登美ちゃん、泣かないで」

登美子が煤だらけの軍手で涙をぬぐうと、目のまわりが黒くなった。直邦が指をさして笑い声をあげた。

「姉ちゃん、なんだか泥棒みたいだ」

タケシも笑った。笑いながら涙が落ちそうになると、すぐに目をこする。今はたとえ赤ん坊でも、人のために泣いている時間などなかった。一歩でも前にすすまなければならない。右手にある都立三中の塀の向こうからも、黒い煙があがっている。先頭に立って、時田家の六人を率いるタケシのところに君代がやってきた。

「なあに、お母さん」

君代は顔を伏せたまま、抑えた声でいった。

「タケシ、みんなこんなひどい目に遭ってるけど、お願いだから、お父さんのことは嫌いにならないでね」

焼夷弾の直撃よりも、おおきな衝撃だった。タケシは呆然として川沿いの道で立ちどまった。空を見あげる。黒煙の向こうには、B29の機影がいくつも浮かんでいる。ばら撒かれた何万本という焼夷弾も、燃えあがる人や街も、すべてアメリカの仕業だった。

タケシは自分の手を見おろした。男にしては妙に青白い肌は父親譲りだ。憎みたくて、呪いたくてたまらないはずのアメリカが、自分の身体と心の半分をつくりあげている。

どんなにひどい目に遭ったとしても、自分の半身を憎み切ることなどできるはずがなかった。タケシは炎の街の底をはいずりながら、敵を鬼畜だ悪者だと決めつけて憎む逃げ道さえ断たれていた。泣くのなら、防火水槽の姉妹のためでも、母親に背負われた赤ん坊のためでもなかったのだ。自分のために泣くのがなによりふさわしいはずだ。母の国の街で、父の国の爆弾から命からがら逃げまわっているのである。愛する国同士が殺しあうとき、その間に生まれた子どもに、なにができるのだろう。

「あの黒い煙はなんでやしょうね」

よっさんが前方を指さした。ようやく千葉街道が見えてきたところだった。左手には江東橋の欄干が覗いている。千葉街道は中央に路面電車のレールが通り、片側三車線はある幹線道路だ。その街道が見えないのは、なぜなのだろう。タケシは目をこらして前方を見つめた。千葉街道があるはずの場所には、ときどき内部で炎をきらめかせながら、真っ黒な煙が吹き抜けていた。火を吐く黒龍が地面をのたうつようだ。千寿子がつぶやいた。

「いったいなんだろうね、あいつは」

タケシも訳がわからなかった。数十メートルはある広い道路が黒い煙で埋まっているなど想像もつかない。よっさんがいった。

「ありゃあ、でかい煙突だ」

風が強くなったかと思うと、街道を横に流れる黒い煙のなかから、いきなり真っ赤な炎があがった。黒い龍は赤い火龍に変身して、街道を駆け抜ける。離れていても火が燃え盛るごうごうという音がきこえた。

　街全体が燃えると、燃焼材料のない道路まで煙突代わりになるのだ。いき場をなくした煙や炎が風にあおられ、真横に吹き抜けていくのである。登美子がいった。

「どうしよう、あんなのじゃ、千葉街道は渡れないよ」

　タケシは恐怖に痺れた心で考えていた。煙の勢いが落ちたときなら、なんとか街道を渡ることはできるかもしれない。問題はあの煙の壁の向こうがどうなっているのかわからないことだった。安全を求めて逃げた先が、さらにひどい火炎地獄では洒落にならない。道路一本先さえ見通しがきかないのだ。迷っている暇はなかった。今きた道を引き返すのはなんだか嫌だ。タケシはいった。

「千葉街道を右に折れて、駅のほうにいってみましょう」

　煙を背に歩道をいきかう人々の姿が見えた。道の端ならなんとか通れそうだ。時田家の七人は街道を千葉方面に向かった。ここでもいく人とくる人の流れがぶつかって、あちこちに渦のような人の塊ができている。

　風が弱まり黒い煙が薄くなると千葉街道がおぼろに見えた。道路のあちこちに人が倒れている。火災旋風に巻きあげられたのだろう。電線に洗濯もののようにぶら下がる遺体もあった。直邦がいう。

「あーあ、路面電車が燃えちゃった」

黒焦げの屋根からパンタグラフを突きだして、骨格だけの昆虫のようになった路面電車がレールに残されていた。北風は強いけれど、地面の近くでは風の吹く方角がよくわからなくなっていた。炎の熱のせいで風さえ吹く方角に迷っているのだ。右手は都立三中の長い塀である。君代がいった。

「ここをまっすぐにいけば、本所病院があるわね。みんなあちこち火傷しているし、病院に逃げるのもいいかもしれないね」

本所病院はこのあたりの急患を一手に引き受ける大病院だった。千葉街道と四ツ目通りの交差点を渡った先にある。直線距離ならほんの六百メートルほどだろう。だが、今夜は普通の夜ではなかった。十メートルをすすむのが百メートルにも等しい炎の夜だ。千寿子が母の手をとって確かめた。

「どうしたんだい、君代さん。ひどい火傷をしてるじゃないか」

申し訳なさそうに君代がいった。

「風に乗って飛んできた段ボールに当たってしまって。夢中で手でつかんじゃった」

タケシも君代のところにいった。母のてのひらは真っ赤で一面水ぶくれになっている。首筋にも火傷を負ったようだ。千寿子が険しい顔でいった。

「みんな自分の怪我や火傷のぐあいを確かめておくれ」

時田家の七人は奇跡のように燃え残った街道沿いの公孫樹の元に集まった。怪我人はいなかったが、君代と登美子ととよちゃんが火傷をしていた。もっともタケシの記憶が正しければ、よっさんとタケシ本人は焼夷弾の直撃を受けて、大横川沿いの道で一度命を落としているはずである。千寿子がいった。

「どうする、タケシくん。ほんとうにこのまま本所病院までいってみようか。燃え落ちていなければ、塗り薬くらいはあるだろう」

タケシは黒い煙の煙突になった千葉街道の先に視線をあげた。炎と煙でとても見通すことなどできなかった。もうすぐ都立三中の塀が切れて、江東橋の繁華街になる。錦糸町の駅前は上野や浅草と並ぶ下町の華である。

そのとき、地面が震えるような音が後方からきこえた。なにかに追われる恐怖で背中がすくんだ。タケシは後ろを振りむいた。千葉街道の横幅一杯を埋め尽くし、真っ赤な炎が壁のように押し寄せてくる。強風にあおられた炎が津波のように通りの先から、こちらに向かってなだれ落ちてくるのだ。

「みんな、走って」

そう叫ぶと同時にタケシは駆けだしていた。気がつくと近くにいた登美子の手をつかんでいる。背中を恐怖の汗が流れ落ちた。千葉街道に押し寄せる炎の津波は、街と生存者をのみこみながら、都心のほうから襲ってくる。

「そこの角を曲がるんだ」

千寿子と君代が続いていた。よっさんは直邦の手を引いている。最後尾はとよちゃんだ。都立三中の塀が切れている。登美子を引いて直角に角を曲がり、四、五歩大股で走って、身体を地面に投げた。コンクリート張りの歩道は、火災の熱で頬に熱い。

タケシの身体の上に、直邦とよっさんが重なった。母たちも間にあったようだ。顔を伏せ、なるべく煙を吸いこまないようにする。街道を百台の路面電車が走るような轟音が駆け抜けた。周囲のすべてが震えている。歩道からそっと顔をあげ、街道を振りむいた。燃える柱やトタン板、燃える人や並木を巻きこみながら、炎が東へと転がり抜けていく。

千葉街道ほどの広さがあると、いつ火災旋風や炎の津波がきてもおかしくないのだ。幹線道路には、渡るとき以外は近づかないほうがいい。タケシは震えながら肝に銘じた。

立ちあがるとズボンの土埃《つちぼこり》をはたいた。身体中煤だらけで汚れ切り、気にしても仕方ないのだが、習慣というのは奇妙なものだった。

千葉街道をこれ以上すすむのは危険だ。タケシは都立三中の塀にもたれて、ひと息つきながら考えた。肩にかけた水筒から、おおきく三口水をのむ。登美子と直邦にも回してやった。氷点下に近い寒さのはずなのに、大火災の熱と走りづめのせいで汗がとまらなかった。

千葉街道をそれた道の先に目をやった。路地を一本奥にはいり、街道と平行にすすんでみようか。もう頭のなかから目的地は消えていた。燃えるものがないはずの幹線道路も、避難先に指示された学校の校舎や校庭も、各家庭で必死に掘られた防空壕も、まるで安全ではなかった。

いったいこの先どうすればいいのだろう。いくら考えても、答えなど浮かぶはずもない。きっと大本営も、帝国議会も、『時局防空必携』の著者でさえ、この炎の街にやってくれば、自分の無知を痛感することだろう。「逃げるな、火を消せ」を守った人たちはみな死んでしまった。逃げて逃げて、最後まで運よく逃げ切った人だけが、時田家の七人のように今も生きている。

「さあ、どうしやす」

小柄なよっさんがそういって、タケシを見あげてきた。振りむくと、千葉街道はまた黒い煙が横に流れる巨大な煙突に戻っていた。登美子も千寿子も君代も、すがるような目で見つめてくる。みな自分が正解をもっていると勘違いしているのだ。タケシは家族の命を預かる責任に震える思いだった。だが、ここで不安や恐怖を見せることはできない。

「この先にいって、炎のすくない道を千葉街道沿いにすすんでみましょう」

その道が間違いではありませんように。神様など熱心に信じたことのないタケシでさえ祈るような気持ちだった。三中の塀沿いに、今度は南に下った。数十メートルで左に折れる路地がある。登美子が感嘆の声をあげた。

「えー、どうして。ここだけ夢みたい」

タケシもその街を見て、驚いてしまった。通りの両側に並ぶのは、錦糸町の繁華街だ。書店があり、カフェがあり、酒場や薬局があった。真夜中なので、どこも戸締まりをしているが、昨日までの形のまま残っている。焼夷弾からも、隣町の延焼からも、奇跡のように免れたのだ。カレーライスあります、と書かれたのぼりが夜風に揺れている。ブロマイド店には皇軍の士官用礼服や飛行服を着た若い俳優の写真が無数に飾ってあった。

「いったいこいつは、どうした風の吹きまわしでやしょうね」

よっさんが不気味そうにいった。燃える街以外の姿を目にしたのは、その夜初めてのことだった。炎の赤い色がまったく目につかない、静かに眠りこんだ街だ。安心感と違和感が身体の奥から湧きあがり、どう反応したらいいのかわからなかった。

「いってみましょう」

タケシは炎の道をゆくときと同じ慎重さで、焼夷弾が一本も落ちていない並木道をすすみ始めた。並木は鈴懸《すずかけ》の木だった。すっかり葉を落とし、緑と白まだらの幹を夜にさらしている。炎がないのに、無人の通りは産毛が逆立つほど怖かった。

こんなに安全そうな場所に、なぜ誰もいないのだろう。いや錦糸町駅からは目と鼻の先だ。きっとつぎのB29がここを狙い、焼夷弾の雨を降らせるはずだ。けれど、もしここが空襲を受けない幸運の街なら、屋根のある場所で夜明けまで、無事に過ごせるかもしれない。それは喉から手が出るほど欲しい安全地帯だ。

「住宅街じゃないから、人がすくないのはわかるけどねえ」

千寿子がそういって、無人の街の薬局のガラスに自分の姿を映し、防空頭巾からこぼれた髪を手ぐしで整えた。書店の引き戸の向こうには、時局柄薄くはなっているが、さまざまな種類の雑誌と書籍がぎっしりと並んでいた。タケシは建築関係の数冊を肩掛けカバンに押しこみたくなった。残された本もきっと今夜すべて燃えてしまうだろう。

風が吹くと、居酒屋の店先にさがった提灯《ちょうちん》がかさかさと乾いた音をたてた。鈴懸の手袋のような枯葉が道路を転がっていく。登美子がタケシの国民服の裾を引いていった。

「ここ、なんだか怖い」

タケシも理由のない恐怖に襲われていた。燃え尽きようとしている東京で、こんなふうに無傷で残っていること自体が普通ではなかった。すべてが異常な街で、この一角だけ正常であるはずがない。直邦がいった。

「空気が冷たくて、気もちいいや。ねえ、火もないし、すこし休んでいこうよ」

夜中の十二時過ぎに時田メリヤスの二階から転げるように放りだされ、ここまでずっと逃げ続けだった。そのうち半分以上は走っていた気がする。

タケシは家族に目をやった。みな顔が煤だらけで、目ばかり白く光らせている。その目には抜き身の刃物のようなぎらぎらした必死の光があった。時田家の人々はその夜目にした多くの避難民と同じ顔をしていた。疲労の色も濃くなっている。タケシはいった。

「すぐこの街に火がくることはなさそうです。腰をおろして、すこし休みましょう」

「あーよかった」

太めのとよちゃんがへたりこむように、その場にしゃがみこんだ。千寿子と君代は歩道の端を手ではたいて座った。登美子が直邦を座らせながらいった。

「タケシくんは休まないの」

夜の通りの先の闇を見つめる。タケシの心から不気味さと恐怖は消えなかった。

「ぼくはこの先をすこし見にいく。ほんとに安全なのか、確かめてくる」

「よっこらしょっと」

座りこんでいたよっさんが手をついて立ちあがった。

「あっしもいきやす。ひとりじゃなにかと心細いでしょう。坊ちゃんになにかあったら、てえへんだ」

よっさんといっしょに錦糸町の繁華街を歩いていく。夜空はぼんやりと地上の炎を映して赤くにじんでいるけれど、無人の街は静かで映画でも観て帰りが遅くなっただけのようだ。昨日まではこんなふうだったのか。たったひと夜で東京は様変わりしていた。よっさんがぽつりといった。

「坊ちゃんはほんとによくやってなさる」

タケシは内心驚いた。こんなふうにふたりきりで、老工員からほめられたことなどなかった。よっさんはメリヤス織機相手の仕事のせいか、妙に理屈っぽく、ものの道理にこだわるところがあった。ときに時局や軍部への当てこすりも口にするので、ひやりとすることもあったが、モダンで話の通じる大人である。もっともタケシの知る限り、下町の職人はみなハイカラで自分の定規を胸の奥に抱え、まっすぐ生きている。

「いや、ぼくはそんな……」

小柄なよっさんはタケシと並んで歩くと頭半分ほど背が低かった。目があうとにやりと笑って寄こした。

「なにもいわずでいいんですよ。あたしも義雄社長から言《こと》づかってます。なにかあったら、タケシが頼りになる。あの子を守り立ててやってくれって。今夜身に沁みました。やっぱり社長の目に狂いはなかった」

　タケシも同じように家族を守ってくれといわれていた。伯父さんはそんなふうに評価してくれていたのか。じわりと感謝とうれしさが身体の奥から湧いてくる。

「戦争が終わったら、中古の編み機でも手に入れて、時田メリヤスを再興しやしょう。社長も大陸から帰ってくるし、タケシさんが跡を継いでくれなすったら、つぎの五十年は安泰だ。この年寄りも安心して隠居できやさ」

　この大空襲の夜を越えたら、そんな未来が広がるかもしれないのだ。なんとしても時田家の家族を守らなければいけない。

「あたしは建築の勉強もいいけれど、工学部もいいと思いますよ、坊ちゃん。まあ、これだけ東京が燃えちまったら、建築の仕事は山のようにできるでやしょうがね」

　自分の住む街が全焼しても、こんな皮肉がいえるのだ。下町の人間は強かった。タケシは右手の路地に目をやった。あれはなんだろう。マネキン人形が道路脇に捨ててあるのか。人形《ひとがた》のようなものが小山のように積み重なっている。タケシはふらふらと引き寄せられるように、その山に向かって歩きだした。

　人形の山は雪が降ったときにできる吹き溜まりに似ていた。東京では冬に何度か降雪があり、数日後には通りのあちこちに土ぼこりをかぶった泥の山のような雪の名残ができる。暗い服を着た人形の山は、色もおおきさもそれとよく似ていた。泥の山からは手や足が突きだしている。

「これは……」

炎の色が見えない無傷の通りを、人形の小山に近づいていく。タケシは数メートル手前で思わず声を漏らした。絡みあう腕と胴体は捨てられたマネキン人形などではなかった。すべてほんものの人間だ。国民服やモンペを着た男女が、なぜか街が燃えてもいないのに、吹き寄せられたように折り重なって倒れている。誰も息をしていないのは、はっきりしていた。そのうちの何人かは今も乾いた目を見開いたまま、夜空を見あげている。

「こいつはいってえどうしたことだ」

よっさんも死体の山を前に言葉を失い、立ち尽くしている。タケシはなるべく顔を見ないように目をそらせ、数々の遺体を観察した。煤で汚れてはいるが、服は燃えていなかった。女性の髪も焼け焦げてちりちりになっていない。顔はみなきれいだ。ひどい苦痛の跡は残されていない。

「火事にもなっていねえのに、仏さんたちはみなどうしちまったんでやしょうね」

タケシはよく観察しようと、こと切れている男女がいた。ふたりの下には十歳ほどの女の子が手をつかんだまま、さらに遺体の小山に近づいていった。家族だろうか。

目を閉じて横たわっている。父と母は身を挺《てい》して少女を守るように重なっている。なにかおそろしいものがタケシたちがきた通りの先のほうから、こちらに押し寄せてきた。それを避けるために人々はこんなふうに折り重なって、人形の山を築いたのだろう。

タケシは遺体の山を回りこんだ。小山の向こう側にはあおむけで両腕を空に伸ばした国民服の死体が倒れていた。もう数百もの死体を見ているので、タケシはおそろしいとも気の毒とも思わなかった。いちいち死体ひとつで心を動かしていたら、とっくにタケシのちいさな胸など破れているだろう。人の死は道端に落ちている石ころや紙屑ほどの重さしかなかった。

遺体は両腕を夜空にあげたおかしな姿勢のせいで顔が見えなかった。近づいてなに気なく顔を覗きこんだ。

「……テツ」

気がついたときにはテツの遺体に飛びついていた。両手で国民服の胸倉をつかんで、身体を揺さぶった。

「テツ、どうしてこんなとこで寝てるんだ……起きろ、起きてくれ……早く逃げなくちゃダメだ……きっと……火がくる」

終わりのほうは涙声で、まともに口にすることもできなかった。涙があとからあとから湧いてくる。テツの身体はかちかちに固く、脈を診た首筋は薄氷が張った防火水槽の水のような冷たさだった。

つい昨日のことだ。タケシは泣きながら思いだした。細川たちとの三番勝負のために相撲の稽古をつけてくれたテツである。組みあったときの身体の熱と腰の重さ。汗だくで笑っていたテツの顔が浮かんでくる。なにがあっても、きっとなんとかなる。テツは誰が失敗しようが、いつも朗らかに励ましてくれた。三人組のなかの応援団長だ。身体だけでなく、心が一番でかいのが弘井鐵治だった。

そのテツが今は息もせずに繁華街の路地裏で倒れている。テツは十四歳で、なにひとつ将来の夢を形にすることなく死んでいったのだ。普通の暮らしのなかにいきなり上がりこみ、すべてを壊していく。人の命を枯葉のように軽々とさらっていくのが戦争だった。

「テツーっ、嫌だー……」

厚い胸にすがりついて、タケシは泣いた。涙はとまらなかった。こんなに悲しいことがあっても、お母さんは父の国だからアメリカを憎まないでというのだろうか。

「テツー……テツー」

最後は名前を呼ぶことしかできなかった。目の裏側に熱い涙を吸ったスポンジでもあるようだ。いくら泣いても、涙がかれることはない。よっさんの手が肩に軽くのせられた。

「タケシ坊ちゃん、そろそろいかねえと。こいつはきっと煙だ」

　全身の毛が逆立つほどの恐怖だった。テツはあの黒い煙にやられたのだ。この街は火災では無傷だが、道路は黒い煙の通り道になっていたのだろう。千葉街道と同じだ。いつまた黒い煙がやってくるのかわからない。あれをひと息でも吸えばおしまいだ。

　タケシは親友の目を閉じてやった。指先にやわらかなまつげがふれる。この感触を自分は一生忘れないだろう。振りむくと、遺体の山のなかにテツのお父さんとお母さんが見えた。弘井家はここで全滅したのだ。

　最後にテツの遺体を見つめ、胸の奥にしっかりと納めてから、タケシは立ちあがった。親友の死に出会い、足がふらふらする。腹のなかまで空っぽになったようだ。

「坊ちゃん、みんなを連れてこの通りを離れやしょう。この街は薄気味悪くてたまらねえ」

　よっさんのいうとおりだった。暗い路地に目をこらすと、あちこちに吹き溜まるように遺体の山ができていた。火災のない無傷の街にさえ、今夜は死があふれている。足早に歩きながら、無意識のうちにきいていた。

「ねえ、よっさん。さっき大横川沿いの道で、焼夷弾の直撃を受けなかったかな」

　老工員が驚いた顔をして、タケシに振りむいた。背後では提灯が揺れている。そういえば今日は陸軍記念日の祝日だった。

「こうしてぴんぴんしてますよ。焼夷弾だの直撃だのって、いってえなんの話ですか」

タケシは力なく笑った。

「いや、いいんだ。ぼくの勘違いみたいだ」

けれどタケシは鮮やかに記憶していた。あれは菊柳橋のたもとだった。いきなり空から降ってきた鋼鉄のパイプが、よっさんの肩に突き刺さったのだ。その直後、タケシ自身も直撃をくらった。衝撃と違和感、頬にあたる道路の硬さも感触も鮮明に覚えている。

(きっとぼくもよっさんも一度死んだんだ)

大空襲の最中に幻を見たのでなければ、そう考えるよりしかたなかった。だが、よっさんには直撃弾の記憶がなく、自分にだけ残っている。これはどういうことだろう。タケシが意識を失ってから、世界がもう一度再開されたのは、いったいどうしたことだろうか。そこからは同じ惨事を繰り返さずに済んだ。よっさんに声をかけ、焼夷弾の直撃を避けることができたのだから。それはタケシが一度経験した記憶によって、再開された世界が変わってしまったということではないのか。自分には世界を変える力があるのだろうか。

タケシは悲鳴をあげそうだった。なぜ、ぼくは死んだ後も生きているのか。シアトル郊外の川で溺れたときも同じだった。向こうにいたときのあだ名のアンディは、UNDYING不死身からきたものだ。自分の身体には、そんな空想科学小説のような超能力でもあるのだろうか。死を乗り越えて、続く世界をすこしだけ変えてしまう力。タケシは自分のてのひらを見た。煤だらけで、とてもそんな能力がある人間の手には見えなかった。


登美子たちが休んでいる書店の前まで戻ると、よっさんが声をかけた。

「さあ、いきやしょう。ここは危ねえ。この先にご遺体の山がありやした」

千寿子は腰が重そうだった。疲れ切っているのかもしれない。不満そうにいった。

「ここは火事もないし、空襲もない。もうちょっと休むくらいいいじゃないか」

タケシは思わず叫びそうになった。テツの家族がみんな死んでいるんだ。文句などいわずに逃げたほうがいい。その代わりに漏らしたのは、低くちいさな声だった。

「ここは千葉街道と同じで煙突なんです。いつ黒い煙がやってくるのかわかりません」

はいていたモンペに火がついたように、千寿子が立ちあがった。引っ張りあげるように直邦も立たせる。川縁《かわべり》にいた人たちの命を一瞬で奪った重くて黒い煙の恐怖は誰のなかでもまだ鮮やかだった。

「いったいどこに逃げればいいんだい」

長男を抱き締めて、千寿子が震えていた。

「このまままっすぐ抜けて、四ツ目通りまでいってみましょう」

目的地が問題なのではなかった。とにかく逃げ続けることが大切なのだ。時田家の七人は煤だらけでぼろぼろの姿のまま、昨日までと同じままの繁華街を足を引きずるように歩いていった。直邦が夜空を指さした。

「B公がくるよ」

B29が頭上にいるとき危険はなかった。そこで爆弾を撒いても、着弾するのは数百メートルも先である。こちらに向かってくる爆撃機が遥か前方で銀の腹を割ったときが、なにより危険なのだ。全員が同時に直邦が指した西の空を見あげた。エンジンの轟音はきこえるけれど、無音のまま焼夷弾を詰めこんだ親爆弾がB29の巨大な胴体から滑るように落ちてきた。登美子が悲鳴のような声をあげた。

「どうして逃げる先に次から次へと焼夷弾が落ちてくるの」

誰も返事はせずに七人は力の限り走りだした。親爆弾は空中に数秒とどまると、きれいに殻を破り、無数の焼夷弾となって散らばった。タケシたちを目がけ、ななめに空を落ちてくる。

叩きつける豪雨の音が世界を満たしていた。全員無事で切り抜けられますように。

タケシは一心に走りながら、雲の上にいる誰かに祈り、つぎに直撃を受けたら、自分はどうなるのだろうかと考えていた。

　そのとき自分は再び死ぬのだろうか、そしてまた不死身の人のように甦《よみがえ》り、家族の誰かを助けることができるのか。二度あることは三度あると諺《ことわざ》はいう。この命は何度もつのだろう。もしかしたらアメリカ流に猫の命と同じで九つか。そんな馬鹿な。登美子が防空頭巾を押さえ駆けている。

「もういやだー」

　轟音をあげて腹を割ったB29が機械の内臓をさらし、悠々と頭上を飛び過ぎていく。タケシの右手に映画館が見えた。封切り作を数カ月遅れで上映するちいさな街の二番館だ。ポスターにはゼロ戦と炎をあげて墜落していくB29が描かれていた。現実の世界とは正反対である。よかった。入口のうえにはしっかりとした丸屋根がついている。

「みんな、こっちだ」

　叫ぶと同時に、背後でばすっばすっと地面に焼夷弾の落ちる音がきこえた。タケシは後ろも見ずに丸屋根の下に身を投げた。つぎつぎと時田家の面々が映画館の屋根の陰に転がるように走りこんでくる。

　豪雨の音がやむと、路上には千人針のように無数の焼夷弾が散らばっていた。書店や薬局のガラス窓に映った炎がゆらゆらと幻のように揺れている。夢のようにきれいだ。こんなふうに街はゆっくり燃え始めるのか。白リン剤の火花が飛び散り、夜の繁華街は昼のように照らしだされた。炎が広がっていく。いつまでも無傷の街など、今夜に限ってあるはずがなかった。幼い頃から無数にかよい、気にかけることもなかった最寄り駅の通りが目の前で燃え始める。心は痺れ、感傷のひと欠片さえ浮かんでこなかった。直邦が悔しそうにいった。

「あーみんな燃えちゃう」

登美子が男の子の視線の先を追っていく。そこには昔よくいった甘味屋があった。黒蜜をたっぷりとかけたみつ豆が名物だった店だ。うっすらと塩味がついたえんどう豆は直邦の大好物だった。

「ナオくんはみつ豆が燃えちゃうのがもったいないんでしょう」

食料が配給制になってから、たまにしか営業はしていなかったが、いきつけには変わりはない。直邦はしみじみといった。

「この空襲から逃げられたら、いつかみつ豆をたべに連れていっておくれよ」

燃えあがる街とみつ豆のとりあわせがあまりにおかしくて登美子が煤だらけの顔で噴きだした。タケシもつられて笑ってしまった。

今夜は何度も死にかけたのに、なぜか腹が引きつるほどおかしかった。焼夷弾とみつ豆。直邦はきょとんとしているが、タケシと登美子は腹を抱え、笑いは時田家全員に伝染していった。頭のなかがねじれていく。

タケシはたくさんの焼死体に空から黒蜜がかけられるところを想像した。みつ豆のえんどう豆の代わりは丸く縮まった死体だ。下町全体がキャンプファイアの炎で、その周囲を爆撃機が輪になって踊っている。シアトルできいたフォークソングが耳元で鳴った。バンジョーとヴァイオリンの軽快な調べ。そのB29も何機かまとめて巨人の手でひとつかみにされ、大鍋に投げこまれて佃煮《つくだに》のように茹《ゆ》であげられていった。爆撃機の銀の翼は青魚の腹のようだ。高射砲の炸裂はぷちぷちと巨人の口のなかで弾けるラムネの泡だった。巨人の口のなかに、B29の佃煮が放りこまれていった。燃えあがる東京をまたいで夜空にそびえる巨人の目は、星の世界でぼんやりと光っている。

ああ、喉が渇いた。冷えたラムネが一本ここにあったら、どんなものとも引き換えるのに。なんなら自分の命だっていい。こんな命など惜しくはなかった。ラムネの青いガラス瓶一本と同じようなものだ。タケシは涙がにじむほど笑いながら考えた。今夜目にした名前を知らない数百数千の東京都民の誰とも、この命の価値は等しい。テツの死はタケシの死となにひとつ変わりはない。なんなら体重が重い分だけ、テツの死のほうが値打ちがあるかもしれなかった。日本の勝利を信じていたテツが死んだのに、半分アメリカの血を引く自分が生きているのが不公平だった。いつか見事に死んでやろう。だが、その前にひと仕事片づけなければならない。うちの家族全員を安全にこの炎から逃がすのだ。あとはどうなろうとかまわなかった。タケシは燃え始めた通りを眺め、悪魔のように笑いながらそう思った。よっさんが口元を引き締めていった。

「さあ、つぎのB公がくる前にいきやしょう」

登美子のいうとおりどこに逃げてもB29と焼夷弾は追ってくる。だが、あきらめる訳にはいかなかった。息は切れ、喉は渇き、身体はくたくただ。濡れた服は重く、火災の熱を浴びて湯気をあげている。前後左右どこを見ても、灼熱《しゃくねつ》の炎の壁があるばかりだった。

あきらめれば楽になる。けれど疲労に負けて休んでしまえば、そこで命は終わりだった。なにがなんでも、この炎の夜が明けるまで、走り続けなければいけない。タケシはぎゅっと拳を握ると、通りの先をにらみつけた。

通りはまだ燃え始めたばかりだった。今ならなんとか先にすすめるだろう。突き当たりはこのあたりでは千葉街道と並ぶ幹線道路、四ツ目通りである。

「いきましょう」

タケシは先頭に立ち、焼夷弾が点々と炎をあげる道を歩きだした。周囲の街では屋根の上のほうから火があがっていた。まだ一階は燃えていない。このあたりは繁華街なので三階建ての建物が多く、安普請の二階家のように焼夷弾が一階まで突き抜けてくることはなかった。火災の輻射熱もすくなく、まだ涼しいといっていいほどだ。

「まったくなんだってんだい」

千寿子が文句をいいながら足を引きずって歩いていた。伯母は厳しい人で、自分にも他人にも等しく文句をいうことで、活力を得ているところがあった。登美子が心配していう。

「だいじょうぶ？　お母さん、足を見せて」

登美子はしゃがみこんで、千寿子の草履を脱がせ、足袋を半分おろした。

「ああ、これはいけない」

タケシも伯母の足を見た。足首がひと目でわかるほど腫れている。炎から逃げる最中どこかでくじいたのだろう。この足ではもう長く走ることも全速力で駆けることもむずかしそうだ。タケシの胸は空襲警報の早鐘のように鳴った。どこか安全な避難場所を一刻も早く見つけなければならない。

登美子が千寿子に肩を貸し、移動を再開して、ちいさな四つ角までやってきた。一家は足をとめ、二車線の交差点を口を開いて見つめた。よっさんが耐えきれないように漏らした。

「こいつはいってえなんなんだ」

そこに道路はなかった。赤い炎の壁が立ちふさがり、道の向こう側がまったく見えない。タケシは後ろを振りむいた。焼夷弾が落ちたばかりの街は炎の勢いをいよいよ強くして燃えあがり始めている。あとすこしでこの街にはいられなくなる。残れば焼け死に、すすめば先がわからない炎の壁だった。

なんとかして炎の壁を越え、交差点の向こうに渡ったとしても、そこが安全なのかどうか、まるでわからなかった。このように燃え始めたばかりか、火災の最盛期か、あるいはあらかた燃え尽くし鎮火に向かっているのか。

最初と最後なら、交差点を渡れば、なんとか命は助かる。けれど炎の盛りなら自分たちから死地に飛びこむことになる。タケシは進退きわまった。これまで風を読み、炎の勢いを感じ、すべての感覚を動員して、すこしでも安全な場所を探し求めてきた。それもここで終わりのようだ。炎の壁にはばまれて、もう先にすすむことはできない。後方では新たに街が燃え始めている。ここに残れば、未来がないのははっきりしていた。今夜見た何千という焼死者の列に自分も時田家の人々も並ぶことになるだろう。

空を見あげると、新たなB29が悠々と東京の空に飛来していた。アメリカの空襲には終わりがないようだ。あの銀の翼が普通の人たちが暮らす街の上を飛ばない世界はないのだろうか。

タケシはそのとき突然、二日ほど前に正臣が口にした言葉を思いだした。正臣は物理学科の大学院生で、一族の歴史でも最優秀の頭脳と評判だった。

「B29が東京上空にいない世界」

アインシュタイン先生の相対性理論と同じやりかたで、最新の量子論を突き詰めると、世界は今この瞬間も同時に無数に存在するという。タケシはそのときなにかが、頭のなかでつながった気がした。

そうか、時田武はただ死んだのではなく、死とともに別な世界に跳躍したのだ。なぜそんなことができるのか。どういう力が自分にあるのかはわからなかった。タケシは特別な人間ではない。けれど世界から世界へと跳ぶことができるのは疑いようがなかった。よっさんと自分自身の死の記憶は明瞭に残っている。それは死ぬことで炎のなかから甦る不死鳥の力だ。

「わー、まただ。B公がくるよ」

直邦の声がきこえた。同時に豪雨の音に全身を包まれる。ああ今度は近い。タケシは道路に足が埋めこまれたように一歩も動けなかった。今来た通りをものすごい勢いで、焼夷弾の鉄パイプの雨が向かってくる。

目を閉じることもできなかった。焼夷弾がとよちゃんに直撃した。右肩。直邦に直撃した。背中。登美子に直撃した。左腕が肘から千切れ飛ぶ。母さんに直撃した。頭。防空頭巾からユニコーンのように一本の角が伸び、リボンの先でゆらゆらと炎を揺らしている。

「うわー、母さん、登美ちゃん、ナオくん」

　タケシは腹の底から叫んだ。母はゆっくりと棒のように道に倒れた。左腕を失くした登美子の腕からは警防団の手押しポンプの勢いで血が噴きだしている。直邦は地面に倒れたままぴくりとも動かない。

　タケシは正面に立ちふさがる炎の壁をにらみつけた。顔を撃つ輻射熱は拳のように硬い。四人を死から奪い返すには、よっさんのときのように自分の命をかけるしかない。炎の壁をくいいるように見つめた。黄色の火と橙《だいだい》色の火と白っぽい煙が渦巻くように透明に躍っている。あのときはよっさんに続けて自分も直撃を受けたので、死の恐怖はなかった。

　けれど今回は違う。四人を救うためには自分から炎のなかに跳びこまなければならない。炎は恐ろしかった。今夜目にした焼死者のひとりひとりが、この恐怖に撃たれてから命を落としていったのだ。気の毒でならない。手足の先が痺れ、目には涙がにじんでくる。なにかが怖くてたまらずに泣くのは、生まれて初めてだった。

「登美子」

　千寿子が倒れた長女を抱き起こし、血まみれの肘を両手で雑巾でも絞るようにつかんでいる。噴きだす血はとまらない。よっさんは直邦の国民服を脱がせている。もうぐずぐずはしていられない。足元がふらふらするけれど、この命と別な世界へ跳ぶ力をつかうなら今だ。タケシは思い切って口にした。

「……ぼくがみんなを助けます」

よっさんが顔をあげてタケシを見た。

「坊ちゃん、なにをいってなさるんですか」

タケシはよっさんを無視して、炎の壁をにらんでいった。

「ぼくがこの命をつかって四人を助けます」

タケシは炎の壁に近づいていった。黒い乗用車と映画館の看板が燃えている。俳優と興行会社の名前を染め抜いたのぼりも燃えている。どうせあの炎のなかへ入るなら、壁の向こうの街の様子も見てきてやろう。安全かどうか命がけで確かめてきてやる。

「みんな待ってて、ぼくがいく」

タケシはもう迷わなかった。すくみそうになる足を平手で叩いて、道路を埋める炎の壁に突進した。炎に跳びこむ直前、もしあの力が今回はうまく働かなかったらと一瞬考えた。そうしたら自分は空襲の恐怖のせいで火に跳びこんだ頭のおかしな中学生になる。炎のなかでは息は吸えないだろう。タケシは胸一杯に空気を吸いこんで炎の壁に体当たりした。

「タケシ坊ちゃん、なにをなさるんで」

よっさんが驚いて叫ぶ声が背中に飛んだ。無理もない、いきなり炎の壁に走りこんだのだ。こつんと鉄兜に火のついた木片が当たる音がした。指先が熱くて、手は自然に拳骨《げんこつ》を握ってしまう。まだ湿っている国民服から、一気に蒸気が沸きあがった。交差点を埋め尽くす炎に直接ふれて、頬と首筋に焼けつくような痛みが走る。見る間に目から涙が乾いていく。タケシは思い切り目を細めた。炎はこんなに苦しいのだ。渦巻く炎のなかでは轟々《ごうごう》とガスが噴きだすような音が鳴り続けている。

一歩また一歩と足をすすめていった。タケシの意志は固かった。息をとめたまま、両手で顔を隠すように、炎の交差点の奥へと進入していく。ようやく中央の境界線までやってきた。服が焦げ始めている。あと三歩もいけば、炎の壁の向こう側が見えるだろう。全身に火傷を負ったタケシの身体が悲鳴をあげ始めた。もう歩くことはできない。地面に倒れ身体を丸めてしまう。だから丸まった遺体が多かったのか。

「うわー、ぼくは負けない」

タケシは焼けた鉄板のようになった道路に手をつき、這いずりだした。あと一メートル、あと五十センチ。分厚い炎の壁が切れて、交差点の先の街の様子が黄色い炎のカーテン越しに見えた。通りの右側は盛んに燃えているが、左側はまだ延焼していなかった。

(よかった。この交差点を渡れば、なんとか生きられ……)

それが言葉にできた最後の思考となった。タケシは炎の通路となった交差点のなか、路上に身体を丸め、自ら炎の一部となった。

「こいつはいってえなんなんだ」

炎の壁を前にして、よっさんが耐えきれないように漏らした。交差点の手前でいきなりタケシの意識が回復した。

「うわー、熱い、熱い」

国民服をばたばたと手ではたく。ついさっきまで身体から炎があがっていたのだ。

「どうしたの、タケシ兄ちゃん」

直邦が不思議そうな顔で見あげてくる。よかった、直邦はまだ生きている。タケシは直邦の防空頭巾をなでながら周囲を見わたした。母さんも、登美子も、とよちゃんも生きている。あと十秒もしないうちに、ここには焼夷弾の豪雨が襲ってくる。タケシは汗だくで燃え始めたばかりの繁華街を見まわした。

五メートルほど先の左手に建つ立派な写真館が、タケシの目に飛びこんできた。鉄筋コンクリート造りで頑丈そうだ。両開きのガラス扉の取っ手は真鍮《しんちゅう》製で、人の手がふれるところだけぴかぴかに光っている。四角く張りだした入口のひさしは五十センチほどの奥行しかないが、コンクリート製だ。

「焼夷弾がきます。あそこの写真館に避難しましょう」

タケシがそういうと同時に、直邦が空を見あげて叫んだ。

「わー、まただ。B公がくるよ」

さっきと同じ台詞だった。タケシは足首をくじいた千寿子の手を引いて、ひさしの下に逃げこんだ。時田家の七人は写真館のコンクリートの外壁に背中をへばりつけて、地上の炎を反射して明るい空を見あげた。B29が銀の翼を炎の色に光らせ飛び過ぎてから、耳にしたらおしまいだという豪雨の音が街をのみこんだ。今きた道の奥のほうから、夕立が路面を黒く濡らしながら近づくように、焼夷弾の鋼鉄パイプが道路を埋め尽くしてくる。とよちゃんがため息をついていった。

「助かったあ。タケシ坊ちゃん、よくB29に気づきましたね。おかげで逃げ切れました」

若いお手伝いが額の汗をぬぐった。登美子も不思議そうにいった。

「ほんとにね。わたしには音もきこえなかったし、爆撃機も見えなかったよ。タケシくん、危ないことを見つけるのが早いよね」

気づいた訳でも、見つけた訳でもなかった。自分は見たのだ。登美子の左腕が肘から千切れ、とよちゃんの右肩に鋼鉄パイプが刺さるところを。炎の壁に突入した衝撃と火傷の痛みの記憶で、まだタケシの全身は震えていた。だらだら流れる汗がとまらない。前回焼夷弾が直撃したときのほうが、遥かに楽な死にかただった。炎のなかに走りこむのは、およそ考えられる限り最低最悪の死にかただ。タケシは弱々しく笑っていった。

「ナオくんが先に気づいたんじゃないかな」

登美子が首をひねって返した。

「タケシくんのほうが早かった気がする」

千寿子がぴしゃりといった。

「そんなことより、つぎはどうするんだい」

タケシは炎の壁になった交差点をにらんだ。あそこで自分は一度死んだのだ。

「あの炎を越えていきます」

交差点は横倒しの煙突になった。今は炎の通路である。火勢は強くなったり、弱くなったりした。ときに黄色い炎が絶えて、白い煙や黒い煙に替わることがある。この先の街の様子は命をかけて確かめてきた。半分は燃えているが、残りはまだおおきな火災にはなっていない。通りの左側をいけば、なんとか四ツ目通りまで逃げられるだろう。

この夜がくるまで、誰が二車線の交差点ひとつ渡ることが命がけになると想像しただろうか。空襲で周囲のすべてが燃えるとき、道路さえも人の命をやすやすと奪う凶器になる。昼のうちから吹いている北風は夜中になってもまだ強かった。燃え始めた街の甍に強風が吹き寄せると、ぱちぱちと火の粉があがり、東京湾のほうへ真っ赤な布のようにはためき流されていく。段ボール、戸板、木切れ、畳。夜空には火のついたあらゆるものが舞っていた。

「ここにはいつまでもいられやしませんよ。タケシ坊ちゃん、どうなさるんで」

交差点が白い煙になったときが勝負だった。だが、千寿子は足をくじいている。直邦は八歳だ。素早く交差点を渡り切るには、人の手が欠かせない。

「よっさんはナオくんを頼みます。千寿子伯母さんには、登美ちゃんと手を貸しますから」

「がってんだ」

タケシは下町のいなせな職人言葉が好きだった。標準語は山手の上流階層の言葉をもとにつくられている。ラジオで話される言葉にはいまだにすこし違和感があった。

炎の交差点を見ながら、正しい機会を待った。チャンスはほんの数秒だろう。だが、それだけあれば二車線の交差点など簡単に渡れるはずだ。たとえ周囲が炎の海でも、いつもと同じようにあわてず左右の安全を確認してするりと横切ればいい。そうわかっているはずなのに、なぜてのひらはこんなに汗でぬるぬるなのだろう。タケシはいった。

「ここにいたら焼け死にます。交差点の炎が切れたら、向こうに渡りましょう。ぼくが合図したら、一気に駆けてください」

　写真館のひさしの下で、時田家の面々が覚悟を固めた顔でうなずいた。ついさっきの空襲で、母さんも登美ちゃんもナオくんもとよちゃんも一度死んだのだ。みんなが生きていてほんとうによかった。通りの数十メートル先で炎が煙に替わった。三、二、一。

「みんな、走って」

　最初にひさしを飛びだしたのはタケシと登美子だった。足を引きずる千寿子の両手を引いている。伯母の指先は冷たかった。

「お先に」

　意外な身の軽さで、よっさんが二十キロはある直邦を脇に抱えて追い抜いていった。ちいさな俵でも運んでいるようだ。

「うわー、よっさん、すごいや。力もちだ」

　男の子が歓声をあげている。命がかかった場面なのにのんきなものだった。とよちゃんと君代が後に続いた。これでひと安心だ。風が巻いて白い煙が晴れ、一瞬交差点の視界が澄んだ。骨組みだけになった自動車のなかで、運転手が炭人形のようにハンドルを握り息絶えている。鉄兜だけが元の形で残っていた。

　交差点の向こうでは直邦をおろしたよっさんが肩で荒い息をつく。通りの奥を見て叫んだ。

「坊ちゃん、火がきやす」

千寿子が真っ青な顔でいった。

「登美子、タケシくん、先にいって。わたしはいいから」

タケシは右手に迫る炎の熱を感じていた。あの熱さは身体に沁みついている。時田家の六人を守ると心に決めたのだ。あとほんのすこしで、交差点は越えられる。

右手に大波のように押し寄せる横なぐりの炎が迫ってきた。千寿子が無理やり娘の手を払った。

「先にいきなさい」

「でも……」

登美子は後ろを振りむきながら駆けていく。

「タケシくんも早く」

逆にタケシはぎゅっと伯母の手を強く握り締めた。あの炎のなかにこの人をおいていく訳にはいかない。そんなことをしたら、大恩のある義雄伯父さんを裏切ることになる。

「ダメです。伯母さん、思い切り飛んで」

身体の右側に炎の壁からの熱が、固形物のようにぶつかってくる。タケシは伯母の手を引いたまま身を投げた。倒れるとそのまま身体をごろごろと転がして、交差点の向こうに突き抜けた。寝そべったまま振りむく。

「千寿子伯母さん」

そこは阿吽《あうん》の呼吸だった。千寿子の両手をよっさんと登美子が引いて、一気に炎の交差点から魚でも釣るように引きあげた。

「お母さん、よかったー」

登美子は泣きながら母の胸に飛びついている。とよちゃんと君代は煙をあげるモンペのふくらはぎに水筒の水をかけた。タケシはつぎの一手を考え始めた。


「このあたりは江東橋一丁目でやすね」

千葉街道をはさんだ錦糸町駅前の繁華街の一角で、この先をすこしいくと別な国民学校がある。タケシたちはまだ燃えていない通りの左側に、身体を張りつけるようにすすんでいった。登美子が煙の晴れ間に前方を見て叫んだ。

「うわあ、あんなに人がいる」

茅場国民学校の長い塀沿いに、びっしりと避難民が集まっていた。二百人は優に超えているのではないか。押しくら饅頭でもしているようだ。塀の近くにいる者はまだいいが、外側にいる者は通りの反対側の火災の熱に直接さらされ、身体を寄せあっている。立ちどまった君代が、端の女性に声をかけた。

「ここならなんとか助かりますか」

幼い男の子を胸に抱えこんだ女性は煤だらけの顔をあげていった。

「さあ、わかりません。ですが、先にきて国民学校に入った人たちはみんなダメでした」

若い母親の防空頭巾には牡丹の花が段違いで咲いていた。タケシは周囲を観察した。燃える学校の火は塀を越えてこなかった。炎の竜巻が起こるほどの道幅はないようだ。向かい側の建物が燃え尽きてしまえば、ここには延焼する材料がなさそうだ。長いこと炎の街をさまよってきて、初めてといっていいほど安全な場所を見つけた気がする。タケシは振りむいて、みんなに声をかけようとした。

「ここでなんとか炎を……」

さえぎるように男の野太い声が飛んだ。

「ダメだ、ダメだ。ここはもう人で一杯だ。おまえたちは先にいけ」

君代が両手をあわせていった。

「そこをどうかお願いします。子どもたちだけでも、入れてやってもらえませんか」

「ダメだ、ここはもう一杯だといっている」

他の男も叫んだ。

「そうだ、おれたちだって生き残るのに必死なんだ。さっさと向こうへいけ」

しゃがみこんだ避難民の半数が時田家の七人をにらみつけ、残り半分は力なく目を伏せていた。初老の女性がタケシの顔を指さしながら叫んだ。

「おまえの顔を知ってるよ。父親がアメ公だっていうじゃないか。おまえなんか、親父の国の焼夷弾でくたばればいい」

鉄兜をかぶり国民服を着たタケシは、身体のなかでなにかが崩れ落ちる感覚に襲われていた。どこまでいってもこの国に受けいれてもらうことはできない。自分はよそ者だ。

直邦が両手をグーの形に握って叫んだ。

「タケシ兄ちゃんはアメ公なんかじゃない。立派な日本人だ。命をかけて、みんなを守ってくれたんだ」

いきりたってそれだけ口にすると、わあわあと声をあげて泣きだした。登美子がいった。

「そうよ、タケシくんは時田家の立派な一員よ。勤労奉仕にもいってるし、お国のためにがんばってるんだから」

先ほどの初老の女性が目をつりあげて叫び返してくる。声は怒りで震え、指はまっすぐにタケシを指している。

「なにいってんだい。うちの息子はサイパンでアメ公に殺されたんだ。アメ公はみんな敵だ。だいたいおまえの母親だって、金で買われて鬼畜の妾《めかけ》にでもなったんだろ」

国民学校の塀沿いにびっしりと寄り集まった避難民のなかから下卑た男の声が飛んだ。

「鬼畜アメ公のナニをくわえこんだのか。そんな汚れた女はさっさと向こうへいけ」

「日本人の恥だ」

「親父の国の焼夷弾がお迎えにくるぞ」

鋼鉄パイプの直撃よりも激しい言葉が降ってくる。避難民の半分が笑い声をあげた。登美子も直邦もよっさんも顔を真っ赤にして怒っている。タケシは自分がどんな顔をしているのかわからなかった。怒っているのか、憎んでいるのか、失望しているのか、自分の心の内さえわからない。ただ刃《やいば》で切り裂いたようにぱくりと心に傷が開き、そこからなにかがとまることなくあふれだしてくる。

君代が国民服の袖を引いた。

「タケシ、いきましょう。ここにはいられない」

塀際にしゃがみこんだ避難民に一礼して、君代はとぼとぼと歩きだした。千寿子が周囲を見わたし、燃えるような目で啖呵《たんか》を切った。

「ちいさな子どもも守ってくれない癖に、やかましいわ。君代さんはね、ちゃんと結婚したんだよ。妾なんかじゃない。アメリカの国籍もあるけど、日本の国籍もちゃんとあるんだ。立派な日本人だよ」

腕章を巻いた背広姿の男が叫び返してくる。

「ふざけるな、おまえら、鬼畜のスパイか」

千寿子が捨て台詞を吐いた。

「あんたらこそ、焼夷弾にでもやられちまえ」

「なんだと」

避難民の男たち何人かの声がそろった。千寿子は相手にせずにさっさと歩き始める。

「さあ、いくよ。こんなところに誰がいるもんか。ああ、しみったれたやつばかりだね」

国民学校の塀は長かった。視線を伏せて疲れた足を引きずるタケシには耐えがたい時間だった。先ほどのやりとりがきこえたのだろう。好奇と憐憫《れんびん》の目で塀沿いの避難民がタケシの動きを追ってくる。君代が千寿子に近づくと、そっと声をかけた。

「千寿子さん、ほんとにありがとうね」

普段は冷たい関係の兄嫁に礼の言葉を伝えた。千寿子は頬をゆるめていう。

「君代さんはなにもいえないんだから、わたしがいってやったんだよ。気にすることはない。日本人はあんなのばかりじゃないからね。がっかりしないでおくれよ」

「……はい」

ようやくつぎの角が見えてきた。タケシはこれで避難民から離れられるとほっとした。そのとき背後の頭上からなにかが風を切る音がきこえた。全身に鳥肌が立つ。また焼夷弾だろうか。いや、もっと低くて、ずっと重みのある音だ。あれはいったいなんだろう。タケシが振りむいたとき、四、五十メートルも離れた国民学校の塀に爆弾が落下した。

焼夷弾より遥かに数はすくなかったけれど、その夜B29は通常爆弾でも攻撃していた。タケシは中学の授業を思いだした。爆弾の種類を学んでいたのである。あれは百ポンド弾だろうか、それとも五百ポンド弾だろうか。閃光《せんこう》のように頭のなかをおかしな疑問が走る。

黒煙が噴きあがり、人の身体が舞いあがった。悲鳴があちこちで破裂して、しゃがんでいた避難民がいっせいに動き始める。ばらばらと小石がタケシの足元まで飛んできた。近くの避難民のなかに千切れた手や中身がはいったままの靴が落ちて、さらに悲鳴があがった。さっきタケシをののしった初老の女や中年男たちがいたあたりである。千寿子が青い顔でいった。

「……アメ公のやつ、なにもほんとに爆弾を落とすことはないだろう」

爆風が晴れると国民学校の塀は崩れ、地面には五メートルほどのすり鉢状の穴が開いていた。穴の周囲に倒れた人たちは身動きもしない。タケシはまだ煙をあげている穴に近づいていった。腕章を巻いた腕が落ちている。さっきタケシをスパイ呼ばわりした男の腕だろうか。息子がサイパンで戦死したといっていた初老の女は、爆弾の破片でも当たったのか、水溜まりほどの血の輪のなかで息絶えていた。

タケシは唇をかんで考えた。自分はこの人たちを助けるべきだろうか。

時田家の人々のときのように避難民に爆弾の落下を警告すれば、この人たちを死の淵《ふち》から救えるかもしれない。そのためには、あの苦しく恐ろしい死をもう一度体験しなければならなかった。タケシは歯をくいしばって、震えを押さえこんだ。

炎に直接全身をあぶられる熱さ、肌の表が焼け焦げていく火傷の痛みを思いだす。髪が燃え、爪が燃え、眼球までからからに乾いて燃えていくのだ。思いだしただけで、全身に恐怖の汗をかいた。あそこにいた人たちは、タケシをアメリカのスパイ呼ばわりし、母さんのことをアメ公の妾と嗤《わら》ったやつらじゃないか。そんな者のために、あの死の苦痛を自分が味わう必要があるだろうか。

迷いながらタケシは周囲を見た。避難民は散りぢりに逃げていく。登美子と君代は爆弾の穴に向かって手をあわせていた。焼夷弾にやられちまえと叫んだ千寿子でさえ、青い顔で拝んでいた。ああ、これは自分がいくしかないんだな。タケシは淋しく笑いながら、顔をあげて通りの向かいに目をやった。塀の反対側には、銅葺きの商家が続いていた。銅板は炎の熱でめくれあがり、家々は盛んに炎を噴きあげている。目の前にあるのは海苔《のり》の問屋のようだ。煙のなかにかすかに磯の香りがした。タケシがふらふらと燃える商店に近づいていくと、登美子が声をかけてきた。

「なにしているの、タケシくん」

これから入っていく炎の家から振りむいた。死ぬのが怖くてたまらないけれど、目に涙をためたままなんとか笑ってみせる。

「ちょっといってくる。また、あとで」

登美子にそういうと、叫びながら燃える家に駆けこんでいった。タケシの身体が炎のなかにのまれると同時に、三階建ての木造家屋は自らの重さに耐えかね崩れ落ちていった。

「そこをどうかお願いします。子どもたちだけでも、入れてやってもらえませんか」

母の君代が手をあわせて頼みこんでいた。野太い中年男の声が返ってくる。

「ダメだ、ここはもう一杯だといっている」

塀沿いの道に戻っていた。別な男が叫ぶ。

「そうだ、おれたちだって生き残るのに必死なんだ。さっさと向こうへいけ」

初老の女性がタケシの顔を指さしながら、なにかいおうとした。ああ、この人が死

体になったときの顔をよく覚えている。血溜まりに浸かる顔だ。

タケシはまだ新しい死の苦痛に身体を震わせながら、先手をとっていった。

「父は確かにアメリカ人です。息子さんがサイパンで戦死されたのも知っています」

絣《かすり》の防空頭巾の女がきょとんと不思議そうな顔をした。さあ、どうしよう。あと数十秒でここに爆弾が落ちてくる。すぐ逃げなければ、国民学校の塀に身を寄せた避難民が命を落とすのだ。爆弾だと叫べば、みな逃げてくれるだろうか。まさか。タケシは口に両手を当て、断固として叫んだ。

「みなさーん、ここから離れてください。昨日、憲兵さんにききました。磯村憲兵大尉です。B29の爆撃手は学校が避難場所に指定されているのを知っています。これから飛んでくるB29は学校を集中的に狙ってきます。爆弾がきます。ここからすぐに離れてください」

タケシは冷や汗をかいていた。いつ爆弾が落ちてくるのか、予測がつかない。さっきは数十秒だと感じたが定かではなかった。時田家の七人もできる限り早くこの場を離れなければ危険だ。牡丹の防空頭巾の女性が、子どもを胸に抱えて立ちあがった。ふらつきながら、前方に歩きだす。その場にいた十数名が後に続いた。登美子がおかしな顔をして、タケシの目を覗きこんできた。

「憲兵さんがほんとうに、そんなことをいっていたの」

注目が集まっているのがわかる。避難民も迷っているようだ。ここは嘘をつきとおすしかない。周囲にきこえるように声を張った。

「ぼくは二重国籍を捨て、軍に入るように誘われました。お国にご奉公する日までは空襲に気をつけろ、学校には近づくなとほんとうに口頭で注意を受けたんです。みんな、ここから離れてください。学校は狙われています」

我ながら、よくもこんな嘘がつけたものだ。タケシも必死だった。近づいてきた君代が腹を立てていう。

「いくら戦争でも、アメリカ人が学校を狙うなんて卑劣なことをするはずがありません」

もう説明している時間はなかった。タケシは母の手を無理やり引いて歩きだした。

「ほんとうです。もうすぐここに爆弾が落ちるんです。ぼくたちもいきましょう」

タケシは避難民に逃げて、逃げてと叫びながら、速足で歩いていった。息子をサイパンで亡くした女性は、その場にとどまったままだ。タケシと君代が動きだすと、時田家の七人は未来の爆心地から離れていった。

再び塀が切れるところまで移動したとき、重い風切り音が頭上でうなりをあげた。爆音があたりを満たす直前、タケシは両耳を手でふさぎ目を閉じた。口は半分開ける。爆発の近くで口を開けるのは、空襲対策として習っていた。鼓膜が破れないようにするためだ。

周囲が騒然とするなか、タケシは肩越しにちらりと爆煙を見て、足をとめずに歩き続けた。助けられなかった何十という遺体を見るのがつらかった。できる限りのことはしたのだと、自分を納得させるしかない。よっさんが感に堪えたようにいった。

「いやあ、こいつは魂消《たまげ》た。タケシ坊ちゃんのいうとおり、爆弾が落ちてきやがった。いったいぜんたい、なんでわかったんでさあ」

タケシは感情を殺してこたえた。

「偶然だよ、よっさん。全部、磯村憲兵大尉のおかげだ」

他になんといい訳ができるだろうか。自分は爆弾が落ちるのを見て、海苔問屋でもう一度死んで戻ってきた。それでほんの数十秒前からやり直したのだ。この世界とさっきまでの世界の関係を考えると、頭がおかしくなりそうだった。細かなことは戦争が終わったら多世界宇宙の論文を書くといっていた正臣おじさんにでもまかせておけばいい。そちらは物理学者の仕事だろう。自分はこの力をつかって、なんとか時田家のみんなを助けるのだ。東京の下町中が火炎地獄になった三月十日、何度死んでもいいから、みんなを生き延びさせる。それがタケシにまかされた仕事だった。

震える手に目をやった。両手が引っかくような形で固まっている。問屋で焼け死んだときの形のままだ。両手をこすりあわせ、なんとか指を伸ばしていく。歯が鳴り、震えもとまらなかった。牡丹の花の防空頭巾の女性が、幼い子どもを胸に抱え、お辞儀をよこす。

「おかげで命が助かりました。お兄さんのいうこと、みんなも信じていればよかったのに」

あのおばあさんも、中年男たちも助けることはできなかった。じわりと涙がにじみそうになったが、タケシはなんとかこらえた。隣を歩いていた登美子がいった。

「さっきから何度も危ないところを、タケシくんに助けてもらってるよね。神様がついているみたい。もしかしたら、これから起きることがわかるの」

タケシは黙って首を横に振った。鉄兜を締めるひもが顎の下で揺れている。このひももさっきは炎のなかで燃えていた。

「未来なんてわかるはずがない」

タケシは唇を嚙み締めた。ほんとうに時田家の家族を守れる未来がわかるのなら、苦労はなかった。自分の死によって数十秒前の世界に戻ることができても、それがなんだというのだ。実際にそのときを必死に生きて、とり返しのつかない失敗をやらかしてからでなければ、やり直すことはできない。それなら普通の人と変わらないではないか。できることよりもできないことのほうが遥かに多いのだ。さっきも爆弾が落ちてくるのがわかっていたのに、避難民のすべてを救うことはできなかった。

心身の異変も心配だった。自分で選んだとはいえ、炎のなかで焼死するのは恐ろしい苦痛だ。それが心と身体にぬぐえない傷痕を残している。今も全身の震えがとまらない。背中が丸くなるのは焼け死んだときの姿勢に戻ろうとしているのか。目は自然に泳いでしまった。きっと炎が恐ろしくてまともに見られないせいだ。こんなふうに何度も炎のなかに飛びこんでいけば、不死身の身体よりも先に心が壊れてしまうのではないか。

「さあ、いきやしょう」

タケシより五十歳近く年上のよっさんが空元気をふるって声をあげた。

「坊ちゃんがなにを考えてるのか、あたしにはわからねえ。でも、ここまでのところはほんとによくやってなさる」

よっさんはタケシの震える手を優しい目で見つめていった。

「怖いのも、腹が立つのももっともだ。あたしらはみんな炎におびえ、焼夷弾に怒ってる。だけど、坊ちゃん、今はなんとかしてこの夜を逃げ切るのが先決だ」

登美子がいった。

「そうだよ。うちの家族の誰ひとりなくさずに、なんとか朝までがんばろう」

直邦が疲れた顔で笑っていた。

「兄ちゃん、いつかカレーライスとみつ豆とサイダーいっぺんにご馳走しておくれよ」

真夜中に叩き起こされ、二時間以上も駆けどおしに駆けてきた八歳の男の子の願いだった。タケシはちいさな防空頭巾の頭をごしごしとなでてやった。炎の恐怖がなんだ。火傷の痛みがなんだ。必要なら何度でも死んでやる。しゃがみこんで直邦の目をまっすぐに見た。

「これが全部終わったら登美ちゃんといっしょに楽天地にいこう。全部ご馳走してあげる」

時田家の七人はひとりも欠けることなく、なんとか四ツ目通りまでたどりついた。錦糸町駅の脇を抜けて、南北に押上と洲崎をむすぶ幹線道路である。片側三車線もある広々とした道で、中央には路面電車の軌道もとおっていた。

「うわー、あれはなあに」

直邦が口を開いて指さしていた。タケシもその先に目をやる。歩道の横につくられたおおきな防空壕の口から、炎が噴きだしている。花火というより火炎放射器のような炎がまっすぐ夜空に伸びていた。ごうごうと炎が燃えあがる音が耳に飛びこんでくる。火災の音はずっと周囲に鳴り響いていたのだが、無意識のうちにきかないようにしていたのだ。

あれだけおおきな防空壕だ。どれほどの人たちが避難していたことだろう。数十人ではきかないはずだ。地下に掘られた暗闇のなか身を潜める数百人の避難民の白く冴える目と目を思い浮かべたところで、タケシは想像をやめた。亡くなった人について考えていたら、今夜を生き抜くことはできない。

そのとき空襲警報解除のサイレンが、北風に押され黒煙が真横に流れていく東京の空に響き渡った。火の粉の混じる黒煙は地上の炎を映して、下半分が淀んだ血のように赤い。

「こいつは、どういうことでやすかね。もうB公のやつは飛んでこねえのか」

よっさんがセイコーの腕時計を確かめている。タケシはきいた。

「今、何時ですか」

「午前二時三十七分」

タケシは夜空に噴きだす防空壕の炎を呆然と眺めながら考えていた。空襲警報が鳴ったのはよく覚えていないが確か十二時過ぎだった。すこし長い映画でも観るくらいのたった二時間半で、下町はこれほどまでに焼き尽くされてしまったのか。首都東京を覆うレーダー網は細かい。もう新たなB29は房総方面から侵入してきていないのだろう。空襲はほんとうにこれで終わったのかもしれない。

けれど、炎の勢いはこれからいよいよ強盛を極めるところだった。四ツ目通りに面した商店のほとんどが火を噴いて、交差点の角に立つデパートの白木屋は炎のなかに浮かんでいるようだ。ここで立ちどまってはいられない。タケシは必死に考えていた。南北を結ぶ道なら、風上に向かってすすんでいくしかない。南に下るのは追い風で楽だけれど、いつまでも炎に背中を追われる愚策だ。

「北のほうへ上りましょう」

タケシは防空壕からまっすぐに噴きあがる炎から目を引きはがし歩き始めた。B29の飛んでいない空は大火災の黒煙だらけだが、すこしは気分がましだ。そういえばあれほどやかましかった高射砲の音がしばらく鳴っていない。登美子がしみじみといった。

「これで焼夷弾の直撃は、もうだいじょうぶなんだよね」

タケシは無理して歯を見せて笑った。登美子もよっさんも、それに自分も豪雨の音とともに空から降ってくる鋼鉄の六角形パイプに直撃されたのだ。銃弾のような勢いで、登美子の腕は肘から先が千切れ飛んでいた。

「うん、だいじょうぶだ。でも、まだまだ炎から逃げなくちゃ」

北風が渦を巻く空には火の粉が雪のように舞っていた。東京の空は地の底にある焦熱地獄の空のようだ。四ツ目通りと千葉街道の交差点までやってくると、煙の色が白っぽくなり炎の勢いが弱まっていた。錦糸町駅の木造駅舎はすでに焼け落ちている。交差点の周囲に停《と》められた自動車も半分は炎をあげていない。金属の骨組みだけになって朽ちている。駅は交通の要衝なので、真っ先に爆撃の目標にされたのだろう。これなら千葉街道を渡り、さらに北に逃げられそうだ。

「今のうちに交差点を渡りましょう」

千寿子が直邦の手を引いていった。

「このまずっと北へ逃げるのかい。それともどこかに目標があるのかい」

タケシは煙の流れる交差点を注意深く観察しながら考えた。楽天地の奥にいけば、おおきなお寺がある。あの境内はどうだろうか。あるいは省線のガード下なら、すこしは安全かもしれない。登美子がいきなりいった。

「ここまできたら、錦糸公園にいこうよ」

タケシの視線をとらえると、同じ年のいとこはうなずきかけてくる。錦糸公園は昭和の初めに関東大震災の復興事業のひとつとしてつくられた副都心の大型公園だ。もう何週間も昔のようだが、つい昨夕には登美子とふたりで遊びにいき、噴水の縁に座ってあれこれ話をしたばかりだった。ミヤと亡くなったテツと再会を約束した場所でもある。どうせ今の東京には絶対安全なところなど、どこにもないのだ。

タケシはたくさんの緑の木々と芝生のあいだを抜けるゆるやかに曲線を描く遊歩道を思いだした。丸い屋根のついた野外ステージに、豊かに水が張られた噴水。あそこが終着点なら、この地獄の夜もすこしはましというものだろう。

「うん、みんなで錦糸公園にいきましょう」

交差点を渡ると駅前の広場だった。バスの停留所の看板が焼け焦げ、まだくすぶっている電柱から垂れさがった電線に火花が散っている。淡い煙のなかをぼろきれのようになった避難民が右往左往していた。道路や歩道のあちこちには黒焦げの死体が様々な形で転がっている。二時間前にはいちいち手をあわせていたが、今は気にもとめなくなっていた。心はすり切れ、死者への悲しみも同情も湧いてこない。とおり道の邪魔になれば、またいで過ぎるだけだ。

焼け落ちて中央がくぼんだ錦糸町の駅舎を横目で見て、省線の高架線下に向かう。焼夷弾を避けるために逃げこんだ人が多かったのだろう。ここも焼死者の山だった。

点々と河原の岩のように転がる数十の死体に目をやった。タケシはなぜかそのうちのひとつに視線が吸い寄せられてしまった。ふらふらと折り重なる焼死体に向かう。背中や頭は炭のように黒くなっているが、手足はきれいなものだ。兄弟だろうか。幼い子をかばうように小柄な少年がうつ伏せで亡くなっていた。

タケシは遺体の肘のつぎ当てをぼんやりと眺めた。柿色の格子柄の女ものの生地である。この柄をどこかで見た覚えがある。そう気づいたときには折り重なる遺体に飛びついていた。胸が早鐘のように鳴っている。まだ熱をもった身体を抱き起こした。

うつ伏せになった遺体の胸から、理科の参考書が煤けた道路に落ちた。顔は火傷で赤くふくらんでいるが、背中ほど焦げてはいなかった。

「ミヤさーん」

タケシはミヤの頭を胸に抱いた。ミヤは今の自分と同じように一番大切なものを胸に抱えて死んでいったのだ。少年飛行兵になるための試験用参考書と一番下の弟である。健治くんは直邦より幼く国民学校一年生だったはずだ。こちらの死に顔はきれいなものだった。

「どうしてだ、防空壕にいくんだったよな」

もう涸《か》れてしまったと思っていた涙が、つぎつぎとこぼれ落ちてくる。大横川沿いの道で会ったときには、深川の親戚のところにいくといい、南に向かっていたのだ。それがなぜ錦糸町駅なんかにいるんだ。涙がとまらない。

テツが死に、ミヤが死に、三人組はもうタケシひとりを残すだけだった。この大空襲の夜をなんとか生き延びても、もうふたりには二度と会えないのだ。涙がとまらない。

「どうしてなんだよー」

ミヤの頭を抱え、タケシが吠えるように泣いていると、肩にそっと手がのせられた。防空頭巾を煤で真っ黒にした登美子が泣きながら立っていた。

「ミヤくんが亡くなって、ほんとに悲しいのはわかる。でも、ここから逃げなくちゃ。もうすぐ錦糸公園だよ。わたしたちは生きなくちゃ」

ゆっくりと泣いている時間もないのだ。登美子の背後では楽天地の映画街が燃えていた。映画の看板やのぼりがめらめらと炎をあげ、建物が崩れ落ちていく。夢中になって映画を観たスクリーンも硬い椅子の観客席もラムネやお菓子の売店も、すべて燃えてしまった。

自分の家も燃えた。かよっていた学校も燃えた。遊んでいた公園も、駄菓子屋もそば屋も燃えた。友達も知りあいも燃えた。昨日まで自分はほんとうの戦争を、すこしもわかっていなかった。なにひとつ理解していなかった。この夜、何度そう思っただろうか。口先だけでお国のために命をかけるといっていただけなのだ。けれど戦争は兵隊と東京都民の区別などしなかった。戦争は相手の一番大切なもの、一番柔らかいところ、壊して欲しくないものを徹底的に傷つけあうことだった。際限なく燃えあがり、自分の力に酔いしれる憎悪の炎そのものが戦争なのだ。

なぜかわからないままタケシは理科の参考書を拾って肩掛けカバンにいれた。ふたを閉めてから思いついた。いつかミヤさんのお墓ができたら、その前に供えてやれるかもしれない。タケシは足を引きずるように歩きだした。

省線のガード下を抜けるとあとわずかで目的地の錦糸公園だった。駅周辺では炎の勢いがだいぶ弱まってきたようだ。骨組みだけを残し、力なく白い煙をあげるだけの建物の数が多くなっている。登美子がタケシのすこし先の歩道を歩きながら、振りむいていった。

「なんだか、わたしたち無事に今夜を越えられそうだね。タケシくんのおかげだよ」

みしりと木材のきしむ嫌な音がした。タケシはまったく気づかなかった。千寿子が叫んだ。

「登美子、逃げて」

直邦ととよちゃんが続けて叫んだ。

「危ない、登美ちゃん」

笑顔で振りむいた少女の横には、三階建ての和菓子屋があった。心柱《しんばしら》が燃えて支えきれなくなったのか、炎の波のように登美子めがけて燃える家が崩れ落ちていく。

タケシは腹の底から叫んだ。

「登美ちゃん、逃げて」

つぎの瞬間さっきまで登美子が立っていた歩道には、燃える家の残骸が炎をあげるだけだった。輻射熱がひどく、とても近くにいられない。少女の姿はどこにも見えなかった。

「登美子ーっ」

燃える残骸のなかに飛びこもうとした千寿子をよっさんが羽交い締めで押さえていた。娘を目の前で殺された母親はこんなふうに泣き叫ぶんだな。自分が死ねば、うちの母もこうなるのだろうか。

　振りむくと、君代が真っ赤な目を見開き、手拭いで口を押さえていた。また炎のなかにいくのか。身体をじかに焼かれる痛みと火を吸いこんで焼けただれる鼻と喉の痛み。恐怖で震えがとまらない。タケシは涙で声が揺れないようにするのが精一杯だった。だが、登美子のためなら迷いはない。

「いってきます、お母さん」

　ひと言だけ涙目で母親に残すと、タケシは炎をあげる和菓子屋の残骸のなかに飛びこんでいった。


　振りむいた登美子が笑顔でいった。

「なんだか、わたしたち無事に今夜を越えられそうだね。タケシくんのおかげだよ」

　意識が戻ったとたん、冷や汗をかいた。今回はもう時間がない。タケシは全力で駆けて、相撲のぶちかましの勢いで車道の側に登美子を押し倒した。同時に木材のきしむ音が頭上で鳴った。三階建ての老舗の和菓子屋が炎とともに倒壊してくる。右足に衝撃がきた。

「登美ちゃん、だいじょうぶか」

蒼白《そうはく》な顔でうなずくと、登美子はタケシの下から転げでるように燃える残骸から離れた。タケシも立ちあがろうとしたが、右足のひざから下が動かせなかった。

「タケシ坊ちゃん、手を」

よっさんがやってきて、手首をつかんでタケシを崩れた家から引きだしてくれた。タケシは自分の燃える足を見た。登美子が軍手をした手で炎をあげるゲートルをはたいてくれる。なんとか火を消すことができたが、黒焦げになったゲートルからはぶすぶすと煙があがっている。

タケシは身体を点検した。ふくらはぎは火傷の痛みだ。けれど足首は捻挫か折れたかしている。ほかに怪我はしていないようだ。錦糸公園の入口まではもう三十メートルとなかった。目をあげれば、入口の門が見える。

「もうすこしだ、公園にいこう」

タケシはふらつきながら全力で立ちあがった。右肩を登美子が支えてくれる。

「またタケシくんに助けられちゃったね」

タケシは登美子の肩を借りて、公園まで足を引きずりながら歩いた。入口近くの立木は生きたまま燃えて、幹からぶつぶつと水蒸気をあげている。だが、木々の間には数日前に降った雪が泥をかぶった山になって残っていた。この冬は厳しい寒さだった。

錦糸公園のあちこちに避難民が身を寄せていた。いけがきのなかに隠れる者、燃え残った大樹に集う者、呆然と焦げた芝生のうえにへたりこむ者。公園周辺の火災は勢いを失っているようだ。だが、顔をあげると電線にはモンペが焼けて、足がむきだしになった若い女性の死体がぶらさがっていた。この公園でも炎の竜巻が起きたのだ。つぎにいつあの暴風が吹き荒れるかわからない。

「タケシくん、どこに逃げるの」

登美子が信じ切った顔できいてくる。もう空襲警報は解除された。焼夷弾や爆弾の直撃はない。この公園に燃えるものはない。危ないのは炎の竜巻だけだ。視線を下げると、肩にまわされた登美子の手が焦げた国民服の胸にあった。昨日はこの手をつないでいたのだ。瞬間的に思いだす。噴水だ。

登美子といっしょに腰かけていた噴水である。プールほどのおおきさがある四角い噴水は、公園の奥にあった。水の深さはひざ下くらいだったはずだ。子どものころ、水遊びをしたので覚えている。あそこに身を伏せれば、炎の竜巻が襲ってきても、きっとやり過ごせるに違いない。タケシは数学の難問の正解を、ようやく見つけたときのような清々《すがすが》しい気分だった。

「奥の噴水にいこう。それがぼくたちの目的地だ」

登美子が不思議そうな顔をしていった。

「うん、わかった。噴水だね。どうして、そんなに笑ってるの、タケシくん」

そうか自分は笑っていたのか。

「だって、おかしいよ。半日もたたないうちに、また登美ちゃんと錦糸公園に帰ってきたんだもの。あのときは十五分だったのに、三時間以上はかかってる」

焼夷弾の雨が降る炎の街をただひたすら逃げ続けた時間だった。その間に何人の死者を見ただろうか。いくつの死の場面を目撃しただろうか。燃える家や学校やビルのなかで焼け死んだ人たちも無数にいたことだろう。


直邦が走ってくると、タケシの手を引いていった。

「錦糸公園もみんな焼けちゃったね。だけど、時田の家のみんなは元気だ。やったね、タケシ兄ちゃん」

公園の広場までやってきた。コンクリートタイルのあちこちに、煤だらけの避難民がへたりこんでいた。噴水の縁にもたれるように焼けだされた人たちが集まっている。誰の顔にも感情はなかった。煤で黒い顔のなか、血走った目だけが白く浮かんでいる。あまりにもひどいものをたくさん見過ぎて、感情は灰になって燃え尽きてしまったのだ。ここにいる誰もが戦争のほんとうの意味を身体で理解していた。登美子がいった。

「噴水のなかに入るんだよね」

タケシは広場に集まった避難民を見まわした。火の勢いは弱まっているが、もし炎の竜巻が起これば、この人たちはみな空に吸いあげられてしまうだろう。

「そうだよ。万が一があるかもしれない」

登美子が噴水脇の人たちに声をかけた。

「すみません、ちょっととおしてください。いいタケシくん、縁を越えるよ」

ひざほどの高さのコンクリートの縁を越えるとき、痛めた右足に体重がかかってしまった。痛みで目が回りそうになる。噴水の水は火災の熱気でぬるま湯になっていた。水のなかにはいくつもの家族がいた。火傷を冷やすために水に入ったのかもしれない。

「あーこいつはいい湯だ」

よっさんがやってきて、ばしゃばしゃと顔を洗った。煤が落ちて、日焼けした顔色が戻ってくる。さすがのよっさんも疲労で頬がこけていた。君代ととよちゃんがやってきた。

「タケシ、足はだいじょうぶ」

「はい、すこし痛むだけです」

足首が折れているかもしれないとはいわなかった。一生右足を引きずることになったとしても、大空襲の夜を生き延びたのだ。安いものではないか。千寿子が隣にきていった。

「あんたたち、いつからそんなに仲よしになったんだい」

登美子があわててタケシの肩に回していた腕をはずした。口をとがらせて返事をする。

「タケシくんが怪我をしたから、仕方ないでしょう。嫌らしい目で娘を見ないでください」

とよちゃんも、よっさんもにやにやしていた。こうして時田家の七人は、誰ひとり欠けることなく、公園の噴水の西側の縁に集まり、腰までぬるい水につかった。


タケシは噴水の縁にもたれうとうとした。真夜中に空襲警報で叩き起こされ、ずっと駆け続けだった。もう朝が近いはずだが一睡もしていない。直邦は千寿子の胸に抱かれ、すでに深い眠りに落ちている。タケシはふわふわと手足が軽く感じられるほど疲れ切っていた。ぬるい温泉のような噴水の水のせいもあるのだろう。だいぶ水苔《みずごけ》くさい濁った水だけれど、これで炎の竜巻から身を守れるのなら、泥だろうが腐った水だろうがかまわなかった。どんなに汚れても苦しくても、生きていることには代えられない。

錦糸公園の周りをとり囲む建物の炎はしだいに収まりつつある。公園の木々の間を流れるのは火事が消えるときの白っぽい煙だった。

「ほんとにわたしたち、助かったんだね」

　登美子が驚いた顔でいう。あの炎のなかを逃げてきたのだ。自分の幸運が信じられないのも無理はない。

「うん、きっと……」

　なぜかタケシにはその後を続けることができなかった。きっとみんな助かるといいたかったのである。それにしても、なぜこんなに眠いのだろうか。喉の奥がひどくざらついて、息が苦しかった。登美子を助けるとき煙を吸いこんだのかもしれない。千寿子がいった。

「登美子からきいたよ。タケシくん、うちの人に時田の家族を守ってくれって頼まれたんだってね。あんたはほんとによくやってくれた。ありがとね」

　噴水につかったまま、ていねいに頭を下げる。千寿子にそんなふうに礼をいわれたのは初めてのことだった。タケシも姿勢を正して頭を下げた。

「いえ、できることをしただけです。義雄伯父さんにも、千寿子伯母さんにも、ほんとにお世話になりました」

　配給制で食料が足りないなか家財道具を売って、君代とタケシの分まで確保してくれた。始終腹を減らしていたが、それでも生き延びることはできた。街では餓死者の噂が絶えなかった。駅に転がるやせ細った遺体を目撃したこともある。それが当たり前の時代だ。

食料さえ十分でないのに、中学生が学校にいく代わりに戦争継続のために武器をつくっていたのだ。タケシは自分の住む街をきれいさっぱり焼かれ、親友ふたりを失ってから、初めてそのおかしさに気づいた。こんな無茶《むちゃ》な戦争をいつまで続けるのだろう。それにしても、眠くて息が苦しい。全身を襲うこのだるさはなんだろうか。

よっさんが温泉でも浸かるように、頭のうえに絞った手拭いをのせていった。

「なんにしても、こうしてみんな助かった。タケシ坊ちゃんのお陰です。さっきの話覚えてやすでしょうね」

なんの話だろうか。タケシは首をひねった。

「この戦争が終わったら、中古の編み機でも手に入れて、時田メリヤスを再興しやしょうって話でさ。社長も帰ってきなさるし、タケシ坊ちゃんもいる。うちの会社は当分安泰だ」

千寿子もまんざらではない顔でうなずいた。建築家はあきらめて、町工場でもやるのもいいかもしれない。君代が口をはさんだ。

「よっさん、いいお話ありがとう。でも、タケシ、今すぐに決めなくてもいいのですよ。戦争が終わったら、お父さんがいるアメリカにいけるかもしれない。大学で建築の勉強を続けられるかもしれない。生きてさえいれば、未来は必ずあるのです」

登美子がタケシから視線をはずし、濁った水面を見おろしていった。

「君代おばさまのいうとおりだと思う。タケシくんもわたしも若いし、この大空襲を生き残れたんだから、つぎになにが起きても絶対だいじょぶだよ。だって、これ以上ひどいことなんて、生きてる間に起きるはずないものね」

とよちゃんが手を打つと、ぱちんと小気味よく濡れた音が鳴った。

「そのとおりですよ。こんなにひどい目に二回もあうはずないんです。わたしは焼夷弾も火事ももうこりごり。ひと晩でどれだけやせたか」

ふくよかなとよちゃんのいつもの冗談だった。なにがおかしいのかわからないが、千寿子も登美子も君代も涙ぐむほど笑っている。登美子が笑顔を収めてぽつりといった。

「将来はタケシくんの自由だよ。わたしはずっと日本に、この街にいて欲しいけどね」

それだけで十分同じ年の少女の思いは伝わった。人に好きだなどと軽々しくいうことのない時代である。自分の未来か。タケシはぬるい水のなかで手足を伸ばし、ゆったりとくつろいだ。ひどく眠くて息も苦しいけれど、炎に追われ今を生きるのが精一杯だったさっきまでと違い、遠い将来を考えられるのはたいへんな贅沢だった。テツもミヤも少年兵どころか、大人になるまで生きられなかった。自分はなんとか大人になれそうだ。どんな大人になるにせよ、大空襲のような悲惨な出来事は二度と繰り返したくない。

　タケシはコンクリートの縁に頭をもたせかけ、寝ころぶようにぬるい水に浸かった。胸まであたたかな水がやってくる。国民服は濡れてごわごわだが、実にいい気分だ。

「ぼくは疲れたから、すこし休みます。未来の話は後でしましょう。みなさん、今夜はほんとうにお疲れ様でした」

　地獄のような夜だった。街が燃え、人が燃え、自動車と路面電車が燃え、学校と映画館が燃え、木々と空が燃え、東京の過去と未来が燃えるのを見てきた。そのなかで自分は何度も焼け死んでは、時間をほんのわずか巻き戻し、時田家の人々を守るために全力を尽くしてきた。炎のなかで命を落とすのは何度試しても恐ろしい経験だった。きっとあの痛みは、この身体に焼きついて一生消えないだろう。

　だが、すべて終わったのだ。もうすぐ朝がくる。つらかったけれど、時田武おまえはほんとうによくがんばった。誰にも知られることはないのだから、自分で自分を認めてやろう。おまえはほんとうによくがんばった。命を投げ捨て、家族と他者の命を何度も救ったのだ。義雄伯父さんも、アメリカにいるお父さんもきっとほめてくれるだろう。閉じた目の奥が熱くなり、涙が頬をこぼれ落ちていく。

　ぬるい水のなかに半ば浮かんで、タケシは転寝《うたたね》する。空が明るくなり始めていた。

夜明けの小鳥のさえずりがきこえる。よかった。炎の夜を鳥たちもなんとか生き延びたのだ。タケシは浅い水のなか横たわり、鮮やかな夢を見た。

錦糸公園の北の空に白いパイプを編んだようなすごい塔が建っていた。あれは押上のあたりだろうか。海野十三《うんのじゅうざ》の空想科学小説にさえ登場しないような空を突く尖塔《せんとう》だ。高さは五百メートルではきかないのではないか。いや、白い塔だけではなかった。公園の周囲をアメリカでさえ見たことのない光り輝くガラスのビルがとり巻いている。おかしいな。これはほんとうに夢なのだろうか。公園を歩く人々は黒い髪と黒い瞳をして同じ日本人のようだが、背がすらりと高く、思いおもいの楽し気なお洒落をしている。みなが手にしているガラスのちいさな板はなんだろうか。通りには流線型の自動車があふれ、空には入道雲が輝くように浮かんでいる。

これが東京の未来なのか。タケシの胸の高鳴りはとまらなかった。こんな時代を生きられるなら、命をかけて大空襲の夜を凌《しの》いだ価値がある。テツにもミヤにもこの街を見せてあげたかった。東京の未来はこんなに素晴らしいぞ。この焼野原から、こんなにすごくて新しい東京が生まれるのだ。タケシは心から満足すると、抵抗できない深い眠りに落ちていった。

おわりに

シアトル・マリナーズの野球帽をかぶったエドワードが、テーブルに身を乗りだしてきた。待ち切れないようにいった。

「それでタケシさんは、どうなったんですか」

登美子は冷めたコーヒーをひと口すすり、タケシによく似た少年の明るい瞳を見つめた。もうシアトル・タコマ空港についてから二時間が過ぎようとしている。年寄りの話が長いと嫌われるのも無理はなかった。けれど一度始めたら、あの不思議な少年の話をとめることなど誰にもできないだろう。

「時田家のみんなは走りづめで疲れ切っていたの。わたしも何度かうとうと眠ってしまった。タケシくんの異変に最初に気づいたのは、わたしだった」

錦糸公園の噴水のぬるい水のなかは、真綿の布団で寝るのと同じくらい心地よかった。何度目かの転寝から目を覚ましたとき、空は透きとおるように青く、小鳥の鳴き声がやかましかったのを覚えている。エリーが眉を寄せ、悲痛な表情をしていた。大空襲の朝、弟のタケシがどうなったのか知っているのだ。

「タケシくんはななめ半分、水に顔をつけていた。最初に見たとき、ふざけているのかと思った。目を開いたままだったしね。でも……もう息はしていなかった」

エドワードが息をのんだ。エリーは口元を引き締め、涙をこらえている。

「わたしたちはみんな泣いた。あんなに勇敢に時田の家族を導いてくれたのに、誰にも負けない勇気を見せてくれたのに、最後の最後で自分だけ命を落としてしまうなんてね。神様だって、あまりにひどすぎる。わたしも泣きに泣いたよ。もう目の玉が流れちゃうというくらい」

そのときタケシの顔を指さして直邦がいったのだ。タケシ兄ちゃん、笑ってるよ。駄目だ、思いだすとまた泣いてしまう。登美子は枯れ枝のような指で涙をぬぐった。

「だけどね、タケシくんはほんとうにうれしそうに笑っていたんだよ。今になっても理由なんてわからないんだけど。それは穏やかで、いい笑顔だった。どうせ死ぬなら、あんな顔ができたらいいなっていうくらい」

エリーがうんうんとうなずいて、こらえていた涙をこぼした。登美子もつられて泣いてしまう。エドワードがカフェの茶色い紙ナプキンを配ってくれた。涙を拭いて、エリーが滑らかな日本語でいった。

「その後、時田家のみなさんはどうなったの」

「戦後はそれはたいへんだった。とにかく貧乏で、たべものが足りなくてねえ。でも、うちのお父さんが帰って、よっさんも元気だったし、またメリヤス編みの町工場を始めたの」

あの頃の編み機の音が懐かしかった。女学校を卒業してから、登美子も帳簿の仕事を手伝ったのである。

「高度成長が終わる頃、メリヤス編みはすっかりすたれてしまってね。工場と近くにあった倉庫の跡地に、マンションを建てたの。時田家の家業は今ではマンション経営よ。不動産なんて縁がなかったんだけど、亡くなった弟の直邦が意外に目端が利いてね」

もう七十年以上になるのか。あの夜、炎のなかを逃げ回っていた七人のうち、今生きているのは自分だけになってしまった。遠いとおい昔のようにも、つい先日のようにも思える。エリーが涙目で微笑《ほほえ》んでいった。

「登美子さんの結婚はうまくいったのね」

うなずいておいた。夫の正則は製紙会社に勤める会社員で、タケシのようにハンサムではなかったが、誠実でよく働く人だった。子どもは四人いる。ひとりは映像関係の仕事に就き、ハリウッドの大手スタジオで働いていた。この旅の終わりに会いにいく予定だ。

「時田家の七人のうち、ひとりしか亡くなっていないのは奇跡だって、後からいろい
ろな人にいわれたわ。大空襲の夜の三時間で、わたしたちが住んでいた本所区の五割
の人が亡くなり、建物の九割が燃え落ちてしまったから」

エドワードが口をうっすらと開けて、事実の衝撃に耐えていた。エリーがいう。

「それでもヒロシマやナガサキに比べると、東京大空襲は世界ではあまりしられてい
ない。わたしはこちらでタケシのためにがんばっているけど、もう八十八歳だしなか
なかね。あとはこの子の世代に託すしかない」

エドワードが肩をすくめた。

「クラスの友達に話しても、誰も耳を貸してくれないよ。戦争の話なんて暗いって」

登美子はタケシによく似た少年の手を、ぽんぽんと叩いた。

「それは日本でも同じよ。戦争なんて、暗くて古くてダサいって。でも人間には忘れ
てはいけないことがある。わたしはそう思ってる」

エドワードが力強くうなずいた。

「ぼくもそう思います、グランマ登美子さん」

「エドワードはタケシくんに似て、ほんとにいい子だねえ」

エリーが曽孫を見つめて笑っている。

「こうして憎い敵だったアメリカにも旅行できたし、エリーさんと何度も話ができた。みんなタケシくんのお陰よ。おかしなことをいうようだけど、今もこのカフェのどこかで、茶色い目をして国民服を着た男の子がこっちを見てるんじゃないかって気がするのよ」

エドワードが肩をすくめていった。

「ゴーストみたいなやつ？　なんか怖いな」

「ちっとも怖くないよ。ついこの前まで生きていた人だもの。エリーさんのブラザーよ」

それにタケシは自分の初恋の人だ。ずっと忘れられなくて、戦争が終わってから結婚するまで十年以上もかかった。あの人はどうしてわたしを残して、ひとりで死んでしまったのだろう。

「そうよ、もしタケシに会ったら、あなたもちゃんとご挨拶なさい。日本語でね」

「わかったよ、グレートグランマ」

タケシくんなら、きっとにこにこと笑って同じ年ほどの姉の曽孫に、礼儀正しく挨拶を返してくれるだろう。すこし恥ずかしげに。

「それにしても、どうしてあの炎のなか安全な逃げ道がわかったんだろうね。真っ赤な炎で通り一本向こうが見えもしなかったのに。焼夷弾が降るタイミングもわかっていたみたいだし、和菓子屋が崩れたときもねえ」

登美子はつい昨日のことのようにタケシに突き飛ばされた身体の感覚を覚えていた。三階家が崩れたとき、タケシはわたしなんかを守るために足に重傷を負い、火災の煙を吸ってしまった。それが致命傷になったのだろう。

「今でもあの夜のタケシくんには神様でもついていたんじゃないかって気がするんだよ。炎のなか何度でも甦って、うちの家族を守ってくれた不死鳥の神様がね」

そのとき登美子は幻を見た。スターバックスの通路の奥に、国民服を着てゲートルを巻き、肩掛けカバンと水筒をさげた坊主頭の少年が立っている。背景は燃えあがる炎だ。炎のなかでも涼しい顔で、あの男の子はこちらを見て笑っている。登美子は懐かしい人を見つけて、思わず腰を浮かせそうになった。エリーが腕時計を見ていった。

「ちょうどディナーの時間になったわね。熟成肉のステーキがおいしい店を予約してあるから、そろそろいきましょう」

炎の幻はかき消えてしまった。三人はカフェを出て、混雑するタクシー乗り場に向かった。空港のガラス扉を抜けると、北国の冷気に全身を包まれた。登美子は爽やかな秋を吸いこみ、涙目で微笑んだ。

まだあの少年の故郷シアトルの夜は始まったばかりだ。

あとがき

ぼくの母は都立第七高女（現・小松川高校）に通っていたとき、東京大空襲に遭っている。母から「その夜」のことをきいたのは、高校生のときのただ一度切りだった。

「真夜中の空襲警報で叩き起こされ、ひたすら逃げ回った。最初のうちはゆきあう遺体に毎回手をあわせていたけれど、三十分もすると道に転がる丸太でも越えるように、遺体なんか見むきもせずに跳び越すようになった」

遺体が丸太に見える。それほどの数の焼死者を、その夜女学生だった母は目撃したという。戦争や空襲ほど残酷なものはないとよくいっていた。そのときいっしょにこんな話を耳にしたのも忘れられない。

「当時は学校にプールなんて贅沢品はなかった。隅田川の河川敷にヨシズで囲った水練場が造られて、夏には泳いでいる女生徒の間を透明な小魚がきらきらと光りながら通り過ぎていったものよ」

高校生のぼくには焼夷弾の雨よりも、競泳水着の女学生と透明な小魚のほうがずっと印象的だった。昔の東京の水辺には、それほど美しいものがあったのだ。けれど歳月には不思議な作用がある。四十年の時が流れ、ぼくはだんだんと透明な小魚ではなく、東京大空襲を書いておきたいと思うようになった。あれこれと資料を集め始めたのは、二十年以上たった四十代なかばからだ。

毎日新聞から連載の依頼を受けたとき、真っ先に思い浮かんだのが、このテーマだった。直接空襲を体験した第一世代だけでなく、そろそろ歴史的な出来事としてしか戦争を知らないつぎの世代の作家も、先の大戦を書いておく必要があるのではないか。『池袋ウエストゲートパーク』の作者もそういう年になったのだ。

そのために方法論を考え尽くした。空襲を直接体験した人たちの強度には逆立ちしてもかなわない。ならば、現代小説の強みを総動員して、あの空襲を絶対忘れられない読書体験にしよう。主人公・時田武は当時二万人ほど日本にいた日系人の少年とした。父は鬼畜アメリカ人、母は東京の下町っ子である。

父の国の空襲から母の国の都で、命がけで逃げ回るのだ。さらに現実ではあり得ないSF的設定をひとつ導入した。量子論の多世界解釈は、多くのSF映画やアニメを通じて、今では焼夷弾よりずっと身近になっている。

空襲で人々がどんな死の形を迎えたのか、百科事典的に網羅することも目標のひとつとなった。タケシの住む本所区では、ひと夜で住民の半数が亡くなり、九割を超える家屋が焼失した。どれほど残酷でもこのテーマでは、死の諸相を避けることはできない。

最後に時田家の短い旅の最終目的地となる錦糸公園について書いておく。ぼくは錦糸町にある両国高校で、学園祭のとき創作ダンスのチームに所属していた。学祭本番の直前になると巨大なラジカセをもってみんなで公園にいき、真夜中まで噴水前の広場でダンスの練習に励んだものだ。男女ペアをつくり汗だくで練習したその公園には、空襲直後一万三千名もの遺体が仮埋葬されていたという。ぼくたちはあの夏の夜、死者の上で踊っていたのだ。東京下町にはそういう場所が今もたくさん残っている。

願わくば、この作品が主人公と同じ十四歳の少年少女に広く読まれますように。心に焼き印を押されたように、東京大空襲を忘れませんように。

ひとつの作品を書き終えて、祈るような気もちになったのは、二十年を超える作家生活で初めてのことだ。その意味では、この小説はぼくにとって新しい場所に通じる扉になったのかもしれない。

それでは恒例の謝辞を。

毎回遅れがちな原稿を辛抱強く待ってくれた毎日新聞学芸部・内藤麻里子さん、同じくぎりぎりの進行でも素晴らしい挿絵を仕上げてくれた望月ミネタロウさん、確かな仕事をしてくれた校閲者の方々、そして毎日新聞出版の梅山景央さん、どうもありがとうございました。みなさんの助けがなければ、この作品は今ある形には決してならなかったでしょう。感謝します。

憲法改正が声高に言あげされる昨今ですが、賛成派も反対派も3・10の未明、首都東京になにが起きたのか、それを知らずに十分な議論が可能なはずがありません。小著がその役に立つことを心より望みます。

都心が急に冷えこんだ十一月一日の夜に

石田衣良

解説

盛田隆二

女学生だった母親が空襲から逃げ回った体験談を、石田衣良は高校生のときに聞いた。当時はさほど印象に残らなかったが、あれから四十年の時が流れ、先の大戦を書いておきたいと思うようになったと、あとがきに記している。

著者と同世代の小説家として、その思いは痛いほど分かる。ぼくの母は東京大空襲の三週間後、栃木から単身上京して新宿の東京鉄道病院の看護婦養成所に入学した。高等小学校を卒業したばかりの十四歳の少女だ。母の両親は一面焼け野原となった東京に、どんな思いで娘を送り出したのだろうか。『不死鳥少年』で克明に描かれているように一九四五年三月十日未明の数時間で十万人以上の死者と、百万人以上の罹災者を出したのだ。不安を覚えなかったはずはない。そう思ったが、資料を読んで当時の事情を知った。

戦時中はラジオも新聞も情報統制されており、「敵機B29を十五機撃墜す」と戦果を強調する報道ばかりだったので、栃木の田舎では東京がそれほど空襲の被害にあったとは誰も知らなかったのだ。さらにいえば、本書のタケシが住む本所区では、ひと夜で住民の半数が亡くなり、九割を超える家屋が焼失したが、同じ東京でも山の手の住人が、下町が焦土と化したことを知るのはずいぶん後になってからだという。

そんな戦火をくぐり抜け、九死に一生を得た親の体験を後世に伝えるのは、子の世代の務めだ。ぼく自身、夜ごとの空襲のたびに患者を担架に乗せて病院の地下室に運ぶ十四歳の母の姿を小説に書いたが、それにしても、さすがに『池袋ウエストゲートパーク』の作者だ。東京大空襲をモチーフにした数多《あまた》の小説とは一味違う。

主人公は日米二重国籍の十四歳の時田タケシ。日米開戦の前年、日系人排斥が激しくなった米国のシアトルから母の君代と帰国し、東京・錦糸町で町工場を営む母の実家「時田メリヤス」に身を寄せる。タケシは米国人の父とシアトルに残った姉の恵理子と手紙のやりとりをしながらも、「一生この国で生きていくのだ。父の国アメリカは母の国日本をいじめる敵国だ」と父への思いを断ち切ろうとする。その一方で、戦争が終わって家族四人で暮らせる日がいつか来ることを夢見る。その引き裂かれた思いはあまりに切ない。

当時、人々は戦争をどうとらえていたのか、この小説では巧みに描き分けられている。

時田メリヤス一家を仕切る兄嫁の千寿子は「この戦争は百年戦争だっていってるよ。いつまでたっても終わらないさ。みんなが死ぬまで続くんだ」と吐き捨てるように言う。

母の君代は「こんな戦争なんか、早く終わってしまえばいい」「あなたが軍隊にとられる前に、戦争が終わればいい」と言う。タケシはそんな母に「お母さんがそんなふうだから、みんなからスパイ容疑をかけられるんだ」と不満げに答える。

時田メリヤスで長年働いてきた六十すぎのよっさんは「もうこの戦争の先は長くない。しかも勝てはしないだろうよ」とこっそり言う。現代の感覚からすれば、戦争末期においてはよっさんのように考える人が多かったのではないかと思われるが、戦争体験者の手記を複数読むと、千寿子のように戦争は永遠に続くものと信じていた人が圧倒的に多い。

茶色い瞳をしたタケシは勤労奉仕先の軍需工場で、生徒を監督する軍人ばかりか同級生からも「鬼畜の血を引く」と目の敵にされるが、タケシの思いを理解し、味方になってくれる二人の親友もでき、男手の乏しい一家の大黒柱として逞しく成長していく。

タケシら三人組と敵対する三人組のどら焼きを賭けた相撲の三本勝負の場面からは「願わくば、この作品が主人公と同じ十四歳の少年少女に広く読まれますように」という著者の思いが伝わってくるし、常に腹を空かせていた戦時中の子どもたちの暮らしを、こうして手に汗握る友情物語として描いた小説は希少だ。

だが、それにも増して、十四歳の少年少女の読者にとっては、タケシが同い年のいとこの登美子と初めてデートをする場面は心に深く刻まれるだろう。

二人は江東楽天地に出かけるが、どの映画館も戦争映画ばかり。昼の間、軍需工場で働いているので、戦争映画の気分ではない。ちょっと散歩でもしようかと歩きだす。「そのとき、楽天地の映画街が一瞬バラ色に燃えあがった。登美子の顔も、その背後に揺れるのぼりも、自分の手足さえバラ色に染まっている」

そんな夕映えの街路を歩くだけで「すごいね、わたしたち映画の主人公になったみたいだ」と声を上げる登美子。彼女は生涯にわたたって、そのバラ色に輝いた束の間の光景を、そしてタケシが言った「(戦争が終わったら、)登美ちゃんをアメリカに連れていって、案内してあげる。映画を観て、ポップコーンたべて、夜のダウンタウンにいこう」という言葉も決して忘れないだろう。そんなかけがえのない瞬間、瞬間が、この長編の読みどころだ。

小説は三月七日、八日、九日と進んでいき、ついに「その夜」を迎える。

単行本で読んだときは、東京の上空にB29の大編隊が飛来し、次々と焼夷弾が投下される中、タケシが家族ら六人を率いて炎の街を懸命に逃げ惑う「その夜」の章が、本書の半分ほどを占めていた印象があったが、文庫解説を書くにあたって再読したところ、費やされた頁数はそれほど多くはなかった。迫真の描写が息もつかせぬほど次から次へと展開していくこの章が、それだけ濃密で印象深かったのだろう。

たとえば焼夷弾は直接、人に突き刺さる。その事実に改めて衝撃を受けた読者も多いのではないだろうか。

「バスッと鈍い音が鳴り、肩に焼夷弾の六角形の棒が刺さっていた」

「鋼鉄の棒が肩に突き刺さっている。傷口から血が流れだし、そこにゼリーのようなガソリンが混ざってゆらゆらと炎をあげている」

前後するが、火の竜巻の描写も圧巻だ。作品に対する作者の思いの深さが伝わってくる。

「焼夷弾の直撃で燃える遺体を、竜巻の見えない手がつかんだ。子どもがおもちゃを投げるように、まだ火がついている身体を吸いあげると、燃えるヒマラヤ杉の天辺に投げ捨てた」「火の竜巻は、生きている人も死んだ人も区別せずにつぎつぎと人の身体を空に巻きあげながら、校庭を荒れ狂っている」

そこに不意打ちのようにSFの要素が加わる。大学院生の正臣が「この戦争を無事に生き延びたら、世界が無数に存在する多世界の論文を書くつもりだ」とタケシに語ったが、その論文がタケシの身体を使って小説の中で実現されるような奇跡が起こるのだ。

意表を突かれる展開だが、読み終えて合点がいった。現実離れした設定だからこそ現代の少年少女に、日常が徹底的に破壊される戦争の非日常性がより印象深く伝わるに違いない。あるいは東京大空襲で亡くなった十万人以上の人々の過酷な体験と無念の死を、タケシの不思議な力を借りて現代の読者に伝える方法ともいえる。

また、忘れてならないのは、タケシが建築家になって日本と米国のかけ橋になる夢を持つ少年だったことだ。フランク・ロイド・ライトが設計した帝国ホテルは東洋と西洋の美しい折衷であり、まるで自分自身のように感じる。帝国ホテルのスケッチを何枚描いても、すこしも満足することはない。それはひどく特別で、自分の心に近い建築だったからだ。

そんなタケシの聡明さが、自己犠牲の精神を生むことにもなった。小説のラストは少年の勇気の賜物か、それとも戦時の限りない悲しみか。多重の読みが本作に厚みを与える。

　さて、小説は八十六歳になった登美子がシアトル・タコマ国際空港に到着するシーンから始まった。タケシの姉エリー（恵理子）を訪ねる旅だ。一家六人がタケシの献身的な力によって生き延びたラストシーンから、七十二年経っている。

　女学生だった母親が空襲から逃げ回った体験談を、石田衣良は高校生のときに聞いた。まさに石田衣良の母親と同世代である登美子は、エリーの曽孫のエドワード少年に東京大空襲の一夜を通して日本とアメリカの戦争の実相を話して聞かせる。

　口をうっすらと開けて、事実の衝撃に耐えていたエドワードに、エリーは「あとはこの子の世代に託すしかない」と言う。エドワードは肩をすくめ、「クラスの友達に話しても、誰も耳を貸してくれないよ。戦争の話なんて暗いって」と答えるが、登美子の戦争体験は確実にエドワードに伝えられた。そしてこの小説を読んだ若い読者にも「人間には忘れてはいけないことがある」という登美子の言葉を通して、タケシの思いもまた伝わったのではないだろうか。


（小説家）

本書の単行本は二〇一九年二月、毎日新聞出版より刊行されました。
初出「毎日新聞」連載（二〇一七年十一月～二〇一八年九月）
単行本化の際タイトル「炎のなかへ　アンディ・タケシの東京大空襲」
を変更しました。

石田衣良（いしだ・いら）

一九六〇年、東京都生まれ。広告制作会社勤務を経て、フリーのコピーライターとして活躍。九七年「池袋ウエストゲートパーク」でオール讀物推理小説新人賞を受賞し作家デビュー。二〇〇三年『4TEEN フォーティーン』で直木賞を受賞。〇六年『眠れぬ真珠』で島清恋愛文学賞、一三年『北斗、ある殺人者の回心』で中央公論文芸賞を受賞。主な著書に『うつくしい子ども』『娼年』『美丘』『清く貧しく美しく』『炎上フェニックス　池袋ウエストゲートパーク17』などがある。

装画　金子幸代
挿絵　望月ミネタロウ
カバーデザイン　鈴木成一デザイン室

毎日文庫

不死鳥少年《ふしちょうしょうねん》
アンディ・タケシの東京大空襲《とうきょうだいくうしゅう》

印刷 2022年1月25日
発行 2022年2月1日

著者 石田衣良《いしだいら》
発行人 小島明日奈
発行所 毎日新聞出版
東京都千代田区九段南1-6-17 千代田会館5階
〒102-0074
営業本部：03(6265)6941
図書第一編集部：03(6265)6745
ブックデザイン 鈴木成一デザイン室
印刷・製本 中央精版印刷
 ISBN978-4-620-21041-4